U0005396

Arsène Lupin 亞森・羅蘋冒險系列 08

Les Dents du Tigre

虎牙

莫里斯・盧布朗／著
宦征宇／譯

好讀出版

推薦序

死而復生的亞森．羅蘋

推理評論名家　冬陽

「老大，您會被捕的。」
「不可能，他們抓不到我。」
「什麼理由？」
「因爲我已經死了。」

——摘自《虎牙》內文

從登場作《怪盜紳士亞森．羅蘋》開始，莫里斯．盧布朗筆下這位風度翩翩又具備紳士風範的奇男子，在讀者的認知中，是個難以就逮的俠義盜賊，即便失風被捕，肯定是因爲另有計謀所致，絕非大意栽在愚蠢的法國警察手中。

羅蘋擁有高超的易容術，可以任意改變外貌。推理史上另有其他名偵探同樣擅長易容裝扮，例如大名鼎鼎的夏洛克．福爾摩斯，還有美國推理作家艾勒里．昆恩創造的聾偵探哲瑞．雷恩，他們兩位多將易容術用在犯罪偵查一途，爲劇情增添趣味。羅蘋的易容術則更進一步，化身落魄囚犯、上流貴族乃至於警察局長，藉此遂行偷盜計畫，或逃過警方的追捕，可謂偵查、犯罪兩相宜。

然而，易容術多爲權宜之計，總存有被揭穿假面具的風險，怎樣才能一勞永逸、不再受到懷疑呢？

那就「殺死」亞森・羅蘋吧！

夏洛克・福爾摩斯也曾被作者柯南・道爾「賜死」過，在〈最後一案〉中安排與犯罪集團首領莫里亞提教授雙雙墜入瀑布，從此音訊杳然。道爾之所以親手結束這位深受大眾喜愛的名偵探，是因爲不想繼續寫福爾摩斯的故事才出此下策，盧布朗結束亞森・羅蘋的性命，則是出自另一個動機——

讓羅蘋跳脫出怪盜角色的框架，以新的身分展開新的冒險。

與正統偵探推理小說稍有不同，亞森・羅蘋故事的主軸在於「浪漫的冒險」，讀者喜愛的出生入死情節多來自犯罪歷程，怪盜身分自是極佳的安排。不過在《虎牙》一案開頭幾頁的文字中，讀者們可以清楚感受到小說有了全新的氣氛：「一名警探臉色蒼白、步履踉蹌地進入警察署長辦公室，向署長秘書預告今晚即將發生的悲劇……不久，警探便倒地身亡！」

警探之死與一樁遺產繼承調查案緊密相關，而涉入這起事件的堂・路易・佩雷納，是個戰功彪炳、自外籍兵團榮退的軍人，也是前述遺產繼承的執行人，其眞實身分竟是已死的亞森・羅蘋！

故事中，羅蘋說得清楚：「我根本別無所圖。」這回是案件找上了羅蘋，而不是羅蘋製造案件。在眾人不清楚「佩雷納＝羅蘋」的狀態下，羅蘋的偵探角色將更爲單純且吃重，但他原本的怪盜性格是不是會對案件帶來意外的影響？

擺脫怪盜身分、專心當起名偵探查案的亞森・羅蘋，似乎更迷人了。

推薦序

羅蘋與遺產戰爭——談《虎牙》

推理作家 既晴

本書《虎牙》（Les Dents du tigre）發表於一九二〇年，是羅蘋探案第七部長篇。不過，這裡所指的第七部，是以法文版來計算的。事實上，這部作品的英譯本《The Teeth of the Tiger》，首次的發表時間是一九一四年於美國出版，成一異例。

第一次世界大戰開始的一九一四年，德國向法國宣戰，法國因而捲入戰局。當時，盧布朗接到美國派拉蒙電影公司（Paramount Pictures）的委託，希望能請他寫一部羅蘋探案的電影原著小說，因歐陸戰情正熾，局勢不明，盧布朗遂未在法國國內雜誌連載，在美國出版時由亞歷山大．鐵賽拉．德．瑪托斯（Alexander Teixeira de Mattos）協助翻譯。

出身記者的瑪托斯精通法文，乃一翻譯名家，如卡斯頓．勒胡（Gaston Leroux）的《歌劇魅影》（Le Fantôme de l'Opéra，1910）英譯本正是出自他的手筆，在此之前，他也曾經譯過《怪盜與名偵探》

（Arsène Lupin contre Herlock Sholmès，1909）與《奇巖城》（L'Aiguille creuse，1909），對羅蘋探案瞭若指掌。

然而，電影的製作卻因爲美國參戰而有所延宕，直到大戰結束後的一九一九年才推出（無聲電影，原片已遺佚）。法文版也緊接著在一九二〇年出版。《虎牙》的篇幅僅次於《８１３之謎》（813，1910），因此在法國出版之際也分成上、下兩冊，分別是〈堂·路易·佩雷納〉（Don Luis Perena）與〈佛蘿倫絲的秘密〉（Le Secret de Florence）。

不過，盧布朗當初完成《虎牙》後，又發表了《神秘黑衣人》（L'Éclat d'obus，1916）、《黃金三角》（Le Triangle d'or，1918）與《棺材島》（L'Île aux trente cercueils，1919）等羅蘋探案，爲了顧及法文本的時間順序，將《虎牙》的故事時間改到《棺材島》後，成爲現在通行的版本。

回到故事正題。美國富豪科斯莫·摩靈頓（Cosmo Mornington）死後，遺囑指定將兩億法郎贈與給其母失散多年的家族親屬，而西班牙貴族堂·路易·佩雷納則爲遺產執行人，負責尋找遺族。但就在這時，陸續爆發多起遺產繼承人遭到謀殺的事件，使佩雷納不得不一面尋找下一順位的繼承人、一面調查命案眞相。

由於本書當初是以製作電影爲目的而完成的創作，因此在人物對峙、場面調度方面，盧布朗都花費了許多苦心經營，力求峰迴路轉、柳暗花明。不僅案件眞相不斷翻盤，登場人物在案中的定位一變再變，主角多次陷入危機又在千鈞一髮之際化險爲夷，在在令讀者捏把冷汗、大呼驚奇，將小說電影化的可能性，發揮得淋漓盡致。

若以推理小說的角度來看，《虎牙》對後代作品亦頗有影響。最知名的作品應是艾勒里・昆恩（Ellery Queen）的《龍牙》（The Dragon's Teeth，1939），不只書名有致敬之意，故事主題也是尋找巨額遺產的繼承人，而偵探昆恩更同樣和與命案有關的美女偶然相遇，如同羅蘋跟佛蘿倫絲・勒瓦瑟爾（Florence Levasseur）的邂逅。至於是理智的昆恩比較有魅力，還是多情的羅蘋比較讓人陶醉，就請讀者們自行感受了。

推薦序

從山窮水盡到柳暗花明

推理評論名家　景翔

以特定人物為主角而完本的系列作品，不論是小說或影視，成功的優勢在於讀者、觀眾對那一個特定的角色（如亞森．羅蘋、神探白羅、007情報員詹姆斯龐德……等）或那一整組主角（如福爾摩斯和華生、CSI的整組工作人員、87分局裡的全體員警……等）由喜愛，進而熟悉，再到認同，對其言行和遭遇都會感同身受，從而對所發生的各種事情都會感到興趣，使得整個系列有更多的發展空間。但相對的，卻也容易有「模式化」的危險。

要避免這種情形發生，創作者就必須要能有「同中求異」的本事和功夫，讓讀者和觀眾能在因熟悉而喜愛的人物和情境中得到不同的感受。

《虎牙》正是這樣的一部作品。

欣賞《亞森．羅蘋》系列的讀者都會期待每本新書裡都有一場新的冒險，即使主角亞森．羅蘋遭到挫敗，也深信他能很快地扳回劣勢，重佔上風，也就是所謂的「逆轉勝」。尤其是他一向擅長於擬定周密的計畫，再以舉重若輕的態度把對手玩弄於股掌之間，更是會令人拍手稱快。

《虎牙》在這些要求上都能讓讀者得到滿足，但在結構上卻和以前的幾部作品大相逕庭。不但從一開始就讓亞森・羅蘋陷入不利的地位，而且步步進逼，使他數度瀕臨絕境。雖然他憑著機智和無礙的辯才終能化險爲夷，但要命的是始終處在敵暗我明的態勢之下，甚至不知對手是誰。好不容易有了一些眉目，卻又和他的推論完全不同。眞正的主謀究竟是何方神聖？讀者只有和他一樣慢慢地一路過關斬將才能得見眞相。

這次亞森・羅蘋又成了難過美人關的英雄，看到他在面對心儀的美女時方寸大亂，不禁令人感嘆眞的是情關難闖，也教人好奇他此番是否可以修得正果。無論如何，這回都讓我們看到了這位怪盜紳士平時少爲人知的一面。

《虎牙》中一件遺產繼承的案子有一般此類案件常見的複雜人際關係，但又與一般的情況不同。有推理小說中常見的密室之謎，當然也有謎底。而亞森・羅蘋談他過往的一些豐功偉業，則讓我們在內容方面增加了很多短篇的冒險故事，凡此種種都看得出莫里斯・盧布朗經營系列作品的用心。也可以看出一個作家的成功絕不是偶然的。

向有血有肉的天才致敬

趙又廷（電影《痞子英雄首部曲：全面開戰》演員）

有幸閱讀亞森・羅蘋冒險系列之作《虎牙》，不僅重溫我兒時的回憶，也喚起童年時對亞森羅蘋的憧憬。

我在小學時就讀過亞森・羅蘋系列小說，而且一看就愛上，對故事中所描述的冒險事蹟，至今仍然記憶猶新。他是一個有血有肉、有情有義、正義感強烈又無所不能的「另類英雄」，這個角色如此迷人，有誰能抗拒成爲亞森・羅蘋的誘惑呢？

《虎牙》是亞森・羅蘋系列裡我最喜歡的經典之一，環環相扣的陰謀、神祕詭譎的案情與色彩鮮明的角色，都能讓讀者一面推理思考，一面享受閱讀的樂趣。

在我眼中，亞森・羅蘋並不完美，反倒充滿人性。在好讀出版的《虎牙》譯本裡，可以明顯看見活生生的「羅蘋」爲愛衝動，爲憤怒而失控。而即使是天才也會犯錯，這很可能也是亞森・羅蘋最吸引人之處。他不是個遙不可及的神，而是個貼近我們生活的怪盜英雄。以此向亞森・羅蘋送上致敬。

contents 目錄

I 堂·路易·佩雷納

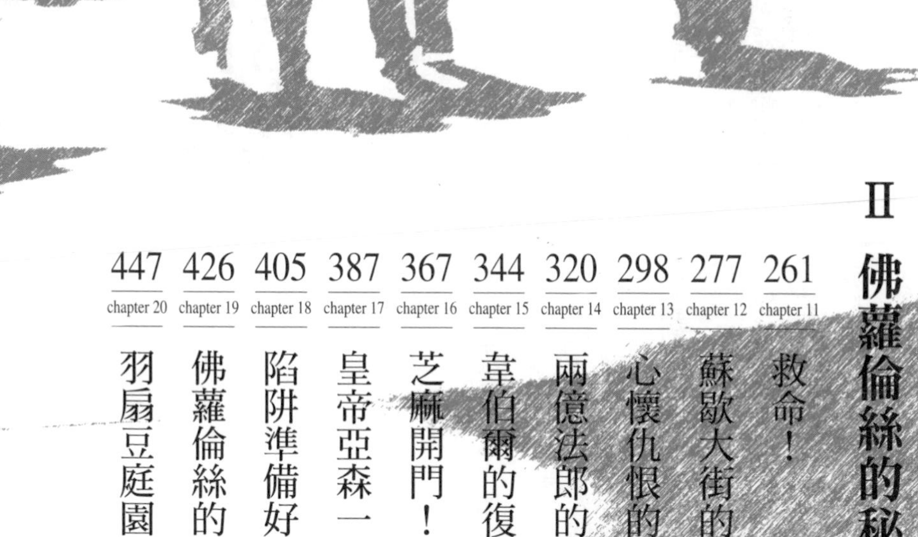

II 佛蘿倫絲的秘密

chapter 1

達太安①、波托斯②和基督山伯爵③

下午四點半的時候，警察署長戴斯馬尼翁先生還沒有回來。他的私人秘書將一疊註記好的信件和報告放在他的辦公桌上，接著按鈴叫人，接待員從大門走了進來。

「五點時有幾個人跟署長有約，這是他們的名單。你將這些人個別帶開等候，不要讓他們之間有交談的機會，然後再把他們的名片拿來給我。」

接待員出去後，正當秘書走向通往自己辦公室的側門時，署長室的門又打開了，一個人走了進來，停住腳步後，搖搖晃晃的靠在一張扶手椅的椅背上。

「啊！」秘書說道：「是你啊，維羅？發生什麼事？你怎麼了？」

維羅警探是個虎背熊腰、面色紅潤的魁梧男子，此刻不知道受到什麼強烈的打擊，使他平日紅潤的臉龐變得蒼白一片。

「沒什麼，秘書先生。」

「怎麼會，你看起來似乎很不好……臉色蒼白……還流這麼多汗……」

維羅警探擦了擦額頭，鎮靜下來說道：

「是有點累……這幾天太忙了……我想竭盡全力弄清楚署長交給我的一樁案子……不過我的確覺得身體有點不太對勁。」

「要不要吃點藥？」

「不……不用了，不過我有點渴。」

「來杯水好嗎？」

「不……不……」

「那麼？」

「我想要……我想要點……」

警探的聲音停了下來，彷彿突然間說不出話來，目光中透著焦慮。不過他還是提起精神問道：

「署長不在嗎？」

「不在，不過他五點前會回來的，那時有個重要的約會。」

「是的……我知道……非常重要的約會，也正是因爲這個他才叫我來的。不過我想先在那之前見他，我眞的想先見他一面！」

秘書打量了他一番，說道：

「你怎麼這麼焦躁！有什麼重要的消息要告訴他嗎？」

「相當重要，這是關於一樁在一個月前發生的犯罪……而我們得阻止兩起將由這樁犯罪引發的謀殺，這兩起謀殺會發生在今天晚上……是的，就是今晚，如果我們不先採取行動的話，就無法阻止它了。」

「維羅，你先坐下來休息一下吧。」

「啊！這一切就像是魔鬼策劃設計的！讓人絕對無法想像……」

「但是，維羅，既然你已經知道了……那署長就會讓你全權去解決……」

「是的，是這樣沒錯……顯然會是這樣……不過我想我有可能會見不到他，這讓人很不安。所以我給他寫了封信，告訴他我所知道有關此案的一切情況，這樣一來會更保險一點。」

他將一個黃色的大信封交給秘書，補充說道：

「拿去，還有這個小盒子我放在桌上，盒子裡的東西是對信中內容的補充解釋。」

「但你爲什麼不把它們留在身上呢？」

「我怕……有人在監視我……希望除掉我……只有當我不再是唯一知道這個秘密的人的時候，我才能放心。」

「別害怕，維羅，署長等下就到了，在此之前我建議你去醫務室要點藥。」

警探似乎有些猶豫不決，他又擦了擦一直冒汗的額頭，然後勉強挺起身走出門。

屋裡剩下秘書一個人，他將那封信塞進署長辦公桌上堆著的一大堆文件中，然後打開側門回自己的辦公室去了。

他才剛剛把門關上，大門又打開了，維羅警探折了回來，結結巴巴地說道：

「秘書先生……我想最好還是先告訴你……」

這個不幸的人已經臉色灰白，牙齒咯咯作響，他發現屋內空著，便想走去秘書的辦公室。但他突然感到一陣暈眩，直接倒在椅子上，幾乎不省人事，口中還喃喃地說道：

「我怎麼了？……我也中毒了？太可怕了……太可怕了……」

署長的辦公桌就在他觸手可及的地方，他抓過一支鉛筆，拿起記事本潦草地寫了些什麼，一邊還含糊地說道：

「不，沒必要的，署長會讀到我的信……我到底怎麼了？哦！我好怕……」

他猛地站起來，一字一頓地說道：

「秘書先生，我們得……我們得……就是今晚……否則什麼也阻止不了……」

維羅警探如同機器人一般，一小步一小步地移向辦公室的門，他此時已經全靠意志力撐著，不過走沒多遠還是因爲不穩而再次坐了下來。

他因爲害怕而叫了出來，但他的叫聲是如此的微弱，沒人能聽得見。唉！他自己也意識到這一點，用目光去尋找按鈴，但他已經看不見了，眼皮上彷彿壓了一層簾幕。

於是他跪下來爬到牆邊，彷彿盲人般一隻手在空中揮舞著，終於搆到牆壁。這是一面隔間牆，他沿著牆向前爬。不幸的是，他混亂的大腦對這間屋子產生了錯誤的判斷，他本應該向左彎，卻往右邊爬了過去，來到屏風後面的一扇小門。

他碰到門把，成功的打開了門，含混地嚷道：「救命啊……救命啊……」卻身不由己在署長的洗手間內倒了下來。

「今晚！」他以爲自己已經在秘書的辦公室裡，有人能聽見他的話，呻吟著說道：「今晚……事情將發生在今晚……你會看到……牙齒的痕跡……多恐怖呀！……我好難受！……救命啊！是毒藥……救救我！」

他的聲音愈發的弱了下去，他彷彿被噩夢嚇呆了，重複好幾遍說著：

「牙齒……白色的牙齒……它們咬上了！……」

聲音更微弱了，那慘白的嘴唇中只吐出幾個含混的音節，他似乎在咀嚼著什麼，就像某些老人會沒完沒了地反芻一樣。維羅的頭一點一點地向胸口垂了下去，嘆了兩三下氣，猛地一個顫抖，就再也不動了。

他發出臨終前嘶啞的喘息，聲音很低，卻有著均勻的節奏。這喘息聲偶爾會停下來，但似乎是本能在拼命喚起他的意識，使他那雙黯淡的眼中仍有著意識的微光。

*　*　*

四點五十分的時候，署長走進自己的辦公室。

戴斯馬尼翁先生擔任這個職務已經好幾年了，所有人都敬重著他的權威。他五十歲的年紀，身形笨重，不過臉看起來是個聰明精細的人。他穿著灰色外套長褲、白色長筒靴、鬆垮垮的領帶，沒有半點官員的樣子，舉止毫無拘束，一派淳樸率真。

他按了鈴，秘書很快地走進來。他問道：

「我請的人都到了嗎？」

「到了，署長，我讓人請他們分開等候了。」

「哦！讓他們彼此先聊聊也沒關係，不過……你這樣安排更好，美國大使沒有親自跑這一趟吧？」

「沒有，署長。」

「你有他們的名片嗎？」

「都在這了。」

署長接過他遞上的五張名片，依次念道：

阿奇巴爾德．布里特——美國大使館一等秘書

勒佩爾圖斯——公證人

朱昂．卡塞雷斯——秘魯大使館專員

阿斯特里涅克伯爵——退役司令

第五張名片上只有一個名字，既無地址也無稱謂：

堂・路易・佩雷納

「我想見見這個人。」署長說道：「我對他非常感興趣！……你看過外籍軍團的報告了嗎？」

「看了，署長。而且我承認，這位先生對我也很有吸引力……」

「可不是嗎？多麼有勇氣啊！他有一種不可思議的英雄式魅力。他還有個綽號叫亞森・羅蘋，是軍中的同伴替他取的，他主導著那群人，使他們對他佩服尊敬不已！……真正的亞森・羅蘋是什麼時候死的？」

「戰前兩年死的，署長。人們在離盧森堡邊境不遠處發現了他和克塞巴赫女士的屍體，埋在一棟已經燒毀的小木屋殘骸下。調查發現他是先掐死那個可怕的女人，接著放火燒屋，最後再上吊自殺，後來也發現克塞巴赫女士確實犯下了諸多罪行。④」

「這樣的結局倒是很適合他。」戴斯馬尼翁先生說道：「而且我得承認，我可不願意和他鬥……哎呀，我們這是扯到哪了？摩靈頓遺產的文件準備好了沒？」

「就在您辦公桌上。」

「好……我差點忘了件事，維羅警探到了沒？」

「到了，署長。他現在應該在醫務室休息。」

「他怎麼了？」

「我覺得他看起來不太好，好像病得挺重的。」

「怎麼會？你說說看怎麼回事……」

秘書於是講述了一遍自己剛剛和維羅警探見面的經過。

「你說他給我留了一封信？」戴斯馬尼翁先生焦慮地問道：「信在哪？」

「就在這疊文件裡，署長。」

「奇怪……這一切眞怪。維羅是個一流的警探，一向沉著冷靜。要是他眞的很慌張，那這件事一定很嚴重，你務必把他帶來見我，在這之前我先看一下他的信。」

秘書很快的去了，五分鐘後，他很驚訝地回來報告說自己沒找到維羅警探。

「署長，更奇怪的是，接待員看見他從這出去後，又立刻折了回來，然後就再也沒看到他出去。」

「可能他穿過這間房間去了你的辦公室。」

「去我那？但我就在自己的辦公室沒離開過啊。」

「那眞讓人搞不懂……」

「搞不懂……除非是接待員一時沒注意到，因爲維羅既不在這，也不在我辦公室。」

「顯然如此，他可能只是出去透透氣，過一會就會回來了，而且我一開始也還不需要他在場。」

署長看了看錶。

「五點十分了，你去跟接待員說讓他把那幾位先生領進來……啊！等等……」

署長猶豫了一下，他翻閱那一疊文件的時候找到了維羅的信。這是一個很大的黃色商用信封，角落裡還寫著：「新橋咖啡館」。

秘書暗示著說道：

「既然維羅不在，而且他又跟我說了那些話，署長，我覺得您有必要馬上看一下這封信的內容。」

戴斯馬尼翁先生考慮了片刻。

「是的，或許你說得對。」

他下定決心，用小刀裁開信封的上端。他不禁叫出聲來：

「啊！不，這太讓人難以置信了。」

「怎麼回事，署長？」

「怎麼回事？你瞧……一張白紙……信封裡只有這個。」

「不可能啊！」

「你看……就是一張對折的白紙……上面一個字也沒有。」

「可是維羅跟我說得很清楚，他把自己所知道的一切跟案件有關的內容都寫在上面了……」

「他是這樣說了，但你也看見了……說眞的，要是我不瞭解維羅警探，我會以爲這是個玩笑……」

「應該只是一時粗心罷了。」

「當然，應該只是粗心，不過發生在維羅身上讓我覺得很驚訝，事關兩個人的性命，誰也大意不得，他確實跟你說過今晚會有兩個人被謀殺吧？」

「是的，他說就在今晚，而且情況會很嚇人……魔鬼般，他是這麼跟我說的。」

戴斯馬尼翁先生背著手在屋子裡踱了一會兒，停在一張小桌子前面。

「這個上面寫著我的地址的包裹是什麼東西？上面寫著：『警察署長……如遇事故請打開。』」

「其實。」秘書說道：「我剛剛沒想到……這也是維羅警探的，他說是很重要的東西，作爲那封信中內容的補充解釋。」

「確實。」戴斯馬尼翁先生忍不住笑了：「那封信需要解釋，儘管現在還談不上有什麼事故，我還是會毫不猶豫地將它打開。」

他一邊說著，一邊剪斷紮繩，發現外盒的紙包著的是一個硬紙板做的小盒子，就像藥劑師用的那種盒子一樣。不過這個盒子被弄髒了，而且由於反覆使用已經破損。

署長打開盒蓋，紙板盒裡有一些棉絮，也是髒兮兮的，棉絮中央是半塊巧克力。

「這到底是什麼意思？」署長驚訝地嘀咕道。

他拿起巧克力瞧了瞧，立刻發現這塊軟巧克力有些特別之處，顯然也正是因爲這個，維羅警探才將之保存起來。巧克力的上下兩面都留有清晰的牙印，每顆牙齒的痕跡都分得很開，嵌入巧克力中大約兩至三公厘，而且形狀和寬度都不一樣，彼此之間的間距也不同，一共是四顆上牙和五顆下牙留下的痕跡。

戴斯馬尼翁先生陷入沉思，他低著頭在屋內走了好幾分鐘，一邊還喃喃地說道：

「奇怪！這眞是謎，我想要知道謎底……這張白紙，還有這些牙齒的痕跡……這些都意味著什麼？」

不過既然謎底遲早都會揭開，因爲維羅警探就在警署或是附近的什麼地方，署長也就不會在這上頭花太多的時間，他對自己的秘書說道：

「我不能讓那幾位先生再等下去了，你讓人請他們進來，要是維羅警探在開會的時候來了，你馬上通知我。他一定會來的，我迫不及待地要見他，除此之外其他任何事情都不要讓人來打擾我。」

兩分鐘後，接待員把勒佩爾圖斯先生引了進來。這是個面色紅潤的胖傢伙，戴著眼鏡，留著連鬢鬍子，接著是美國大使館的秘書阿奇巴爾德・布里特和秘魯大使館專員朱昂・卡塞雷斯。這三個人戴斯馬尼翁先生都認識。他與三人交談了一番，然後走到司令阿斯特里涅克伯爵面前。這位司令是舒亞戰役的英雄，他身上滿是榮耀的傷口使他不得不提前退役，署長就他在摩洛哥的英勇行爲熱情地誇讚了一番。

門再次打開了。「佩雷納，是吧？」署長一邊問，一邊向來人伸出手去。這個人中等身材，有些偏瘦，配著軍功徽章和榮譽軍團的勳章。他的面容、目光、站姿和輕快的步伐讓人覺得他大概四十歲上下，儘管他眼角和額頭的皺紋表明他的實際年齡還要比這大上幾歲。

他打了個招呼：「是的，署長。」

阿斯特里涅克司令叫道：「是你啊，佩雷納！你還活在這個世上？」

「啊！我的司令！再次看到您我太高興了！」

「佩雷納你還活著！但我離開摩洛哥的時候，大家都沒有你的消息，都以爲你已經死了。」

「我只是被俘虜了。」

「被當地部落俘虜和死了也差不多。」

「並不完全是這樣，我的司令。不管在哪都有辦法能逃出來的……我就是最好的證據……」

署長對這個人不由得心生好感，打量了他好幾秒鐘。他微笑著，臉龐充滿了活力，眼神坦率而堅毅，古銅膚色，彷佛經歷過陽光的反覆洗禮。

署長示意與會者在他的辦公桌周圍坐下，然後自己也坐下來，開始緩慢而清晰地解釋道：

「先生們，各位可能覺得我請大家前來的通知寫得有些過於簡短和模糊……而我即將進行的說明可能也不會讓各位的驚訝得到舒緩。不過各位要是相信我的話，你們會發現這一切都很簡單，也很自然。此外，我會儘量做到言簡意賅。」

他打開秘書準備好的文件，參照上面的註記繼續說道：

「在一八七〇年普法戰爭爆發的前幾年，聖德田住著盧梭爾家的三姐妹艾姆琳娜、伊莉莎白和阿爾芒德。她們是孤兒，當時的年紀分別是二十二、二十和十八歲，和她們住在一起的還有一個嫡親表弟，名字喚作維克多，年紀比她們小幾歲。

「長姐艾姆琳娜第一個離開了聖德田，追隨一個叫做摩靈頓的英國人去了倫敦，後來她和這個英國人結了婚，有了一個兒子，起名科斯莫。這一家人窮困潦倒，經歷了各種艱難困苦，艾姆琳娜給妹妹寫過好幾次信請求她們的幫助，但都沒有收到回音，所以就不再寫了。一八七五年左右，摩靈頓夫婦去了美洲，五年之後，他們發跡了。摩靈頓先生於一八八三年去世，她的妻子繼續掌管丈夫留下的財產，摩靈頓太太有投資和做生意的天賦，將丈夫留給自己的財產變得更加豐厚，當她於一九〇五年去世的時候，她留給了兒子四億的家產。」

與會者似乎被這個數字給震住，署長捕捉到司令和佩雷納之間交換的眼神，對他們說道：

「你們認識科斯莫・摩靈頓，是嗎？」

「是的，署長。」阿斯特里涅克伯爵回答：「佩雷納和我在摩洛哥打仗的時候，他也在那。」

「是的。」戴斯馬尼翁先生繼續說道：「科斯莫・摩靈頓開始旅行，有人告訴我他是醫生，一有機會就治病救人，醫術很高明，而且又免費看病。他先住在埃及，後來又去了阿爾及利亞和摩洛哥。一九一四年底，他又去了美洲，支持協約國一方。去年停戰後，他定居巴黎，四個禮拜前他因爲一起愚蠢的事故去世了。」

「一針沒打好，是嗎，署長？」美國大使館的秘書說道：「報紙上報導了這件事，我們在大使館的人也得到了消息。」

「是的。」戴斯馬尼翁先生宣佈說：「摩靈頓先生由於流感久治不癒，一整個冬天都臥病在床，醫生讓他接受藥物注射。顯然由於其中某次注射沒當心，傷口迅速感染惡化。沒過幾個小時，摩靈頓先生就過世了。」

警察署長轉向公證人對他說道：

「勒佩爾圖斯先生，我的說明與事實是否相符？」

「完全相符，署長。」

戴斯馬尼翁先生繼續說道：

「第二天早上，勒佩爾圖斯先生來到我這，給我看科斯莫・摩靈頓先生事先存放在他那的遺囑。至

於爲什麼來找我，你們聽一下這份文件的內容就會明白了。」

趁著署長查閱文件的空檔，勒佩爾圖斯補充道：

「請署長允許我特別說明一下，在摩靈頓先生生前，我只見過他一次，那次他請我去他下榻旅館的房間，把剛剛寫完的遺囑交給我。那時他剛得了流感。我們談話的過程中，他對我透露說爲了和母親的家人相聚，他已經在尋找他們，而且病癒之後也打算繼續尋找，然而情況卻沒能允許他這樣做。」

署長從文件中取出一個開口的信封，裡面有兩張紙，他展開較大的那張紙說道：

「這就是遺囑，我請各位認眞聽一下，等下還有一張追加遺囑：

> 本人科斯莫．摩靈頓，于貝爾．摩靈頓和艾姆琳娜．盧梭爾的兒子，美國公民，將個人財產的一半捐贈給我的國家用於慈善事業。此款項使用需遵守本人親筆指示，指示將由勒佩爾圖斯先生交給美國大使館。
>
> 至於本人在巴黎和倫敦幾家銀行共計約兩億法郎的存款（清單存於勒佩爾圖斯先生的事務所），爲紀念我親愛的母親，我將之贈與她最喜愛的妹妹伊莉莎白．盧梭爾或其直系繼承人，如若上述人選無法繼承，則贈與她的二妹阿爾芒德．盧梭爾或其直系繼承人，如若依舊無法繼承，則贈與她的表弟維克多或其直系繼承人。
>
> 倘若我在有生之年無法找到盧梭爾家族的倖存者或是這三姐妹表弟的家人，我請我的朋友佩雷納繼續幫忙尋找。我指定他爲本人歐洲財產的遺囑執行人，並請求他照管我死後可能發生或因我的

死亡而引發的事情，他將作爲我的代表，完成我的遺願。爲感謝其提供的協助，並考慮到他曾於我有兩次救命之恩，請他接受一百萬的遺產。」

署長突然停了片刻。佩雷納喃喃地說道：

「可憐的科斯莫……我就算沒有這筆報酬也會幫他完成遺願的。」

署長繼續讀道：

此外，如果我辭世三個月後，佩雷納和勒佩爾圖斯先生尋找的繼承人依然沒有下落，如果沒有任何盧梭爾家族的繼承人或是倖存者來接受遺產，兩億法郎將永久交付我的朋友佩雷納，即使之後再有人前來索款也依然照此執行。我對佩雷納有足夠的瞭解，他會把這筆錢用於崇高的事業以及他此前在摩洛哥的帳篷下充滿熱情與我談及的宏偉計畫。

署長又一次停了下來，他抬眼看向佩雷納，佩雷納沉默而鎮定，眼角卻掛著淚水，阿斯特里涅克伯爵對他說道：

「恭喜你，佩雷納。」

「我的司令。」佩雷納回答道：「請您注意，這筆遺產的繼承是有條件的，我向您發誓，我寧願能找到盧梭爾家族的倖存者。」

「這點我很確定。」司令說道：「我還不清楚你嗎？」

「不管怎樣。」署長問佩雷納道：「這筆遺產……有條件的遺產，你不會拒絕吧？」

「的確不會。」佩雷納笑著說道：「有些東西是讓人無法拒絕的。」

「關於我的部分。」署長說道：「是遺囑的最後一段：

倘若由於某種原因我的朋友佩雷納拒絕這筆遺產，或者他在接受遺產的規定日期前已經不在人世，我請求美國大使先生和警察署長先生商量設法在巴黎成立一所針對美籍學生和藝術家的大學並維護其日常運行。此種情況下，警察署長先生請從帳户中提取三十萬法郎分予其屬下警員。」

署長將紙折起來，又取出另外一張。

「該遺囑還附有一份追加遺囑，是摩靈頓先生之後寫給勒佩爾圖斯先生的。他在當中對幾點問題作出了更為詳細的解釋：

請勒佩爾圖斯先生在我死後次日當著警察署長的面打開遺囑，並請警察署長先生在一個月內對此事絕對保密。一個月之後，請他在辦公室約見美國大使館的一位要員、勒佩爾圖斯先生和佩雷納。遺囑宣讀完畢，請簡單檢查證件確認身份之後，將一百萬法郎的支票交付我的朋友、遺囑執行人佩雷納先生。我希望身份確認如下：請司令阿斯特里涅克伯爵驗明其正身，這位司令曾是佩雷納在摩洛哥的長官，不幸提前退役；請秘魯大使館一名工作人員驗明其籍貫，因爲儘管佩雷納保留了西班牙國籍，他卻出生於秘魯。

此外我要求我的遺囑兩日後再向盧梭爾家族的繼承人宣佈，地點就在勒佩爾圖斯先生的事務所。

最後——這也是我關於遺產分配方案的最後要求，請警察署長再次在其辦公室召集上述人員，日期可以由其選擇定在第一次會議後的第六十日至九十日內。此時將指定並宣佈最終繼承人；如若當事人缺席會議則無權繼承。佩雷納也需參加會議。倘若如我之前所說，盧梭爾家族和維克多表弟的家人無一人前來接受遺產，會議之後，佩雷納將成爲最終繼承人。

「這就是科斯莫・摩靈頓先生的遺囑。」署長總結道：「這也是各位先生被請到這來的原因。本來還應該有一個人在場，他是我的一名警員，受我之命對盧梭爾家族進行初步的調查，他隨後會告訴各位他尋找的結果。現在我們應當按照立遺囑人的要求行事。我仔細檢查了佩雷納應我的要求於兩週前提交的證件，它們完全相符。至於他的籍貫地，我請求秘魯的部長先生搜集了最詳盡的資訊。」

「署長。」秘魯大使館專員卡塞雷斯說道：「部長將這項任務委託給我。這其實也很容易，佩雷納出生於西班牙一個古老的家族，這個家族三十年前移民秘魯，不過其在歐洲的地產都還保留著。我曾在美洲遇到過佩雷納的父親，他提起自己兒子的時候總是眉飛色舞。五年前，正是我們的大使館通知了佩雷納他父親的死訊，這就是在摩洛哥所寫的那封信的副本。」

「這是佩雷納本人提交的信件。」署長說道：「司令，佩雷納曾作爲外籍軍團士兵在你手下服役，您認出是這個人了嗎？」

「是他沒錯。」阿斯特里涅克伯爵說道。

「有沒有可能出錯？」

「不可能錯的，我對此毫不懷疑。」

署長笑著問道：

「佩雷納作爲外籍軍團士兵服役期間立下過不少功勳，他的戰友出於崇拜都稱呼他爲亞森・羅蘋，您認出是他嗎？」

「是的，署長。」司令回答道：「就是被戰友稱爲『亞森・羅蘋』的那個人，而他的上級就索性叫他『英雄』，那時候我們就說他像達太安一樣勇敢，像波托斯一樣強壯……」

「而且像基督山伯爵一樣神秘，」署長笑著說道：「其實這些都已經在我從外籍軍團處收到的報告上，這份報告就沒必要全部讀了，不過我在其中發現了一些新的內容：佩雷納作爲外籍軍團士兵兩年的時間內受到過勳章的表彰，而且因爲表現突出獲得了榮譽勳位，並且七次受到褒獎，我還偶然間注意到……」

「署長。」佩雷納抗議道：「求求您了，這些事都不值一提，我不覺得說這些有什麼意義……」

「意義重大。」署長戴斯馬尼翁先生肯定的說道：「各位先生在這不僅僅是爲了聽我宣讀遺囑，也是爲了執行遺囑當中可以馬上執行的條款：關於一百萬法郎的遺贈，所以這些先生應當瞭解遺贈的受益人。因此我要繼續……」

「那署長……」佩雷納起身朝門口走去，說道：「請您允許我……」

「向後轉！……立定！……立正！」阿斯特里涅克司令用玩笑的口吻命令道。

他把佩雷納拉回屋子中央，讓他坐了下來。

「署長，我替我從前的同伴求個情。我們要是繼續當著他的面講述其豐功偉績的話，他那樣一個謙虛的人會坐立不安的。再說，既然報告都在這了，大家可以自己看。在我還沒認識他之前，我就已經認同對他的各種讚譽了。我可以斷言說在我滿滿的軍事生涯中，我沒有遇到過一個士兵可以與佩雷納相提並論。我見過一些小夥子，是那種只有外籍軍團才有的傢伙，拼了命的要幹出一番壯舉。不過他們之中沒有一個人比得上佩雷納的小指頭。這個我們稱爲達太安、波托斯、布西⑤的傢伙，他可以跟傳奇或是現實中最讓人詫異的英雄相提並論。我目睹他完成過一些壯舉，具體的我就不說了，以免大家把我當成騙子。這些壯舉太不尋常了，以至於我現在冷靜下來，都懷疑自己是不是眞的親眼所見。有一天，在賽達特，我們被追蹤……」

「我的司令，您要是再說一個字。」佩雷納叫道：「我這次就眞的出去了，眞的，您就饒了我吧……」

「我親愛的佩雷納。」阿斯特里涅克伯爵繼續說道：「我過去就總跟你說，你什麼都好，就只有一點不足：你不是法國人。」

「我的司令，我一直都回答您說，我的母親是法國人，我有著法國人的血統，而且我的脾氣秉性也像法國人。有些事情，只有法國人才能做得到。」

佩雷納和阿斯特里涅克司令兩人的手再次握在了一起。

「算了。」警察署長說道：「不提你的豐功偉績和這份報告了，不過我注意到，一九一五年的夏天，佩雷納先生遭遇了一次伏擊。柏柏爾人有四十個，你被捉了，直到上個月才又出現在外籍軍團。」

「是的，署長，是爲了交還身上的武器，我五年的服役期早就過了。」

「不過既然科斯莫·摩靈頓寫下遺囑的時候你已經失蹤四年之久，他怎麼會將你指定爲遺贈接收人呢？」

「科斯莫和我一直在通信。」

「嗯？」

「是的，我寫信告訴他我即將逃脫並且會返回巴黎。」

「你是怎麼做到的？……你那時人在哪？怎麼可能？……」

佩雷納笑而不答。

「這次是基督山伯爵啊！」署長說道：「神秘的基督山伯爵……」

「基督山伯爵，您要是想這麼說也可以，署長。我的被捕和逃跑，或者簡而言之我的戰時生活事實上都很奇怪。或許有一天把這些搞清楚也是一件很有意思的事情，不過現在我還是請大家信任我。」

屋內沉默了下來，署長再次審視了這個奇怪的人物，他心裡彷佛冒出了一連串自己也搞不明白的念頭，忍不住說道：

「還有一件事……最後一個問題。你的戰友為什麼給了你『亞森・羅蘋』這樣一個奇怪的綽號？僅僅是針對你的英勇無畏和強健體魄？」

「還有其他的，署長。因為我在那時解決了一件非常古怪的偷盜案，當時某些細節表面看來無法解釋，卻讓我因此找到了罪犯。」

「所以你是對事物有敏銳的直覺囉？」

「是的，署長，這種能力我在非洲的時候曾有幾次用到，這也是為什麼我會有『亞森・羅蘋』這樣一個綽號。那時亞森・羅蘋已經死了，人們一直在談論他。」

「那樁偷盜案性質很嚴重嗎？」

「挺嚴重的，而且受害人正是科斯莫・摩靈頓，他那時住在俄蘭省，我們的關係也正是從那次事件開始的。」

屋內的人又一次陷入了沉默中，佩雷納補充說道：

「可憐的科斯莫！……那次經歷讓他對我些微的偵探才能深信不疑。他總是對我說：佩雷納，倘若我死於謀殺（他總認為自己會死於非命），你一定要發誓替我捉拿兇手歸案。」

「他的預感並沒有成真。」警察署長說道：「科斯莫・摩靈頓並沒有被謀殺。」

「這就是您錯了，署長。」佩雷納斷言道。

署長吃了一驚。

「什麼！你是什麼意思？科斯莫・摩靈頓……」

「我是說，科斯莫・摩靈頓並非如人們所想的死於一次失誤的注射，而是如他自己所擔心的那樣，死於謀殺。」

「可是，你的推論毫無依據。」

「我依據的是事實，署長。」

「你當時在場嗎？你知道些什麼？」

「我上個月並不在場，我甚至承認自己來到巴黎後沒有每天看報紙，並不知道科斯莫的死訊，是署長您剛剛說了我才知道的。」

「這樣的話，先生，你對此事的瞭解僅限於我知道的內容，你應該相信醫生的結論。」

「不過在我看來，僅有醫生的結論是不夠的。」

「但是，你憑什麼做出這樣的指控呢？拿得出證據嗎？」

「拿得出。」

「什麼證據？」

「您的話就是證據，署長。」

「我的話？」

「正是您的話，署長。首先您說科斯莫・摩靈頓是醫生，而且醫術不錯；再者您說他接受了一次失誤的注射，導致了致命的感染，幾個小時後就去世了。」

「是的。」

「好吧，署長。我可以肯定，像科斯莫・摩靈頓這樣一位醫術不錯、可以治病救人的醫生是不會在沒有做殺菌措施的情形下接受注射的。我見過科斯莫行醫，我知道他是怎麼做的。」

「所以？」

「所以就是有某種跡象沒有引起醫生對其死因的懷疑，使得他像其他醫生一樣開出死亡證明。」

「你的看法是？……」

「勒佩爾圖斯先生。」佩雷納轉向公證人問道：「您在摩靈頓先生病危時被叫到他身邊，當時您沒注意到任何異常嗎？」

「沒有任何異常，摩靈頓先生已經陷入昏迷。」

「這很奇怪。」佩雷納指出道：「哪怕注射操作得再不得當，也不會引發如此快的反應，他當時痛苦嗎？」

「這倒沒有……不，還是痛苦的……痛苦的，我記得他臉上出現了一些棕色的斑點，我第一次見他的時候還沒有這些斑點。」

「棕色的斑點？這就證實了我的推斷，科斯莫・摩靈頓是被毒殺的。」

「怎麼會？」署長叫道。

「有人將某種物質注入了甘油磷酸鈉的藥瓶中，或者是放在了病人使用的注射器裡。」

「那醫生呢？」戴斯馬尼翁先生問道。

「勒佩爾圖斯先生。」佩雷納繼續問道：「您有沒有讓醫生看一下這些棕色的斑點？」

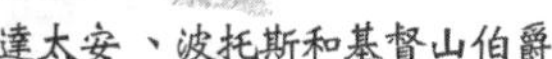

「讓他看了，他說沒什麼關係。」

「是一直替他看病的醫生嗎？」

「不是，一直替他看病的普喬爾醫生是我一個朋友，也正是他介紹我給摩靈頓先生做公證人的，他當時病了，摩靈頓先生病危時我見到的那個醫生應該是個社區醫生。」

「這是他的姓名和地址。」警察署長已經從檔案裡找出他的執照：**貝拉瓦納醫生，阿斯多路十四號**。

「您有醫生通訊錄嗎，署長？」

戴斯馬尼翁先生打開了一本通訊錄開始翻找，過了片刻，他宣佈說：

「沒有貝拉瓦納醫生這個人，也沒有醫生住在阿斯多路十四號。」

他話音一落，屋內的人都陷入長久的沉默。美國大使館的秘書和秘魯大使館的專員一直帶著極大的興趣關注著他們的談話。阿斯特里涅克司令贊同地點著頭：在他看來佩雷納是不會弄錯的。

警察署長承認道：

「顯然……顯然……當時的情形……很不對勁……那些棕色的斑點……那名醫生……這樁案子得再調查……」

他不由自主地問佩雷納道：

「在你看來，或許這樁犯罪……可能的犯罪和摩靈頓先生的遺囑之間有關聯？」

「這個我就不知道了，署長。如果是這樣的話就該假設有人知道了遺囑的內容。您認爲是這樣嗎，勒佩爾圖斯先生？」

「我不這麼認爲，因爲摩靈頓先生行事似乎非常的謹愼。」

「您的事務所內部不會出現紕漏嗎？」

「誰？我是唯一接觸過這份遺囑的人，而且保險櫃的鑰匙只有我有，像這樣重要的文件我每天晚上都會鎖進保險櫃的。」

「那個保險櫃有沒有被撬開過？您的事務所有沒有遭過小偷？」

「沒有。」

「您見科斯莫・摩靈頓先生是在哪一天上午？」

「一個週五的上午。」

「那在當天晚上您將遺囑鎖進保險櫃之前是怎麼處理的呢？」

「我大概是把它放在辦公桌的抽屜裡。」

「這個抽屜有沒有被強行打開過？」

勒佩爾圖斯先生呆住了，沒有回答。

「嗯？」佩雷納再次問道。

「嗯……有……我記起來了……是發生了一些事情……那天，就是那個星期五。」

「您確定？」

「是的。我吃完午飯回到辦公室，發現抽屜沒上鎖。可是我走的時候確實是鎖了的，這點毫無疑

問。當時我也沒有太在意。現在我明白了……我明白了……」

這樣一來佩雷納的所有假設都漸漸得到了證實，這些假設的確是有據有據，不過首要靠的還是直覺和預感。佩雷納並沒有見證這些事情的發生，卻憑著自己的聰明才智將他們連繫起來，這的確讓人感到驚異。

「先生，我已經把這件事交給一名警探了。」警察署長說道：「我們會馬上跟他核對你的結論，儘管得承認這結論有些大膽，那名警探應該已經要到了。」

「他的證據是有關科斯莫．摩靈頓繼承人的嗎？」公證人問道。

「首先是關於其繼承人的，因爲前天他給我打過電話，說是搜集到所有的資訊，也有關於……啊……我記得他跟我的秘書提到了一樁發生在一個月前的犯罪。恰恰一個月以前，剛好是科斯莫．摩靈頓……」

戴斯馬尼翁先生猛地按了鈴，他的私人秘書馬上跑了進來。

「維羅警探呢？」警察署長急切地問道。

「他還沒回來。」

「讓人去找！快把他帶來！不管怎樣馬上去找到他。」

接著他對佩雷納說道：

「一個小時前維羅警探來過這，他看起來很痛苦，而且人很焦慮，說自己被監視、被追蹤。他要向我說明關於摩靈頓一案的重要情況，並且讓人防備今夜即將發生的兩起謀殺，它們可能都緣起於科斯莫・摩靈頓的被害。」

「他來的時候很痛苦嗎？」

「是的，很不舒服，而且很奇怪，受了打擊的樣子。出於謹慎，他讓人交給我一份關於此案的詳細文件，但這份文件只是一張白紙。這就是那張紙和裝它的信封。這是他留下的紙盒，裡面有一塊巧克力，上面還有牙印。」

「我可以看一下這兩樣東西嗎，署長？」

「可以，不過它們告訴不了你任何事情。」

「說不定呢……」

佩雷納花很長時間檢查紙盒和信封，信封上印著「新橋咖啡館」的字樣。其他人都等待著他開口，彷彿他一開口就能帶來意外的曙光。佩雷納簡單地說道：

「信封和小盒子上的字跡不一樣，信封上的字跡沒有那麼清晰，而且有點發抖，顯然是模仿的。」

「這證明？……」

「署長，這證明這個黃色的信封並非來自您的警員，我推斷他可能是在新橋咖啡館的餐桌上寫完報告，將信封封上，卻一不留神讓信封被人調了包，而調包的這個信封上寫了同樣的地址，裡面卻只有一張白紙。」

「這只是推論罷了！」署長說道。

「或許吧，不過署長，您的警員發現到自己被密切監視，覺得自己在摩靈頓遺產案調查過程中發現

的內容妨礙了罪犯的計畫，所以面臨著極大的危險。可以肯定的是，他的感覺是正確的。」

「噢！噢！」

「我們得幫他，署長。從會議一開始，我就堅信我們遇上的是一樁已經開始的陰謀。但願現在還不算太晚，您的警探不要成為第一個受害人。」

「呃！先生。」警察署長叫道：「我佩服你這種果敢的特質，不過光憑這個來證明你的擔心好像還不夠，維羅警探一回來就能證明這一點了。」

「維羅警探不會回來了。」

「為什麼？」

「因為他已經回來過了，接待員看見他折回來了。」

「接待員眼花了，要是你除了他的證詞就沒有其他證據的話……」

「我有另外一個證據，署長，是維羅警探自己留下的……他在記事本上潦草地寫下了幾個幾乎不可辨識的字，您的秘書沒瞧見他寫，不過卻碰巧讓我看到了。就是這幾個字，這難道不是他回來的證據？而且是確切的證據！」

署長沒有掩飾自己的慌亂，所有在場的人似乎都很激動。秘書帶回來的消息讓大家更感到擔心：沒有人見過維羅警探。

「署長。」佩雷納斷然說道：「我堅持要求詢問接待員。」

接待員一到，佩雷納甚至沒有等署長介入就問道：

「你確定維羅警探有再次折回這間房間裡嗎？」

「非常確定。」

「他沒有再從這出去嗎？」

「絕對沒有。」

「你沒有片刻分神過？」

「一點也沒有。」

署長叫道：

「先生！要是維羅警探在這，我們會看到他的呀。」

「他在這，署長。」

「什麼？」

「請原諒我的固執，署長，不過我可以說，既然一個人進房間就沒再出去，那他一定在裡面。」

「所以他藏起來了？」署長越來越惱火了。

「不是，是昏迷了，病了……可能已經死了。」

「可人在哪呢？見鬼！」

「這扇屏風後面。」

「這扇屏風後面什麼都沒有，只有一扇門。」

「這扇門呢？」

「這扇門是洗手間的門。」

「好的，署長，維羅警探神志不清、搖搖晃晃地以爲自己從您的辦公室走進您秘書的辦公室，其實卻是進了這間洗手間。」

戴斯馬尼翁先生衝了過去，可是正當要推門而入的時候，他遲疑了一下。是害怕嗎？是想逃脫這個權威十足、發號施令的人的影響？佩雷納依舊絲毫不亂，態度裡充滿了尊重。

「我沒法相信……」戴斯馬尼翁先生說道。

「署長，我提醒您，維羅警探披露的資訊可以拯救兩條人命，他們今晚就要死了，此刻每耽擱的一分鐘都是無法挽回的。」

戴斯馬尼翁先生聳了聳肩，不過佩雷納還是借助一種強烈的信念支配著他，戴斯馬尼翁先生打開了門。

他一動不動，也沒有叫出聲來，只是喃喃地說道：

「噢！這怎麼可能！……」

借著從磨砂玻璃透進來的蒼白微光，他們看到一個人躺在地上。

「警探……維羅警探……」接待員衝過來結結巴巴地叫道。

他和秘書兩個人將維羅警探抬起來，扶到辦公室的一張扶手椅上坐下。

維羅警探還活著，不過已經十分虛弱，只能勉強聽見他的心跳，他的口角還流著唾液，眼神空洞。他臉部的部分肌肉還在抽動，或許是靠意志力堅持著。

佩雷納低聲說道：

「您瞧，署長……棕色的斑點……」

在場的人都嚇了一跳，按鈴的按鈴，呼救的呼救。

「醫生！」署長命令道：「去請醫生……隨便誰都行，還要請位牧師……我們不能讓他……」

佩雷納抬手示意大家安靜下來。

「什麼都做不了了。」他說道：「……我們還是利用一下這最後幾分鐘的時間吧……您同意嗎，署長？……」

他向這個垂死的人俯下身去，讓他的腦袋靠在椅背上，溫柔地輕聲說道：

「維羅，署長在這裡，我們想要知道今晚會發生什麼事。你聽得見我說話嗎，維羅？你要是聽得見，就把眼睛閉上。」

維羅的眼睛閉上了，但這會不會只是偶然呢？佩雷納繼續說道：

「你找到了盧梭爾姐妹的繼承人，這個我們知道，他們中有兩人面臨著死亡的威脅……犯罪即將發生在今夜。但我們不知道繼承人的名字，他們有可能已經不姓盧梭爾了，你得告訴我們。你聽好了：你在記事本上寫下了三個字母，似乎構成了Fau這個音節……我有弄錯嗎？這是不是一個名字的開頭？這三個字母之後接下來一個字母是什麼？……是B？是C？」

然而警探慘白的臉上再也沒有任何動靜，他的頭重重地垂到胸口，兩、三聲的喘息後，他猛地一抖，就再也不動了。

警探死了。

譯註：

①達太安：法國十九世紀作家大仲馬小說《三劍客》的主人公，劍術高超，有勇有謀，豪爽俠義。

②波托斯：小說《三劍客》的主角之一。

③基督山伯爵：大仲馬的經典小說《基督山恩仇記》的主人公。

④關於羅蘋與多蘿蕾絲·克塞巴赫的故事，請見亞森·羅蘋冒險系列之三《813之謎》。

⑤布西：十八世紀法國著名將領，曾任法國在印度殖民地的總督。

chapter 2

死神威脅的人

悲劇的一幕發生得如此之快，目睹它的人一時間都說不出話。公證人勒佩爾圖斯先生畫了一個十字，跪了下來。署長喃喃地說道：

「可憐的維羅……他是個正直的人，只想著服務他人，盡自己的義務……他沒去看醫生，誰知道呢？或許醫生能救他的命。他折回來是爲了交代那個秘密。可憐的維羅……」

「他有妻子吧？有孩子嗎？」佩雷納憂慮地問道。

「一個女人帶著三個孩子，」署長回答道。

「我會照顧他們的。」佩雷納簡單地說了一句。

醫生已經請來了，署長讓人把屍體移到旁邊一間屋子裡去，單獨拉過醫生對他說道：

「毫無疑問維羅警探是被毒害的，你瞧他的手腕上可以看到針刺的痕跡，周圍都發炎了。」

「有人在那個部位給他刺了一針？」

「是的，可能是借助於別針或是筆尖，但毒性沒有兇手想的那麼厲害，因爲他是幾個鐘頭之後才死亡的。」

接待員把屍體搬走了，很快署長的辦公室內只剩下他請來的五個人。

美國大使館的秘書和秘魯大使館的專員覺得自己再待在這也沒什麼用，於是便走了，離開前他們熱烈褒揚了佩雷納的洞察力。

接下來離開的是阿斯特里涅克司令，他還滿懷感情地握了握前任下屬的手。勒佩爾圖斯先生和佩雷納約好交付遺贈的時間，也打算離開，正在這時，署長快步走了進來。

「啊！你還在呢，佩雷納……太好了！我想到一件事……你在記事本上辨別出來的這三個字母……你肯定是Fau這個音節嗎？……」

「我覺得是，署長。您瞧，這不就是三個字母F、a、u嗎？……您可以注意到其中字母F是大寫的，這促使我推斷這個音節是一個專有名詞的開端。」

「的確，的確如此。」署長說道：「這裡有些奇怪的事情，這個音節剛好……我們再驗證一下吧……」

戴斯馬尼翁先生急忙翻找自己剛到辦公室時秘書放在桌角的文件。

「啊！是了。」他抓起一封信叫道，馬上看到信的落款處：「是了……正是我想的那樣……弗維爾（Fauville）……起始音節是一樣的……瞧，就是弗維爾這個姓，也沒有名字……信應當是在很亢奮的狀態下寫的……沒有日期也沒有住址……筆跡還有些抖……」

署長大聲念到：

署長先生：

我和我的兒子面臨著極大的危險，死神正在降臨。今夜，最遲明早，我就會弄到威脅我們的那個可怕陰謀的證據。我請求您允許我明天上午將這些證據交給您，請您救救我，我需要保護。

向您致敬。

弗維爾

「沒有其他訊息嗎？」佩雷納問道：「沒有寄件人的地址？」

「沒有，不過肯定錯不了，維羅警探的訊息顯然和這封絕望的求助信相吻合。正是弗維爾先生和他的兒子今夜將被謀殺。可怕的是，弗維爾這個名字太普遍了，我們不可能及時找到他們。」

「怎麼會！署長，我們可以用一切方法……」

「當然是用一切方法去尋找，我會把所有人都發動起來。但你要知道，我們半點線索都沒有。」

「啊！」佩雷納叫道：「這太可怕了，兩條生命即將逝去，我們卻救不了他們。署長，我求您管管這件事。按照科斯莫・摩靈頓的意願，您從一開始就捲進來了，而且憑著您的權威和經驗，您可以再加一把勁的。」

「這涉及到警察局……檢察官……」署長反駁道。

「當然，署長，不過難道您不認爲有些時候只有最高長官主導才管用嗎？請您原諒我的堅持……」

佩雷納話還沒說完，署長的私人秘書就拿著一張名片進來了。

「署長，這個人堅持要見您……我有點猶豫……」

署長一把奪過那張名片，又驚又喜地叫出聲來。

「你瞧。」他對佩雷納說道：

希波列特・弗維爾，工程師，蘇歇大街雙十四號

「喏。」署長說道：「天意安排讓這樁案子的所有線索都到了我手裡，由我來處理這件事，這正好如你所願。此外事情似乎在朝著有利於我們的方向發展。如果這位弗維爾先生是盧梭爾家族的繼承人之一，那任務就簡單了。」

「不管怎麼樣，署長。」公證人反對說：「我要提醒您，遺囑中有一條規定要四十八小時之後才能向繼承人宣佈，因此弗維爾先生目前還不能知道……」

辦公室的門被半推開來，有個人撞開接待員闖了進來。

他嘟囔著說道：

「警探……維羅警探？他是不是死了？有人告訴我說……」

「是的，先生，他死了。」

「太晚了！我來得太晚了。」他結結巴巴地說道。

突然間他就崩潰了，絞著雙手嚎啕道：

「啊！卑鄙的傢伙！卑鄙的傢伙！」

他禿著頂，額頭上刻著深深的皺紋，下巴緊張地抽搐，扯動著耳垂。這人大約五十歲上下年紀，面色相當蒼白，臉頰凹陷，像是生著病，眼眶裡還有淚水在打轉。

署長對他說道：

「您是指誰呢？是說那些殺了維羅警探的人？您是不是能指認出他們，爲我們的調查提供方向？……」

那人直起身道歉道：

「署長，我打擾您也沒用……可是我想要知道……我本希望維羅警探能逃過這一劫……他在我家搜集的證據是那樣的準確。或許他已經告訴您了吧？」

「沒有，他只是說今晚……今天夜裡……」

希波列特・弗維爾點了點頭。

「今晚！那馬上就到了……不過不是的，不是的，這不可能。他們對我還做不了什麼……他們還沒準備好呢。」

「可是維羅肯定地說兩起犯罪會在今天夜裡發生。」

「不，署長……他弄錯了……我很清楚……最早也得是明天晚上。我們會捉住他們的……啊！那些卑鄙的傢伙……」

佩雷納走近前來對他說道：

「您的母親叫伊莉莎白・盧梭爾，是不是？」

「是的，伊莉莎白・盧梭爾。她已經去世了。」

「她是聖德田人？」

「是的……您爲什麼要問這些？……」

「署長先生明天會向您解釋的……還有一個問題。」

佩雷納打開維羅警探留下的紙盒。

「您是否知道這塊巧克力有什麼意義嗎？這牙印？……」

「哦！」工程師低聲地叫道：「太噁心了！……警探他是從哪找到的？」

他又暈眩了片刻，不過很快就恢復過來，急急忙忙向門口走去。

「我走了，署長，我走了。明天早上，我會把一切告訴您的……到時我就會掌握所有證據……警方會保護我……是的，我是病了，不過我還是珍惜性命的！……我有活下去的權利……我的兒子也是如此……我們都會活下去的……哦！卑鄙的傢伙……」

他像個醉漢似的一路踉蹌跑了出去。

署長立刻站起身。

「我要讓人打聽一下他的背景情況……還要監視他的住處，我已經給警局打了電話，我在等一個我完全信任的人。」

佩雷納宣佈道：

「署長先生，我懇求您允許我在您的指揮下追蹤這樁案件。科斯莫・摩靈頓的遺囑賦予我這個義務，而且這也是一種權利，請您允許我這麼說。弗維爾先生的敵人既狡黠，膽子又大，我希望今晚能夠去他家並且守在他身邊。」

署長猶豫了，要是摩靈頓的繼承人一個都沒找到，或者至少他們中沒有人來妨礙他繼承那數億遺產，佩雷納能得到多大的好處啊！這一點署長怎麼會沒想到呢？是否應該認爲他是眞的想要保護希波列特・弗維爾逃過這一劫？因爲他有著高尚且崇高的情操呢？

署長觀察了他好幾秒鐘，佩雷納的臉上顯現出一種堅定的神色，眼神裡閃爍著智慧的光芒，既狡黠又質樸，嚴肅中又透著笑意。旁人是看不透他的內心的，儘管他是那樣眞摯而坦率地看著你，署長把秘書叫了過來。

「警察局有人來了嗎？」

「有的，署長，是馬茲魯隊長。」

「請他進來。」

接著署長轉向佩雷納說道：

「馬茲魯隊長是我們最優秀的警察之一，以前我要是需要機靈又積極的人做事的時候，我總是讓他和可憐的維羅做搭檔，他對你會很有用。」

馬茲魯走了進來，這個人個頭不高，身形瘦削，卻很精壯。他的鬍子朝下垂著，眼皮紅腫，淚眼婆娑，頭髮又直又長，看上去非常的憂鬱，署長對他說道：

「馬茲魯，你應該已經知道維羅的死訊，也知道他死得有多慘。我們得為他報仇，並且得防止犯罪再次發生。這位先生知道這件案子的底細，他會給你作必要的說明。你和他一起行動，明早向我彙報事情經過。」

署長這就是肯定了佩雷納的主導權，相信他的洞察力並給他自由行事的空間。

佩雷納彎了彎腰說道：

「謝謝您，署長，您將不會後悔給與我的信任。」

他和戴斯馬尼翁和勒佩爾圖斯兩位先生道了別，就和小隊長馬茲魯一起出門了。

佩雷納把自己知道的東西告訴了馬茲魯，馬茲魯對自己這位同伴的職業素養很是欽佩，做好了讓他領導自己的準備。兩人決定先去一趟新橋咖啡館。

他們從那兒獲悉維羅警探是咖啡館的常客，而且他早上確實在咖啡館裡寫了一封長信。服務員記得很清楚，警探隔壁桌的客人和他幾乎是同時進的門，也要了信紙，而且要了兩個黃色的信封。

「情況正是如此。」馬茲魯對佩雷納說道：「正如您所想的，信被調了包。」

服務員給出的那人特徵也很明確：高個子，有些駝背，栗色鬍鬚剃得很尖，戴著玳瑁的夾鼻眼鏡，用黑絲細繩繫著，拄著烏木的拐杖，拐杖頂端是天鵝頭的形狀。

「有了這些。」馬茲魯說道：「員警就可以行動了。」

兩人剛走出咖啡館，佩雷納就攔住自己的同伴。

「等等。」

「怎麼了？」

「我們被跟蹤了……」

「被跟蹤！這太難以置信了，被誰跟蹤？」

「這一點都不重要，我知道是怎麼回事，很簡單就能解決，您等我一下，我一會就回來，您別急，我保證會讓您看到這傢伙。」

佩雷納一分鐘後就回來了，和他一起的是一位又瘦又高的先生，有著連鬢鬍子。

佩雷納介紹道：

「馬茲魯先生，這位是卡塞雷斯先生，秘魯大使館的專員，他剛剛在署長辦公室和大家會過面，卡塞雷斯先生受秘魯部長之托負責搜集與我身份相關的資料。」

他又很興奮地補充道：

「好了，卡塞雷斯先生，您剛剛在跟著我……我想我們出警署的時候您就已經……」

秘魯大使館的專員打了個手勢，指了指馬茲魯，佩雷納接著說道：

「您不用擔心……馬茲魯先生不會讓您覺得不自在的！……您就當著他的面說好了……他這個人口風緊得很……再說他也清楚這件事。」

秘魯專員默不作聲，佩雷納讓他在自己對面坐了下來。

「別兜圈子了，卡塞雷斯先生。我們本來就應該直截了當地討論這個話題，我都不怕說話難聽，這樣可以節省很多時間！來吧。您是要錢，對吧？或者至少說是想再多要點錢，要多少呢？」

秘魯人最後猶豫了一下，看了一眼佩雷納的同伴，突然下定決心，用低沉的聲音說道：

「五萬法郎！」

「好傢伙！」佩雷納叫道：「您可眞夠貪的！您覺得呢，馬茲魯先生？五萬法郎，這可不是一個小數字。再者……喏，我親愛的卡塞雷斯先生，我們還是回憶一下吧。幾年前，我有幸在阿爾及利亞認識了您，瞭解您的爲人。我問您是否可以在三年之內給我造出一個假身份，就用佩雷納這個名字，西班牙－秘魯人，證件齊全，家世顯赫。您當時回答我說：『可以。』我們就談好價格：兩萬法郎。上週警察署長讓我把證件交給他。我去找了您，從您那獲知您正好在負責調查我的背景。而且一切都是準備好的。你利用已故西班牙－秘魯籍貴族佩雷納的證件爲我製造了一流的身份。我們商量好在署長面前要說些什麼，然後我就支付給您兩萬法郎，這樣兩下都結清了，您還想要什麼？」

秘魯專員此刻已經沒有半點尷尬，他雙肘支在桌子上，平靜而清晰地說道：

「先生，之前與您打交道的時候，我以爲您不過是一位因爲個人原因用外籍軍團士兵的身份作掩護，希望日後能憑此過上尊貴生活的先生。而今天牽扯到的卻是科斯莫・摩靈頓全部遺贈財產的受益人，這個人明天就可以憑藉一個假名字領到一百萬法郎，幾個月以後甚至還可能領到兩億法郎。這就完全是另外一回事了。」

這個論調對佩雷納的衝擊似乎不小，但他還是反問道：

「如果我拒絕呢？」

「如果您拒絕，我就會通知公證人和警察署長說我在調查過程中弄錯了，關於佩雷納這個人有點問題。這樣一來您什麼都得不到，甚至還很有可能會被捕。

「您也是，正直的先生。」

「我？」

「當然嘍！因爲身份造假和竄改……您還以爲我一定會屈服呢。」

專員沒有回答，他的鼻子似乎在兩縷連鬢鬍子中間又長長了一節，佩雷納笑了起來。

「算了吧，卡塞雷斯先生，別擺出這副面孔了。不會有人對您不利的，只是您也別再想把我套進去。比您更狡猾的人都試過，最後也失敗了。眞的，說到詐騙，您還眞不是一流的好手。您甚至還有些容易受騙，卡塞雷斯先生，好了，您明白了吧？我們可以停戰了？對這個完美的佩雷納別再圖謀不軌了？很好，卡塞雷斯先生，很好，我很有度量的，而且我會向您證明，我們兩個人之間一旦撕破臉，我絕對是人們會比較相信的那個。」

佩雷納從口袋裡掏出蓋有里昂信貸銀行印章的支票本。

「拿著吧，親愛的朋友，這是科斯莫・摩靈頓先生的遺贈受益人給您的。您開開心心揣進懷裡吧，向這位好好先生道個謝。拿上您的東西滾吧，別回頭。好了……滾吧！」

佩雷納說話的口吻讓秘魯專員不得不處處按照他的指令行動。他微笑著把支票收好，連說兩次謝謝後就頭也不回地跑掉了。

「無恥！」佩雷納低聲說道：「哎，您覺得呢，隊長？」

馬茲魯隊長目瞪口呆地看著他。

「這！先生……」

「怎麼了，隊長？」

「你到底是誰？」

「我是誰？」

「是啊。」

「不是跟您說了嗎？一位秘魯貴族，或者是一位西班牙貴族……我也不太清楚……總之就是佩雷納。」

「全是謊話！我剛剛看到……」

「佩雷納，從前的外籍軍團士兵……」

「夠了，先生……」

「得過勳章……所有衣服上都掛有獎章。」

「夠了，先生，我再說一遍，我要求你跟我去見署長。」

「您就讓我繼續說完好不好？從前的外籍軍團士兵……前英雄……前桑代監獄犯人……前俄羅斯王子……警察局的前局長……前……」

「你瘋了！」隊長咬牙切齒地說道：「這都是什麼鬼話？」

「都是眞話。您問我是誰……我就列舉出來了呀。我是否還應該追溯得再久一點？我還有幾個頭銜可以報給您呢……侯爵、男爵、公爵、王子、大公……各種頭銜的貴族，我曾經還是國王，甚至是亨利四世。」

馬茲魯隊長用自己那雙幹慣粗活的手揪住佩雷納看似瘦弱的手腕說道：

「沒槍吧？我不知道你是誰，但我不會鬆手的，去警署解釋吧。」

「別喊得那麼大聲，亞歷山大。」

佩雷納輕鬆地抽出自己的手腕，馬茲魯隊長那雙強有力的大手卻被鉗制住，動彈不得，佩雷納嘲笑道：

「你不認得我了，笨蛋？」

馬茲魯隊長一句話也說不出來，眼睛瞪得更大了。他試圖弄明白眼前的情形，卻完全蒙住了。這種嗓音、這種玩笑的語氣、這種大膽的調皮、眼神中的挖苦、還有亞歷山大這個並非自己本名，而是曾經有一個人送給自己的名字，這怎麼可能？

他結結巴巴地說道：

「老……老大……」

「可不是嗎？」

「但是……但是不可能……因爲……」

「但是什麼？」

「您已經死了。」

「然後呢？你認爲死了就能妨礙我活著嗎？」

隊長越來越糊塗了，佩雷納將手搭在他肩膀上說道：

「誰把你弄進警署的？」

「警察總局局長，勒諾曼先生。」

「勒諾曼先生是誰？」

「是老大。」

「就是亞森·羅蘋，對不對？」

「是的。」

「好了，亞歷山大。難道你不知道對亞森·羅蘋而言，假扮佩雷納，接受勳章，加入外籍軍團，成爲英雄並且雖死猶生，這些都要比當警察局的局長容易多了，儘管他當這個局長的時候幹得也不賴？」

馬茲魯隊長默默地看著自己的同伴，他憂傷的雙眸突然亮了起來，灰暗的面色變得紅潤了，他猛地用拳頭一敲桌子，含糊地說道：

「好吧，不過我還是要告訴您，您可別指望我！我的工作是服務社會的，我會一直照此行事。沒什麼好說的，我是老實人，不會再端其他飯碗的。啊！不，不，不，不，別逼我了！」

佩雷納聳了聳肩膀說道：

「亞歷山大，你是個笨蛋，老實的生活也沒能讓你變聰明些，誰說讓你重操舊業的？」

「可是……」

「可是，什麼？」

「您的詭計，老大……」

「我的詭計！你這是認爲我扯進這椿案子裡是有所圖謀了？」

「您瞧，老大……」

「我根本就沒圖什麼，小傢伙。就在兩個小時前，我知道的還沒你多呢。上天安排讓我成爲繼承人，也沒預先通知我。我是爲了不違背天意才……」

「所以？」

「所以我就有義務去爲科斯莫・摩靈頓復仇，找到他的繼承人，並且保護他們，把屬於他們的兩億法郎分給他們。這就是全部了，這是不是一個老實人的義務？」

「是的，可是……」

「是的，可是倘若我不老老實實地完成這項義務呢，你不就是想說這個嗎？」

「老大……」

「好了，小傢伙，要是你發現我的行爲有任何讓你不滿意的地方，要是你發現佩雷納的思想裡有半點見不得人的東西，你別猶豫，直接逮捕我就是了，我給你這個權利，我命令你這麼做，你覺得這下可以了嗎？」

「我覺得還不夠，老大。」

「你還想扯些什麼？」

「還有其他可能呢。」

「說說看。」

「您要是被捉住呢？」

「怎麼被捉住？」

「您可能會被出賣。」

「被誰出賣？」

「我們以前的同伴……」

「他們都走了，我早打發他們離開法國了。」

「去哪？」

「這是我的秘密，你呢，我把你留在警署裡以防哪一天我需要你的幫助。而且你也瞧見了，我這麼做果然是有道理的。」

「要是您眞正的身份被發現了呢？」

「那又怎樣？」

「您會被捕的。」

「不可能。」

「爲什麼？」

「他們抓不到我。」

「原因呢?」

「你自己已經說了,這理由再妙不過,而且不會被推翻。」

「什麼理由?」

「我已經死了。」

馬茲魯似乎被嗆得說不出話來,這個藉口太讓他驚訝了。他一下就看清了老大的幽默和喜感。馬茲魯猛地大笑起來,他那憂傷的臉上因此現出了滑稽的抽搐。

「啊!老大,您還是老樣子!……上帝啊,這實在太好笑了!……我還眞的以爲您死了呢?我以爲這次是眞的!……這都第二次了!……您死了!被埋了!被消滅了!啊!這太好笑了!太滑稽了!」

* * *

工程師希波列特・弗維爾住在蘇歇大街上的一所公館裡。公館的左邊是一座花園,他讓人在裡面建了一棟屋子作爲書房。這樣一來花園就只剩下幾棵樹和一塊草坪,點綴在爬滿常春藤的柵欄邊上。柵欄上開了一扇門,將房子與蘇歇大街隔開來。

佩雷納和馬茲魯一起到帕西派出所去,在那馬茲魯按照佩雷納的指示介紹自己的身份,叫了兩名員警夜間去監視工程師弗維爾的公館,並且請他們逮捕所有試圖進入公館的可疑人員。

佩雷納和馬茲魯在附近吃過晚餐,九點時,他們來到公館的正門口。

「亞歷山大。」佩雷納叫道。

「老大，什麼事？」

「你不害怕嗎？」

「不害怕，老大，爲什麼這麼問？」

「爲什麼？因爲保護弗維爾工程師和他的兒子無異於向那些人宣戰。他們想讓弗維爾父子消失，從而可以自己獲利。這些人可都是亡命之徒。你的性命，還有我的性命……隨時都可能丟掉……你不害怕嗎？」

「老大。」馬茲魯回答道：「我不知道我有一天是否會害怕，不過有一種情況我永遠都不會怕。」

「什麼情況，老夥計？」

「和您在一起的時候。」

說完這句話他堅定地按下了門鈴。門開了，一個僕人走了出來，馬茲魯遞上自己的名片。

希波列特·弗維爾在書房見了他們，工程師的桌子上堆滿小冊子、書和文件。高高的托架上放著兩張閱讀架，上面都是各種圖紙；櫥窗裡放著象牙和鋼製的模型，都是他自己製造或是設計的東西。靠牆放著一張無背的長沙發；對面是一座旋轉樓梯，上方是一間環形大廳。天花板上掛著吊燈；牆上有電話。

馬茲魯自我介紹完了之後又介紹佩雷納，說他也是警察署長派來的，接著又馬上表明兩人前來的目的：署長爲自己剛剛獲知的線索感到非常焦慮，等不及明天見面，要請弗維爾先生小心聽從警員提出的建議。

弗維爾先是有些不高興。

「我已經採取措施小心了，先生們，而且目前情況都還不錯。另一方面，我擔心你們的介入不太妥當。」

「什麼不太妥當？」

「你們會引起敵人的注意，這樣就會妨礙我搜集所需的證據。」

「您可以解釋一下嗎？」

「不，我不能。要等明天，明天早上……在那之前不行。」

「萬一太晚了呢？」佩雷納打斷問道。

「太晚了，明天？」

「維羅警探說兩起謀殺會發生在今天晚上。而且無法阻止。」

「今天晚上？」弗維爾憤怒地叫道：「我跟您說，不會的。不會是今夜，我對這一點很肯定……有些事情我知道，是不是？但是你們不知道……」

「是這樣沒錯。」佩雷納答道：「不過也可能有些東西維羅警探知道，但您不知道。他可能更深入地瞭解了您敵人的那些陰謀詭計。證據就是有人在和他對抗，有一個拄著烏木手杖的人在刺探他，最後他死了。」

希波列特・弗維爾沒有起初那麼篤定了，佩雷納堅持自己的立場，弗維爾雖說依然有所保留，卻還

是屈服於他的意志，畢竟佩雷納的意志比他堅強。

「好吧，那要怎麼做？你們總不會想要在這過夜吧？」

「正是如此。」

「這太荒唐了！只是浪費時間！就算再糟也不會在今晚……算了，你們還有什麼要問的？」

「這所公館裡還有什麼人？」

「什麼人？我妻子，她住在二樓。」

「弗維爾太太並沒有受到威脅。」

「沒有，一點都沒有。是我受到了威脅，我和我的兒子艾德蒙。所以一週來，我沒有和往常一樣睡在自己的房間，而是把自己關在這間屋子裡……我藉口是工作所需，我得熬夜寫些東西，而且得讓兒子來幫忙。」

「他也睡在這？」

「就睡在我們上面，我替他整理出來的一個小房間裡，只有裡面這個樓梯能通上去。」

「他現在在嗎？」

「在，他在睡覺。」

「他多大了？」

「十六歲。」

「但是，您換房間是因爲您害怕被襲擊？誰呢？住在公館裡的敵人？您的一名僕人？或者是外面的人？如果是這樣他們怎麼進得來呢？問題就在這了。」

「明天……明天……」弗維爾固執地回答道：「明天，我會跟您解釋的……」

「爲什麼不是今晚呢？」佩雷納堅持問道。

「因爲我需要證據，我跟您重複一遍……因爲現在空口談論會產生很嚴重的後果……而且我怕……是的，我怕……」

事實上，弗維爾渾身發抖，看上去很可憐，似乎被嚇壞了，佩雷納也不好再堅持。

「好吧。」他說道：「我只請求您能夠允許我和我的同伴在這過夜，這樣能夠隨時聽到您的動靜。」

「就如您所願吧，先生。不管怎麼說，這樣可能好一點。」

這個時候，有名僕人敲門進來說太太出門前想來見見先生，隨後弗維爾太太也馬上進來了。

她點點頭，優雅地同佩雷納和馬茲魯打了個招呼。弗維爾太太年紀在三十到三十五歲之間，是個美人，含著笑，藍眼睛，一頭捲髮，臉上雖有幾分無聊的神色，看來卻親切迷人。她穿著裸肩的舞會禮服，外罩一件絲質大衣。

弗維爾先生驚訝地問道：

「妳今晚要出門？」

「你不記得了？」她說道：「奧夫哈一家在劇院包廂裡給我留了個位子，你又讓我結束後去埃辛格太太家待上一會兒。」

「是的……的確如此……」他說道：「我一時記不得了……工作太忙了！」

弗維爾太太上手套的扣子繼續說道：

「你不來埃辛格太太家跟我碰頭嗎？」

「爲什麼要去？」

「他們會很高興見到你的。」

「我可不要，再說我身體也不太好。」

「那我就原諒你不來了。」

「是的，妳會原諒我的。」

「他累了。」

「艾德蒙不在這嗎？我還以爲他和你一起工作呢。」

弗維爾太太優雅地攏了攏大衣，站了幾秒鐘，彷彿在想著要說些告別的話語，她隨後說道：

「睡了？」

「是啊。」

「我本來想抱抱他呢。」

「不用了，妳會吵醒他的，再說車子都停在樓下了。去吧，親愛的，玩得開心。」

「哦！玩得開心……」她說道：「劇院能好玩到哪去。」

「總比悶在房裡的好。」

氣氛有點尷尬，可以感覺到這是一個不太和睦的家庭，男人身體不好，無法從事社交界的玩樂，把自己關在家裡，妻子卻四處尋找和自己的年齡、生活習慣相符的娛樂活動。

弗維爾先生沒再對妻子說話，她彎了彎腰，吻了一下他的額頭。

弗維爾太太重新和兩個客人打個招呼就出門了。

過了一會，他們聽見車聲遠去。

希波列特・弗維爾馬上按了鈴，站起身來說道：

「家裡沒人察覺到我正面臨著危險，我對誰也沒說，連我的隨身傭人西爾維斯特也不知道，他服侍我很多年了，爲人相當正直。」

僕人進來了。

「我要睡了，西爾維斯特，你準備一下吧。」弗維爾先生說道。

西爾維斯特掀開長沙發的上部，變出一張舒適的床來，鋪好床單和被褥。然後他又按照主人的吩咐端來了一只水瓶、一個玻璃杯、一碟蛋糕和一盤水果。弗維爾先生嚼著糕點，又切了一顆蘋果，蘋果看來還沒熟。弗維爾先生又拿起另外兩個摸了摸，覺得也都不好，就放下了，然後他削了顆梨吃。

「把水果留下吧。」他對僕人說道：「要是夜裡餓了我也有東西可以吃……啊！我剛剛忘記了。這兩位先生要留在這過夜，這事別告訴任何人，明天早上等我按鈴你再過來。」

僕人於是退下了，走之前將水果盤放在桌子上。佩雷納對這一切都留意著，數了數盤子裡有三顆梨，四顆蘋果。這些都機械般忠實的存進他腦子裡，讓自己以後能回憶起這個晚上所有細微的末節。

弗維爾先生上樓沿著環形大廳去了兒子睡的房間。

「他睡得很熟。」弗維爾對跟上樓的佩雷納說道。

房間很小，空氣是通過一處特製的通風系統流進來的，因爲釘死的木製百葉窗將天窗堵得很嚴實。

「這是我去年採取的措施。」希波列特・弗維爾解釋道：「我以前都是在這間屋子裡做電學實驗，害怕有人窺視我，所以把屋頂的窗戶封上了。」

他又低聲補充道：

「很久之前就已經有人在我周圍晃蕩了。」

他們下了樓，弗維爾看了看錶。

「十點十五分……該睡了，我很累了，請你們原諒……」

佩雷納和馬茲魯將兩張扶手椅搬到連接書房和公館門廳的走道裡，就在那安頓下來。

希波列特・弗維爾儘管非常不安，卻一直都還能控制自己，可是在離開他們前，他突然一陣虛脫，發出一聲微弱的叫喊。佩雷納轉過身，看見他臉上和脖子汗如雨下，整個人因爲狂熱和焦慮哆嗦著。

「你怎麼了？」

「我好怕……我好怕……」他說道。

「傻話。」佩雷納叫道：「我們兩個人都在這呢！我們甚至可以在您身邊過夜，就守在您的床頭。」

工程師突然間猛烈地搖晃著佩雷納的肩膀，臉上抽搐著，結結巴巴地說道：

「就算你們有十個人……就算你們有二十個人在我身邊，你們就能阻止他們了嗎？他們是無所不能的，您聽到了……他們是無所不能的！……他們已經殺了維羅警探……他們也會殺了我的……而且他們還會殺了我的兒子……啊！惡棍……我的上帝啊，可憐可憐我吧！……啊！多可怕呀！……我承受的痛苦！」

他跪了下來，捶著自己的胸膛重複地說道：

「我的上帝啊，可憐可憐我吧……我不想死……我不想我兒子死……可憐可憐我吧，我求您了……」

他一下子又跳起身，將佩雷納領到一扇櫥窗前，他推了一下，裝了銅輪的門很容易就開了，露出裡面一個封在牆裡的小箱子：

「我的故事都在裡面了，三年來每天記下的，我要是出了事，你們很容易就可以爲我報仇。」

他快速轉動鎖上的字母，又從口袋裡掏出一把鑰匙，這才打開了箱子。箱子裡面四分之三都是空著的，只有當中一格的空格中有一本灰色帆布的記事本，繫著一根紅色的橡膠帶。

他抓過筆記本晃了晃，說道：

「你們瞧……就是這個……一切都在裡面了。有了這個就可以構築出這樁陰謀……裡面有我起初的懷疑，還有後來的肯定……一切都有了……一切……可以捉住他們……擊敗他們……您會記得的，不是嗎？一本灰色的帆布筆記本……我把它放回箱子裡了……」

弗維爾先生漸漸平靜下來，他又推上櫥窗，把文件整理好，打開床頭燈，將書房正中的吊燈關了，

請佩雷納和馬茲魯離開。

佩雷納開始在屋內打轉，檢查兩扇窗的鐵製百葉窗。忽然他注意到屋子入口的對面還有一扇門，於是就問工程師……

「那門是我的老客戶走的。」弗維爾說道：「有時候我也從那邊出去。」

「門是通往花園的？」

「是的。」

「它有關上嗎？」

「您可以去看看……不僅鎖上了，還加了一根保險閂，兩把鑰匙都在我的鑰匙串上，和花園的鑰匙在一塊。」

他把鑰匙串和錢包都放在桌子上，然後給錶上好發條，也將它和鑰匙放在一處。

佩雷納毫不客氣地抓過鑰匙串，試了試鎖和保險閂。通往花園的地方有三級臺階，他在窄窄的花壇周圍繞了一圈。透過柵欄上的常春藤他可以瞧見兩名員警在大街上巡邏，還可以聽到他們的聲音。佩雷納又檢查了柵欄上的鎖，也是鎖上的。

「嗯。」他爬上臺階說道：「一切都很好，您可以放心，明天見。」

「明天見。」工程師一邊說，一邊將佩雷納和馬茲魯送到門口。

他的書房和走道之間有雙層門，一扇是棉墊填充的，外面包了一層人造革；另一邊走道和門廳是靠厚厚的門簾分隔開來的。

「你可以睡了。」佩雷納對自己的同伴說道：「我來守著。」

「可是老大，您不會眞認爲有危險吧！」

「鑑於我們已經採取的預防措施，我不認爲會有危險。但你是了解維羅警探的，你認爲他是個胡編濫造的傢伙嗎？」

「他不是，老大。」

「這就對了，你也知道他的預言。他這麼說一定是有自己的道理，所以我得醒著。」

「輪班吧，老大，到我的時候叫我。」

他們兩人都一動不動的待著，有一搭沒一搭地說了幾句話，很快馬茲魯就睡著了。佩雷納坐在扶手椅上沒有動，豎著耳朵。公館裡一切都很平靜，外面時不時有汽車或是馬車開過的聲音，還可以聽到奧特伊鐵路線上駛過的最後幾班火車的聲音。佩雷納好幾次站起身來走近門邊，沒有任何動靜。毫無疑問，希波列特・弗維爾睡著了。

「很完美。」佩雷納自忖道：「大街上有人守著，這棟屋子只有一個入口，沒什麼好擔心的。」

淩晨兩點的時候，一輛汽車在公館外面停了下來。一位等在配膳室和廚房那邊的僕人急急忙忙向大門走去。佩雷納熄了走道裡的燈，微微掀起門簾，瞧見弗維爾太太進來了，後面跟著西爾維斯特。

弗維爾太太直接上了樓，大約有半個小時的時間，還可以聽見樓上有低低的人聲和椅子移動的聲音，接著就一片沉寂了。在這種沉寂中，佩雷納覺得自己心裡湧出一種難以言明的不安。爲什麼呢？他說不上來。可他實在擔心得厲害，而且感覺越來越強烈。他喃喃自語道：

「我要去看看他是不是還睡著，門應該沒鎖。」

事實上，他輕輕推了一下門就開了，他握著手電筒向床邊走去，希波列特・弗維爾面朝牆睡著。

佩雷納鬆了口氣，回到走道裡搖了搖馬茲魯說道：

「該你了，亞歷山大。」

「沒什麼事吧，老大？」

「沒有，什麼也沒有，他熟睡著呢。」

「您是怎麼知道的？」

「我去看了他。」

「眞怪，我都沒聽見，我眞是睡死了。」

他跟著佩雷納走到屋子裡，佩雷納對他說道：

「你坐下吧，別吵醒他，我要睡一會。」

後來佩雷納又換了一次崗，不過他即使睡著的時候也依然知道周圍發生的一切。掛鐘低沉的聲音逢點就報時，佩雷納每次都數著。後來外面的世界甦醒過來了，送牛奶的車聲滾滾而過，郊區最早的幾班火車也發出鳴笛聲。

公館裡新的一天的喧鬧也開始了，日光透過百葉窗的縫隙漏了進來，屋子裡漸漸地亮起來。

「我們走吧。」馬茲魯隊長說道：「最好別讓他發現我們在這。」

「安靜點。」佩雷納一邊急急地打著手勢一邊命令道。

「爲什麼?」

「你會吵醒他的。」

「您也瞧見了，他睡得很熟，不會醒的。」馬茲魯說道，聲音一點也沒放輕。

「是的……眞是這樣……」佩雷納輕聲說道，他很驚訝說話的聲音竟然沒有打擾到睡著的人。

他突然又感到一陣不安，就是他在午夜時產生的那種感覺。這種不安更明確了，儘管他不想、也不敢去弄明白這種不安的因由。

「怎麼了，老大?心事重重的樣子，發生什麼事?」

「沒什麼……沒什麼……我有點怕。」

馬茲魯顫抖了一下。

「怕什麼?您這話就和他昨晚說的一樣。」

「是的……是的……而且是出於同樣的原因。」

「到底是?……」

「你還沒明白?……你還沒明白我是在想……」

「到底是什麼?」

「我在想他是不是死了!」

「您瘋了吧，老大。」

「不……我不知道……只是……只是……我感覺到死亡的氣息。」

佩雷納拿著電筒站在床的對面一動不動，他這樣一個天不怕地不怕的人竟然沒有勇氣去照一照希波列特・弗維爾的面龐，屋內愈發靜得嚇人。

「哦！老大，他沒有在動……」

「我知道……我知道……我現在才發現他昨晚一次都沒動過，我正是被這點嚇到了。」上前一步還眞的是不容易，佩雷納幾乎到床邊了，工程師似乎已經沒有呼吸。佩雷納一把握住他的手，手是冰涼的，佩雷納一下子重新冷靜下來。

「窗戶！打開窗戶！」他叫道。

光線照進了屋內，佩雷納看見希波列特・弗維爾的身子是腫著的，上面還有棕色的斑塊。

「啊！他死了。」他低聲說道。

「天啊！……天啊！……」隊長結結巴巴地說道。

有兩三分鐘的時間，兩個人像是石化了一般，徹底傻掉了，他們被眼前發生的神秘事件震住了。佩雷納腦海中突然跳過一個念頭。他飛奔上樓，一路小跑穿過大廳衝進了閣樓間。希波列特・弗維爾的兒子艾德蒙僵直地躺在床上，面如土灰，也已經死了。

「天哪！……天哪！……」馬茲魯重複地說道。

佩雷納在他冒險傳奇的一生中可能從來沒有過這樣的震驚。他感到一陣疲勞，彷彿無力做出任何動作，說出任何一句話。父子倆都死了！他們就在昨晚遇害了！幾個小時以前，儘管房屋有人看守著，入口都是封閉的，還是有人通過針刺的手段毒死了他們倆，就像之前毒死美國人科斯莫・摩靈頓一樣。

「天哪！」馬茲魯還在重複地念叨著：「我們在這有什麼用呢，還誇口要救他們！」

馬茲魯的話裡有一絲責備，佩雷納捕捉到了，承認說：

「你說得有道理，馬茲魯，我不配承擔這項任務。」

「我也不配，老大。」

「你……你……你只是昨晚才牽扯進來的。」

「您也是一樣，老大。」

「是的，我知道，我們都是從昨晚開始才被扯進來的，而他們卻已經密謀了好幾個禮拜……不管怎麼說，他們還是死了，而且我還在這！我就在這，亞森．羅蘋……事情就發生在我眼皮底下，但我卻什麼都沒看見……我什麼都沒看見……這可能嗎？」

他露出那個可憐的男孩的肩膀，指著他上臂上針刺的痕跡說道：

「同樣的痕跡……顯然就和我們在父親身上找到的一樣……孩子似乎也沒感到痛苦。不幸的孩子！他看起來並不強壯……不管怎樣……還是長得挺俊的……啊！做母親的該有多傷心啊！」

隊長又是憤怒又是憐憫，哭了出來，一邊還含混不清地說道：

「天哪！……天哪！」

「我們會爲他們報仇的，對吧，馬茲魯？」

「可不是嘛，老大！得報兩次而不是一次！」

「一次就夠了，馬茲魯，不過眞得好好算這筆帳。」

「啊！我發誓一定要替他們報仇。」

「你說得有道理，我們一起發誓。我們發誓一定要討回這兩條人命，一日不將殺害希波列特・弗維爾和他兒子的兇手繩之以法，我們便一日不甘休。」

「我以我的靈魂起誓，老大。」

「很好。」佩雷納說道：「現在開始幹活吧，你馬上打電話給警署，戴斯馬尼翁先生一定會想要你馬上通知他，這樁案子會讓他感興趣的。」

「要是僕人過來呢？要是弗維爾太太……」

「我們不開門就不會有人來，而我們只會給警察署長開門。接下來由他來通知弗維爾太太她成爲了寡婦，而且兒子也沒了。你去吧，快點。」

「等一下，老大，我們忘了一件很能幫到我們的事情。」

「什麼？」

「箱子裡灰色帆布的小本子，弗維爾先生在裡面有寫下針對自己的陰謀。」

「啊！該死。」佩雷納說道：「你說得有道理……而且他忘記把鎖上的數字打亂了，鑰匙串又留在桌子上。」

他們匆匆忙忙下了樓。

「讓我來吧。」馬茲魯說道：「按規定您還是別碰這個保險箱。」

馬茲魯拿出鑰匙串，翻出箱子將鑰匙插了進去。他滿心都是焦慮，佩雷納這種感覺則更甚。他們終於要知道這個神秘的故事了！死神將劊子手的秘密交付給了他們！

「上帝啊，你也太慢了！」佩雷納抱怨道。

鐵格子裡塞滿了文件，馬茲魯伸出手去摸索。

「好了，馬茲魯，把它給我。」

「什麼？」

「灰色的帆布記事本啊。」

「不可能，老大。」

「嗯？」

「它不見了。」

佩雷納搶忍住罵人的衝動，工程師當著他們的面放進箱子裡的灰色帆布筆記本不見了！

馬茲魯搖了搖頭。

「天哪！這麼說他們知道這本本子的存在？」

「該死！他們還知道其他很多東西，我們跟這些傢伙的較量才剛剛開始，所以別浪費時間了，打電話吧。」

馬茲魯遵從了他的命令，戴斯馬尼翁先生讓人告訴他說自己等會回電。馬茲魯就一直等著，佩雷納在屋裡走來走去，仔細檢查各樣物品。幾分鐘之後，他在馬茲魯身邊坐了下來。他尋思了很長時間，然後盯著水果盤喃喃地說道：

「你瞧，只剩三顆蘋果，而不是原來的四顆，這麼說他又吃掉了一顆？」

「的確如此，他應該又吃掉一顆。」馬茲魯說道。

「這就怪了，因爲他之前還說蘋果都沒熟啊。」佩雷納接著說道。

佩雷納又一次陷入沉默，手又肘支在桌子上，顯然心事重重的樣子。隨後他抬起頭，冒出了這些話：

「我們進屋前犯罪就已經發生了，就在十二點半的時候。」

「您知道些什麼，老大？」

「殺害弗維爾先生的人碰到桌上的東西，他之前放在上面的錶摔在了地上。錶是被物歸原位了，可是因爲這麼一摔卻停了，指針剛好在十二點半。」

「所以，老大，我們淩晨兩點左右進來的時候，身邊躺著的就已經是一具屍體了，樓上是另外一具？」

「是的。」

「但這些魔鬼是從哪進來的呢？」

「從這扇通往花園的門和朝向蘇歇大街的柵欄那邊進來的。」

「那麼他們有門閂和門鎖的鑰匙了？」

「他們有萬能鑰匙。」

「不是還有警員在外面監視著這棟屋子嗎？」

「他們現在還在監視著呢，從一個點走到另一個點，也想不到有人可以在他們背轉身的時候溜進花園裡，罪犯出入的時候正是這麼幹的。」

馬茲魯隊長似乎呆住了，罪犯行動的大膽、靈巧和精確讓他不知所措。

「他們太強悍了。」他說道。

「的確如此，馬茲魯，你說對了。而且我可以預言，接下來的戰鬥會很可怕。該死！這攻擊多猛烈呀！」

電話鈴響了。佩雷納留下馬茲魯繼續和署長溝通，自己拿了那串鑰匙，很容易就打開了門閂和門鎖進到花園裡，希望能找到有助於自己調查的痕跡。

和前天晚上一樣，透過常春藤的枝蔓，他可以看見兩名員警在兩盞煤氣燈之間來回的巡邏。他們絲毫沒有注意到他。公館裡發生的一切似乎和他們完全沒有關係。

「這就是我犯下的大錯。」佩雷納想道：「不該把工作交給一些沒有意識到其重要性的人。」

佩雷納調查的結果是發現沙石上有些足跡，不過很模糊，沒法辨別出鞋的尺寸，但卻可以證實佩雷納之前的假設：強盜就是從這兒經過的。

突然他一陣興奮。他在小徑邊上一小叢杜鵑的枝葉間瞅見了一樣紅色的東西。他彎下腰去，這是一顆蘋果，就是他已經注意到水果盤中少掉的那一顆。

「太好了。」他自忖道：「希波列特・弗維爾並沒有吃掉它，它是被某一名罪犯拿走了……是一時的心血來潮……或是突然餓昏了頭……而蘋果從他手裡滾掉了，他卻又沒時間去找。」

佩雷納撿起那顆蘋果觀察了一番。

「啊！這怎麼可能？」他顫抖著說道。

佩雷納一句話也說不出來，巨大的衝擊下他無法接受呈現在自己眼前的事實，這顆蘋果被人咬了一口，上面留下了牙印！

「這怎麼可能？」佩雷納重複道：「他們中怎麼會有人這麼不小心？蘋果應該是在他不知道的情形下掉落的……或者是他在黑暗中找不到了。」

他沒反應過來，試圖找到解釋。可是事實就擺在這。兩排牙齒呈半弧形，穿透了蘋果薄薄的紅色表皮，在果肉裡留下了清晰而且規則的咬痕。上面一排有六顆，下面的都連成了一條弧線。

「虎牙！」佩雷納喃喃的說道，他都無法將目光從這兩排牙印上移開。「虎牙！維羅警探的巧克力上已經刻著這些印跡了！多巧合呀！這是否只是偶然呢？還是，咬了這顆蘋果的人和咬了維羅警探作爲鐵證帶到警署的那塊巧克力的是同一個人呢？」

佩雷納猶豫片刻，是不是應該留著這項證據以便自己進行後續調查呢？可是他一碰到這件東西就很反感，覺得渾身不舒服。他扔掉蘋果，任由它滾落到枝葉下面。

他內心再次重複道：

「虎牙！……猛獸的獠牙！」

佩雷納重新關上了花園的門，插上門閂，把鑰匙串放在桌子上。他對馬茲魯說道：

「你跟署長通過話了？」

「是的。」

「他會過來嗎？」

「會的。」

「他沒命令你給派出所所長打電話？」

「沒有。」

「這是因爲他想親自看看這一切，這樣更好！警察局呢？還有檢察官？」

「署長已經通知他們了。」

「你怎麼了，亞歷山大？問一句才答一句。好吧，然後呢？你幹嘛這麼奇怪的看著我？怎麼了？」

「沒什麼。」

「好吧。你腦子裡大概還在想這件事吧。事實上，這裡頭……署長肯定高興不起來……他輕率地把這任務交給我，會有人要求他解釋我爲什麼會出現在這……啊！關於這一點，你最好能就我們在這的所作所爲承擔起一切責任。是不是？這對你更好些。把你自己放在前面，儘量抹去我的痕跡，特別是別傻傻的說你自己昨晚在走道裡睡覺，這麼說對你沒什麼好處，我們就這麼說定了。我先走了，要是署長需要我的話，讓人往我家裡打電話，我就住在波旁宮廣場，我想他會找我，我會待在那的。再見，我參與等下的調查也沒什麼用，留在這也不合適。再見，夥計。」

佩雷納朝著走道處的門走去。

「等等。」馬茲魯叫道。

「等等？怎麼了……」

隊長衝上前來擋在佩雷納和門之間。

「是的，等等……我不同意您的看法，您最好等署長來到。」

「我才不管你的看法呢。」

「可以不管，但是您過不去。」

「什麼！這！亞歷山大，你是不是有病啊？」

「喏，老大。」馬茲魯弱弱地哀求道：「您留下來又有什麼關係呢？署長想和您談談，這很正常啊。」

「啊！是署長想要留住我？……好吧，小傢伙，你就告訴他，我不會聽他的命令的，我不聽任何人的命令，哪怕是共和國總統或是拿破崙一世擋我的道……呸！我廢話太多了，走了。」

「您過不去的！」馬茲魯伸出手臂用堅定的語氣說道。

「太好笑了。」

「您過不去的。」

「亞歷山大，我數到十。」

「您要是願意可以數到一百，但是您沒法……」

「啊！你眞是死腦筋，我再說一次。我要走了，你滾開！」

佩雷納抓住馬茲魯的肩膀使他在原地打了個轉，然後一推，馬茲魯就撞上長沙發，佩雷納打開門。

「站住！不然我就開槍了！」

馬茲魯已經站穩腳跟，一手握槍，一副大義凜然的樣子。

佩雷納驚訝地站住了。不過他對眼前的威脅毫不在意，面對槍口依然冷靜異常。可是馬茲魯，他從前的同謀、他熱忱的追隨者、他忠誠的僕人，他怎麼膽敢做出如此舉動？這簡直是奇跡。

佩雷納走近他跟前，輕輕地拍了拍他緊張的胳膊，問道：

「署長的命令，是吧？」

「是的。」隊長慚愧地低聲說道。

「他命令你在他到達前留住我？」

「是的。」

「要是我想走，就要攔住我？」

「是的。」

「動用一切手段？」

「是的。」

「甚至是對我開槍？」

「是的。」

佩雷納思考了片刻，嚴肅地說道：

「馬茲魯，你會開槍的，是不是？」

馬茲魯隊長低下了頭，用微弱的聲音說道：

「是的，老大。」

佩雷納沒有生氣，而是用充滿贊許和深情的眼神看著他。眼見自己昔日的戰友有如此強烈的責任感和紀律性，這讓他很是欣慰。什麼都壓不倒馬茲魯的責任心，哪怕他對自己的主人再佩服、再依戀。

「我不恨你，馬茲魯。我甚至贊同你的舉動。只是你得解釋爲什麼署長……」

隊長沒有回答，可是他的眼神是那樣的痛苦，佩雷納被嚇到了，一下子明白過來。

「不……不。」他叫道：「這太荒唐了……他怎麼能這樣想……你呢？馬茲魯，你也認爲我有罪？」

「哦！我，老大，我相信您就像相信我自己……您不會殺人的，不會的！……可是，有些事情……有點巧合……」

「有些事……有點巧合……」佩雷納慢慢地重複道。

他陷入了沉思，然後低聲說道：

「是的……說到底……你說的也是事實……是的，這一切都很巧合……我怎麼之前就沒想到呢？……我和科斯莫・摩靈頓的關係、我到了巴黎恰逢他的遺囑宣佈、我堅持要在這過夜、弗維爾父子一死我就可能會拿到兩億法郎……你的署長還眞是有道理！……什麼！看來我完蛋了。」

「哦！老大。」

「完了，夥計，你記好了……我完了，不是以從前的怪盜、從前的苦役犯、從前隨便扮成什麼人的亞森・羅蘋的身份……我在那片戰場上是無懈可擊的……現在我是作爲遺贈受益人、老實人佩雷納完蛋的。這太可惜了！我要是進了監獄，誰去找到殺害科斯莫、維羅和弗維爾父子的兇手呢？」

「哦！老大……」

「你閉嘴……聽著……」

一輛汽車在蘇歇大街停了下來，後面又是一輛，顯然是署長和檢察官到了。

佩雷納一把抓住馬茲魯的胳膊說道：

「只有一個辦法，亞歷山大，別說你夜裡睡過覺。」

「這不可能，老大。」

「眞是笨蛋！」佩雷納低聲埋怨道：「怎麼會長了這麼個木頭腦袋呢！老實得讓人討厭，那怎麼辦？」

「找到犯人，老大……」

「哼！你瞎扯些什麼呢？」

這下輪到馬茲魯抓住他的胳膊了，馬茲魯近乎絕望地抓著他，帶著哭腔說道：

「找到犯人，老大。不然您就完了……這是肯定的……署長已經跟我說了……總得交一名犯人給警方……今晚……得有個犯人……您得找到他。」

「你開玩笑的吧，亞歷山大。」

「這對您而言就跟遊戲一樣，您只要願意找就一定能找到。」

「可是現在半點線索都沒有，笨蛋！」

「您會找到的……您必須得找到……我求您了，交個人出來吧……要是您被抓了，我會很難過的。羅蘋老大您被指控爲殺人犯！不……不……我求您了，找出兇手把他交出去……您有一天的時間呢……以前做過類似的案子太多了！」

馬茲魯結結巴巴地邊說邊哭，他絞著雙手，臉皺成可笑的一團。面對威脅著自己主人的危險，他的痛苦和失措是那樣的眞實動人。

透過走道裡的門簾已經可以聽到署長的聲音。第三輛車停在了蘇歇大街上，然後是第四輛，兩輛車大概都是裝著員警的。

公館被圍了個水洩不通，佩雷納默不作聲，馬茲魯在他旁邊，一臉的焦慮，似乎在懇求他，幾秒鐘過去了。佩雷納沉著地宣佈道：

「亞歷山大，不管怎樣，你的確將形勢看得很清楚，你的擔心完全是有道理的。幾個小時內，我要是無法向警方交出謀殺弗維爾父子的兇手，今晚，四月的第一天，禮拜四，我，佩雷納，就得睡在監獄潮濕的草席上。」

chapter 3

褪色的綠松石

早上大約九點鐘的時候，署長走進這間屋子。兩起神秘的謀殺案正是發生在這裡，讓人費解。

他甚至都沒跟佩雷納打招呼，要不是警察局局長幾句話簡要地介紹了一下這個編制的傢伙，陪同署長進來的幾位檢察官還以爲佩雷納只不過是馬茲魯隊長的助手罷了。

署長很快檢查了兩具屍體，讓馬茲魯稍微解釋一下。

接下來他又走回門廳，去了二樓的一間會客室。弗維爾太太知道了他的來訪，馬上去會客室見他。

佩雷納本來一直在走道裡沒有動，這時他也溜到門廳。公館裡的傭人已經知道出了事，四處亂竄，門廳裡人來人往。佩雷納走下通往平臺的幾級臺階，那處平臺正對著大門。

門口已經有兩個人守著了，其中一個對他說道：

「這不能過。」

「可是……」

「這不能過……這是命令。」

「命令？誰的命令？」

「署長本人。」

「眞不走運。」佩雷納笑著說道：「我守了一整夜都餓死了，就沒法弄點吃的東西？」

兩名員警對視了一眼，其中一個對傭人西爾維斯特打了個手勢。他走上前來，員警交待了他幾句。西爾維斯特走到餐廳和配膳室那邊，取回來一個羊角麵包。

「好的。」佩雷納道了謝，心裡想道：「這就是證明：我被包圍了。這正是我想知道的。不過戴斯馬尼翁先生有點不夠細心。要是他想扣住的是亞森．羅蘋，這些員警可不夠；要是針對的是佩雷納，放他們在這也沒用啊，因爲佩雷納先生一跑就等於自己放棄了科斯莫的遺產。就衝著這個，我就坐著等吧。」

他眞的回到走道裡坐回原先的位子，等待著接下來要發生的事情。

書房的門開著，他可以看見檢察官正在進行調查。檢察官對兩具屍體進行了初步的檢查，很快認出跟自己第一天晚上在維羅警探的屍體上發現的是一樣的毒殺痕跡。然後員警將屍體抬到兩間相鄰的房裡，正是父子倆不久前居住的房間，就在公館的三樓。

署長又下了樓，佩雷納聽見他對檢察官說道：

「可憐的女人！她一開始甚至都不願弄清楚是怎麼回事……等一明白過來，人就一下子直挺挺地倒在地上暈了過去。你們想想！丈夫、兒子，一下子全沒了……不幸的人啊！」

佩雷納沒能聽見接下來的動靜，門被人關上了。署長應該是下了命令，因爲原本守在正門口的兩名員警移到門廳裡，就在走道的盡頭，一左一右站在門簾兩邊。

「顯然，對我的監視更嚴了，看來亞歷山大把實情告訴署長了，他一定很爲難。」

正午時，西爾維斯特給佩雷納送來了一盤吃的，接下來又是漫長而痛苦的等待。

書房和公館裡因爲午餐而中止的調查又開始了。佩雷納可以察覺到四周都是人聲，還有人不停地走來走去。最後，他又累又無聊，倒在扶手椅上睡著了。

馬茲魯隊長叫醒他的時候已經是下午四點了，他一邊領著佩雷納往外走，一邊低聲說道：

「哎，您找到他沒？」

「誰啊？」

「兇手啊。」

「當然嘍！」佩雷納說道：「這還不容易。」

「啊！幸好。」馬茲魯沒明白佩雷納是在開玩笑，高興地說道：「要是像您之前說的，找不到兇手，那您就完蛋了。」

佩雷納進了門，屋子裡聚集著檢察官、預審法官、警察局局長、地區派出所所長、兩位便衣警探，還有三名穿制服的員警。

外面蘇歇大街上傳來陣陣喧譁，派出所所長和三名員警遵署長之命出去驅散圍觀的人群，一開門屋裡的人就聽到外面一個小販嘶啞的叫聲：

「蘇歇大街兩起謀殺案！維羅警探死亡細節！員警陷入恐慌！」

門關上後，屋裡安靜了下來。

「馬茲魯沒錯。」佩雷納想到：「要麼是我，要麼是其他某個人，這是明擺著的事情。要是我沒法在審問過程中理出頭緒，向他們指認這個神秘人物，他們今晚就會把我丟出去交差。當心了啊，羅蘋！」

每逢重大的戰鬥來臨，他都會因爲興奮而戰慄，這次也是。這場激戰可以排在他經歷過的最可怕的戰鬥之列了。佩雷納知道這位警察署長聲名顯赫、經驗豐富、堅韌不拔，他樂於調查重大案件，並在將案件移交檢察官之前就弄個水落石出；佩雷納也知道警察局局長優秀的職業素養，知道預審法官的明察秋毫和他環環相扣無懈可擊的邏輯。

領頭發起攻擊的是警察署長。他也不兜圈子直奔主題。署長的語氣有些乾澀，口吻中沒了半分之前對佩雷納的好感。他的態度也很強硬，佩雷納前一天印象中的善良溫厚蕩然無存。

「先生。」他說道：「迫於形勢，你以科斯莫・摩靈頓先生遺贈受益人和其代表人的雙重身份在這裡過了夜，而就在當晚，這裡發生了兩起謀殺案。我們想要收集你對昨夜發生的事情的詳細供詞。」

「署長。」佩雷納直接反擊道：「換句話說，形勢所迫，您允許我在此處過夜，您想要知道我的供詞是否與馬茲魯隊長的供詞相吻合。」

「是的。」署長說道。

「也就是說您認爲我所扮演的角色很可疑？」

戴斯馬尼翁先生猶豫了，盯著佩雷納的眼睛，顯然他被眼前這個人坦誠的目光打動了。然而，他還是用生硬的語調清楚地回答道：

「你不能向我提問，先生。」

佩雷納彎了彎腰。

「我聽從您的命令，署長。」

「請你告訴我們你所知道的一切。」

佩雷納仔細講述了事情發生的經過。戴斯馬尼翁先生聽完以後思考了片刻說道：

「有一點我們得弄明白，你今天淩晨兩點半進入這間屋子在弗維爾先生身邊坐下的時候，沒有跡象顯示他已經死了嗎？」

「沒有任何跡象，署長……否則我和馬茲魯隊長當時就通知警署了。」

「花園的門是關著的？」

「一定是關著的，因爲我們今天早上七點才打開這扇門。」

「用什麼開的？」

「鑰匙串上的鑰匙。」

「那從外面進入的兇手是怎麼打開門的呢？」

「用了萬能鑰匙。」

「你有證據認定門是通過萬能鑰匙打開的嗎？」

「沒有，署長。」

「所以除非有證據，否則我們應該認定門不是從外面被打開的，兇手就在屋內。」

「可是，署長，屋裡只有我和馬茲魯隊長兩個人！」

屋裡一陣沉默，這陣沉默的含義是顯而易見的，戴斯馬尼翁先生即將說出口的話更加肯定了這點。

「你夜裡沒睡？」

「睡了，快到早上的時候睡了。」

「之前你在走道裡的時候沒有睡？」

「沒有。」

「那馬茲魯隊長呢？」

佩雷納有那麼一秒鐘的猶豫，但他怎麼能指望老實認眞的馬茲魯會違背自己的良心說話呢？他回答道：

「馬茲魯隊長在扶手椅上睡了一覺，他是兩小時後弗維爾太太回來時才醒過來的。」

屋內又一次陷入了沉默，意義很明顯。

「那麼，馬茲魯隊長睡著的這兩個小時之內，事實上你完全有可能打開門殺害弗維爾父子二人。」

審問按照佩雷納預計的步驟進行，他身陷的包圍網越收越緊了。對手的邏輯和強勁讓他不由得不佩服。

「天啊！」他暗自想道：「明明是無辜的，卻還要爲自己辯護，這多難過啊！我的左右兩側防線都被突破了，中軍能擋著住攻勢嗎？」

戴斯馬尼翁先生和預審法官討論之後繼續說道：

「昨天晚上，弗維爾先生當著你和隊長的面打開保險箱的時候，箱子裡有些什麼？」

「其中一層格子上有一堆廢紙，廢紙當中有一本灰色的帆布筆記本，後來這本筆記本不見了。」

「你沒有碰這堆廢紙？」

「也沒有碰箱子，署長。馬茲魯隊長應該跟您說了，今天早上他按照調查的規矩將我攔在了一邊。」

「所以你根本就沒碰過這個箱子是吧？」

「沒有。」

戴斯馬尼翁先生搖搖頭看了預審法官一眼。要是佩雷納還不能猜到自己被人設了陷阱，他只要瞧一眼馬茲魯就能明白了：馬茲魯此刻面色蒼白。

戴斯馬尼翁先生繼續說道：

「既然先生你也插手了警方的調查，算是警方委託的偵探了，我有個問題想請教你這位偵探。」

「我會盡全力回答的，署長。」

「好的。倘若現在保險箱裡有一樣物品，一件珠寶……比如說是領帶別針上脫落下來的亮晶晶的東西，而這枚別針又毫無疑問是屬於我們都認識的一個人的，那個人還在公館裡過了夜，你對這樣的巧合

有何感想？」

「是了。」佩雷納想道：「這就是陷阱了，顯然他們是在箱子裡發現了什麼東西，他們認爲這件東西是屬於我的。好吧。不過既然我沒有碰過箱子，那一定是有人從我這偷去這件東西放進箱子裡，從而把我牽連進去。這不可能，因爲我是昨天晚上才摻和進這件事情裡來的，而昨天夜裡我又沒看見任何人，所以他們不可能有時間來準備這樣的陰謀。所以……」

警察署長打斷佩雷納心裡的嘀咕，重複道：

「你怎麼看？」

「署長，這個人的在場和犯下的兩樁案子之間一定有不可否認的關聯。」

「所以我們至少有權利去懷疑這個人，是不是？」

「是的。」

「這是你的看法？」

「很明顯，是的。」

戴斯馬尼翁先生從口袋裡掏出一方絲絹展開，用兩根手指夾起一塊藍色的小石頭說道：

「這是我們在箱子裡發現的一塊綠松石。毫無疑問，這塊綠松石是從你食指戴著的戒指上掉下來的。」

佩雷納一陣暴怒，他咬緊牙根恨恨地說道：

「啊！這些無賴！他們還眞是厲害！……不，我不相信……」

他檢查了自己的戒指，戒指的底盤是一大塊褪色的綠松石，周圍繞了一圈不規則的小綠松石，也呈現出藍色螢光。小綠松石缺了一顆，而戴斯馬尼翁先生手上拿著的那顆剛好可以塡進去。

戴斯馬尼翁先生問道：

「你還有什麼要說的？」

「我只能說這塊綠松石的確是我戒指上的，這枚戒指是我第一次救了科斯莫・摩靈頓性命的時候他送給我的。」

「所以我們的看法一致？」

「是的，署長，我們達成一致了。」

佩雷納在屋子裡走來走去地思考著。看著警察局的員警向著各扇門的門口走去，他明白自己的被捕早就是計畫之內的事了。戴斯馬尼翁先生一聲令下，馬茲魯隊長就不得不捉住自己的老大。

佩雷納又看了一眼自己昔日的同謀，馬茲魯做了一個懇求的手勢，彷彿是在說：「你還在等什麼呀？還不快把兇手交出來？快呀，是時候了。」

佩雷納笑了起來。

「怎麼了？」署長問道。他的音調裡只剩下了虛假的客套，就像審問一開始時他表露出來的那般。

「怎麼了……怎麼了……」

佩雷納拿過一把椅子轉了個圈，一邊坐下一邊簡單地說道：

「我們聊聊吧。」

他的語調和動作讓署長有些震驚，他喃喃地說道：

「我不認爲……」

「您會明白的，署長。」

他緩慢地開始了自己的敘述，每個字都說得很清楚：

「署長，情況已經很明朗了。您昨晚同意了我的要求，這就有了您的責任。因此您不惜一切代價要馬上找出一個兇手。而這個兇手就是我。指控證據如下：我在場、門從裡面被打開、馬茲魯隊長在犯罪發生的時候睡著了，還有保險箱裡發現了這顆綠松石。我承認這都是些壓倒性的證據。另外還有一條可怕的推論：弗維爾父子一死我就有利可圖，因爲如果科斯莫・摩靈頓沒有繼承人的話，我就可以拿到兩億法郎。一切都很完美，所以我只能乖乖地跟您去拘留所了……或者……」

「或者？」

「或者將兇手交到您的手上，眞正的兇手。」

警察署長諷刺地笑了笑，掏出了自己的錶。

「我等著。」

「這很快的，署長。」佩雷納說道：「要是您給我自由的話，不會花很長時間的。而且在我看來，尋找眞相值得花點耐心。」

「我等著。」戴斯馬尼翁先生重複道。

「馬茲魯隊長，請你跟西爾維斯特先生說署長想見他。」

戴斯馬尼翁先生示意了一下，馬茲魯出去了。

佩雷納解釋道：

「署長先生，在您看來綠松石的發現構成了極其重要的證據，而它卻向我揭示了某些最重要的東西。原因如下：這顆綠松石應該是昨天晚上從我的戒指上掉下來滾落到地毯上的。它掉落的時候只有四個人可能會注意到，並且把它撿起來偷偷放進箱子裡，爲的是牽連新的敵人，也就是我。這四個人中第一個人是您的警員馬茲魯隊長……我們就不說了。第二個人已經死了，就是弗維爾先生……我們也不說了。第三個人就是西爾維斯特。我希望能跟他說幾句話，很短的。」

同西爾維斯特的談話的確非常短。他可以證明自己在給弗維爾太太開門之前沒有離開過廚房，他一直在那與女傭和另外一個僕人玩牌。

「很好。」佩雷納說道：「還有一個問題，你應該已經在今早的報紙上讀到了維羅警探的死訊，也看到他的肖像了吧？」

「是的。」

「你認識維羅警探嗎？」

「不認識。」

「可是他白天很有可能來過這。」

「這我不知道，」僕人回答說：「弗維爾先生接待的很多客人都是從花園這個門進來的，先生自己給他們開的門。」

「你還有其他內容要陳述嗎？」

「沒有了。」

「請你通知弗維爾太太，就說署長很想和她談談。」

西爾維斯特退下了。

預審法官和檢察官驚訝地走近前來。

署長叫道：

「什麼！你不會認爲弗維爾太太也牽扯其中吧……」

「署長，弗維爾太太是第四個可能看見我的綠松石掉落的人。」

「然後呢？沒有確鑿的證據，我們是否能推測一名女子會殺害自己的丈夫，一位母親會毒死自己的兒子？」

「我沒有做任何推測，署長。」

「那麼？」

佩雷納沒有回答，署長毫不掩飾自己的憤怒，不過他還是說道：

「好吧，不過我命令你絕對不許開口，我要向弗維爾太太問什麼問題？」

「只有一個問題，署長。除了自己的丈夫，弗維爾太太是否認識其他盧梭爾姐妹的後人？」

「爲什麼問這個問題？」

「因爲如果有這樣一位後人存在，那麼繼承兩億法郎的人就不是我，而是那個人。這樣弗維爾父子一死，受益的就不是我，而是他。」

「的確……的確……」戴斯馬尼翁先生喃喃地說道：「這條新線索是不是應該……」

說到這兒，弗維爾太太進來了。儘管因爲哭泣的緣故，她眼皮紅腫，臉頰也不再鮮潤，可面龐依舊優雅迷人，只是她的眼裡露出了驚恐的神色。慘案的那一幕糾纏著她，給她整個人蒙上了一層焦躁和顫抖。她的步態、她的舉止都帶著這樣的痕跡，讓人看了心疼。

「您請坐，太太。」署長尊敬地對她說道：「請原諒我再打擾您，不過時間很寶貴，我們應當竭盡所能儘快替您爲之哭泣的兩名受害人報仇。」

淚水又從她美麗的眼眶裡流了出來，她哽咽著勉強說道：

「既然警方需要我，署長先生……」

「是的，是關於一件事，您丈夫的母親已經去世了，是不是？」

「是的，署長先生。」

「她是聖德田人，未嫁人的時候姓盧梭爾是不是？」

「是的。」

「是叫做伊莉莎白・盧梭爾？」

「是的。」

「您的丈夫有兄弟姐妹嗎？」

「沒有。」

「因此伊莉莎白・盧梭爾只有他一位後人是吧？」

「沒有其他人了。」

「長姐艾姆琳娜・盧梭爾流亡在外，沒有人再聽到過她的消息。另外一個小的……」

「另一個叫做阿爾芒德・盧梭爾，她是我的母親。」

「嗯？怎麼會呢？」

「我是說我母親叫作阿爾芒德・盧梭爾，我嫁給了我的表哥，也就是伊莉莎白・盧梭爾的兒子。」

這眞是戲劇性的變化。

這樣一來，長姐的直系繼承人希波列特・弗維爾和其子艾德蒙一死，科斯莫・摩靈頓的遺產就落到了阿爾芒德・盧梭爾那一支的頭上。妹妹這一支正是弗維爾太太所代表的。

警察署長和預審法官交換了一個眼神，接著兩人本能地轉向了佩雷納，佩雷納沒有動。

署長問道：

「太太，您沒有兄弟姐妹吧？」

「沒有，署長先生，我是獨生女。」

獨生女！也就是說，既然她的丈夫和兒子已經死了，那麼科斯莫・摩靈頓的遺產就毫無爭議地歸她一人所有了。

幾名法官的心頭湧上了一個可怕的想法，一個無法擺脫的噩夢：他們面前的這名女子是艾德蒙・弗維爾的母親。署長瞄了一眼佩雷納，他把自己寫好在卡片上的幾行字遞給了署長。

署長對佩雷納漸漸又恢復了前一天的殷勤。他讀完卡片上的內容，思考了片刻，向弗維爾太太提了這樣一個問題：

「您的兒子艾德蒙多大了？」

「十七歲。」

「您看起來還很年輕……」

「艾德蒙不是我的親生兒子，而是我的繼子，我丈夫第一任妻子的孩子，她去世了。」

「啊！……這樣啊，艾德蒙·弗維爾……」署長喃喃地說道，話也沒說完……

才兩分鐘的時間，形勢發生了翻天覆地的變化。在警官們看來，弗維爾太太已經不再是無懈可擊的寡婦和母親，她突然變成了訊問的物件。儘管大家預先都是站在她那一邊的，儘管她的美麗是那般的迷人，還是不得不問，是否因爲某種原因，比如爲了獨佔一筆巨大的財富，她瘋狂地殺害了自己的丈夫和他與前妻所生的兒子。不管怎樣，問題都已經顯露出來了，現在必須得解決了。

警察署長繼續說道：

「您見過這顆綠松石嗎？」

她接過遞給自己的綠松石，毫不慌亂地仔細看了一番。

「沒見過。」她說道：「我有一根綠松石的項鏈，我從來不戴。但是那上面的石頭要比這顆來得大，而且都不是這種不規則形狀的。」

「我們在保險箱中撿到了這顆石頭。」署長說道：「他是某人戒指上的，這個人我們都認識。」

「好吧。」她很快地說道：「應當把這個人找出來。」

「這人就在這。」署長指著佩雷納說道，佩雷納因爲之前站到了一邊，所以弗維爾太太並沒有注意到他。

弗維爾太太瞧見佩雷納，顫抖了一下，她激動地叫道：

「這位先生昨晚在這！他在和我丈夫聊天……而且是和這位先生在一起。」她指著馬茲魯隊長說道：「應該問問他們，瞭解他們是做什麼的。您明白，如果這顆綠松石是屬於他們倆其中的一個人……」

暗示已經很明顯了，可是多拙劣呀！她鞏固了佩雷納的論斷：「這顆綠松石是被昨晚見過我並且想將我牽扯進這樁案子裡的人撿了起來。可是昨晚除了弗維爾先生和馬茲魯隊長，只有兩個人見過我，就是傭人西爾維斯特和弗維爾太太。西爾維斯特不可能，所以我指控是弗維爾太太將這顆綠松石放進了保險箱中。」

戴斯馬尼翁先生繼續說道：

「您是否願意讓我瞧瞧您的項鏈，太太？」

「當然可以，它和我的其他珠寶收在一起，就在帶鏡子的那張衣櫥裡面，我這就去。」

「別麻煩了，太太，您的女傭知道放在哪吧？」

「她知道的。」

「這樣的話，讓馬茲魯隊長和她去取吧。」

馬茲魯隊長離開的這幾分鐘裡，大家都沒有說話。弗維爾太太似乎沉浸在自己的痛苦裡，戴斯馬尼翁先生的眼睛沒有從她身上挪開過。

馬茲魯隊長回來了，他帶來一個很大的匣子，裡面裝著許多首飾盒和珠寶。

署長找到項鏈，仔細瞧了一番。他觀察到項鏈上的石頭的確和那顆綠松石不一樣，而且一顆不缺……

可是當他分開兩個首飾盒想要取出中間另一件也鑲著藍色石頭的頭飾時，他愣住了。

「這是哪的？」他指著兩把鑰匙問道，這鑰匙和打開通向花園的門的門閂和門鎖的鑰匙一模一樣。

弗維爾太太還是很鎮定，臉上的神色紋絲不動，沒有任何跡象表明這一發現亂了她的心神。她只是回答道：

「我不知道……它們一直放在這的……」

「馬茲魯。」戴斯馬尼翁先生說道：「試試看能不能用它們打開這扇門。」

馬茲魯執行了命令，門開了！

「是的。」弗維爾太太說道：「我現在想起來了，是我丈夫給我的備用鑰匙……」

這幾句話的語調再尋常不過了，彷彿年輕女子根本就沒發現自己面臨的困境。

沒有什麼比這種鎮定更讓人不安了。這是完全無辜的標誌？還是鐵石心腸的兇手的狡黠？或者是她猜到了一點一點收緊並威脅自己的指控？可是如果是這樣的話，她怎麼會這麼笨，還留著這兩把鑰匙呢？

所有人的腦海中都湧出了這一系列的問題。警察署長說道：

「犯罪發生的時候，您不在家，是不是這樣，太太？」

「是的。」

「您去了劇院？」

「是的，然後又去了我一個朋友埃辛格太太舉辦的晚會。」

「您的司機和您在一起嗎？」

「去劇院的時候，他是和我一起的。不過後來我讓他回去了，回頭再去晚會上接我。」

「啊！」戴斯馬尼翁先生說道：「那您是怎麼從劇院去埃辛格太太家呢？」

弗維爾太太似乎這才明白自己已成了審問的物件，她的目光和態度中流露出一種不自在。回答道：

「我搭車去的。」

「在街上攔的？」

「就在劇院廣場上。」

「那就是午夜的時候。」

「不是，是十一點半的時候，我戲沒看完就走了。」

「您急著去朋友家？」

「是的……可以這麼說吧……」

她打住了話頭，臉頰上有了些紅暈，嘴唇和下巴都有些顫抖。她又說道：

「爲什麼問這些問題？」

「這些問題都有必要問一遍，太太。這可以讓我們弄明白一些事情，所以我請您作出回答。您到朋友家的時候是幾點鐘？」

「我不太清楚……我沒注意。」

「您是直接去的嗎？」

「差不多吧。」

「怎麼會差不多呢？」

「是的……我當時有點頭疼，就跟司機說去香榭麗舍大街……然後走過森林大街……走得很慢……後來又回到香榭麗舍大街……」

她越來越尷尬了，聲音也變得含混不清，最後低頭不語了。

當然這種靜默絕不是承認了什麼，只能相信她的虛弱僅僅是因爲痛苦而引起的。可是她看起來如此的消沉，似乎是感覺到了敗局，放棄了抵抗。大家對這個女人幾乎有些同情起來。形勢對她完全不利，她卻不能好好地爲自己辯護，大家猶豫著要不要緊逼一步。

事實上，署長的神情中滿是猶豫不決，彷彿勝利太簡單，他有些顧慮是否要繼續下去。

他無意識地看向佩雷納。

佩雷納遞給他一截紙說道：

「這是埃辛格太太的電話號碼。」

署長喃喃地說道：

「是的……的確……可以知道……」

他摘下話筒說道：

「喂……請接盧浮25-04號。」

電話很快就通了，他繼續說道：

「您是哪位？……公館的管家……啊！很好……埃辛格太太在家嗎？……不在……那埃辛格先生呢？也不在……這個，或許你可以回答我的問題……我是警署署長戴斯馬尼翁，我需要打聽一個消息。弗維爾太太昨天夜裡是幾點鐘到的？你說什麼？……你確定嗎？……凌晨兩點？……不是之前？……然後她又走了？……只待了十分鐘，是不是？……好……關於她到達的時間，你沒弄錯？……我堅持再確認一遍……是凌晨兩點？……凌晨兩點？……好的，謝謝你。」

當戴斯馬尼翁先生轉過身來的時候，他發現弗維爾太太正站在旁邊用極其不安的眼神看著自己。在場的各人都又冒出了那個念頭：他們面前的這個女人要麼是完全無辜的，要麼就是一名出色的演員，臉上可以掛上最天眞清白的表情。

「您想怎麼樣？……」她結結巴巴地問道：「這能代表什麼？您倒是解釋啊！」

戴斯馬尼翁先生只是簡單地問了一句：

「從昨天夜裡十一點半到凌晨兩點妳都做了些什麼？」

詢問到了這個節骨眼上，這個問題是最關鍵的：「如果妳交代不出犯罪發生的時段妳在做什麼，我們就有權得出結論妳涉嫌丈夫和繼子的謀殺案……」

弗維爾太太正是這麼理解的，她的腿直打晃，悲嘆道：

「這太可怕了……這太可怕了……」

署長重複道：

「妳做了什麼？回答對妳而言應該很容易吧。」

「哦！」她用同樣悲哀的語氣回答道：「您怎麼能這麼想？……哦！不……不……這怎麼可能？您怎麼能這麼想？」

「我還沒怎麼想呢。」他說道：「妳只要一句話就可以告訴我眞相。」

透過她嘴唇的嚅動和一個堅決的舉動，人們原以爲她會開口的。可是她似乎完全呆住了，只是發出了幾個含混不清的音節就倒在了扶手椅上嚎啕大哭起來，抽搐著，發出絕望的喊叫。

這就是承認了，這至少是承認自己無力提供可以讓人接受的解釋來結束這場爭論。署長從她身邊走開，低聲地同預審法官和共和國檢察官討論了一會兒，佩雷納和馬茲魯兩人在旁邊站著。

馬茲魯低聲說道：

「我跟您說什麼來著？我就知道您會找到兇手的！啊！您是怎樣一個人啊！您做到了！……」

老大排除了嫌疑，自己不用再和上司發生糾紛了，想到這個，馬茲魯容光煥發。他敬重自己的上司和敬重老大差不多，現在所有人都可以和平相處了。「我們成了朋友。」馬茲魯打心眼裡高興。

「她會被關進監獄，嗯？」

「不會的。」佩雷納說道：「還沒有足夠的證據可以逮捕她。」

「怎麼會。」馬茲魯生氣地埋怨道：「沒有足夠的證據！不管怎麼樣，我可希望您別放過她，不然她就會把矛頭指向您！來吧，老大，除掉這個女魔頭！」

佩雷納依然在沉思著。他思索著這些出奇的巧合，還有所有這些指向弗維爾太太的不爭事實。佩雷納已經掌握了決定性的證據，它將所有的事實連在了一起，提供了指控的基礎。這個證據就是花園裡枝葉下藏著的那只蘋果上牙齒的咬痕。對於警方而言，這咬痕相當於指紋的作用，何況巧克力上的痕跡也可以起到確認的作用。

然而佩雷納猶豫了。他仔細觀察著這個女人，對她又是憐憫又是憎惡。種種跡象表明，她殺害了自己的丈夫和丈夫的兒子。自己是否應該放她一馬呢？自己是否有權利扮演一個伸張正義的角色呢？還是自己弄錯了？

戴斯馬尼翁先生走上前來，他假裝是對馬茲魯說話，其實卻是問佩雷納道：

「你對此怎麼看？」

馬茲魯搖了搖頭。佩雷納回答道：

「署長，我認爲倘若這名女子是有罪的，那她的辯論實在是令人難以置信的拙劣，儘管她機靈得很。」

「也就是說？」

「也就是說她可能只是其同謀的一顆棋子。」

「同謀？」

「署長，您還記得她丈夫昨天在警署發出的感慨吧：『啊！那些卑鄙的傢伙！……那些卑鄙的傢伙！』所以至少還有一個同謀，他可能正是馬魯茲隊長跟你提到過的那個人。他和維羅警探同時出現在新橋咖啡館，留著栗色髯鬚，拄著銀頭的烏木拐杖。所以……」

「所以。」戴斯馬尼翁先生接過話頭說道：「如果今天能夠逮捕弗維爾太太的話，我們就有機會藉此誘出她的同謀？」

佩雷納沒有回答。署長若有所思地繼續說道：

「逮捕她……逮捕她……還得有證據……你有發現任何證據嗎？……」

「沒有，署長。我的調查太粗略了。」

「可是我們調查得很仔細啊！我們把這間屋子翻遍了。」

「花園呢，署長？」

「也翻了。」

「也是仔細地翻了？」

「或許沒有那麼仔細，不過我覺得……」

「我覺得恰好相反，署長，兇手是從花園裡進來之後再離開的，或許有可能……」

「馬茲魯。」戴斯馬尼翁先生說道：「你再去花園裡仔細看看。」

隊長出去了，佩雷納站到了一邊，聽見警察署長對預審法官反復地說道：

「啊！要是我們有證據就好了，一條就行！很明顯這個女人就是罪犯。不利於她的假設太多了！……而且還有科斯莫．摩靈頓的好幾億元……不過話說回來，你瞧瞧她……你看她一臉本分的樣子，而且她的痛苦是那樣的真切。」

弗維爾太太一直在哭泣，發出斷斷續續的抽噎聲；時不時爆發出的怒氣讓她握緊了拳頭。有那麼一個瞬間，她一把抓起浸滿淚水的手帕，狠狠地咬下去，然後又像戲中一樣撕扯著帕子。佩雷納瞧見她美麗潔白的牙齒，個頭有些偏大，潮濕而明亮，撕咬著細亞麻布。他想到了蘋果上的齒痕，突然很迫切地想知道是否正是這樣一副牙齒在果肉上留下了印跡。

馬茲魯回來了，戴斯馬尼翁先生快步朝他走去，馬茲魯向他晃了晃自己在常春藤下面找到的蘋果。佩雷納馬上就意識到了，署長會非常重視馬茲魯這一意外的發現以及它所代表的意義。

檢察官們開始進行討論，良久之後，他們做出佩雷納早已預料到的決定。

戴斯馬尼翁先生回到弗維爾太太身邊，結論出來了。到底該用何種方式發動這最後一戰？署長思考了片刻說道：

「太太，妳還是無法交待妳昨晚的時刻表嗎？」

弗維爾太太硬著頭皮低聲答道：

「可以……可以……我坐在車上……我兜了會風……又步行了一會……」

「這個我們很容易就可以查實，只要找到汽車司機就行……在此之前，有一個機會可以消除你的沉默給我們留下的有些……不太好的印象……」

「我準備好了……」

「嗯。兇手，或者說是參與了犯罪的一名兇手在這顆蘋果上咬了一口，然後將它扔在了花園裡。我們剛剛把這顆蘋果找了回來。爲了推翻所有關於妳的假設，我們請妳同樣也咬上一口……」

「哦！當然可以。」她急匆匆地叫道：「要是咬上一口蘋果就可以說服你們……」

戴斯馬尼翁先生從水果盤裡拿起另外三顆蘋果遞了過來，弗維爾太太從中抓起一顆送到嘴邊。這個舉動是決定性的，要是兩次的咬痕相似，那證據就無可辯駁了。

然而就在完成這一舉動之前，弗維爾太太突然停了下來，她彷彿忽然間害怕了……害怕是陷阱？害怕出現巧合？或者還是害怕即將揮向自己的可怕武器？不管怎麼樣，沒有什麼比她在最後關頭的猶豫更好的構成控訴了。倘若她是無辜的，那就無法解釋她的猶豫；倘若她就是兇手，那一切就再清楚不過了！。

「妳害怕什麼，太太？」戴斯馬尼翁先生問道。

「沒什麼……沒什麼……」她顫抖著回答道：「……我不知道……我什麼都怕……這一切太恐怖了。」

「可是，太太，我們對妳提出的要求根本就沒什麼大不了的，而且最後結果肯定是有利於妳，我對此很確信。既然如此？……」

弗維爾太太的手臂一點點地抬高，動作的遲緩洩露了她的擔憂。的確，伴著這一系列事情的發生，這一幕是顯得莊重而悲愴。每個人的心都被攫得緊緊的。

「那要是我拒絕呢？」她突然問道。

「妳完全有這個權利，太太。」警察署長回答道：「但至於嗎？若是妳拒絕了，我想妳的律師會第一個站出來建議妳……」

「我的律師……」她明白這一回答的可怕含義，結結巴巴地說道。

忽然間她下定決心要完成自己被迫作出的這一舉動。她的神情中有幾份殘忍，面龐也扭曲了，像是面臨著極大的危險。她張開了嘴，露出一口貝齒，猛地一下子咬了下去。

「好了，先生。」她說道。

戴斯馬尼翁先生轉向預審法官：

「花園裡找到的蘋果在你那嗎？」

「在這呢，署長。」

戴斯馬尼翁先生將兩隻蘋果放在了一起。

眾人都急忙圍了過來，擔憂的看著，所有人都發出了同樣的感嘆。

兩處齒痕一模一樣。

一模一樣！當然，在確認所有細節完全一致和每顆牙齒印痕完全相同之前，他們還需要等待專家的判斷。但有一個地方不會錯：兩條弧線完全相似。兩隻蘋果上面，弧線的彎曲度都是一樣的。兩個半弧都很窄，呈長橢圓形，延伸下去就會交在一起，半徑很小，正是同一頜骨的特徵。

在場的人都沒有做聲。戴斯馬尼翁先生抬起頭。弗維爾太太沒有動，她面色蒼白，嚇得要死。可是她恐懼也好，驚訝也罷，憤怒也行，她如同演員一般擺出的千般情感都抵不過眾目睽睽之下的鐵證。

兩處齒痕一模一樣：這兩顆蘋果是被同樣的牙齒咬過的。

「太太。」署長開口說道……

「不！不！」她突然一陣憤怒，叫道：「……不……這不是眞的……這一切只是個噩夢……不是這樣的，是不是？你們不會抓我吧？我要進監獄！可這太可怕了……我做了什麼？啊！我向你們發誓，你們弄錯了……」

弗維爾太太雙手抱住頭。

「啊！我的頭要炸了……這一切意味著什麼？我沒有殺人……我什麼都不知道。是你們今天早上告訴我這一切的……我怎麼會想得到？我可憐的丈夫……還有小艾德蒙，他是那麼的愛我……而且我也愛他……我爲什麼要殺他們呢？說啊……你們倒是說啊？殺人不會沒有動機的……所以……所以……你們倒是回答我啊！」

弗維爾太太又一陣怒氣上湧，挑釁地向那一群法官揮舞著拳頭嚷嚷道：

「你們都是些劊子手……你們無權這樣折磨一個女人……啊！這太可怕了！你們無憑無據就控告我……要抓我！……啊！這太可恨了……你們所有人都是些劊子手！特別是你（她轉向佩雷納），是的，就是你……我清楚得很……你才是敵人……啊！我明白了……你有理由……你昨晚在這，你……爲什麼不把你抓起來？爲什麼不是你，既然你當時在這……而我根本不在場……而且我什麼都不知道，完全不知道這發生了什麼事……爲什麼不是你？」

弗維爾太太的最後幾句話已是低不可聞。她已經沒有氣力了，不得不坐了下來，頭垂到了膝蓋上。她又拼命地哭了起來。

佩雷納走近她，扶起她的額頭，發現她一臉的淚痕。他說道：

「留在兩隻蘋果上的齒痕完全一樣，所以毫無疑問，第一處痕跡和第二處痕跡一樣，都是來自妳的。」

「不是的。」她說道。

「是的，」佩雷納肯定道：「這是完全不可否認的事實。而第一處痕跡是妳在昨晚之前就留下的，也就是說，比如妳可能是昨天咬了這顆蘋果……」

她結結巴巴地說道：

「你這麼認爲？……是的，或許吧，我想起來……昨天早上……」

可是警察署長打斷了她的話：

「沒用的，太太，我剛剛問了僕人西爾維斯特……水果是他買的，昨晚八點鐘的時候。弗維爾先生睡下的時候，果盤裡有四顆蘋果，而今天早晨八點鐘的時候卻只剩下了三顆。所以我們在花園裡找到的這一顆無疑就是第四顆，它是昨天夜裡被人咬了一口，而這個咬痕是妳的牙齒留下的。」

弗維爾太太結結巴巴地說道：

「不是我……不是我……這個咬痕不是我的。」

「可是……」

「這個咬痕不是我的……我發誓……而且我發誓我會去死的……是的……去死……比起監獄，我寧願選擇死亡……我會自盡的……我會自盡的……」

她的眼睛一動也不動了。她掙扎著想要站起身。剛一起身，她就晃了晃，暈過去倒下了。

其他人忙著照顧她的時候，馬茲魯向佩雷納打了個手勢，低聲說道：

「快走，老大。」

「啊！禁閉結束了。我自由了？」

「老大，您瞧瞧十分鐘前進來的那個人，就是正和署長交談的那個，您認識他嗎？」

「該死！」佩雷納仔細瞧了瞧他咒道。那人胖胖的身材，面色紅潤，兩眼就沒離開過佩雷納身上……「該死！是副局長韋伯爾。」

「而且他認出您來了，老大！他一眼就認出了您是羅蘋。在他眼皮底下任何偽裝都是徒勞，他就有這個本事。老大您還記得耍他的那些手段吧①，你想想他會不會報復。」

「他已經告訴署長了？」

「當然嘍，署長已經下令讓人跟蹤您。要是您露出不辭而別的苗頭，他們就會把您逮住。」

「這樣的話就什麼也做不了了。」

「怎麼會，什麼也做不了？當然得找合適的法子擺脫他們。」

「那有什麼用？我還是得回家，而我的住址他們又是知道的。」

「嗯？發生了這一切之後，您還敢回家？」

「那你想讓我睡在哪？橋底下啊？」

「天啊！這樁案子之後還有得折騰呢，既然您已經牽扯進來了，所有人都會來對付您，您難道不明白嗎？」

「那又如何呢？」

「那就放手吧。」

「那殺害科斯莫·摩靈頓和弗維爾的兇手呢？」

「警方會管的。」

「你眞笨，亞歷山大。」

「那您就變回那個難以對付的隱身羅蘋吧，您親自上陣，就和以前一樣。可是看在上帝的份上，您別再扮佩雷納了！這太危險了。您也別再大張旗鼓地去管和自己不相干的案子了。」

「你開玩笑的吧，亞歷山大，怎麼跟我不相干了，兩億法郎啊。要是佩雷納不堅守崗位的話，兩億法郎就從他鼻子底下溜走啦。我好不容易才能正直廉潔地掙上幾枚銅板，要是這樣放棄的話也太氣人了。」

「要是您被逮住了呢？」

「不會的，我都已經死了。」

「羅蘋是死了，可是佩雷納還活著。」

「今天沒被逮住我就放心了。」

「逮捕只是被延後了，現在有正式命令了，員警會包圍您的屋子，日夜監視您。」

「那太好了！不然我夜裡還害怕呢。」

「該死！您想要怎麼樣？」

「我不想要怎麼樣，亞歷山大。我很肯定，我很肯定現在他們不敢逮我。」

「韋伯爾才不管呢！」

「我才不在乎他呢。沒有上頭的命令，他什麼都做不了。」

「但上頭會下命令的！」

「命令監視我，是的；可是逮捕我這樣的命令，不會有的。警察署長和我綁在一起了，他只能支持我。況且還有一點：這案子這麼荒唐，這麼複雜，你們根本就理不出頭緒來。除了我，沒人能和這樣的對手鬥，你不行，韋伯爾也不行，你們警察局的所有人都不行。我在家等著你來找我幫忙，亞歷山大。」

第二天，鑑識專家鑒定出兩顆蘋果上的齒痕是一致的，而且巧克力上的齒痕也與它們吻合。

另外有個計程車司機前來供述說，有位女士出劇院後叫了他的車，她讓自己直接開到亨利馬當街的盡頭，然後就在那下車了。

而亨利馬當街的盡頭離弗維爾公館只有五分鐘的路程。

這名司機一見到弗維爾太太就馬上認出了她。

她在那個街區待了一個多鐘頭，當中都做了些什麼？

瑪麗安娜・弗維爾被關進拘留所。

當晚她就進了聖納澤爾監獄。

就在當天，當記者們開始披露調查的某些發現諸如齒痕（儘管他們並不知道這是誰的成果）等等細節時，兩大日報刊出的文章標題都用上佩雷納的一個詞：**虎牙**。這正是他用來代稱蘋果上的齒痕的。這個詞的凶殘剛好讓人聯想到命案的野蠻和殘忍，甚至可以說是獸性。

註解：

①關於羅蘋與韋伯爾的故事，請見亞森・羅蘋冒險系列之三《813之謎》。

chapter 4

鐵牆

講述亞森・羅蘋的冒險有時候並不是一件有趣的事，因爲他的每一樁冒險都往往已經爲人所知，他是當時競相評論的焦點；而倘若想要弄清楚暗地裡到底發生了什麼事，你就不得不從光天化日之下發生的故事開始整理。

正是出於這樣的需求，我們得再說一遍，當時這樁駭人聽聞的一系列陰謀作爲新聞在法國、在歐洲，乃至全世界激起怎樣的動靜。一下子人們就知道發生了四起謀殺案，而且肯定是同一個人，殺害了科斯莫・摩靈頓，殺害了維羅警探，還有弗維爾工程師及其子艾德蒙。同一個人，她製造了凶殘可怖的相同咬痕。而彷彿是命運的復仇一般，她輕率地留下了最具控訴力的證據，這個證據讓人們因爲此等可怖的眞相而渾身一顫。證據就是罪犯自己的牙印——虎牙！

在這一連串謀殺之中，在悲劇醞釀到最濃的時刻，最奇特的人物現身了！他是一個英雄冒險家，具有驚人的智慧和洞察力。他只用了幾小時的時間就把一團亂麻理出了部分頭緒。他推測出科斯莫．摩靈頓是被謀殺的，他宣佈了維羅警探的遇害，他主導了調查進程，他將一個可怕的犯人交給了警方，這個犯人美麗潔白的牙齒與蘋果上的咬痕就如同寶石與其凹槽般嚴絲合縫。他在取得這些成功的第二日就領取到一張一百萬法郎的支票，而且還成爲一筆龐大遺產最可能的受益人。

亞森．羅蘋復活了！

人們沒有弄錯，他們有一種奇跡般的直覺，在對系列事件的詳細調查尚未肯定這一復活假說之前，他們就宣佈說：佩雷納正是亞森．羅蘋。

「可是他已經死了！」懷疑的人們反駁說。

有人這麼回答：

「是的，是有人在盧森堡邊境那棟小木屋依然冒煙的灰燼中發現了多蘿蕾絲．克塞巴赫和一具男人的屍體，警方將那具屍體認定爲亞森．羅蘋的。但一切都證明，這正是羅蘋布下的局。因爲一些不爲人知的原因，他希望人們都以爲自己已經死了。一切都顯示出，警方接受、並將這一死亡合法化的唯一動機就是他們想擺脫這個一直以來的對手。瓦朗格雷吐露的隱情就可以作爲根據，他當時已經當上了內閣總理。還有卡布里島上的神秘事件：德國皇帝差點被落石擊中，幸虧被一位修士搭救。根據德國的說法，那人正是亞森．羅蘋。」

對以上這些說法又有了新的駁斥：

「好吧，但你讀讀當時的報紙，這位修士十分鐘後就從提庇留海角跳下去了。」

新的回答是：

「的確如此，但屍體並沒有找到。而且眾所皆知的是，剛好有一艘船在那片海域救起了一個向它發出信號的人，後來這艘船開往了阿爾及利亞。對比一下日期，看看其中的巧合之處：那船到了阿爾及利亞之後沒過幾天，就有一個叫做佩雷納的人在西狄—柏拉—阿貝斯加入了外籍軍團，這人正是我們今天討論的對象。」

當然，報紙就這一話題進行的論戰是很謹慎的，這個人物讓人害怕，所以記者們在文章中也留有一定的餘地，避免過於武斷地肯定佩雷納的面具下就是羅蘋本人。不過關於外籍軍團士兵的故事，關於他在摩洛哥的停留，這些記者則不惜筆墨好好渲染了一番。

阿斯特里涅克司令已經講過了，其他長官和佩雷納的戰友也講述自己的所見所聞。有人還公開關於他的報告和記錄。那本所謂的《英雄事蹟》成了某種黃金寶典，每一頁上都講述了他最瘋狂、最難以置信的功績。

三月二十四日，在西北非摩洛哥梅久那駐地，外籍軍團士兵佩雷納被士官長波雷克斯關了四天禁閉。原因如下：「無視命令，晚點名之後出營，打倒了兩名哨兵，第二日中午才回營，帶回一場伏擊戰中犧牲的中士屍體。」

上校在空白處批註：《上校命令加倍懲罰外籍軍團士兵佩雷納，但對其英勇行爲記功一次，並向他表示祝賀和感謝。》

在拜賴希德一戰之後，法爾代分隊面臨四百摩爾人的攻擊不得不後撤，外籍軍團的士兵佩雷納要求

留守老城要塞掩護部隊撤退。

「你要多少人，佩雷納？」

「報告中尉，一個都不要。」

「什麼！你不會是想一個人掩護大家撤退吧？」

「中尉，要是其他人和我一起死了，那我的死亡還有什麼樂趣呢？」

在他的請求之下，上級給了他十幾支步槍，將剩下的子彈分了一些給他，一共七十五個彈夾。支隊沒有遭到攔截，順利撤離了。第二天，他們帶著增援部隊回來的時候驚訝地發現摩爾人在要塞周圍守著不動，不敢貿然發動攻擊。

七十五個彈夾撒了一地，敵人被趕跑了。大家發現佩雷納躺在要塞裡面。都以為他死了，他竟然是在睡覺！！

彈夾一個不剩，那七十五個彈夾發揮了作用。

不過要說印象最深刻的，那得算司令阿斯特里涅克伯爵的講述了。這個故事和塔爾達比巴戰役有關。當時大家以為一切都完了，但這場戰鬥卻在關鍵時刻解了非斯之圍，在法國引起了轟動。司令承認說，這場戰鬥其實是未打先贏，而且都是佩雷納一個人的功勞。

摩洛哥各部族已經準備好了進攻。黎明時分，佩雷納用套索捉了一匹在平原上奔馳的阿拉伯馬，跳上馬背，既無馬鞍也無轡繩，在沒有任何馬具的情況下，他沒穿外套，沒帶軍帽，連武器也沒有，身上的白色襯衫在風中鼓起，嘴上叼了支香煙，手插在口袋裡，就這樣發起了衝鋒！

他直奔敵軍而去，衝入了他們的營地，疾馳而過，在帳篷中間繞了繞，最後又從自己闖入的那個缺口處回來了。

這次常人難以想像的死亡之旅讓摩洛哥人大爲驚訝，他們的進攻變得疲軟無力。幾乎沒有遭遇任何抵抗，法軍就贏得了戰鬥的勝利。

佩雷納的英雄傳奇就這樣造就了，當然還有其他很多無畏之舉爲他增色！傳奇故事突出了這個神秘人物超人的能量、出奇的英勇、驚人的特立獨行，強調了他的冒險精神、靈活機巧和冷靜自持。人們很難不將他與亞森・羅蘋聯繫在一起。不過這是一位全新的亞森・羅蘋，因爲功勳卓越而變得更高貴、更強大、更理想化、更純潔。

距離蘇歇大街兩起謀殺案的發生已經過了兩週。佩雷納這個傳奇人物激起了公眾強烈的好奇心，大家都在談論這個傳說中的人，他甚至給人一種不真實感。這天上午，佩雷納穿好衣服在自己的公館內轉了一圈。

這是一棟十八世紀的建築，位於聖日爾曼郊區的入口波旁宮廣場上。房子寬敞而舒適，是佩雷納從一個富有的羅馬尼亞伯爵馬婁雷斯可手上買下來的，傢俱也都是前主人配齊的。從前的那些馬匹、馬車、汽車，還有八個僕人也都一起改爲佩雷納服務，甚至連伯爵的秘書勒瓦瑟爾小姐也一併留下。她的工作主要是管理僕人，迎送賓客，打發那些來得不是時候的記者、小商販等人——房屋的豪華和新主人的盛名吸引了各色人等來訪。

視察了馬廄和車庫後，佩雷納穿過庭院到自己的書房。他將一扇窗戶打開些許，抬頭望去。此處上

方有一面斜置的鏡子，越過院牆鏡子裡可以照出波旁宮廣場的一側。

「該死！」他說道：「那些員警還在，都已經兩個禮拜了！我受夠這樣的監視了。」

他帶著糟糕的心情開始處理信件，那些與他個人相關的信件，他讀完之後就撕毀了，而其他求助的或是請求見面之類的信件，他則一一標註。

做完這些之後，他按了鈴。

「請勒瓦瑟爾小姐替我把報紙拿過來。」

這位小姐從前是給那位羅馬尼亞伯爵讀報紙的，也是他的秘書；佩雷納則讓她閱讀報紙上有關他本人的消息，然後每天早上向自己準確彙報弗維爾太太的調查進展。

勒瓦瑟爾小姐總是穿著一條黑色的連衣裙，身材窈窕、舉止優雅，佩雷納對她很有好感。這位小姐的神態中透出一種尊貴，面色凝重謹慎，讓人看不出她內心的情緒。要不是她那頑皮的金色髮捲給整個人添了幾分明快的色彩，她看起來就會顯得嚴肅苛刻了。佩雷納愛聽她那音樂般柔和的聲音，甚至有些為她身上的矜持著迷。他還常常會想勒瓦瑟爾小姐是怎麼看待自己這個人的，怎麼看待自己的經歷，以及報紙上講述的自己的神秘過往。

「沒什麼新內容？」佩雷納掃過「匈牙利的布爾什維克主義」、「德國的野心」等文章標題問道。

勒瓦瑟爾小姐給他讀了關於弗維爾太太的消息。佩雷納看出偵訊的過程在這方面沒有任何進展。瑪麗安娜．弗維爾沒有放棄自己的那一套，又哭又鬧，對於訊問自己的問題裝出一副完全不知情的樣子。

「這太荒唐了。」佩雷納高聲說道：「我從沒見過有人這麼笨拙地為自己辯護。」

「可是，假如她眞是無辜的呢？」

這是勒瓦瑟爾小姐第一次發表對此案的意見，或者說是一種評論，佩雷納很驚訝地看著她。

「那小姐妳認爲她是無辜的了？」

她似乎準備好了應對並解釋自己冒出來的這句話，揭開自己平日裡無動於衷的面具。因爲動了感情的緣故，她的臉彷彿在下一刻即將變得生動起來。但她顯然是努力控制住了，只是低聲說道：

「我不知道……我沒有任何看法。」

「或許吧。」佩雷納好奇地打量著她說道：「但妳抱著懷疑……要不是因爲弗維爾太太本人留下的咬痕，這懷疑是可能成立的。這些齒痕，妳也瞧見了，它們要比簽下的字據或是對犯罪的供認不諱更有說服力，只要她沒法在這上頭說出令人滿意的解釋……」

然而瑪麗安娜・弗維爾對於這一點沒有任何解釋，其他的問題也沒有，她依舊讓人難以滲透。另一方面，警方既沒能發現她的同謀，也沒找到那個拄著烏木拐杖、戴著玳瑁夾鼻眼鏡的人。這個人的角色很可疑，新橋咖啡館的服務員也給出他的特徵。總之，案情沒有任何的進展，對於盧梭爾姐妹的表弟維克多一支的尋找也沒有任何結果。在沒有直系繼承人的情況下，維克多一支是可以繼承摩靈頓的遺產的。

「就這些嗎？」佩雷納問道。

「還有。」勒瓦瑟爾小姐說道：「《法國迴聲報》上有一篇文章……」

「跟我有關？」

「我想是的，先生。文章的題目是：『爲什麼不逮捕他？』」

「這的確跟我有關。」佩雷納笑著說道。

他拿起報紙讀到：

爲什麼不逮捕他？爲什麼不顧司法將這種非正當情況延續下去？這讓所有善良無辜的人們都很驚訝。所有的人都在問這個問題，我們的調查意外獲得了確切答案。

亞森．羅蘋詐死一年之後，警方發現（或者說是他們認爲自己發現了）亞森．羅蘋眞名爲佛利安尼，出生於布洛瓦，後來失蹤，民事登記冊上寫著此人已經死亡，後面加註說：「以亞森．羅蘋的名字」。

因此，要使亞森．羅蘋復活，不僅僅要有他存在過的確鑿證據，當然這不是不可能弄到，還要涉及到行政部門內部錯綜複雜的關係，並且得獲得內閣的首肯。

不過內閣總理瓦朗格雷先生似乎與警察署長看法一致，他們反對所有針對此事的深入調查，因爲這有可能會牽扯出一樁醜聞，引起高層的恐慌。讓亞森．羅蘋復活？重新開始和這個人物的對抗？再去冒失敗和被戲弄的風險？不，不，絕對不。

因此發生了聞所未聞、讓人無法接受、無法想像的醜事。亞森．羅蘋這個從前的盜賊、不知悔改的慣犯、強盜頭子、盜竊和詐騙之王，他如今竟然不再偷偷摸摸的，而是可以光明正大地繼續將其事業推向高潮。他用著別人的名字，公開住在外面，而且沒有人對此表示質疑。他殺了四個妨礙自己的人，而且都沒受到懲罰；他使得一名無辜的婦女被捕入獄，羅織了各種僞造的證據強加在她頭上；最後，他借助不可告人的陰謀，不顧正義力量的反抗，將取得摩靈頓遺產中的兩億法郎。

這就是可恥的眞相；這樣的眞相被揭露出來總是好的。我們希望藉此可以對事情的進展產生一定的影響。

「至少它影響了寫這篇文章的蠢貨。」佩雷納冷笑著說道。

他打發走勒瓦瑟爾小姐，要了阿斯特里涅克司令的電話。

「是您嗎，司令？您讀了《法國迴聲報》上的那篇文章沒有？」

「讀了。」

「要是通過武力讓這位先生贖罪，您會有意見嗎？」

「哦！哦！決鬥！」

「是該進行決鬥，我的司令。這些文人炮製出來的東西讓我覺得很惱火。有必要堵堵他們的嘴。這個人得爲其他人付出代價，對付他可以起到殺雞儆猴的作用。」

「要是你眞的很想這麼做的話……」

「我當然非常想了。」

談判馬上開始了。

《法國迴聲報》的主編宣佈說，儘管這篇文章是匿名交到報社的，而且是在他本人不知情的情況下登出的，他仍然願意承擔所有責任。

當天下午三點鐘時，佩雷納在阿斯特里涅克司令、另外一名官員、一名醫生的陪同下乘坐汽車離開波旁宮廣場的公館，來到了王子公園。他後面還緊跟了一輛計程車，上面載滿了警察局負責監視他的警員。

他們到達地點後就在等著對手過來，阿斯特里涅克伯爵將佩雷納拉到一邊說道：

「我親愛的佩雷納，我不要求你什麼，報上關於你的文章哪些話是眞的？你的眞實姓名是什麼？這些我都無所謂。對我而言，你就是外籍軍團士兵佩雷納，這就夠了。你的過去開始於摩洛哥。至於將來，我知道，不管發生什麼事，不管你遇到怎樣的誘惑，你都會爲科斯莫·摩靈頓報仇，並且保護他的繼承人的，只是有一件事讓我擔心。」

「說吧，我的司令。」

「答應我，你別把這個人給殺了。」

「那就讓他臥床兩個月，您覺得怎麼樣，我的司令？」

「太多了，兩週就差不多了。」

「就這樣。」

主任到達後，兩名對手站成一排，第二回合時，《法國迴聲報》的主編就倒下了，胸口中了一槍。

「啊！這不好吧，佩雷納。」阿斯特里涅克司令咕噥道：「你答應我的……」

「我是答應了您，我也信守承諾了，我的司令大人。」

醫生給傷者做了檢查。

過了片刻，其中一人說道：

「不是太嚴重……頂多休息三個禮拜就好了，不過要是再偏一公分，那他就完了。」

「是啊，不過那一公分可沒偏啊！」佩雷納小聲說道。

佩雷納又返回聖日爾曼郊區，後面依然跟著員警的汽車。這時發生了一件讓他覺得很奇怪的事情，而且這件事使得《法國迴聲報》所登的文章有了一些眉目。

佩雷納在公館的院子裡瞧見了兩隻小母狗，這狗是馬車夫的，一般都養在馬廄裡。兩隻小狗在玩一只紅色的線球，那線繞得臺階上、花壇裡四處都是。最後纏線的紙團露了出來，佩雷納正好在這時經過。他目光無意識地一掃，發現紙上有筆跡，就撿起來打開來看。

他驚訝了一下，馬上認出了《法國迴聲報》上那篇文章的前面幾行。整篇文章都有，用筆寫在格子紙上，有塗改，有增添、刪節的句子，還有重寫的。

他叫來馬車夫問道：

「這個線球是哪來的？」

「是這個線球嗎，先生？……我想是馬具房的吧……應該是米爾紮這小東西……」

「你是什麼時候把線纏在紙上的？」

「昨天晚上，先生。」

「啊！昨天晚上……那紙是哪來的呢？」

「先生，我眞的不太清楚……我當時要找個東西纏線……就在車庫後面找了這個東西，家裡的破布一般都扔在那兒，等著晚上運出去。」

佩雷納繼續自己的調查。他問了勒瓦瑟爾小姐，請她問其他的僕人，結果卻什麼都沒有發現。不過還是有一點收穫：《法國迴聲報》上的那篇文章是住在這棟房子裡或者是跟這棟房子裡的人有關係的人寫的——撿到的草稿證明了這一點。

敵人已經就位，但是是什麼敵人？他想要什麼？僅僅是佩雷納入獄嗎？

佩雷納整個傍晚都很擔憂。他被這個纏著自己的謎團折磨著，因爲自己的無所作爲惱怒萬分，特別是他還面臨著被捕的危險。誠然，他並不擔心自己被抓，可是這會妨礙到他的行動。

晚上快到十點鐘的時候，傭人告訴他說有個名叫亞歷山大的人要見他。他讓人把他帶了進來。馬茲魯喬裝改扮了一番，將自己裹在一件舊大衣裡，幾乎認不出來。悶了一晚上的佩雷納馬上衝了過去，像是撲向一隻獵物。他推擠著馬茲魯，邊搖晃他邊說道：

「果然是你！哼！我都跟你說了，你們會需要我幫忙的，光憑你們根本解決不了這案件？你就承認吧，眞是群笨蛋！是的……是的……你跑來找我幫忙了……啊！這太好笑了……該死的！我就知道你們沒膽抓我，警察署長會讓那個該死的韋伯爾冷靜冷靜。哪有人會逮捕自己需要用到的人的？說吧，要我做什麼？天哪！你看起來怎麼反應遲鈍的樣子！倒是說呀。你們走到哪一步了？快說呀。我能既快又好地解決。只要幾句話告訴我你們調查的進展，我一下子就能切中要害，讓你們把案子解決。兩分鐘就夠了，你可以說了吧？」

「可是，老大……」馬魯茲愣住了，咕噥道。

「什麼？還要我自己問嗎！算了，是關於拄手杖的那個人是不是？就是維羅警探遇害那天在新橋咖啡館看到的那個人是不是？」

「是的……的確如此。」

「你們發現他的行蹤了？」

「是的。」

「好的，繼續說吧！」

「是這樣，老大。當天不僅咖啡館的服務生注意到他了，還有另外一名顧客和這個人一起出了咖啡館。我找到了這個顧客，他在外面聽見這個人問一個行人去納依最近的地鐵站在哪。」

「太好了。然後你在納依四處打聽，找到他了？」

「甚至還知道了他的名字：于貝爾・洛迪耶，住在魯爾街。只是六個月前，他從那搬走了，留下了所有的傢俱，隨身只帶了兩個箱子。」

「郵局有沒有消息呢？」

「我們去了郵局，有個工作人員根據我們提供的相貌特徵想起了這個人。這個人每隔八到十天就會去取郵件，而且他的郵件也不多……也就一兩封信，他已經有段時間沒去了。」

「郵件都是寫著他的名字嗎？」

「是些縮寫。」

「郵局的人還記得嗎？」

「記得，是B. R. W. 8。」

「消息就這些？」

「我這邊就這些了，但我有一位同事根據兩名員警的陳述得到這樣一個資訊：就在兩起謀殺案發生的那個晚上，有一個拄著銀柄烏木手杖、戴著玳瑁夾鼻眼鏡的人在快到十一點四十五分的時候出了奧特伊火車站，朝著拉訥拉格的方向走去。你想想，弗維爾太太當時就在這個街區吧。你再想想，這樁犯罪就是發生在午夜之前的……因此我得出結論……」

「夠了，快走吧。」

「可是……」

「快呀。」

「那我們不去調查了？」

「半小時後在那個人的家門口見。」

「哪個人？」

「瑪麗安娜·弗維爾的同謀……」

「可是您並不知道……」

「他的地址？這可是你剛告訴我的，就在理查瓦倫斯大街八號。快去吧，別傻了。」

佩雷納拎著他轉了個圈，拽著他的肩膀將他一直推到門口交到傭人手裡。

幾分鐘後佩雷納自己也出了門，後面跟著一群員警，他將他們帶到一棟有兩個出入口的建築前面，讓他們在那傻等著，自己坐上汽車去了納依。

佩雷納沿著馬德里街步行，來到了理查瓦倫斯大街，遠處就是布隆尼森林。

馬茲魯已經在那等著他了，他身後是一棟帶院子的三層小樓，旁邊的建築圍牆都很高。

「這就是八號了？」

「是的，老大，但您得給我解釋一下……」

「等會兒，老夥計，讓我喘口氣。」

佩雷納做了幾下深呼吸。

「天啊！能行動可眞好！」他說道：「眞的，我都生鏽了……抓這些強盜是多大的樂趣呀！你想要我解釋？」

他挽住馬茲魯隊長的胳膊說道：

「聽著，亞歷山大，並且好好學起來。要是有人選擇某個縮寫作爲自己留局自取的地址，那這個縮寫一定不是偶然的。這些字母對於跟他通信的人而言必然有意義，差不多都是這樣。這裡頭的含義可以讓人很容易的想起他交給自己的地址。」

「那現在的情況是？」

「馬茲魯，現在的情況是，像我這樣一個對納依和布隆尼森林附近的情況很熟的人看到B、R、W這三個字母馬上就會醒悟過來，特別是字母W，這個字母很奇特，肯定是構成英文詞的。我腦子裡馬上

就靈光一現，這三個字母都回到了他們原來單詞起首的位子。字母B就是大街（Boulevard），字母R和W是英文中的理查（Richard）和瓦倫斯（Wallace）。所以我就朝著理查瓦倫斯大街走過來了。這就是前因後果了，我親愛的先生。」

馬茲魯似乎有些懷疑。

「您確定？」

「我不確定，我是在尋找。我在最初獲得的資訊基礎上建立起一條假設……而且我在想……我在想，馬茲魯，這個小角落非常的神秘……而且這座房子……噓……你聽……」

他一把將馬茲魯推進一處陰影裡，他們聽到了門外有動靜。

事實上，有腳步聲穿過了房子前面的院子。外面柵欄上的鎖響了，有個人走了出來，路燈剛好照亮了他的臉。

「天啊！」馬茲魯咕噥道：「是他。」

「似乎的確是他……」

「是他，老大。您看看那根黑色的手杖和閃光的把手……您也看到他的夾鼻眼鏡了……還有鬍子……您真是個天才，老大！」

「冷靜點，我們跟著他。」

那人穿過了理查瓦倫斯大街，然後轉向走到麥佑大道，他步伐很快，頭昂得高高的，一邊還靈活地轉著他的手杖，隨後點燃了一根煙。

那人在麥佑大道的盡頭進入了巴黎。這地方離環城火車站很近。他朝著車站的方向走過去，佩雷納和馬茲魯一直跟在他後面。那人坐上了一輛開往奧特伊的火車。

「奇怪，」馬茲魯說道：「他和兩週前走的路線一樣。當時他就是在這被人瞧見的。」

那人一直沿著路邊往前走，一刻鍾後，他抵達蘇歇大街，很快就來到工程師弗維爾父子被謀殺的那所公館跟前。

他爬上公館對面的城牆，一動不動的在那上面待了幾分鐘，面朝著公館的正牆。然後他下牆後又繼續走到穆艾特，沒入布隆尼森林的黑暗之中。

「動手吧。」佩雷納加快了腳步。

馬茲魯攔住他：

「什麼意思，老大？」

「衝上去把他拿下，我們是二對一，現在動手正是時候。」

「什麼！這是不可能的。」

「不可能！你害怕了？好吧，那就我來吧。」

「老大，問題不是那個。」

「那是什麼？」

「我們不能無緣無故逮捕一個人。」

「無緣無故？對這樣的一個強盜、一個殺人犯還說無緣無故？那你要怎麼樣？」

「沒有重大犯罪產生，沒有現行的不法行爲，我得需要一定的手續才能逮捕一個人，而我沒有。」

「什麼？」

「逮捕令，我沒有逮捕令。」

馬茲魯的語調表明他對此相當重視，而在佩雷納看來這個理由太滑稽了，他忍不住笑出來。

「你沒有逮捕令？可憐的小東西！得了，你看看我需不需要逮捕令！」

「我不會看到的。」馬茲魯抓住同伴的胳膊叫道：「您不能碰他。」

「他是你媽呀？」

「這，老大……」

「哎，老實人。」佩雷納急了，斷然說道：「要是錯過這機會，我們還能找到他嗎？」

「很容易啊，他總要回家的。我會通知派出所所長，他們給警署打個電話，明天早上……」

「要是煮熟的鴨子飛了呢？」

「我現在沒有逮捕令。」

「你要不要我給你簽一個，笨蛋？」

但佩雷納還是控制住自己的怒氣。他感到自己所有的理由在馬茲魯的固執面前都會粉碎，要是有必要，他甚至還會爲了保護敵人轉而對付自己。他只是教訓道：

「你就是個笨蛋。那些想拿著廢紙、簽字、逮捕令和其他無聊的東西執法的人都是些笨蛋。執法是要靠拳頭的，我的小笨蛋。敵人在你面前的時候你就得衝上去，否則就可能會什麼都撈不到。既然這樣的話，晚安吧，我回去睡覺了，等一切結束再給我打個電話。」

佩雷納怒氣沖沖地回到家。因爲行動受阻，他覺得很惱火，而且還是不得不屈從其他人的意願，或者更準確的說，是屈從於其他人的軟弱。

不過第二天早上醒來的時候，他又迫切地想目睹員警和那個拄烏木拐杖的人大打一場，特別是他一想到自己在其中還是發揮了一些作用的，就更是急不可待地穿上了衣服。

「要是我不去增援。」他想到：「那些傢伙會被騙過去的，他們應付不了這樣一場惡鬥。」

剛好馬茲魯打電話找他。他衝進了一樓的一個小隔間接電話。那是屋子的前主人叫人造的，在一處隱蔽的角落裡，只與他的書房相通，佩雷納打開燈。

「是你嗎，亞歷山大？」

「是的，老大，我在理查瓦倫斯大街那棟房子附近的一個葡萄酒商那。」

「那個人呢？」

「窩在裡面呢，不過是時候了。」

「啊！」

「他已經收拾好箱子，應該今天早上就要走了。」

「你怎麼知道的？」

「我是從女傭那打聽到的，她剛進去，會幫我們把門打開。」

「他一個人住？」

「是的，那個女傭替他燒飯，晚上回去。他住到這以後從來沒有人來訪，除了一名戴面紗的女子來過三次。女傭沒看到那個女子的相貌。她說這人是個學究，時間都用在讀書和工作上了。」

「那你有逮捕令了？」

「是的，我們要行動了。」

「我馬上就到。」

「不可能！副局長韋伯爾在這指揮我們呢。啊！對了，您不知道關於弗維爾太太的新聞吧？」

「關於弗維爾太太的新聞？」

「是的，她昨天夜裡想要自殺。」

「啊！她想要自殺？」

佩雷納驚訝地叫了一聲，可就在同時，他聽到了另一聲驚呼，離得很近，像是回聲似的，他更覺得驚奇了。

他沒放下話筒，直接回過頭去。勒瓦瑟爾小姐正在書房裡離自己幾步遠的地方，面色蒼白，萬分緊張。

他們的目光相遇了。佩雷納正要開口問她，她卻跑開了。

「她爲什麼偷聽我打電話？」佩雷納心裡嘀咕道：「而且像是嚇了一跳的樣子。」

馬茲魯在那頭繼續說道：

「她之前的確有說要自殺，還眞有勇氣。」

佩雷納繼續問道：

「她是怎麼自殺的呢？」

「我之後再跟您講，他們叫我了，老大您可千萬別過來。」

「不。」佩雷納斷然回答道：「我會去的，不管怎麼樣，我至少得見證捕獵過程吧，他的住處還是我發現的呢。不過別害怕，我會躲起來的。」

「那您得快點，老大，他們馬上就要攻進去了。」

「我一會兒就到。」

佩雷納很快掛掉電話，轉身準備出門，突然他往後一退，直接撞向隔間的後牆。

因爲正在他準備邁出門的那一刻，他腦袋上方有機關啓動了，一扇鐵牆重重地砸了下來，他只來得及往後一躍，這才躲了過去。

要是再慢一秒就會被壓住。佩雷納感覺到那鐵牆擦著自己的手背落下，以往他所面臨的危險可能還從來沒有讓他感受到如此強烈的恐懼。

佩雷納被嚇呆了，如同木雕泥塑一般站在那，腦子一片混亂。冷靜下來後，他開始對付這個障礙物。可是很快他就發現這個障礙是無法逾越的，這是一塊很沉的金屬板，不是由連在一起的金屬片構成的，而是一整塊，又沉又結實。因爲年代久遠的緣故，金屬板上已經鏽跡斑斑了。板的四周嵌在一道狹窄的槽裡，這條槽將板的上下左右都密封住了。

佩雷納成了俘虜。他想起勒瓦瑟爾小姐就在書房裡，憤怒地用拳頭敲擊著板面。要是她還沒離開書房——事故發生的時候她肯定還沒離開，她就能聽見聲音。她應該能聽見的，這樣就會找人回來救他。

佩雷納聽著外面的動靜，一邊還呼喊著。可是沒有任何回答，他的聲音迴響在隔間的牆和天花板上。他有一種感覺，似乎整個公館，包括外面的客廳、樓梯和門廳，都對自己的呼救充耳不聞。

可是……可是……勒瓦瑟爾小姐呢？

「這意味著什麼？」他喃喃地說道：「……這一切意味著什麼？」

他一動不動、默不作聲地站著，回想起年輕女子奇怪的態度、她震驚的臉龐和驚慌的雙眼。他也在想，那個隱蔽的機關怎麼會偶然間啓動了呢，可怕的鐵牆怎麼會突然向自己砸了下來。

chapter 5

拄烏木手杖的人

理查瓦倫斯大街上，副局長韋伯爾、警探阿斯尼斯、小隊長馬茲魯、三名警探和納依派出所的所長都聚在八號建築的大門前面。

馬茲魯一直注意瞧著馬德里街，因爲佩雷納應該是從這條街上過來的，可是他們通完電話已經有半小時了，馬茲魯很奇怪佩雷納還是沒有到，而此刻他已經沒有理由再拖延行動了。

「是時候了。」副局長韋伯爾說道：「女僕正從窗戶裡給我們打手勢：那人正在穿衣服。」

「爲什麼不在他出門的時候動手呢？」馬茲魯提出了異議：「這樣的話很容易就能逮住他。」

「要是他從另一個我們不知道的出口跑了呢？」副局長回道：「我們得防範這種人，直接攻擊他的老巢吧，這樣更有把握點。」

「可是……」

「你這是怎麼了，馬茲魯？」副局長把他拉到一邊問道：「你沒瞧見我們的人都很緊張嗎？這傢伙讓他們感到很不安。唯一的辦法就是讓他們衝上去，就像撲向一頭野獸那樣。等署長過來的時候，一切應該已經解決了。」

「那署長會來囉？」

「是的，他想親自來弄清楚。整個事件讓他感到非常擔心，所以衝吧！大夥都準備好了沒？我按鈴了。」

鈴響了，女僕馬上跑過來打開門。

儘管命令是盡可能的保持安靜以防驚動對手，可是這個對手著實讓他們害怕。他們一股腦兒地衝進院子裡，準備好戰鬥……然而二樓的一扇窗戶打開了，有個人叫道：

「到底怎麼回事？」

副局長沒有回答，他和兩名員警、警探、所長一起進衝屋子裡，另外兩名員警留在院子裡，杜絕一切逃跑的可能。

兩方的遭遇發生在一樓，那人穿戴整齊地下了樓，副局長叫道：

「站住！別動！是你吧，于貝爾．洛迪耶？」

那人似乎沒明白過來，五把手槍已經對準了他。可是他依然面不改色，只是簡單地問道：

「你想要幹什麼，先生？你到這來幹什麼？」

「我們是以司法的名義前來的，這是對你發出的逮捕令。」

「對我發出的逮捕令！」

「是對住在理查瓦倫斯街八號的于貝爾・洛迪耶發出的逮捕令。」

「這太荒唐了！……」他說道：「這令人難以置信……這是什麼意思？理由是什麼？……」

他沒有做任何抵抗，員警就扭住了他的手臂，將他帶進一間屋子裡。屋內只有三張草編的椅子、一張扶手椅，還有一張桌子，上面堆滿了厚厚的書。

「就這兒。」副局長說道：「別亂動，要是你有任何動作的話，那麼你就倒楣了……」

那人沒有提出任何抗議。他被兩名員警控制著，臉上露出若有所思的神色，彷彿試圖搞明白這突如其來的逮捕後面隱藏了什麼樣的神秘原因。他看起來挺聰明的樣子，栗色的鬍子泛著紅棕色的光，夾鼻眼鏡後面一雙灰藍色的眼睛時不時透出嚴厲的神色；寬寬的肩膀和結實的脖子表明他力氣也不差。

「我們押他上車？」馬茲魯對副局長說道。

「等一會……署長就要到了，我聽見聲音了……你搜過他的口袋了沒？沒有武器吧？」

「沒有。」

「沒有藥瓶或是其他什麼可疑的東西吧？」

「沒有，什麼都沒有。」

戴斯馬尼翁先生一到現場就低聲地同副局長交談了起來，讓他講述行動的細節，一邊還打量著眼前的俘虜。

「很好。」他說道：「我們需要他。既然兩個同謀已經被逮住，只要再讓他們開口，一切就都清楚

了，你們行動過程沒遇到什麼抵抗吧？」

「沒有，署長。」

「嗯，不過還是得保持著警戒。」

俘虜一句話也沒有說，他依然是那副若有所思的神色，彷彿對他而言發生的這一切事情都沒法解釋。可是當他知道新來的這個人是警察署長的時候，他抬起了頭。戴斯馬尼翁先生對他說道：

「不必解釋逮捕你的原因了吧，是不是？」

那人用恭敬的語氣回答道：

「不好意思，署長。恰恰相反，我要請您告知我原因，我完全不明白這是怎麼回事。您的警員可能犯了一個很大的錯誤，只要一句話就能消除誤會了。我想……我要聽逮捕我的理由……」

署長聳了聳肩膀說道：

「我們懷疑你參與了弗維爾工程師及其子艾德蒙的謀殺案。」

「希波列特死了？您說什麼呢？他怎麼可能死了？怎麼死的？被謀殺的？艾德蒙也是？」

署長再次聳了聳肩膀。

「你直呼弗維爾先生的名字這一事實就表明你和他很熟，就算你沒有參與這樁謀殺案，你從兩週以來的報紙上也能讀到這個消息。」

「我從來不讀報紙，署長。」

「哼！你還眞會說……」

「這可能不太可信，但就是這樣的。工作幾乎是我生活的全部，我埋頭於科學研究，想寫一本科普的著作。我不參與外面的世界，對這些也根本沒有興趣。要是有誰說我某月某日讀過某份報紙，我都能跟他對質。所以我有權說我並不知道希波列特・弗維爾被害這件事。我是以前認識他的，但是後來我們鬧翻了。」

「什麼原因？」

「家庭事務……」

「家事！那你們是親戚了？」

「是的，希波列特是我的表哥。」

「你的表哥！弗維爾先生是你的表哥？可是……可是那麼……我們來說說清楚。弗維爾先生和他的妻子分別是伊莉莎白・盧梭爾和阿爾芒德・盧梭爾兩姐妹的兒子和女兒。這兩姐妹是和一個叫做維克多的嫡親表弟一起長大的。」

「是的，維克多・索弗朗，是盧梭爾祖父的一支血脈。維克多・索弗朗是在國外結的婚，生了兩個兒子。其中一個十五年前就去世了，另一個就是我。」

戴斯馬尼翁先生顫抖了一下，他顯然很震驚。要是這個人說的是眞的，要是他眞的是那個警方尚未查實身份的維克多的兒子，那被捕的就是美國人科斯莫・摩靈頓的最終繼承人，因爲弗維爾父子已經死了，而弗維爾太太又被認定犯了謀殺罪，喪失了繼承權。

可是他給了自己一個壓倒性的罪名，這多荒唐啊？他又不是非這麼做不可。

他繼續說道：

「署長，我說出的眞相似乎讓你很震驚，或許你這下明白我是被冤枉的了？」

他說話的時候絲毫沒有慌亂，而且很禮貌，聲音清晰，他臉上的神情沒有半分會想到自己的說明反而落實警方逮捕他的合理性。

署長沒有回答他的問題，而是問道：

「這樣的話，你的眞名是什麼？……」

「加斯東・索弗朗。」他說道。

「那你爲什麼叫于貝爾・洛迪耶呢？」

他有一瞬間失神了，這沒有逃過戴斯馬尼翁先生這樣一位敏銳觀察者的眼睛。他略微地彎了彎腿，眼睛眨了一下，說道：

「這和警方無關，這是我自己的事。」

戴斯馬尼翁先生笑了，說道：

「這個理由不怎麼樣。要是我想知道你爲什麼藏了起來，爲什麼沒有留下新住址就離開魯爾街的住所，爲什麼在郵局用縮寫地址接收郵件，你也給我同樣的回答嗎？」

「是的，署長。這純屬私人行爲，是我自己的事，您不是非得問我這些吧。」

「你的同謀一直給我們的也正是這個回答。」

「我的同謀？」

「是的，就是弗維爾太太。」

「弗維爾太太？」

加斯東・索弗朗驚呼了一聲，就像聽到弗維爾工程師死訊時的反應一樣。不過這次他更爲驚訝，因爲擔憂，他臉上現出了一些陌生的神色。

「什麼？……什麼？……您說什麼？瑪麗安娜……不，不是吧？這不是眞的？」

署長覺得根本就沒必要回答，他假裝對蘇歇大街發生的慘案一無所知，這太荒唐，太幼稚了。

加斯東・索弗朗激動起來，眼中都是驚惶，喃喃地說道：

「這是眞的嗎？她也跟我一樣蒙受了不白之冤？或許已經被抓了？她！瑪麗安娜進了監獄！」

他舉起緊握的雙拳，向周圍所有陌生的敵人、那些殺害了希波列特・弗維爾、將瑪麗安娜送進監獄又來迫害自己的人，發出了威脅。

馬茲魯和阿斯尼斯警探猛地抓住了他……他反抗了一下，似乎是想推開攻擊自己的人。不過這只是一瞬間，他癱倒在椅子上，用手遮住了臉。

「眞是個謎！」他結結巴巴地說道：「……我不明白……我不明白……」

他住口不說了。

警察署長對馬茲魯說道：

「這是和弗維爾太太演的同一齣戲，連演員的實力也和她旗鼓相當，眞不愧是一家門裡的親戚。」

「不能相信他，署長，他現在只是因爲被捕一時消沉，可得提防他反應過來！」

幾分鐘之前走出去的副局長韋伯爾又回來了，戴斯馬尼翁先生對他說道：

「一切都準備好了嗎？」

「是的，署長。我讓計程車一直開到大門這邊，就停在您的汽車旁邊。」

「你們有幾個人？」

「八個，又有兩名員警剛從派出所趕了過來。」

「你們搜過房子了嗎？」

「搜過了，屋子幾乎都是空的，只有一些必要的傢俱，另外房間裡有幾疊紙。」

「很好，把他帶過去，加強戒備。」

加斯東・索弗朗很順從地跟著副局長韋伯爾和馬茲魯出去了。

到了門口的時候，他轉過身說道：

「署長，既然您在進行搜查，那我得請求您當心我房裡桌上的紙：這些筆記花了我好多個晚上的心血。此外……」

他猶豫了一下，顯得很尷尬的樣子。

「此外什麼？」

「嗯，署長先生，我要跟您說……些事情……」

他斟酌著這話應該怎麼說，而且似乎很害怕這些話一出口的後果。不過他還是下定決心說道：

「署長，這裡的……某處……有一包信件，我把它們看得比我的生命還重。這些信要是被人惡意曲解了的話可能會對我不利……不過不管怎麼樣……首先應該……應該讓它們安全無虞……您也明白……有些文件是非常重要的……我把它們交給您……只交給您一個人，署長。」

「東西在哪呢？」

「藏信的地方很容易找到，只要爬到我樓上的閣樓間裡，按一下窗戶右邊的一個釘子……那釘子表面看起來沒什麼用處，但卻控制著外面的一處暗格，就在排水溝旁邊一塊石板的下面。」

他在兩個人的押送之下繼續往外走，署長攔住他們。

「等一下……馬茲魯，你上去閣樓看看，把信給我拿過來。」

馬茲魯按他的命令做了，可是幾分鐘之後又折了回來：他沒法啓動開關。

署長先生命令阿斯尼斯警探和馬茲魯一起上去，並且讓他們把俘虜也帶上，好看看暗格到底是怎麼啓動的。

他自己和韋伯爾待在屋內等著搜查的結果，一邊仔仔細細地去瞧桌上堆著的那些書的標題。

這是一些科學方面的大部頭著作，當中不少化學方面的書很引人注意：《有機化學》、《化學與電學的關係》。所有這些書的空白處都標滿了註釋。他正翻看著其中的一本書，突然間聽到了喧譁聲。他衝了過去，可是還沒出門就聽見空蕩蕩的樓梯裡一聲迴響，還傳來了一聲痛苦的叫喊。

接著又是兩下開火的聲音，然後是叫喊聲、打鬥聲和又一次槍聲……

署長兩步併作一步，飛速地爬上二樓，隨後又到了更窄更陡的第三層，以他這樣的身形能達到這樣靈活的程度實屬難得，副局長韋伯爾也緊隨其後到了。

署長到達樓梯拐角處的時候，上面滾下來一個人倒在他的臂彎裡：是受了傷的馬茲魯，臺階上還毫無生氣地躺著一個人，那是阿斯尼斯警探。

可以看見加斯東・索弗朗在樓梯上方一扇小門裡，他形貌可怕兇狠至極，抬著手臂胡亂地射出了第五槍。然後他看見了署長，便鎮定地向他瞄準。

看見槍管正對著自己的腦袋，署長以爲自己完了，可是說時遲那時快，他身後傳來扳機扣動的聲音。索弗朗還沒來得及開槍，武器已經從他手中掉落了。署長似乎幻覺般的看見那個剛剛把自己從死神手裡救出來的人跨過躺著的阿斯尼斯警探，一把將馬茲魯推到牆角處，自己衝了上來，後面還跟了幾名員警。

署長認出了他，這人正是佩雷納。

索弗朗已經退到閣樓間裡，佩雷納迅速追了進來。索弗朗站在了窗沿上，佩雷納還沒來得及瞄準，他就從三樓跳了下去。

「他從那跳下去了？」署長跑過來叫道。「我們抓不到活的了！」

「活的沒有，死的也弄不到，署長您瞧，他站起來了，這人能創造奇跡……他朝大門邊跑了……只是有點瘸而已。」

「那我的人呢？」

「所有人都被槍聲吸引，到樓梯裡和屋內來了，正在照顧傷員呢……」

「啊！這惡棍。」署長喃喃地說道：「他倒是操控了局面。」

果然加斯東・索弗朗逃跑的時候沒有遇到任何人。

「抓住他！抓住他！」戴斯馬尼翁先生叫道。

交鋒是發生在出院子的時候。索弗朗向襲擊自己的人撲了過去，奪過他手上的棍子，後躍一步，直擊他臉，然後拿著棍子就逃走了，整個過程非常短暫，另外一名司機和三名員警這才終於從屋子裡面出來，追蹤他而去。

他們離索弗朗大約有三十步遠，其中一人開了好幾槍，但是都沒有命中目標。

戴斯馬尼翁先生和副局長韋伯爾下樓的時候發現阿斯尼斯警探躺在二樓，加斯東・索弗朗房間裡的床上，面色慘白。他頭部受了傷，正徘徊在死亡的邊緣，很快就斷了氣。

隊長馬茲魯的傷勢並不嚴重，他一邊接受包紮，一邊講述了事情的經過。索弗朗將他和警探一直領到了閣樓間，就在門口的時候，他迅速將手伸向了牆上掛著的一個舊包包裡，那包包是和傭人的圍裙和舊襯衣放在一處的。他從裡面掏出一把手槍向警探射擊，警探重重地栽倒了下去；然後他擺脫了抓住自己的馬茲魯，連發三槍，最後一槍擊中了隊長的肩部。

在這場戰鬥中，警方擁有一支訓練有素的隊伍，被捕的敵人似乎毫無逃脫的希望，結果他靠著大膽而出奇的戰略手段將兩名對手和其他人分散開來，使他們喪失戰鬥力，又將其他人都吸引到屋子裡面來，清出路線讓自己逃脫。

戴斯馬尼翁先生又是生氣又是失望，面色發白地叫道：

「他騙了我們……他的那些信……暗格……還有會動的釘子……都是些騙人的玩意兒……啊！強

盜！」

他回到一樓穿過院子，在大街上碰到一個追捕加斯東的員警氣喘吁吁地跑回來。

「怎麼樣？」他焦急地問道。

「署長，他從旁邊一條路轉過去……那邊有輛車正等著他呢……引擎應該是開著的，他一下子就把我們甩開了。」

「那我的汽車呢？」

「署長，您也知道，得有發動的時間啊……」

「帶走他的那輛車是租來的？」

「是的……是輛計程車……」

「那就能找得到，等司機看了報紙知道這一切後他會自己來說明的……」

韋伯爾搖了搖頭：

「署長，這得要這司機不是他們的同謀。而且就算找到了車子，您覺得像加斯東・索弗朗這樣一個傢伙會不知道把線索弄亂來擾亂搜查？我們會碰到麻煩的，署長。」

「是的。」佩雷納低聲說道，他一言不發地看著警方搜查，又單獨和馬茲魯待了片刻：「是的，你們是會有麻煩的，特別是如果你們讓抓到手的人又溜走了的話。哼，馬茲魯，我昨天晚上跟你說什麼來著？不過這傢伙確實厲害！而且他不是一個人，亞歷山大。我跟你說他一定有同謀……而且就在我家裡……你聽到了，就在我家裡！」

佩雷納又向馬茲魯詢問了索弗朗的態度以及逮捕過程中的細節，然後就返回自己在波旁宮廣場的公館。

佩雷納所做的調查當然與一些奇怪的事件有關係。加斯東・索弗朗在科斯莫・摩靈頓遺產案中玩的這一手固然值得他的注意，不過勒瓦瑟爾小姐的行為也同樣激起了他強烈的好奇心。

他無法忘記自己同馬茲魯打電話的時候這名女子因為驚嚇不由自主發出的叫聲，無法忘記她臉上驚惶的表情。可是除了自己回答馬茲魯的那句話：「你說什麼？弗維爾太太想要自殺？」他還能把勒瓦瑟爾小姐的驚慌失措歸結於其他原因嗎？真相再肯定不過了，自殺的消息和勒瓦瑟爾小姐情緒的極端波動之間顯然有著聯繫，佩雷納必然要從其中得出一些答案。

他一到家就直接進了書房，檢查了電話間上方的門洞。這處門洞呈拱形，寬約兩米，非常低，只掛上了一層天鵝絨的門簾。這簾子差不多一直都是捲著的，門洞就露在外面。佩雷納從下方裝飾紋的線腳裡發現了一個活動按鈕，只要按下去鐵牆就會落下，他自己兩個鐘頭前撞上的正是這個機關。

他試了三四次，證明機關完全是好的，沒有外力介入絕不會自己開啓。那他是否應該得出結論說這名年輕女子想取他佩雷納的性命？但她是出於什麼動機呢？

佩雷納下定決心要讓她解釋清楚這件事情，便準備按鈴叫她過來。可是時間一分一秒地過去了，他一直沒有按鈴。他從窗戶裡看見勒瓦瑟爾小姐正穿過院子。她走得很慢，上身隨著腰肢搖擺，步態和諧而勻稱，一縷陽光照亮她的一頭金髮。

上午剩下的時間裡，佩雷納一直都躺在長沙發上抽菸……他覺得很不舒服，對自己不滿意，對這

些事情也不滿意。這些事情沒有給他帶來半點眞相的訊息，而是將自己原本就掙扎其中的黑暗抹得很濃了。他渴望行動，可是一行動就會遇到新的障礙摧毀他的意志，可是這些障礙中又沒有任何東西可以給他帶來對手的資訊。就在中午的時候，佩雷納剛讓人給自己準備了午餐，公館的管家就進了書房。他手裡拿了一個托盤，激動地叫道：

「先生，警察署長來了。」顯然公館的傭人還不知道佩雷納的情況。

「嗯？」佩雷納問道：「他在哪呢？」

「就在樓下，先生。我起先也不知道……本來想告訴勒瓦瑟爾小姐的，可是……」

「你確定是署長？」

「這是他的名片，先生。」

佩雷納看見名片上確實寫著：

古斯塔夫・戴斯馬尼翁

他朝窗邊走過去，打開了窗戶，借助上方的鏡子觀察了波旁宮廣場一番。廣場上有六七個人在散步，佩雷納認出了他們，這些都是平日裡監視自己的人，前天晚上被自己甩掉了，如今又返回了工作崗位。

「沒再加派些人手？」他暗自想道：「算了吧，沒什麼好怕的，署長對我還是善意的，我的推理都還算準確，而且我覺得既然自己救了他的命，自然不會給他留下太糟糕的印象。」

戴斯馬尼翁先生一言不發地走了進來，他頂多就是微微點了點頭，這個動作也可以理解爲打了個招呼；而陪他一起進來的韋伯爾索性絲毫也不掩飾自己對佩雷納的情緒……

佩雷納似乎是沒瞧見，其實是有意只拉過了一把扶手椅。可是戴斯馬尼翁先生沒有坐下，他背著手在屋裡走來走去，似乎是在開口之前還想繼續自己的思考。

屋內沉默了良久，佩雷納一直平靜地等待著。突然，署長停下了腳步說道：

「先生，離開理查瓦倫斯大街後，你是否直接回家了？」

佩雷納接受了這場詢問式的談話，回答道：

「是的，署長。」

「回到這間書房？」

「回到這間書房。」

戴斯馬尼翁先生停了一下繼續問道：

「我是你走了大約三四十分鐘之後離開的，車子把我送到了警署。我在那收到了這封氣壓傳送信，你可以讀一下，你會注意到這封信是九點半時寄來的。」

佩雷納接過這封信，讀到了以下大寫的文字：

「提醒您，加斯東・索弗朗逃脫之後找到了自己的同謀佩雷納先生。正如您所知道的那樣，這個佩雷納不是別人，正是亞森・羅蘋。他向您提供了索弗朗的地址，爲的是除掉他從而獨佔摩靈頓的遺產。他們今天早晨達成了和解，亞森・羅蘋告訴索弗朗一處安全的藏身地。他們見面和密謀的證據很簡單。

索弗朗出於謹慎考慮，將自己不知不覺中帶出來的一截手杖放在羅蘋那，佩雷納先生書房裡兩扇窗戶之間放了一張長沙發，你可以在沙發的墊子底下找到它。」

佩雷納聳了聳肩膀，這封信太荒唐了，自己根本就沒離開過書房。他平靜地將信折好，還給署長，沒有做出任何評論。他決心讓戴斯馬尼翁先生來主導這場談話。

戴斯馬尼翁先生問道：

「你對此項指控作何回應？」

「沒有任何回應，署長。」

「可是指控很明確，而且很容易查證。」

「太容易了，署長，沙發就在兩扇窗戶之間。」

戴斯馬尼翁先生頓了兩三秒鐘，走到長沙發旁掀起了墊子。

其中一塊墊子下面露出了一截手杖。

佩雷納控制不住地又驚又怒，一點也沒有料到會有這樣的奇跡發生，不過他克制住了。說到底，沒有任何證據表明這半截手杖就是加斯東・索弗朗手裡拿的那根。

「另外半截在我這。」署長說道：「副局長韋伯爾在理查瓦倫斯大街上撿到的，就是這個。」

署長從大衣口袋裡掏出了東西進行試驗，兩根棍子的末端完全相符。

屋內又靜了下來，佩雷納愣住了，平日裡都是他把這種失敗和羞辱加在別人身上，而這次他自己也遭遇了。加斯東・索弗朗是怎麼奇跡般的在短短二十分鐘之內溜進自己的屋子來到書房裡的？要是公館裡有一個同謀，這事還勉強解釋得通。

「這完全出乎我的意料之外。」他想道：「這次我得闖過去。我已經逃過弗維爾太太的指控，挫敗了綠松石的陰謀。可是戴斯馬尼翁先生今天絕不會接受說是加斯東・索弗朗耍了和瑪麗安娜・弗維爾同樣的手段，目的是想把我踢出這場戰鬥，將我送進監獄。」

「好了。」署長不耐煩地叫道：「你倒是解釋啊！替自己辯護辯護！」

「不，署長，我不是非得爲自己辯護的。」

戴斯馬尼翁先生跺了跺腳，咕噥道：

「這樣的話……這樣的話……既然你承認了……既然……」

他握住窗戶的把手，做好了開窗的準備。只消一聲口哨聲，員警就會衝進來，行動就結束了。

「我是否應該叫你的警探進來，署長？」佩雷納問道。

戴斯馬尼翁先生沒有回答。他鬆開了窗戶的手柄，又開始在屋子裡走來走去。佩雷納正試圖尋找其在最後關頭猶豫了的原因，署長突然第二次在自己的對話者面前站定，鄭重地說道：

「假如我就當烏木手杖事件沒發生，或者把它當成是你的某個僕人背叛了你的證據，不牽涉到你呢？假如我只考慮你爲我們所做的一切？總之，假如我給你自由呢？」

佩雷納忍不住笑了。儘管有了手杖事件的發生，儘管所有表象都不利於自己，一切似乎都完了的時候，事情又回到了自己一開始預計的軌道，這也正是他在蘇歇大街調查時向馬茲魯指出的：警方需要他佩雷納。

「自由？」佩雷納說道：「……不再監視我了？沒人再追捕我了？」

「沒有。」

「要是媒體輿論繼續抓住我不放呢？要是有人借助某些謠言和巧合煽動輿論呢？要是有人要求對我採取行動呢？……」

「不會對你採取行動的。」

「那我就什麼都不用怕了？」

「什麼都不用怕。」

「韋伯爾先生不再對我抱有偏見了？」

「至少他會在行動上裝作如此，是不是，韋伯爾？」

副局長咕噥了兩句，也可以算作是的確同意了吧，佩雷納馬上叫道：

「那麼署長，我肯定會取得勝利，而且會完全按照警方的意願和需要行動。」

形勢劇變之下，警方在經歷了一系列特殊情況之後為佩雷納的天才所折服。他們承認了佩雷納所做的一切，也預感到了他將能做的一切，決定支持他，請求他的幫助，甚至可以說是提出了讓他來主導行動。

這種令人愉悅的尊重是否僅僅針對佩雷納呢？跟那桀驁不馴的羅蘋難道無關嗎？可以認為戴斯馬尼翁先生心底沒把這兩個人合二為一嗎？

署長的態度讓人沒法對他最隱秘的想法做出假設，警方為了達到目標常常不得不與一些人達成協定，署長向佩雷納提出的就是這樣一份協議，雙方都同意了，沒有在這個話題上再扯下去。

「你沒有資訊需要問我了嗎？」他說道。

「有的，署長。報上說維羅警探的口袋裡好像找到了一個筆記本，這本本子裡是否有什麼線索？」

「沒有任何線索。都是一些私人記錄，消費帳單，就這些。啊！我忘記了，還有一張女人的照片……關於這張照片我還沒能獲得任何資訊。再說我也不認爲它與此案有關，我也沒把照片交給報社。你瞧，就是這張。」

佩雷納接過遞給自己的照片，不由得震驚了一下，這沒逃過戴斯馬尼翁先生的眼睛。

「你認識這個女人？」

「不……不，署長，我原以爲……不過不是簡單的相似……可能是一家人，要是您能在今晚之前把照片一直放在我這的話，我可以去證實一下。」

「到今天晚上沒問題，你到時候就還給馬茲魯隊長，我也會通知他在摩靈頓一案上協助你。」

他們之間的交談結束了，署長離開之時佩雷納將他送到了臺階門口處。

可就在邁出門去的時候，戴斯馬尼翁先生轉過身來簡單地說道：

「今天早上你救了我的命，要是沒有你的話，索弗朗這個混賬……」

「哦！署長。」佩雷納抗議道。

「是的，我知道，這些事情你都習以爲常了。不過還是請你接受我的謝意。」

署長向他表示致意，彷彿眼前這人眞的是西班牙貴族、外籍軍團的英雄佩雷納。至於韋伯爾，他兩

手抄在口袋裡，神情像是隻被戴了嘴套的看門犬，恨恨地看了敵人一眼。

「哎呀！」佩雷納想道：「這傢伙兒一逮著機會肯定不會放過我！」

他從窗戶裡瞧見戴斯馬尼翁先生的汽車發動了，警察局的員警也跟著副局長韋伯爾離開了波旁宮廣場。他們終於撤退了。

「現在可以放手幹了！」佩雷納說道：「我行動自由了，會有大動作的。」

他叫來了公館的管家。

「給我上飯吧，另外請你告訴勒瓦瑟爾小姐讓她飯後過來和我談談。」

佩雷納朝著餐廳走過去，在桌旁坐下。他將戴斯馬尼翁先生留給自己的照片放在了旁邊，俯身細細觀察。

照片已經舊了，有些發白，一看就是那種長期放在錢包或是檔裡的樣子，不過畫面依然很清晰。照片上是一個年輕女子，容光煥發，穿著宴會禮服，香肩裸露，頭上戴著花葉，微笑著。

「勒瓦瑟爾小姐。」他喃喃地重複了好幾次：「……這可能嗎？」

照片的角落裡有幾個磨損的字母隱約可見：「佛蘿倫絲」，大概是這個女子的芳名。

佩雷納重複道：

「勒瓦瑟爾小姐……佛蘿倫絲．勒瓦瑟爾……她的照片怎麼會在維羅警探的錢包裡呢？她原本是替羅馬尼亞伯爵讀書的，後來繼續留在我這，她怎麼會跟這樁案子牽扯在一起呢？」

他又想到了鐵牆事故，想到自己在這所公館的院子裡找到的《法國迴聲報》上那篇不利於自己的文章的草稿，特別是他又聯想起被帶進自己書房的那截手杖。

他的理智努力想看清這些事件，他試圖弄清楚勒瓦瑟爾小姐在當中扮演的角色，然而他的眼睛卻一直停留在那張照片上，心不在焉地凝視著那女子唇間美麗的弧線、她優雅的微笑、她脖子迷人的曲線和她那攝人心神裸露著的香肩。

門突然開了，勒瓦瑟爾小姐走了進來。

佩雷納原本是獨自一人在屋裡的。正在這時，他端起一杯水送到唇邊。勒瓦瑟爾小姐衝上前來抓住他的胳膊，一把奪過水杯砸到地毯上，杯子碎了。

「您喝了？您已經喝了？」她聲音發緊地嚷道。

佩雷納回答說：

「沒有，我還沒喝呢，怎麼了？」

她結結巴巴地說道：

「這瓶裡的水……這瓶裡的水……」

「怎麼了？」

「這水被下了毒。」

佩雷納從椅子上跳了起來，他猛一下抓住勒瓦瑟爾小姐的胳膊問道：

「有毒！妳說什麼？說啊！妳肯定嗎？」

儘管佩雷納有著很強的自控力，他還是感到害怕。他知道這群強盜使的毒藥會產生多麼可怕的後果，他親眼瞧見過維羅警探和希波列特・弗維爾父子的屍體。他知道自己差一點就中了毒，一旦眞的喝下去，他是逃不了的。這毒藥無物不克，它一定能要了人的命。

年輕女子不開口了。佩雷納命令道：

「妳倒是回答呀！妳確定嗎？」

「不……我只是有這種想法……一種預感……只是巧合……」

她似乎後悔自己之前所說的話，試圖進行彌補。

「喏，喏。」佩雷納叫道：「我想知道……妳並不確定這瓶裡的水被下了毒？」

「不確定……可能……」

「可是，剛剛……」

「我的確本以爲……可是不……不……」

「要弄明白還不容易。」佩雷納說道。他伸手想取過水瓶。

勒瓦瑟爾小姐的動作更快，她一把抓過瓶子，一下子將它敲碎在桌子上。

「妳這是幹什麼？」佩雷納惱怒地問道。

「我弄錯了，所以沒必要當回事了……」

佩雷納快步走出餐廳，根據他的要求，他飲用的水是來自放在後面茶水間的。這間茶水間在連接客廳與廚房的走道盡頭，位置還要比廚房再往裡面些。

佩雷納跑過去從板架上拿了一隻碗，倒了些茶水間裡的水進去。然後他沿著一條通往院子的岔道走過去呼喚著小狗米爾紮，那小狗正在馬廄旁邊玩耍。

「喏。」他把碗放在小狗面前說道。

小狗便開始喝碗裡的水。

可幾乎就在同時，牠停下來不喝了，一動不動、四肢緊繃、身體僵直。隨後牠渾身抖了一下，發出了嘶啞的呻吟聲，晃了兩三下就倒下了。

「它死了。」佩雷納摸了摸小狗說道。

勒瓦瑟爾小姐已經來到他身邊，佩雷納轉向這個年輕女子質問道：

「毒藥是確有其事……而且妳是知道的……妳怎麼會知道？」

勒瓦瑟爾小姐壓住自己的心跳，氣喘吁吁地回答道：

「我看見另一隻小狗在廚房裡面喝了這水。牠死了……我通知了司機和馬車夫……他們就在馬廄裡……我又跑過來告訴您。」

「那就沒什麼好懷疑的了，既然這樣，那妳為什麼又說妳並不確定裡面有毒藥……」

馬車夫和司機都從馬廄裡出來了，佩雷納拉著年輕女子對她說道：

「我們得談談，去妳的房間吧。」

他們又回到了走道的轉彎處，就在後廚旁邊還有一條通道，通道盡頭是三級臺階。臺階上方有一扇門。

佩雷納把勒瓦瑟爾小姐推了進去。

這是勒瓦瑟爾小姐住的屋子的入口，他們走進客廳，佩雷納關上了入口處的門，接著又關上了客廳門。

「現在解釋解釋吧。」他用堅定的語氣說道。

chapter 6

第八卷 莎士比亞

一堵低矮的牆將公館的院子與波旁宮廣場隔開，牆的左右兩側各是一間屋子。和公館裡其他地方一樣，它們也是過去留下來的，有了年頭。主體建築位於院子的深處，兩間屋子通過一系列副建築連接在一起。

其中一側是車庫、馬廄、馬具房，盡頭是守門人的屋子；另一側是洗衣房、廚房和備膳室，盡頭那屋就留給了勒瓦瑟爾小姐。

這棟屋子只有一層樓，是由一間昏暗的門廳和一間大房間構成的。大些的當作客廳，另一間則佈置成房間，實際上這只是一處凹室，裡面的床和廁所用簾子遮了起來。屋子開了兩扇窗戶，朝向波旁宮廣場。

佩雷納是第一次走進勒瓦瑟爾小姐的住所。他被深深地吸引住了，覺得裡頭的氛圍讓人感到愉悅。

傢俱很簡單，就是一些舊扶手椅和桃花心木的座椅，一張沒有任何裝飾的拿破崙時代式樣的書桌，一條無背粗腳的長沙發，幾排書架，僅此而已；不過淺色的簾幕讓屋子增色不少；牆上掛著一些名畫的複製品，歷史建築的素描和陽光下的風景畫兒，諸如義大利的小城、西西里的寺廟……

年輕女子一直站著，她靠著自己的冷靜自持又恢復了一副神秘的面容。她的神色平靜，表情有意裝得很冷淡，佩雷納卻覺得自己從中可以看到她克制的情緒，她不平凡的生活和她豐富多變的情感。這些東西，即使再努力也難以抑制。她的目光裡沒有害怕也沒有挑釁，似乎她眞的不害怕要解釋什麼。

佩雷納沉默了良久。奇怪的是，他面對這個自己內心深處已經對之充滿質疑的女子卻覺得有些尷尬。他自己也意識到了這一點，而且爲此很是惱怒。他不敢明確地表達這些質疑，也不敢清楚地說出自己心中所想，於是這樣開啓了話頭：

「妳知道今天早上這棟房子裡發生的事情嗎？」

「今天早上？」

「是的，就是我打完電話之後。」

「我是後來透過公館的僕人和管家知道的……」

「不是之前？」

「我之前怎麼會知道呢？」

她說了謊，她不可能沒說謊，可是她回答的聲音是多麼的平靜啊！

佩雷納繼續說道：

「簡而言之，事情的經過是這樣的。我出書房的時候，藏在牆壁上方的鐵牆在我面前砸了下來。我確定自己面對這樣一個障礙物是無能爲力的，於是決定找朋友幫忙，反正我手邊也有電話。我給阿斯特里涅克司令打了電話。他趕過來以後在管家的幫助下將我解救了出來。他們是這麼跟妳講的吧？」

「是的，先生。事情發生的時候，我在自己的房間，所以我對此一無所知，也不知道阿斯特里涅克司令來過。」

「好吧，可是我獲救以後得知，公館的管家以及這兒所有的人，當然也包括妳在內，都知道鐵牆的存在。」

「當然。」

「從哪邊知道的？」

「從馬婁雷斯可伯爵那，我從他那知道，革命期間，他的曾外祖母住在這棟房子裡。她的丈夫被送上了斷頭臺，而她自己在這處隱蔽的地方躲了十三個月，當時這層鐵牆是用了和屋內牆壁相似的壁板蓋住的。」

「很遺憾沒有人告訴過我，我差一點就被壓死了。」

這種可能性似乎並沒有給年輕女子帶來情感上的波動，她一本正經地說道：

「最好檢查一下這個機關，看看之前它爲什麼會突然啓動。公館裡的東西都老舊了，不太好用。」

「機關還很正常，我很確定，所以不可能是機關老舊的原因。」

「那是什麼原因呢？」

「是某個我不知道的敵人做的。」

「那他會被人看見的。」

「只有一個人可能會看見他，那就是妳，妳在我打電話的時候剛好來到書房，而且我碰巧聽到了妳因為弗維爾太太發出的驚叫聲。」

「是的，她自殺的消息嚇了我一跳，不管她是否有罪，我都很同情這個女人。」

「而且妳當時就在門洞旁邊，機關就在妳觸手可及的地方，妳不可能沒瞧見按下機關的人。」

勒瓦瑟爾小姐沒有低下自己的目光，有幾抹紅暈似乎浮現在她的臉龐。她說道：

「的確，我本來應該能碰見他的，我想我大概是在事故發生前的幾秒鐘出去了。」

「一定是的。」他說道：「可奇怪的是……不太可能的是妳沒有聽見鐵牆砸下來的聲響，也沒有聽見我的呼救，我可是弄出了很大動靜。」

「我那時可能已經關上了書房的門，什麼也沒聽見。」

「那我就應該假定有人藏在我的書房裡，這個人和犯下蘇歇大街雙重兇殺案的強盜有瓜葛，因為署長剛剛從我沙發的墊子底下發現了其中一個強盜的一截手杖。」

勒瓦瑟爾小姐露出很震驚的表情。她似乎眞的完全不知道這個新故事。佩雷納走近她，直視著她的眼睛清晰地說道：

「妳至少得承認這很奇怪吧。」

「什麼東西很奇怪？」

「這一系列對我不利的事件，昨天我在院子裡找到一封信的草稿——就是那封發表在《法國迴聲報》上的文章草稿；今天先是鐵牆在我經過的時候落了下來，接著是發現了這截手杖……然後……然後……就在剛剛，那瓶水被人下了毒……」

勒瓦瑟爾小姐搖了搖頭喃喃地說道：

「是的……是的……所有這些事情……」

「所有這些事情意味著。」佩雷納有力地接了下去：「毫無疑問，有一個最無情、最膽大的敵人直接介入其中了。一定有這麼一個人，他一直在行動，目的很明顯。他通過匿名文章、通過這截手杖，就是想牽連我，使我被捕入獄。他放下鐵牆就是想壓死我，至少是想讓我當上幾個小時的俘虜。現在又是毒藥這樣卑鄙陰險的手段，今天投到我杯子裡，明天就要投到我吃的東西裡了……再往後就是匕首、手槍子彈，或者是勒死人的繩子……隨便什麼東西……只要能讓我消失，因爲他要的就是消滅我。我是他們的對手，他們害怕我，我遲早會發現那個秘密，將那兩億法郎收歸囊中，而這筆錢正是他們想拿到手的。我是闖入者，也是保護摩靈頓遺產的人。這次輪到我了，前面已經死了四個，我會是第五個。加斯東·索弗朗已經決定了，加斯東或是其他哪個主導該案件的人。同謀就在這所公館裡，在廣場中央，在我的身邊。他在窺探我，追蹤我的足跡。他躲在我的影子裡，在尋找合適的時間和地點對我發起攻擊。好了，我受夠了，我想知道，我想知道，而且我會知道的。他是誰？」

年輕女子微微後退幾步，靠在了長沙發上。

佩雷納又上前一步，目光沒有從她身上移開。他試圖從女子紋絲不動的神色中找出慌亂的痕跡或是焦慮的顫動，他更大聲地重複問道：

「同謀是誰？這裡到底是誰要我的命？」

「我不知道……」她說道：「我不知道……或許根本就不是您想的那樣存在什麼陰謀……只是一些意外事件罷了……」

佩雷納產生了一種衝動，想不客氣的直接指控她，他習慣這樣對付自己視作對手的人，他想對她說：

「妳在說謊，美人，妳在說謊。同謀就是妳。妳意外聽到我和馬茲魯在電話裡的交談，只有妳能去救加斯東·索弗朗。妳開著車在大道轉角的地方等著他，妳和他商量好了把那截手杖帶回來。是妳這麼個美人兒因爲我不知道的某種原因想要殺我。黑暗中伸向我的魔爪正是妳的。」

但是佩雷納不可能這樣對待她，他不敢憤怒地叫出自己所肯定的一切，這讓他感到無比惱火。他抓住勒瓦瑟爾小姐的手，用力握緊，用比最尖銳的言語更鋒利的目光和懾人的神情指控著這名年輕女子。

佩雷納終於控制住自己，鬆開了鉗制，年輕女子很快帶著反抗和憤怒抽出自己的手，佩雷納宣佈道：

「好吧，我會問僕人的，要是有必要的話，我會把所有可疑的人都打發走。」

「不，不。」她連忙說道：「不應該這樣……他們的爲人我都瞭解的。」

她是否要爲他們辯護呢？因爲自己的口是心非和固執己見犧牲了一眾僕人，而她又知道他們是無可指責的，所以這時她產生了良心上的顧慮？

佩雷納覺得她看向自己的目光似乎在哀求憐憫，但她要自己憐憫誰呢？是爲其他人？還是爲她自己？

兩人沉默了良久，佩雷納在離她幾步遠的地方站著。他想到那張照片，他驚訝地發現眼前這個女子身上的美麗，他之前從未發現過，可是現在這種美卻突然攫住了他的心。她一頭金髮閃耀著自己覺得陌生的光芒；嘴角的神情或許沒有照片上那般愉悅了，帶了些苦澀，可依然保留著微笑的角度。她半月形衣領下露出的下巴的曲線和脖頸的優雅、她香肩的線條、她搭在膝上的玉臂和纖手，這一切都是那樣的迷人，帶著溫和的靜謐，還透著某種誠實的品質。這個女人可能是一個殺人犯和下毒者嗎？

佩雷納對她說道：

「妳告訴過我妳的名字，不過我不記得了，而且那不是妳的眞名。」

「是的，是眞名。」她說道：「……我叫瑪爾特……」

「不！妳叫佛蘿倫絲……佛蘿倫絲・勒瓦瑟爾……」

「什麼？誰跟您說的？佛蘿倫絲？……您怎麼知道的？」

「這是妳的照片，這裡是妳的名字，已經差不多快被磨掉了。」

她嚇了一跳。

「啊！」她驚呆了，瞧著照片叫道：「這怎麼可能？……照片是從哪來的？您是從哪弄到的？……」

突然她又說道：

「是署長交給您的，是不是？是的……是他……我肯定……我肯定這張照片是用來提供相貌特徵的，他們在找我……在找我……還是您……還是您……」

「別怕。」佩雷納說道：「只要在這照片上略作修改就認不出妳的臉來了……我會來做的……妳別怕……」

勒瓦瑟爾小姐已經沒在聽他說了，她聚精會神地瞧著那張照片，喃喃低語道：

「我那時才二十歲……住在義大利……我的天啊，我拍照的那天多開心啊！……我看見自己的肖像是多麼的高興啊！我那時很漂亮……後來它就失蹤了……它被人偷了，就像從前偷走我其他的東西一樣……」

然後她用更低的聲音念著自己的名字，像是在對一個不幸的女友說話似的重複道：

「佛蘿倫絲……佛蘿倫絲……」

淚水從她的臉頰上滾落下來。

「她不是會殺人的人。」佩雷納想道：「……她不會是同謀的……但是……但是……」

佩雷納離開她獨自一人走到房間裡，從窗口走到門邊。牆上掛著的義大利風景畫吸引了他的注意。然後他仔細看了架子上擺著的書，都是些法國文學和外國文學作品，小說、劇本、道德散文、詩集等等，顯示出閱讀者的上乘品味和涉獵廣泛。佩雷納瞧見拉辛旁邊就是但丁的作品，愛倫坡後面是司湯達爾的作品，蒙田的作品夾在歌德和維吉爾之間。突然他注意到莎士比亞作品集英文版中有一卷和其他卷看起來不太一樣。佩雷納就是有這樣的天賦，他只要一瞥就可以從一堆物品中發現細微的線索，那本書的書背是用紅色皮革包住的，有些特別，看起來很硬，沒有舊書通常的皺摺。

這是莎士比亞第八卷，佩雷納馬上將它取了出來。他動作很輕，外面的人根本就聽不見。他沒有弄錯，這本書是假的，只有外面的硬書殼，裡面是空的，形成一個可以藏東西的盒子。他發現裡面有一些空白的信紙、配套的信封，還有幾頁普通的格子紙，都是一般大小，像是從一本記事本上撕下來的。

這些紙馬上引起他的注意。他想起《法國迴聲報》上那篇文章的草稿正是寫在這樣的紙上，格子是一模一樣的，紙張大小也相似。

此外，當他一張張拿起這些紙的時候，在倒數第二頁上發現了幾行鉛筆寫下的文字和數字，似乎是匆忙中記下的。

上面寫著：

蘇歇大街公館

第一封信。4月15日至16日的晚上。

第二封。25日晚上。

第三封和第四封。5月5日至5月15日的晚上。

第五封和爆炸。5月25日晚上。

佩雷納首先意識到第一封信的日期正是今天，然後發現所有日期都間隔十天，同時他注意到這筆跡和草稿的筆跡是相似的。

那頁草稿就夾在他口袋裡一本筆記本中間，這樣他就可以證實兩種筆跡和兩種格子紙的相似度。

他取出筆記本打開，草稿卻不在裡面了。

「該死！」他咬牙切齒地說道：「她眞是難纏。」

此時他清楚地回想起來，早上自己和馬茲魯打電話的時候，筆記本就在外衣口袋裡，當時那件外衣是放在電話間附近的椅子上的。

而就在那時，勒瓦瑟爾小姐無緣無故地進了書房。

她在那裡做什麼？

「啊！蹩腳的演員。」佩雷納憤怒地想到：「她正在騙我呢，她的眼淚、她天眞的神氣、她打動人的回憶，都是假的！她和瑪麗安娜・弗維爾、加斯東・索弗朗是一類貨色，他們是一夥的。她和他們一樣，都是騙子、都是演戲的，連最細微的舉動和音調轉折都一樣。」

佩雷納馬上就能讓她無言以對，這次的證據無懈可擊。她害怕調查下去會一路追蹤到自己，所以不想把文章草稿留在對手的手中，這樣還怎麼相信她不是他們的同夥呢？那些人策劃了摩靈頓一案，並且想要擺脫佩雷納。甚至可以假定她是這一夥的領導者，憑著自己的大膽和智慧領著他們走向某個不爲人知的目標。

因爲她是最方便的，擁有完全的地利之便。借著朝向波旁宮廣場的窗戶，她很容易就能趁著夜色離開公館，結束後再返回，不會有人來查她是否離開過。所以雙重謀殺案發生的當晚，她完全有可能就在謀殺希波列特・弗維爾父子的人當中。她完全有可能參與了謀殺案，甚至是親手向兩名受害人注射了毒藥，用的就是自己眼前那雙白皙纖細、托著一頭金髮的手。

佩雷納不禁顫抖了一下，他將紙輕輕地放回書裡面，又將書放回原處，然後走到年輕女子身旁。他突然研究起勒瓦瑟爾小姐的下半部面龐，還有她下頷的形狀！是的，他正是透過她面部的曲線和嘴唇的形狀試圖做一番猜想。他不由自主的就那樣瞧著、瞧著、又是擔憂又是好奇，想撬開這緊閉的雙唇尋找那個壓在自己心頭的可怕的問題的答案。他看不見的那些牙齒會不會就是在水果上留下印跡的那一口？虎牙，野獸的牙齒，會不會就是她的，或是另一個女人的？

這是一個荒謬的假設，因爲已經證明那些牙印是來自瑪麗安娜・弗維爾，但即使這條假設是荒謬的，是否足以成爲排除她犯案的理由呢？

佩雷納對自己情感上的起伏感到震驚，他害怕表露出來，所以選擇中斷談話，他走近年輕女子，用命令的語調咄咄逼人地對她說道：

「我希望辭退公館裡所有的僕人，妳結算一下他們的工資，他們想要多少補償金就給他們，一定要讓他們今天就走，今天晚上會有另外一班人過來，妳安排一下他們。」

勒瓦瑟爾小姐沒有反駁半句，佩雷納離開了她的房間，這場談話給他留下了一種印象，自己和佛蘿倫絲的關係讓人覺得很不舒服。他和她之間的氣氛總是沉悶而壓抑的，他們交談的話語也並非各自心裡所想，行動也和言語不一致。這種形勢下唯一的處理方式難道不是辭退佛蘿倫絲・勒瓦瑟爾嗎？但佩雷納壓根就沒想到這樣做。

他一回到書房就給馬茲魯打了電話，爲了不讓隔壁的人聽見自己的談話，他有意壓低聲音說道：

「是你嗎，馬茲魯？」

「是我。」

「署長有告訴你要你跟著我行動了嗎？」

「是的。」

「很好，你就跟他說我已經把所有的僕人都掃地出門了，我把他們的名字給你讓你對他們進行密切監視，借此來找出索弗朗的同謀。另外有件事情：你請署長允許你我二人在弗維爾工程師的家中過夜。」

「算了吧！在蘇歇大街那棟屋子？」

「是的，我有理由相信那裡會有事情發生。」

「什麼事情？」

「我不知道，但會有事情發生的，我強烈要求這樣做，就這麼說定了？」

「說定了，老大。如果沒有其他指示，今晚九點蘇歇大街見。」

佩雷納當天沒有再見到勒瓦瑟爾小姐，他當天下午離開公館去了一家職業介紹所，在那裡挑選了僕人、司機、馬車夫、貼身僕人和廚娘等人。

然後他去找了一個攝影師，將勒瓦瑟爾小姐的照片印了一張新的，並親自作了修改和掩飾，這樣署長就看不出來是替代品了。

他在飯店用了晚餐，九點鐘的時候，他與馬茲魯碰了頭。

自雙重謀殺案發生之後，弗維爾公館就由門房看管著，所有的房間和鎖都貼了封條，除了工作間裡面的門，員警因調查的需要留下了鑰匙。

屋子很寬敞，還是原來的樣子。可是所有的資料都被取走或是收起來了，工作臺上的那些書和小冊子也一樣都沒剩下，電燈一照可以看見些許灰塵蓋住了桌子黑色的皮面和桃花心木的邊框。

「哎，亞歷山大，」兩人剛安頓下來佩雷納就嚷嚷道：「你覺得怎麼樣？再回到這裡真讓人很有感觸，是不是？不過這次不用再把房門緊閉了。既然4月15日到16日的夜裡這裡會發生些事情，那就別阻擋他們了，給那些先生們自由行動吧。讓他們先出招吧。」

儘管是在開玩笑，佩雷納對自己沒能阻止的那兩起謀殺案的記憶以及揮之不去的兩具屍體的場景依然頗有感觸。他也想起了自己支持的那場針對弗維爾太太的無情決鬥，想起了她的絕望，還有她最後的被捕，他眞的動了情。

「跟我說說她吧。」他對馬茲魯說道：「她眞的想要自殺？」

「是的。」馬茲魯說道：「她是認眞的，而且她自殺的方式本來也應該會讓她害怕了：她用從床單和衣服上扯下來的布條編在一起，吊在上面，經過一番按壓和人工呼吸才被搶救過來。他們告訴我說她目前已經脫離危險了，但是身邊離不了人，因爲她發誓說要再次自殺。」

「她什麼都沒承認？」

「沒有，她堅持說自己是無辜的。」

「那檢察官和警方的意見呢？」

「老大，您還想著他們會換個看法呀？調查已經證明了所有針對她的指控，特別是警方已經確定她是唯一一個能接觸到蘋果的人，而且時間是在晚上十一點到早上七點之間。蘋果上留下了她的牙印，您能接受這世上存在著兩個人的牙齒能留下一模一樣的牙印嗎？」

「不……不……」佩雷納肯定地說道，他想到了佛蘿倫絲・勒瓦瑟爾……警方的推論是毫無爭議的，事實很清楚，可以說這牙印是再明顯不過的證據，可是這一切到底是怎麼回事呢？……

「什麼，老大？」

「沒什麼……只是有個想法讓我很擔心……而且你也瞧見了，這裡頭有很多不正常的事情，還有很奇怪的巧合和矛盾，我不敢太過肯定，因爲現在確定的東西很有可能明天就會被推翻。」

他們兩人低聲地聊了很久，將問題各方面研究了一遍。快到午夜的時候，他們關了燈，商量好兩人輪流睡覺。

時間一點一點地過去，就像他們第一次守夜的時候那樣。同樣的汽車聲，同樣的火車的嘯聲，同樣的寂靜。一夜就這麼過去了，沒有任何危險或意外事故發生。

天剛矇矇亮的時候，外面的世界又活躍起來，輪班警戒的佩雷納只聽見自己同伴單調的鼾聲。

「是我弄錯了？」他暗自想道：「莎士比亞書裡的指示是其他意思？還是它指的是去年特定日期發生的事情？」

不管怎樣，隨著晨曦透過半開著的百葉窗照進來，他有了一層不明不白的擔憂。兩週前，也是在沒有任何警示的情況下，當他醒來的時候，兩名受害人就躺在他身邊。

七點的時候，佩雷納叫道：

「亞歷山大？」

「嗯！怎麼了，老大？」

「你沒死吧？」

「您說什麼呢？我沒死吧？沒有啊，老大。」

「你確定？」

「好吧！您開玩笑的吧，老大，為什麼不是您死呢？」

「哦！我也快了，這樣的強盜，他們總會擊中我的。」

他們又耐心等了一個小時，然後佩雷納打開一扇窗戶，推開百葉窗。

「哎，亞歷山大，或許你沒死，但是……」

「但是什麼？」

「你臉色都發青了。」

馬茲魯勉強笑了一下。

「的確，老大，我承認，您睡覺我守夜的時候，我可是一直提心吊膽。」

「你害怕了？」

「怕得要命。我總覺得要發生什麼事情，可是老大，您看起來也不太好……您是不是也？……」

佩雷納的臉上顯出非常奇怪的神色，馬茲魯打住了話頭。

「怎麼了，老大？」

「你看……桌子上……有封信……」

馬茲魯瞧過去，工作臺上的確有一封信，或者準確的說是郵件，封口的地方沿著虛線撕開了，外面的地址、郵票和郵戳都還可以看到。

「是你放在這的，亞歷山大？」

「您開玩笑吧，老大，只可能是您自己放的。」

「只能是我……但不是我啊……」

「那是？……」

佩雷納拿起郵件仔細查看了一番，他發現地址和郵戳都被人刮過了，看不清收信人的姓名和地址，但是寄信的地址卻很清楚，日期也是：

「巴黎，一九一九年一月四日。」

「這封信是三個半月之前的了。」佩雷納說道。

他把信翻過來，裡面有十幾行的內容，他立刻大叫道：

「希波列特．弗維爾的簽名！」

「還有他的筆跡。」馬茲魯說道：「我現在認出來了，沒錯，這代表什麼？希波列特．弗維爾在死前三個月寫的信……」

佩雷納高聲讀到：

我親愛的朋友：

天啊！我可以確定我前幾天寫給你的內容：陰謀的網收緊了。我不知道他們的計畫是什麼，更不知道他們會怎麼執行，不過所有的一切都告訴我最後的時刻即將到來。我在她的眼睛裡看到了這一點。她有時候會多麼奇怪的看著我呀！啊！太卑鄙了！誰會想到她竟會……我太不幸了，我可憐的朋友。

「簽名是希波列特・弗維爾。」馬茲魯繼續說道：「……而且我確定這是他寫的……就是今年一月四日寫給他一個朋友的。我們不知道他這個朋友的名字，不過我發誓，我們會查出來的，這個朋友會給我們所有必要的證據。」

馬茲魯激動起來：

「證據！我們不需要了！證據已經有了，弗維爾先生自己給了我們。最後的時刻即將到來，我在她的眼睛裡看到了這一點，她，就是指他的妻子，瑪麗安娜・弗維爾。丈夫的證詞肯定了我們已經知道的不利於她的一切，您覺得呢，老大？」

「你說的有道理，」佩雷納漫不經心地回答道：「你說的有道理，這封信是確切無誤的，只是……

到底是誰把信弄來的？是不是有人昨天夜裡進了這間屋子，但我們一直都在？這可能嗎？我們會發現的呀……這讓我覺得很奇怪。」

「的確是……」

「不是嗎？兩週前發生的事就已經很奇怪了，不過那時我們是待在前廳，他們在裡屋行動的。如今我們兩個人就在這，就在這桌子旁邊，昨天晚上這桌子上還沒有半張紙，今天早上卻有了一封信。」

他們將現場研究了一番，沒有發現任何有價值的線索，然後又把公館查了一遍，確定沒人藏在裡頭。再說就算有人藏在裡面，他進屋子的時候怎麼會沒引起佩雷納和馬茲魯的注意呢？問題難解了。

「不用再找了。」佩雷納說道：「沒用的，一般像這樣的故事，總有某一天會露出線索，一切就都一點一點地清楚了。把這封信帶給警察署長，告訴他我們守夜的情況，並且跟他說我們請他允許我們在四月二十五日至二十六日的夜間再回到這來。那一晚還會有新的事情發生，我很想知道聖靈是否會把第二封信交到我們手裡。」

兩人關上門出了公館。他們朝右手邊走去穆艾特坐車。當他們走到蘇歇大街盡頭的時候，佩雷納偶然間把頭轉向了人行道上。

有個人騎著自行車超過了他們，佩雷納只來得及看見他剃光鬍鬚的臉和閃著精光盯住自己的眼睛。

「當心！」他叫道，猛地一把推開馬茲魯，隊長失去了平衡，一個踉蹌。

那人已經舉起握槍的手，開了火。子彈在佩雷納耳邊呼嘯而過，他迅速低下身。

「快追上去。」佩雷納嚷嚷道：「你沒受傷吧，馬茲魯？」

「沒有，老大。」

兩人一邊叫人幫忙，一邊往前衝去。不過此刻正是早晨，這個街區的行人很少。那人速度本來就快，再加了把勁，更是遠遠的在奧克塔夫－弗耶路轉了過去，消失了。

「混蛋！我會抓住你的。」佩雷納咬牙切齒地說道，放棄白費力氣的追趕。

「但您甚至都不知道他是誰，老大。」

「我知道，就是他。」

「到底是誰？」

「拄烏木拐杖的那人。他刮了鬍子，我還是認出他來了。昨天早上就是他在理查瓦倫斯大街自家樓梯上射擊我們，殺死了阿斯尼斯警探。啊！卑鄙的傢伙，他怎麼知道我在弗維爾公館過夜呢？難道有人在跟蹤監視我？那到底是誰呢？又是出於什麼原因呢？通過什麼方式呢？」

馬茲魯思考了一番說道：

「老大，您還記得吧？您是下午打電話約我的。您跟我講話的聲音是很低，可是誰知道呢？或許您那還是有人聽見了？」

佩雷納沒有回答，他想到了佛蘿倫絲。

*　　*　　*

這天早晨給佩雷納送郵件的不是勒瓦瑟爾小姐，而且他也沒再讓她過來。好幾次佩雷納看見她正在給新來的僕人下達命令，後來就再沒見到她，應該是回了自己的房間。

下午佩雷納叫了汽車去蘇歇大街的公館繼續和馬茲魯進行調查，這也是署長的命令，不過調查沒有任何結果。

佩雷納回去的時候已經是下午六點鐘了，他和隊長一起吃了晚飯。晚上他又想親自去仔細查看一下加斯東・索弗朗的住所，於是上了汽車，讓司機開到理查瓦倫斯大街，馬茲魯依然跟他在一起。

車子穿過了塞納河，繼續沿著右岸前行。

「再快點。」他對自己的新司機說道：「我習慣開快點。」

「您總有一天會出車禍的，老大。」馬茲魯說道。

「不會有危險的。」佩雷納回答說：「只有笨蛋才會出車禍。」

他們來到了阿爾瑪廣場，這時車子往左轉了。

「一直往前開。」佩雷納叫道：「……從托卡德歐街過去。」

汽車轉彎後又繼續直行，但突然間車子全速偏駛開去，衝上人行道，撞上一棵樹後翻車了。

不到幾秒鐘的時間，十幾個行人跑了過來，他們敲碎了一塊玻璃，打開車門，佩雷納第一個出來了。

「沒事。」他說道：「我沒事，你呢，亞歷山大？」

隊長被人拽了出來，他擦傷了幾處，有些疼，不過傷口都不嚴重。只是司機從駕駛座上被甩了出去，一動不動躺在人行道上，頭部流著血。他被送到了一家醫院，十分鐘後就不治身亡了。

馬茲魯是和受害人一起去的醫院，他因爲頭暈得厲害，也吃了點藥。等回到汽車那的時候，他看見兩名員警正在查看事故現場、搜集證詞，不過老大已經不在那了。

事實上佩雷納剛剛跳上一輛計程車，讓司機儘快把自己送回家，一到家，他就馬上下車，一路跑著穿過大門和院子，沿著通向勒瓦瑟爾小姐房間的走道衝了進去。

他爬上臺階，敲了敲門，沒等有人應答就進去了，充作客廳的那間屋門是開著的，佛蘿倫絲出現在門口。

佩雷納將她推了進去，憤怒地說道：

「好了，事故發生了。而且這不會是屋裡以前的僕人策劃的，因爲他們都不在了，而但今天下午我有先坐車出去過。所以是今天晚點的時候，六點到九點之間，有人溜進車庫，把車的方向軸削掉了四分之三。」

「我不明白……我不明白……」勒瓦瑟爾小姐驚愕地說道。

「妳完全明白，這群強盜的同謀不可能是某個新來的僕人，妳完全明白，這一招肯定會成功，而且它現在確實如你們所願成功了。事故造成了一名受害人，他是替我死的。」

「先生！您嚇到我了！……什麼事故？……發生了什麼事？」

「汽車翻了，司機死了。」

「啊！」她說道：「太可怕了！您認爲是我做的，我……啊！他死了，這太可怕了！可憐的人……」

勒瓦瑟爾小姐的聲音弱了下去。她就站在佩雷納對面，蒼白而虛脫，眼睛一閉晃了一下。她倒下去的時候，佩雷納用自己的臂彎接住了她，她想脫身，卻沒有力氣，佩雷納將她放在一張扶手椅上，她嘆了好幾聲：

「可憐的人……可憐的人……」

佩雷納一手托住年輕女子的頭，一手拿帕子擦著她滿是汗水的前額和淚水橫流的蒼白臉龐。她應該是完全失去了意識，任由佩雷納照料著自己，沒有半點反抗。佩雷納沒有動，他仔細看著自己面前那雙平日裡紅潤的嬌唇，此刻卻沒了半點血色。

他將手指輕輕地按上她的唇間，慢慢分開她的雙唇，就像撥開玫瑰的花蕊一般。兩排牙齒露了出來。牙齒很迷人，形狀很漂亮，而且潔白，可能比弗維爾太太的牙齒要小一些，也可能形成的弧線要比她大一些。但他哪知道呢？誰能確定它們不會留下同樣的咬痕呢？這樣的假設不太可能，這樣的奇跡也讓人無法接受，佩雷納也知道這一點。可是形勢指向了這個年輕女子，表明她才是罪犯中最大膽、最殘忍、最無情、最可怕的那個人！

勒瓦瑟爾的呼吸變得順暢了，口中的呼氣也均勻起來。佩雷納感到她的氣息像花香一般清新而醉人，不由自主地俯下身去，離她更近了。他一陣眩暈，費了好大的勁才又將年輕女子的頭靠回椅背上，將自己的目光從這張雙唇微啓的面孔上移開。

佩雷納直起身走了。

chapter 7

吊死鬼穀倉

對於所有這些事情，人們只知道瑪麗安娜・弗維爾企圖自殺，加斯東・索弗朗被捕之後又逃脫，阿斯尼斯警探被害，還有希波列特・弗維爾寫的一封信被發現了。之前公眾已經很關注摩霊頓遺產案了，他們固執的將神秘人佩雷納和亞森・羅蘋混為一談，對他最輕微的舉動也報以極大的關注，這幾起事情也足以再次激起公眾的好奇心。

當然，人們把拄烏木拐杖那人的短暫被捕也歸功於佩雷納，此外他們還知道他救了警察署長的性命，而且最後還要求在蘇歇大街的公館過了一夜，在那裡不可思議的收到了工程師弗維爾眾所周知的那封信，所有這些使民意興奮到了極點。

但佩雷納面臨的問題要複雜得多，而且更加令人憂心！短短四十八小時之內，有人四次試圖謀殺他：鐵牆、毒藥、蘇歇大街槍擊事件和汽車陷阱，這還沒算上揭發他的那篇匿名文章。佛蘿倫絲毫無疑問地參與了這一系列襲擊。而莎士比亞第八卷中的那張紙條更是證實了這名年輕女子和殺害希波列特・弗維爾的兇手之間的關係！現在死亡名單上又添了兩個人：阿斯尼斯警探和汽車司機。

怎麼定義和解釋這個神秘人物在一系列災難中扮演的角色呢？

奇怪的是，波旁宮廣場的公館裡，日子又回到了原先的樣子，彷彿沒有任何異常的事情發生。每天早上佛蘿倫絲・勒瓦瑟爾當著佩雷納的面拆開信件，並且將報紙上有關於他本人或是有關於摩靈頓一案的文章高聲讀給他聽。

佩雷納一次也沒有提及過去兩天自己遭遇的殘酷襲擊。他們之間似乎達成了休戰協定，敵人暫時放棄了進攻。佩雷納覺得很安寧，遠離了危險。他用一種無關緊要的口氣和年輕女子說話，就像面對陌生人似的。

但暗中佩雷納是多麼焦躁地窺視著她！他觀察著這張既熱烈又平靜的面龐上呈現出的表情，平和的面具下面是痛苦、極端、難以控制的顫動，透過她嘴角鼻尖的細微動作可以猜得出來。

「妳是什麼人？妳是什麼人？」他想叫出來問她：「妳是不是想看到屍橫遍野？是否要我死才能達到目標？妳是從哪來的？又要去向何方？」

他越想越覺得肯定，自己經常擔憂的一個問題得到了解答：他身處波旁宮廣場這座公館的事實和這個顯然仇恨他的女子之間的關係。今天他明白了，自己買下這所公館並非偶然。他這麼做是因爲有人給了他一份打出來的匿名廣告單，上面寫著出售這棟公館。要不是佛蘿倫絲，這份單子又是從哪來的呢？她是想把自己引到她身邊，從而監視自己，與自己對抗。

「是的！」他想道：「眞相就是如此。我是科斯莫・摩靈頓的遺產繼承人，又直接捲進這樁案子裡，成了他們的敵人，所以他們想要消滅我。下手的人就是她，而且一切都指向她，沒有任何理由可以爲她辯護。她清純的眼睛？她眞誠的聲音？她整個人的端莊和高貴？……其實呢？……是的，其實呢？我又不是沒見過那些目光單純卻又無緣無故僅爲了快感殺人的女人？」

他想起多蘿蕾絲・克塞巴赫就驚得渾身顫慄……其實每時每刻他腦中都隱隱將這兩個女人聯繫在一起。他曾經愛過可怕的多蘿蕾絲，後來又親手掐死了她。難道如今命運又安排他再愛一次、再殺一次？

佛蘿倫絲走開的時候，佩雷納會覺得更舒服，呼吸也更順暢，彷彿移開了一塊壓著自己的大石頭。可是他又會跑到窗邊，看著她穿過院子，等著這個自己曾想一親芳澤的女子再次經過。

有天早晨，勒瓦瑟爾小姐對他說：

「報紙宣佈說就在今晚。」

「就在今晚？」

「是的，」她指著文章說道：「今天是四月二十五日，據說您向警方提供的資訊是每隔十天，蘇歇大街的公館裡就會出現一封信，而且當第五封、也就是最後一封信出現的時候，公館就會被炸毀。」

這是在發出挑戰嗎？她是否是想讓佩雷納明白，不管發生什麼，不管出現怎樣的障礙，莎士比亞第八卷中的單子上所寫下的神秘預言都會實現？

佩雷納定定地看著她，她沒有動。佩雷納說道：

「的確是今晚，而且我會去的，什麼也阻止不了我到場。」

她剛要回答，卻又一次強迫自己保持沉默，克制住內心起伏的情感。

佩雷納一整天都保持著警惕。他在飯店用了午餐和晚餐，同馬茲魯商量讓人監視住波旁宮廣場。

下午勒瓦瑟爾小姐沒有離開公館。晚上的時候，佩雷納命令馬茲魯的人跟蹤所有離開公館的人。

十點鐘的時候，隊長和佩雷納在工程師弗維爾的書房碰頭，副局長韋伯爾和兩名員警也跟他一起來了。

佩雷納把馬茲魯拉到一邊說道：

「他們不信任我，對吧？」

「不，只要署長在，他們就不能做對您不利的事情，只不過韋伯爾聲稱是您策劃了這一系列陰謀，而他並不是唯一一個這樣說的人。」

「我這麼做的目的呢？」

「目的就是提供對瑪麗安娜．弗維爾不利的證據，讓她被判刑。所以我請了副局長和兩名員警前來。這樣我們就有四個人可以見證您的好意了。」

大家各就各位。

兩名員警輪流值夜。

每次仔細檢查完從前希波列特．弗維爾的兒子睡的小房間，他們就把門和百葉窗都關上，上好門閂和窗栓。

十一點鐘的時候，他們熄了燈。

佩雷納和韋伯爾勉強睡著。

一夜過去了，沒有任何事情發生。

早上七點，他們打開百葉窗時發現桌上有一封信。

和上次一樣，桌上出現了一封信！

最初的驚訝過去之後，副局長拿起了這封信，他收到過命令不要讀這封信，也不要讓其他任何人讀。

後來報紙刊登了這封信件的原文，同時發表了專家聲明證實筆跡正是希波列特・弗維爾本人的。

我看見他了！你明白的，是不是，我的好友。我看見他了！他沿著森林裡的一條小徑散步。他的衣領是豎著的，帽子一直扣到了耳朵上。他看見我了沒？我認為沒有。夜差不多完全黑了。可是我還是認出他來。我認出他烏木拐杖上的銀手柄。就是他，那個卑鄙的傢伙！

他在巴黎，這違背了他的諾言。加斯東・索弗朗就在巴黎！你明白這件事有多麼可怕嗎？他在巴黎是因為他想要採取行動。他在巴黎，我就註定得死。啊！他是我的剋星，他會給我帶來多大的痛苦呀！他已經偷走了我的幸福，現在又想要我的命，我好怕。

所以弗維爾工程師知道這個拄烏木拐杖的人，也就是加斯東・索弗朗想要殺自己。希波列特・弗維爾通過自己親手寫的證詞，以最明確的方式宣佈了這一點。此外，這封信證實了加斯東・索弗朗被捕時透露的內容，可以知道這兩個人從前是有來往的，後來斷了友情，加斯東・索弗朗承諾永遠不再來巴黎。

摩靈頓遺產案的重重黑幕中終於透出了一點光亮。但是另外一方面，這封信出現在書房的桌子上也太不可思議了！五個人在這守夜，他們都是最機靈的人。可是就在昨夜，和四月十五日的夜裡一樣，一隻未知的手將信放進了這間門窗緊閉的屋子裡，而屋裡的人沒有聽到任何聲音，門窗上也沒有找到有人擅闖的痕跡。

他們馬上假定存在著一個秘密入口，他們仔細檢查了牆壁，把幾年前按照弗維爾工程師自己設計的圖紙施工的建築商找了過來，最後不得不放棄了這一假設。

這件事在公眾中引起的震驚不用多說，事情發生在這樣的情形之下，看起來只能說是變魔術了，與其說是有人用不爲人知的方法做成這件事，大家更偏向於將它視作是某位天才魔術師的娛樂。

另外確定的就是佩雷納的判斷得到了證實，二十五號這個日期和四月十五日一樣，都發生了預料中的事情。五月五日是否還會繼續呢？沒有人懷疑這一點，因爲佩雷納已經做出了預言，似乎所有人都覺得他是不會弄錯的。五月五日到六日的一整夜裡，蘇歇大街人山人海。那些好奇的人和夜貓子成群結隊地來打探最新消息。

奇跡的發生給署長本人也留下了深刻的印象，他想弄明白是怎麼回事，親自參加了第三個晚上的行動。他將帶來的好幾名警探留在花園、走道和閣樓間裡，自己則和副局長韋伯爾、馬茲魯和佩雷納待在一樓。

等待的結果令人失望，這都是因爲戴斯馬尼翁先生的錯誤。他不顧佩雷納的建議，爲了弄清楚光亮是否會阻止奇跡的發生，決定不關燈。而佩雷納覺得這個實驗是毫無必要的，在亮著燈的情況下是不可能會有信出現的，而事實也的確如此。不管是魔術師的把戲還是壞人的計謀都需要借助陰影的力量。

這十天就這樣被白白浪費掉了，當然這是假設這個奇特的放信人還敢繼續這麼做，送來第三封神秘信件的話。

五月十五日這一天，守夜又重新開始了，同樣的人群又聚集在公館外面。大家都很焦慮，卻異常的寂靜，可以聽見喘息的聲音。人們的眼睛都盯著弗維爾公館，一有半點動靜就騷動起來。

這次警方關了燈，但警察署長堅持用手按著電燈開關。他會突然間打開開關，約莫有十次、二十次：但桌子上什麼也沒有。引起他警覺的往往是傢俱的吱嘎聲或是他的手下有人動了一下。

突然間所有人驚呼了一聲，奇怪的事情發生了，突然出現紙張的沙沙聲打破寂靜。

戴斯馬尼翁先生已經開了開關。

他叫出了聲。

信來了，不是在桌子上，而是在旁邊的地毯上。

馬茲魯畫了一個十字。

警探們都臉色蒼白。

戴斯馬尼翁先生看了看佩雷納，後者什麼也沒說，只是搖了搖頭。

員警把鎖和門閂檢查了一遍，都沒有被動過。

就在當天，信的內容從某種意義上補償了它奇特的現身方式帶來的遺憾，它驅散了所有包裹著蘇歇大街雙重謀殺案的疑雲。

信是工程師在二月八號寫下的，簽名的是他本人。信上看不見地址，內容如下：

我親愛的朋友：

好吧！我是不會像待宰羔羊一樣讓人擺佈的。我要自衛，我要戰鬥到最後一分鐘。啊！現在情形改變了。我現在有了證據，不容置疑的證據……我拿到了他們之間的通信！我知道他們一直都和最初的時候一樣愛著彼此，他們想結婚，什麼也阻止不了。你看，這是瑪麗安娜親手寫的：

「耐心點，我親愛的加斯東，我越來越有勇氣了。分開我們的人隨他去吧，他會消失的。」

我的好友，要是我在這場爭鬥中死去，你會在藏在小櫥窗後面的保險櫃中找到這些信（還有所有我搜集的不利於這個可怕女人的檔案）。所以你要替我報仇。再見，或許是永別了……

這就是第三封信。希波列特．弗維爾從墓中指名道姓地指控了自己有罪的妻子。他解釋了犯罪的動機，給出謎題的答案：瑪麗安娜和加斯東．索弗朗彼此相愛。

這二人肯定知道科斯莫．摩靈頓遺囑的存在，因爲他們先殺了科斯莫，然後急於獲得巨額財產所以加快了謀殺了弗維爾的行動。但是犯罪的最初動機是根植於舊日的情感：瑪麗安娜和加斯東．索弗朗彼此相愛。

只剩了一個問題尚待解決，希波列特・弗維爾將報仇的任務交給了這個姓名不詳的通信者，而這名通信者不簡單直接的將信交給警方，卻想辦法用狡猾的計謀將它們交到警方手上，他到底是誰呢？他自己待在暗處是不是有什麼好處呢？

對於所有這些問題，瑪麗安娜用了最出人意料的方式進行反擊，不過這倒是和她的威脅相符。一個禮拜以後，警方對她進行了長時間的審問，逼迫她說出她丈夫的這個老朋友可能是誰，但他們遭遇了最頑固的沉默，瑪麗安娜甚至都哭得痲木了。晚上回到單人牢房之後，她用之前藏起來的一塊玻璃碎片割開了自己手腕上的靜脈。

第二天一早還不到八點鐘，佩雷納就得到了消息，因爲馬茲魯在他起床的時候就趕到了，隊長的手上還拿了一個旅行包。

他帶來的消息讓佩雷納萬分震驚。

「她死了？」佩雷納叫道。

「沒有……好像又被救了回來，但這又怎麼樣呢！」

「什麼叫又怎麼樣？」

「她還會試圖自殺的，她腦子裡這個想法已經根深蒂固了，遲早有一天……」

「她這次試圖自殺之前也沒有供認任何內容？」

「沒有，她只是在一截紙上寫了幾個字，說她想來想去還是應該從一個名叫朗日諾爾先生的人那裡去查這些神秘信件的來源。這是她從前唯一認識的她丈夫的朋友，也是唯一一個總是被她丈夫稱作『我

的好友』的人。這位朗日諾爾先生一定會證明自己是無罪的，並且講清楚這個可怕又讓她深受其害的誤會。」

「那要是有人能證明她是無罪的。」佩雷納說道：「她爲什麼還要割腕自殺呢？」

「據她自己說，一切對她而言已經沒有什麼分別了，她想要的就是安寧、死亡。」

「安寧，安寧，難道只有在死亡那才能找到安寧？找出眞相也能夠拯救她，而且或許眞相並非沒法弄清楚。」

「您說什麼呢，老大？您猜到了什麼？您開始明白眞相了？」

「哦！只是很模糊的，不過我覺得這些信非比尋常的精確似乎是意味著……」

佩雷納想了想繼續說道：

「有沒有重新檢查三封信上被抹掉的地址？」

「檢查了，而且事實上，我們成功的復原了朗日諾爾這個名字。」

「那這個朗日諾爾住在哪？……」

「據弗維爾太太說，他住在奧恩省的福米尼村。」

「那有沒有從某封信件中辨識出福米尼這個地名呢？」

「沒有，不過發現了它旁邊的一個城市。」

「哪裡？」

「阿朗松。」

「你要去嗎?」

「是的，署長急著讓我過去，我在榮軍院車站搭火車出發。」

「要不你坐我的車吧?」

「嗯?」

「我們兩個一起去，小東西，我要多動動，這屋裡的空氣太難以忍受了。」

「難以忍受?您扯什麼呢，老大?」

「沒什麼，我自己明白就行。」

半個小時後，他們已經飛馳在凡爾賽路上了。佩雷納親自開敞篷車，他駕駛的方式有些嚇到馬茲魯。他不時地說道:

「哎呀，這車開的……天哪!您趕什麼啊，老大!……您就不怕翻車?……您還記得前兩天……」

車子在午餐時間抵達阿朗松，用完午餐，他們就去了郵局，郵局的人並不認識朗日諾爾先生，而且福米尼村有自己單獨的郵局。

既然信上的郵戳是阿朗松的，可以推斷朗日諾爾先生的信是寄到這個城市的，不過是用了留局自取。

佩雷納和馬茲魯去了福米尼村，村裡的稅務員並不認識叫朗日諾爾的人，儘管這個村鎮只有千許人。

「我們去見村長吧。」佩雷納說道。

在村公所裡面，馬茲魯自我介紹了一下，說明了來意。

村長搖了搖頭。

「朗日諾爾這老好人……我認爲……他是個正直的人……他從前是在首都做生意的。」

「他是不是有去阿朗松郵局取信的習慣？」

「是的……說是每天散趟步。」

「那他的房子在哪？」

「就在村子盡頭，你們剛從那經過的。」

「可以去看看嗎？」

「可以是可以……只是……」

「他不在家？」

「肯定不在，都走了四年了，這個可憐的人。」

「怎麼會呢？」

「怎麼不會呢，他都去世四年了。」

佩雷納和馬茲魯驚愕地對視了一眼。

「啊！他去世了……」佩雷納說道。

「是的，中了一槍。」

「您說什麼？」佩雷納叫道：「他被人殺了？」

「不，不是的，起初人們在他房間的地板上發現屍體的時候也以為是他殺，可後來調查證實是意外事故。他在擦獵槍的時候打中了自己的腹部。只是村裡的人還是覺得有些可疑，朗日諾爾老爹是老獵手了，不會這麼不小心的啊。」

「他有錢嗎？」

「有的，而且這也是事情的複雜之處，他留下的財產一個子兒也沒找到。」

佩雷納想了很長時間，然後問道：

「他有孩子或是跟他同姓的親戚嗎？」

「沒有，一個堂表兄弟都沒有。因為他的房產——當地人因為那一地廢墟將之稱為老城堡——還是老樣子。公共管理部門讓人把屋子的門都封了，園子的門也都關上了，期限一到就收歸公有。」

「就算封起來的話，那些好奇的人不會去園子裡逛逛嗎？」

「肯定不會，首先園子的圍牆很高，再者……再者，老城堡在當地的名聲也不太好。總是說那裡鬧鬼……關於它有很多離奇的故事……不過……」

「這太讓人驚訝了。」離開村公所之後，佩雷納叫道：「弗維爾工程師的信竟然是寫給一個死人的，而且我覺得這個死人還是被謀殺的。」

「有人截下了這些信。」

「顯然如此，這沒有妨礙弗維爾繼續把信寫給死人，並且在信中吐露了自己的秘密，講述了自己妻子的犯罪計畫。」

馬茲魯閉口不言了，他的思緒似乎也很混亂。

下午他們又花了些時間打聽老好人朗日諾爾的習慣，希望能夠從從前認識他的人那裡得到些線索，但都沒有任何新消息。

快到六點鐘的時候，他們正準備離開，佩雷納發現自己的汽車快沒油了，於是打發馬茲魯去阿朗松的郊區弄些油來，他自己則利用這段時間去看一眼位於村子盡頭的老城堡。

沿著兩排籬笆之間的道路往前走就來到了一個栽著椴樹的圓形廣場，廣場邊的一堵牆上有一扇厚實的木門。門是關著的，佩雷納沿著牆走了一段路，牆的確很高，而且沒有任何缺口。不過他還是設法借助旁邊一棵樹上的樹枝翻了過去。園子裡是荒蕪的草地，長滿了野花。右邊遠處是一座小山，山上都是荒廢的建築；左邊是一所破敗的小屋子，百葉窗都沒關好，通往左右兩邊的路上都長滿了草。

佩雷納往左邊走去，忽然間很驚訝地發現雨後花壇的泥土上留下了新鮮的足跡。他看得出這些足跡是女靴留下的，而且是那種精緻優雅的靴子。

「到底是誰到這散步來了？」他暗自想道。

更遠處他又在另一個花壇裡發現一些足跡，是那個散步的女人穿越時留下來的，循著這些足跡就到了屋子另一側的灌木叢，佩雷納在叢中又有兩次發現了同樣的足跡，然後就沒其他東西了。

此刻佩雷納已經來到了一間穀倉附近，這間穀倉背靠著高高的山坡，處於半坍塌狀態，門已經被蟲子蛀壞了，勉強還平衡地豎著。佩雷納走近前來，透過木頭的縫隙往裡面瞧去。

這間穀倉沒有窗戶，縫口都用稻草堵著，再加上太陽已經開始下山了，裡頭一片昏暗。佩雷納隱約瞧見屋內堆著些大桶、壞了的壓榨機、舊的犁和各式各樣的廢鐵。

「那個散步的女人肯定不是來這。」佩雷納想道：「我還是去別處找找吧。」

但他沒有動，因爲他突然間聽見穀倉裡有聲音。

他仔細一聽卻又什麼都沒有了，不過爲了弄明白，佩雷納還是用肩膀撞開了一塊木板，走了進去。

幾縷光線透過他撞開的洞照了進來，他從兩個大桶之間的縫隙擠過去，邁過腳下車架子的殘片（他打碎了上面的玻璃），走到穀倉另外一面空著的地方。

他又走了幾步，眼睛這才習慣了屋內的黑暗。不過他還是一個不留神，前額撞上了一件硬硬的東西。那東西被他這一撞晃動起來，發出了奇怪的乾巴巴聲響。

屋裡還是太黑了，佩雷納從口袋裡掏出手電筒，按下了開關。

「天哪！」他咒道，驚惶地往後退去。

他的上方是懸掛著的一具骸骨！

幾乎下一秒佩雷納又咒了一句。

那骸骨旁邊還有一具，也是懸掛著的！

它們被粗粗的繩索掛在釘在穀倉副梁的釘子上，骸骨的頭則從環索裡垂了下來。之前被佩雷納撞到的那一具還有些晃動，骨骼碰擊之下發出陰森的叮噹聲。

佩雷納拖過一張缺了腿的桌子，勉強支撐住，爬上去細細觀察這兩具骸骨。

衣服的碎片和風乾了的肉連接著骨頭，不過當中一具只剩下了一隻胳膊，而另一具僅有一隻胳膊和一條腿。

即使沒有碰撞，穀倉縫隙裡透進來的風力作用下，它們也會輕微地晃動，蕩來蕩去，似乎是節奏緩慢而均勻地起舞。

不過這副駭人的景象中最引起佩雷納注意的，還是他瞧見了這兩具骸骨手上都戴著一只金戒指。因爲肉已經腐蝕掉了，所以戒指變得很大，不過還是被彎曲的指骨勾住了。

佩雷納強忍住噁心取下了這兩枚戒指。

這是婚戒。

佩雷納仔細地瞧了一遍，兩枚戒指的內側都刻著同樣的日期：**一八九二年八月十二日**，還有兩個名字：**艾佛烈和維多琳娜**。

「是夫妻兩個。」他喃喃地說道。「是雙雙自殺？還是謀殺呢？但這兩具骸骨怎麼會沒被發現呢？它們是不是在朗日諾爾死後才在這的，也就是公共管理部門封了這地方，沒人進得來之後？」

他轉念又想道：

「沒人進得來？……沒人？……不，我剛還在花園裡看見足跡，今天就有個女人溜了進來。」

關於這個不知名的來訪者的念頭又開始糾纏上他，佩雷納爬下桌子，儘管之前他聽見了動靜，不過他不認爲那個女人進了這間穀倉。佩雷納又做了幾分鐘的調查，正要出去，忽然左邊有東西嘩啦一下滾落了，離他不遠處的木桶圈也倒了下來。

東西是從一處塞滿了器皿用具的閣樓上面掉落的，閣樓邊還架了一把梯子。難道是那個女人被佩雷納的到來嚇到了，躲進閣樓裡，又不小心動了一下，使木桶圈倒了下來？

佩雷納將手電筒放在一個酒桶上，使燈光灑滿了整個閣樓。那上面只有一堆舊的耙子、鋤頭和長柄鐮刀，都是不能用了的東西。他沒瞧出任何可疑之處，覺得可能是隻動物弄出來的動靜，譬如野貓什麼的。不過爲了進一步確認，他還是快步走到梯子邊爬了上去。

忽然間就在他到了天花板的時候，又是一陣騷亂，有東西滾了下來。有個身影從堆放的雜物間冒了出來，做出了一個可怕的舉動。

那動作疾如閃電，佩雷納瞧見一把長柄鐮刀的刀刃劈向了自己的腦袋。一秒鐘的猶豫，甚至是十分之一秒鐘，這把可怕的武器就能剁了他的腦袋。

佩雷納只來得及趴在梯子上，鐮刀從他旁邊擦了過去，割壞了他的外套，他滾到了地面上。

不過他還是看見了。

他看見加斯東・索弗朗可怖的面容，在這個拄烏木拐杖的人後面，手電筒光照射之下，是佛蘿倫絲・勒瓦瑟爾灰白而扭曲的面孔。

chapter 8

羅蘋的憤怒

他一動也不動地愣了片刻，閣樓上面都是搬東西的嘈雜聲，似乎是那兩個被圍困的人想要築起一道堡壘。

可是就在手電筒照射的右方，昏暗的日光透過一道突然間新開的洞照了進來，佩雷納在洞前面發現了一個身影，接著是另外一個，他們都彎下腰，打算要逃到屋頂上去。

佩雷納立刻瞄準射擊，不過子彈偏了，因爲他想到佛蘿倫絲，手就抖了一下，接著又是三聲槍響，子彈打在閣樓裡的廢鐵上，發出了爆裂聲。

第五槍的時候傳來了一聲痛苦的叫喊，佩雷納再次衝上梯子。

他先是被閣樓裡亂七八糟的東西擋住腳步，隨後又因爲曬乾的油菜束築成的壁壘耽擱了時間。最後他終於成功的來到那道洞口前，渾身已經都是擦傷和刮痕了。他出到洞外，非常驚訝地發現自己是在一個土臺上，這就是穀倉背靠著的那座山坡的坡頂了。

佩雷納胡亂從穀倉左側下了山坡，回到了穀倉正面，一個人也沒見著。然後他又從右側再次爬上山坡，儘管土臺很窄小，他還是警惕地搜查了一遍，因爲他害怕敵人會在暮色的掩護下反攻回來。

這樣一來他明白了自己之前沒注意到的一個問題，山坡和此處高達五公尺的屋脊是連在一起的。毫無疑問，加斯東・索弗朗和佛蘿倫絲就是從這逃走的。

佩雷納沿著寬寬的屋脊往前走，來到牆壁矮些的地方跳了下去，下面是一塊耕地，旁邊就是小樹林。那兩人應該就是從林子裡逃走的，他開始在林中搜索，不過很快就明白這樣徒勞的追捕只是浪費時間，因爲林子太茂密了。

佩雷納於是回到村子裡，腦海中還一直想著這場新的戰鬥經歷，佛蘿倫絲和她的同謀又一次試圖除掉自己；佛蘿倫絲又一次出現在犯罪陰謀的中心。就在佩雷納偶然獲知朗日諾爾很可能是被謀殺的時候，就在他偶然間來到了吊死鬼穀倉見到兩具骸骨的時候，佛蘿倫絲出現了。這個謀殺的幻影，犯罪的精靈，死神掠過之處都有她的身影，哪裡有血、有屍體……哪裡就有她。

「啊！多麼可怕的人！」他顫抖著喃喃道：「……她怎麼可能會有這樣高貴的臉龐？……她那眼睛，美得讓人難以忘懷，那種美，莊重、眞摯、近乎天眞無邪……」

教堂廣場上的小旅館門前，馬茲魯已經回來了，他正在給汽車加油，打開車燈，佩雷納瞧見福米尼的村長正穿過廣場，於是將他拉到了一邊。

「村長先生，順便問一句，您是否聽說過這地方大約兩年前有一對四五十歲的夫妻一起失蹤了？丈

夫叫做艾佛烈……」

「妻子叫做維多琳娜是不是？」村長打斷他說道：「我知道，當時這事引起了不小的轟動，他們是阿朗松人，靠年金生活，一夜之間失蹤了。人們不知道他們後來怎麼樣了，也不知道他們那兩萬多法郎的財產去了哪，那筆錢是他們頭一天賣了房子拿到的……要是我沒記錯的話！他們是德德蘇斯拉馬爾夫婦！……」

「謝謝你，村長先生。」佩雷納說道，對他而言，這些資訊已經足夠了。

汽車已經準備好了，一分鐘後，他和馬茲魯在阿朗松的土地上疾馳而過。

「我們去哪，老大？」隊長問道。

「去火車站，我完全有理由相信：其一，加斯東．索弗朗今天一早就知道弗維爾太太所交待的關於朗日諾爾的內容，至於他怎麼知道的，我們遲早會弄明白；其二，他今天來這地方和附近一帶晃了一圈，原因我們遲早也會知道。我認爲他是搭火車來的，而且會搭火車回去。」

佩雷納的推論馬上就得到了證實。火車站的人告訴他有從巴黎來的一男一女兩點鐘抵達，他們在旁邊的賓館裡租了一輛馬車。事情辦完以後，他們剛剛坐上了七點四十分的快車回巴黎，這二人的相貌特徵與加斯東和佛蘿倫絲完全符合。

「上路吧。」佩雷納看了列車時刻表之後說道。「我們晚了一個小時，不過我們還是有可能搶在他前頭趕到芒斯火車站。」

「我們會的，老大，而且我們會抓住他，我發誓……抓住這個人和他的女人，因爲他們兩個是一夥的。」

「他們是兩個人。只是……」

「只是……」

佩雷納等到坐上車，發動機開了之後說道：

「只是，小東西，你別去惹那個女的。」

「為什麼？」

「你知道她是誰嗎？你有她的逮捕令嗎？」

「沒有。」

「那就別廢話了！」

「可是……」

「亞歷山大，你再說一句我就把你扔到路邊，到時候你愛抓誰抓誰。」

馬茲魯不吭聲了，再者車子行駛的速度也讓他沒閒心去糾纏這個問題了。他只想著盯緊地平線，及時告知佩雷納前方有路障。道路兩邊的樹木疾速向後退去，幾乎看不清，頭頂上樹木的枝椏在氣流的衝擊下發出聲響，車燈射得夜出的動物驚惶不已。

馬茲魯壯了膽說道：

「我們會趕得上的，沒必要再加速了。」

車速更快了，馬茲魯只能閉口不語，村莊、原野、丘陵都一一掠過，突然間黑暗中出現了大城市的光亮，是芒斯到了。

「你知道火車站在哪嗎，亞歷山大？」

「知道，老大。右轉前面就是。」

不過火車站其實應該是左轉，這樣一來他們就在大街小巷裡繞了半天，路人給他們指的路也是自相矛盾，七八分鐘就白白浪費掉了。當汽車停在火車站前的時候，列車的鳴笛聲響了。

佩雷納跳下汽車，衝進候車室，發現門已經關上了。他一把撞開想攔住自己的工作人員，來到站臺上。

兩條車軌外的一列火車就要開了，最後一扇車門正在關閉，佩雷納抓住銅質欄杆沿著車廂外飛奔。

「您的車票，先生！……您沒買票！……」一名工作人員憤怒地喊道……

佩雷納繼續在車廂外的踏板上飛奔，他透過窗戶玻璃往裡看，推開窗邊妨礙自己的人，隨時準備衝進那兩個同謀的車廂。

最後幾節車廂裡都沒有。列車晃動了一下，突然間，佩雷納叫出聲來。他們在那，兩個人單獨在一起！他看見他們了！他們在那！佛蘿倫絲躺在靠背座椅上，頭枕著加斯東・索弗朗的肩膀；而加斯東・索弗朗則俯身下去，用手臂抱住年輕女子！

佩雷納氣瘋了，他抬起車廂外銅質的插門，正要打開門進去。

就在此時他被一名工作人員和馬茲魯扯住了，失去了平衡。馬茲魯聲嘶力竭地喊道：

「您瘋了，老大，您會被壓死的。」

「笨蛋！」佩雷納叫道：「……是他們……放開我……」

火車的車廂一列列開了過去，佩雷納想跳上另一節車廂的踏板，可是那兩個人緊緊地抓住了他，幾名工人也介入進來，車站站長也跑來，火車開遠了。

「蠢貨！」他大聲叫道：「……笨蛋！一堆野蠻人！你們就不能放開我嗎？啊！天殺的！……」

他左手揮起一拳，擊倒了那個鐵路工作人員；接著右手一拳打翻了馬茲魯。然後他擺脫了工人和車站站長，衝上月臺直奔行李房，幾個躍步就跨過了成排的行李箱。

「啊！眞是蠢到家了，」他咬牙切齒地說道，因爲他發現馬茲魯竟然很小心地把汽車引擎關上了：「……幹蠢事他眞是一件都不會落下。」

佩雷納白天時已經開得飛快，而晚上的速度更是快得令人眩目。他駕著車如同龍捲風一般掠過芒斯的郊區，衝上大路，他腦海裡只有一個念頭，他唯一的目標就是要在那兩個人之前趕到下一站夏特爾，撲向索弗朗。他眼前只有一幅情景，就是掐住佛蘿倫絲・勒瓦瑟爾情人的喉嚨，看著他在自己兩手間發出垂死的喘息。

「她的情人！……她的情人！……」他恨恨地說道：「哼！該死，是的，這樣的話，一切就都解釋得通了。他們結盟對付自己的同謀瑪麗安娜・弗維爾，這樣一來就是這個不幸的女人獨自一人來承擔一系列犯罪的惡果了。甚至她到底是不是他們的同謀？誰知道呢！誰知道這對魔鬼情侶是不是在殺死弗維爾工程師父子之後又設計陷害了瑪麗安娜呢？她是阻止他們獲得摩靈頓遺產的最後障礙。就是這樣沒錯！一切都符合這個假設。我找到日期清單的那本書不正是佛蘿倫絲的嗎？事實不正證明了那些信是佛蘿倫絲送來的嗎？……這些信中也指控了加斯東・索弗朗？那又怎麼樣！他不愛瑪麗安娜了，可是佛蘿倫絲……佛蘿倫絲愛他……她是他的同謀，他的參謀，是那個將和他一起生活並享受他的財產的女人……當然，她有時候是假裝替瑪麗安娜辯護……不過那純屬演戲！或許也有可能是想到自己對情敵所做的一切以及等待這個可憐女人的悲慘命運而生出的內疚和驚惶！……但是她愛索弗朗。所以她毫不容情地繼續戰鬥。正是因爲這個，她想殺死我這個闖入者，她害怕我的洞察力……她厭惡我……而且她恨我……」

佩雷納伴著引擎的轟鳴聲和樹枝碰擦發出的呼嘯聲，前言不搭後語的喃喃自語，想到那兩個情人含情脈脈地交纏在一起他就妒火中燒，他想要報仇，他翻騰的腦海中第一次有了要殺人的衝動。

「該死！」他突然間罵道：「引擎快壞了，馬茲魯！馬茲魯！」

「哎！怎麼了！老大，原來你知道我在啊。」馬茲魯從陰影裡鑽了出來嚷嚷道。

「傻子！你以爲隨便哪個笨蛋都能躲住我汽車的後面不被我察覺啊？你在那待得很舒服吧。」

「折磨啊，我一直打哆嗦。」

「那太好了，讓你受點教訓。對了，你汽油是在哪買的？」

「在雜貨商那。」

「奸商！眞是破爛貨，火星塞沾上油污了。」

「您確定？」

「你沒聽見引擎發出的怪聲啊，笨蛋！」

事實上汽車似乎時不時的卡住了，不過接著一切又恢復了正常。佩雷納加快了速度。下坡的時候，他們似乎往深淵衝去。接著一個車燈滅了，另外一個也不如往常亮，不過什麼都滅滅不了佩雷納的心急似火。

引擎又出了問題，車子又卡了一下，然後勉強開動，似乎是它努力想盡到自己的義務；然後終於，車子徹底開不了了，在路上停了下來，壞了。

「他媽的！」佩雷納叫道：「完蛋了。啊！這太過份了！」

「算了吧，老大。還是修車吧，至於那個索弗朗，他是跑得了和尚跑不了廟，我們會在巴黎抓到他的。」

「眞是蠢到家了！頂多跑了一個小時！然後就變這樣了。賣給你的不是汽油，是油垢。」

他們此刻身處荒郊野外，四周是無邊無際的原野。除了天空中閃爍的星星，再也沒有其他光亮。佩雷納憤怒地跺著腳，他恨不得一腳把汽車踹個稀巴爛，他恨不得……

倒楣的是馬茲魯，這個可憐的隊長自己是這麼說的，佩雷納一把揪住他的肩膀，搖晃著他，邊嚷邊罵，最後將他掀翻在地，又怨又恨斷斷續續地對他說道：

「是她，你聽著，馬茲魯，是索弗朗的女友幹下了這一切。我馬上就告訴你，因爲我害怕堅持不下去了……是的，我膽怯了……她的臉龐是那樣的端莊……眼神和孩子一樣。可就是她，馬茲魯……她就住在我家裡……你記住她的名字，佛蘿倫絲・勒瓦瑟爾……你會逮捕她的，是不是？我，我不行……我看見她就沒了勇氣。因爲我從來沒愛過……其他女人……其他女人……不，我對她們只是一時的心血來潮……甚至都算不上……我甚至都不記得過去的事了！……而佛蘿倫絲……得抓住她，馬茲魯……得把我從她的眼神中救出來……她的眼神是那般的灼人……是毒藥。要是你不救我，我就會像殺多羅蕾絲一樣殺了她……或者是我被殺了……或者是……哦！我不知道這些糾纏得我四分五裂的想法……因為還有一個男人……她愛著的索弗朗……啊！卑鄙的人……他們殺了弗維爾和孩子，殺了朗日諾爾，還有穀倉裡另外兩個人……還有其他的，科斯莫·摩靈頓、維羅，還有其他人……他們是魔鬼……特別是她……你要是看了她的眼睛……」

他的聲音太低了，馬茲魯只能勉強聽見，佩雷納抓著馬茲魯的手鬆開了，他似乎被絕望壓垮了，這種絕望地情緒攫住了這個精力充沛、聰慧自持的人。

「算了吧，老大。」隊長扶住他說道：「這太矯情了……女人的故事……我知道……我也和常人一樣經歷過……馬茲魯太太……我的上帝啊，是的，您不在的時候我結了婚。好吧，馬茲魯太太和她應該要有的賢慧不太一樣。我很痛苦……馬茲魯太太……我會把故事講給您聽的，老大，還有她是怎樣懲罰我的。」

馬茲魯輕輕地將他攙到汽車邊，安頓在後排的座椅上。

「您休息一下，老大……夜裡不是特別冷，而且我們也不缺皮衣……等早上第一個農人經過的時候，我就會讓他去附近的城裡找些我們需要的東西來……當然還有食物，因為我都餓死了。一切都會解決的……女人的問題也會解決的……只要把她們從自己的生命中剔除就行……除非她們自己先行一步……所以馬茲魯太太……」

佩雷納永遠也不知道馬茲魯太太怎麼樣了，因爲最嚴重的危機也沒有影響他的睡眠，他幾乎馬上就睡著了。

第二天佩雷納醒得很晚，馬茲魯七點鐘的時候已經叫了一個騎自行車向夏特爾開去的人。九點鐘的時候他們就出發了。

佩雷納已經冷靜了下來，他對隊長說道：

「我夜裡說了不少蠢話，不過我不後悔。不，我的義務就是極盡所能拯救弗維爾太太，捉住眞正的兇手。這個任務落在我的身上，我向你發誓我會不辱使命的，今晚佛蘿倫絲・勒瓦瑟爾就會睡在看守所裡。」

「我會幫您的，老大。」馬茲魯用一種奇怪的聲音回答道。

「我不需要任何人的幫助。要是你碰她一根頭髮，我就宰了你。說定了？」「是的，老大。」

「好，那你就安安靜靜待著吧。」

佩雷納的怒氣又一點點地回來了，表現就是他加快了車速。在馬茲魯看來，他似乎是在報復自己。他們沒有停留就開過了夏特爾，接著又賽車般的晃過了抗布葉、謝夫勒斯和凡爾賽。

聖格魯過去了，然後是布隆尼森林……

車向杜勒伊開去，經過協和廣場的時候，馬茲魯問道：

「您不回家嗎，老大？」

「不回，首先最迫切的事情是讓瑪麗安娜・弗維爾別再糾結於自殺的念頭，告訴她已經發現了兇手……」

「然後呢？」

「然後我想見署長。」

「戴斯馬尼翁先生不在，他要今天下午才回來。」

「這樣的話，就去見檢察官。」

「他要正午的時候才會去法院，現在是十一點。」

「我們過去看一下吧。」

馬茲魯說得有道理，法院那邊一個人也沒有。

佩雷納在附近吃了午飯，馬茲魯回了一趟警察局之後又來找他，將他帶到法院，佩雷納異乎尋常的躁動和焦慮沒有逃過馬茲魯的眼睛。馬茲魯問道：

「您還是決心要這樣做嗎，老大？」

「比任何時候都堅決，我吃午飯的時候讀了報紙。瑪麗安娜・弗維爾第二次企圖自殺之後被送到了醫院，她又試圖用腦袋去撞牆，醫生強迫她用了鎮定劑，可是她拒絕進食，我的義務就是要拯救她。」

「怎麼拯救她呢？」

「交出真正的罪犯，我會通知檢察官，而且我今晚就會把佛蘿倫絲・勒瓦瑟爾帶給你，死活不論。」

「那索弗朗呢？」

「索弗朗！也不會晚的，除非……」

「除非？」

「除非我親自處決了這個惡棍。」

「老大！」

「夠了！」

他們附近有幾個前來打探消息的記者，佩雷納被認了出來，於是對他們說道：

「各位，你們可以對外宣佈，從今天起，我會爲瑪麗安娜・弗維爾辯護，並全心全意爲她而戰。」

記者們都驚呼起來。不是他使弗維爾太太被逮捕的嗎？不是他搜集了一堆不利於她的確切證據嗎？

「這些證據。」他說道：「我會一個一個推翻的。瑪麗安娜・弗維爾是受害者，那些卑鄙的人策劃了最惡毒的陰謀來陷害她，我很快就會將他們送進監獄。」

「那牙齒呢？牙印怎麼說？」

「巧合！聞所未聞的巧合，不過如今我看來，這正構成了最有力的證據說明瑪麗安娜是無辜的。事實上，要是假定她有足夠的智慧做下所有這些案子，她就不會在身後留下一顆刻有自己牙印的水果。」

「可是……」

「她是無辜的！我要對檢察官說的正是這個，應該讓她知道我們爲營救她所做的努力，應該馬上給她以希望，否則這個不幸的人還會自殺的，而她的死會使所有曾指控這無辜女人的人內咎。因此……」

正在這時，佩雷納停住話頭，他盯上一個記者，那人站在較遠的地方，一邊聽他講，一邊記著筆記……

他對馬茲魯低聲說道：

「你知不知道那傢伙的名字？好像在哪見過他。」

正在這時，一名接待員打開檢察官的房門，檢察官看了佩雷納的名片，想要馬上見他。

於是佩雷納上前一步，正當他要與馬茲魯一同走進檢察官辦公室的時候，他突然轉過頭對自己的同伴說道：

「是他！站在那的是索弗朗，他化了妝。抓住他！他剛溜走，快跑！」

佩雷納衝了出去，馬茲魯和警衛、記者等人也緊隨其後。不過佩雷納很快就和他們拉開了距離。三分鐘之後，他就聽不見後面有其他人的聲音了。他衝下了關押室的樓梯，越過地道穿到另一個院子裡。院裡有兩個人肯定地說看到一個走得很快的男人經過。

追錯了路線，佩雷納明白過來，繼續尋找，這就又浪費了一些時間。最後他成功地確定索弗朗是從皇宮大道逃走的，然後在時鐘碼頭和一個漂亮的金髮女人會合，顯然那個女人就是佛蘿倫絲・勒瓦瑟爾……他們兩人上了汽車，從聖米歐爾廣場去了聖納澤爾火車站。

佩雷納回到一條偏僻的小路上。他的車就停在那，由一個小孩看著。他發動汽車，全速開到了聖納澤爾火車站。他從公車調度室打探到一條新線索，追蹤了一段，結果發現不對，這時一個小時又被浪費掉了。佩雷納回到火車站，最後肯定佛蘿倫絲是一個人上的公車，去了波旁宮廣場。所以說，這個年輕女子應該是出人意料地回去了。

一想到自己還會再見到她，佩雷納就又憤怒起來。他沿著羅亞爾路往前開，穿過協和廣場，一邊咕噥著威脅要復仇。他急於將之付諸實施。他要凌辱她，辱罵她，他需要治治這個邪惡的女人，儘管這種需要讓他很不舒服。

不過當他到了波旁宮廣場的時候，佩雷納突然停住了。他訓練有素的眼睛一下子就看出左右兩邊多出來六七個人，而且這些人顯然是專業人員。還有馬茲魯，他明明瞧見自己，卻一個轉身藏到一扇門後面。

佩雷納叫住了他：

「馬茲魯！」

隊長聽見他叫自己的名字很驚訝，只得走到車邊。

「喲，是老大！」

他臉上的表情很尷尬，佩雷納覺得自己的擔心是正確的。

「喂，你和這些人守在我的公館門口不會是為了我吧？」

「的確是這麼回事，老大！」馬茲魯尷尬地回答道：「你知道你一直受到特殊待遇的。」

佩雷納嚇了一跳，明白馬茲魯出賣了自己，他揭發佛蘿倫絲・勒瓦瑟爾一方面是出於自己良心的考慮，另一方面是使老大免得因爲這致命的情字遭遇危險。

他握緊拳頭，努力壓制住自己心中的熊熊怒火，這一擊太可怕了。他突然間明白打昨天起自己在妒火的作用下精神錯亂犯下的所有錯誤。他有一種預感，這些錯會引發無可挽回的後果。他失去了控制全盤的主動權。

「你有逮捕令嗎？」他問道。

馬茲魯結結巴巴地說道：

「這只是個意外……我遇到署長回來了……有人解釋了關於這位小姐的事情。他們剛好發現這張照片……您知道署長交給您的那張佛蘿倫絲·勒瓦瑟爾小姐的照片吧？……他們發現您塗改了照片。所以當我提到佛蘿倫絲這個名字的時候，署長就想起來正是這個名字。」

「你有逮捕令嗎？」佩雷納用更粗暴的聲音重複了一遍。

「當然……不是嗎？……應該的……有署長……法官……」

要是波旁宮廣場上沒人的話，佩雷納一定會朝馬茲魯的下巴揮上一拳解解氣。馬茲魯也想到了這種可能性，他小心地站得離佩雷納盡可能遠些。爲了平息老大的怒火，他連聲道歉。

「這是爲了您好，老大……應該這麼做……您想想啊！您命令我說：『替我除掉這個女人。我太懦弱了……你會逮捕她的，是不是？她的眼神是那般的灼人……是毒藥……』所以，老大，我還能怎麼做？是不是？再者副局長韋伯爾……」

「啊！韋伯爾也知道了？……」

「當然嘍！因爲署長知道塗改照片的事情，所以他有些不信任您……所以大約一個小時之後，韋伯爾就會帶增援人手來。副局長剛剛獲知那個經常去理查瓦倫斯大街上的加斯東·索弗朗家裡的女人就是金髮，而且非常漂亮，她的名字叫佛蘿倫絲，她有時候還會在那過夜。」

「你說謊！你說謊！」佩雷納咬牙切齒地說道。

他所有的仇恨都湧上了心頭。之前追捕佛蘿倫絲的時候他就覺得有些說不清道不明的感覺，現在突然間又再也不想見她了，而且這次他心裡是很明白的。事實上，他不知道自己在做什麼，就胡亂行動，爲自己心中千頭萬緒的情感左右搖擺，爲這種混亂的愛所困，又想殺了所愛之人，又想不惜一死挽救她。

一個賣午報特刊的小販路過。佩雷納讀到了報上的粗體文字：

佩雷納發表聲明，弗維爾太太可能是無辜的，眞正的罪犯即將落網。

「是的，是的。」他高聲說道：「案子快結束了，佛蘿倫絲會付出代價的，她活該。」

佩雷納重新發動汽車，開進公館的大門，院子裡，他對走上前來的司機說道：

「把汽車掉個頭，別開進車庫裡，我可能很快就要走了。」

佩雷納跳出駕駛座，叫來管家問道：

「勒瓦瑟爾小姐在嗎？」

「在的，先生。她在自己房裡。」

「她昨天是不是沒在公館？」

「是的，先生。她收到了一份急電，說是一個親戚病了，去了外地，夜裡才回來的。」

「我要跟她談談，讓她去我那，我等著她。」

「是在您的書房嗎？」

「不，在樓上我房間旁邊的小客廳裡。」

這間小客廳位於二樓，從前是女人的閨房。自從佩雷納在書房被謀害過一次之後，他就更喜歡待在這。這間屋子要更安靜、更偏僻些，他把重要的文件都藏在裡頭。鑰匙從來不離身，而且這間客廳的鑰匙很特別，有三道凹槽，附加內置彈簧。

馬茲魯跟著他進了院子，亦步亦趨，不過佩雷納之前一直裝作沒看見他。直到這時他才一把拉過隊長，拖著他向臺階走去。

「一切都很好，我還害怕佛蘿倫絲起了疑心沒回來呢，不過可能她沒想到我昨天看見她了，現在她是跑不掉了。」

他倆穿過門廳上了二樓，馬茲魯摩拳擦掌躍躍欲試。

「您恢復理智了，老大？」

「不管怎麼說，我現在是下了決心了。我不願意，你聽著，我不願意弗維爾太太自殺，而阻止這場災難發生的辦法只有一個，那就是犧牲佛蘿倫絲。」

「您不傷心？」

「我不後悔。」

「這麼說您原諒我了？」

「我要謝謝你。」

佩雷納斷然向他的下巴揮起一拳，又狠又準。

馬茲魯一聲不吭地暈了過去，倒在二樓的樓梯上。樓梯中間有一處放雜物的小房間，傭人們一般都把幹家務用的工具和髒衣服放在裡面。佩雷納將馬茲魯拖了進去，讓他舒服地坐在地上，背靠著箱子。他又將手帕塞進馬茲魯嘴裡，用毛巾堵住，將他的手腳都用桌布捆了起來，桌布另一端扣在了結實的釘子上。

馬茲魯已經從昏迷中醒來了，佩雷納對他說道：

「我想該用的都用上了……桌布……毛巾……再往你嘴裡塞個梨讓你解解餓。你慢慢吃，然後休息片刻就又會精力充沛了。」

佩雷納關上門，接著看了看錶：

「我有一個鐘頭的時間，太好了。」

他此刻是這樣打算的：

「罵一頓佛蘿倫絲，把她幹的卑鄙事都當面說出來，讓她寫下供述並且簽名，然後等瑪麗安娜確保安全無虞之後再看著辦。」

也許他會把佛蘿倫絲塞進汽車裡，將她帶到某個藏身之處，從而利用這個年輕女子爲人質壓制警方。或者……不過他並不想預見未來的事情，他想做的是馬上聽到解釋。

佩雷納跑到二樓自己的房間，將臉浸入冷水中。他整個人從來沒有這麼激動過，他也從來沒有這樣

放縱過自己的盲目。

「是她！我聽見了！」他含糊不清地說道：「……她在樓梯下面，終於來了！讓她站在我面前是多麼的令人愉悅呀！面對面！就我們兩個！」

他回到樓梯的平臺上，站在小客廳門前，從口袋裡掏出鑰匙，門開了。

他驚叫一聲。

加斯東・索弗朗在裡面。

在封閉的房間裡，加斯東・索弗朗雙臂交叉站在那，正等著他。

chapter 9

索弗朗的解釋

加斯東·索弗朗！

佩雷納本能地後退一步，拔出手槍瞄準這個惡棍。

「舉起手來，」他命令道：「……舉起手來，否則我就開槍了！」

索弗朗似乎毫不慌亂，他用頭示意了一下自己之前已經放在桌上的兩把手槍，那兩把槍都在他搆不到的地方，然後說道：

「那是我的武器，我來這不是要打架的，而是來和你談談。」

「你是怎麼進來的？」佩雷納嚷道，加斯東的平靜讓他很是惱火：「是偷配鑰匙嗎？但是你怎麼能夠……怎麼弄到的？」

加斯東沒有回答，佩雷納跺著腳說道：

「說啊！說啊！否則的話……」

佛蘿倫絲跑過來了，她走過佩雷納身邊衝向加斯東·索弗朗，佩雷納並沒有試圖攔住她，佛蘿倫絲似乎對佩雷納的在場無動於衷，她對索弗朗說道：

「你爲什麼過來？你答應我不會來的……你對我發了誓的……你快走啊。」

索弗朗抽出身來，迫使她坐下，然後說道：

「讓我來吧，佛蘿倫絲，我答應妳只不過是爲了讓妳安心罷了，讓我來吧。」

「不，不。」年輕女子強烈抗議道：「不！你瘋了，我不許你說一個字……哦，我求求你了，別做這樣的嘗試！」

加斯東微微向她傾下身去，拂開她額前的金髮，撫摸著她的額頭。

「讓我來吧，佛蘿倫絲。」他低聲重複道。

佛蘿倫絲似乎因爲他溫柔的聲音緩和下來，不開口了。索弗朗說了些話，似乎是在勸慰她，不過佩雷納聽不見。

佩雷納站在他們對面一動也沒動，他手臂緊繃，手指就放在扳機上，瞄準著敵人。

當索弗朗用那樣親暱的口氣跟佛蘿倫絲交談的時候，他渾身上下都顫抖了，手指也卷曲起來。他沒有開槍是怎樣的奇跡啊？他靠著多強的意志力才忍下了滿腔嫉妒，儘管這嫉妒像火焰般灼燒著他！索弗朗竟然敢去撫摸佛蘿倫絲的頭髮！

佩雷納垂下手臂，過一會他就會殺了他們的，會對他們爲所欲爲，因爲他們已經在他的掌心裡，再也沒有什麼能使他們逃脫他的復仇。

佩雷納抓過索弗朗的兩把手槍放進抽屜裡，然後他回到門口想關上門。但正在這時他聽見一樓的平臺上有動靜，於是走到欄杆邊，是管家上樓來了，手裡還拿了個盤子。

「還有什麼事？」

「一封急信，先生，剛剛有人送給馬茲魯先生的。」

「馬茲魯和我在一起，拿過來吧，別再打擾我了。」

佩雷納撕開信封。信是用鉛筆急急忙忙寫下的，落款簽名是包圍了公館的一名警探，內容如下：

「當心，隊長，加斯東・索弗朗就在公館裡。根據住在對面的兩個人供述，那名年輕女子，也就是附近的人以爲是公館女管家的那個女人，一個半小時之前進了門，當時我們還沒包圍公館。後來有人從她住的房間窗戶裡看見她了。過了片刻後，一扇低矮的小門被打開了，這顯然就是她幹的。那扇門是進地窖用的，就在她住的屋子底下。幾乎立刻就有一個男人突然出現在廣場上，沿著牆走過來，溜進了地窖。不會有錯的。根據特徵描述，那個男人就是加斯東・索弗朗。所以隊長你要當心。你只要一發出信號，我們就會衝進來。」

佩雷納思考了一會，他現在明白這個惡棍是怎麼進自己的家門，怎麼毫髮無損的藏到了最安全的隱蔽處，逃過了所有的搜查，他佩雷納一直住在自己最可怕的對手家中。

「好了。」他想道：「這傢伙會遭到制裁的……還有他的那位小姐，他們可以在我的子彈和員警的手銬之間做出選擇。」

他甚至沒有再想到自己樓下準備好的汽車；他甚至沒有再想到要讓佛蘿倫絲逃脫。要是他不殺了他們倆，警方也會抓住他們的。這樣也更好些，讓社會去懲罰自己交上的這兩名罪犯吧。

佩雷納重新關好門插上門閂，回到兩個俘虜對面，拉過一張椅子對索弗朗說道：

「我們聊聊吧。」

他們身處的這間屋子很小，所以彼此之間離得很近，佩雷納覺得他幾乎要碰到這個自己打心底感到憎惡的人。

他們的兩把椅子之間相距只有一公尺。一張放滿書的長桌立在他們和窗戶之間。窗洞是打在厚厚的牆裡的，形成了一處隱秘的所在，和那種老房子裡的佈局很像。

佛蘿倫絲將扶手椅轉過去了一些，所以佩雷納看不清她背著光的臉。不過他直對著加斯東・索弗朗，於是便帶著好奇觀察他。當他看見索弗朗年輕的面孔、生動的嘴角、堅毅冷峻卻聰慧漂亮的眼睛的時候，佩雷納更加怒火中燒。

「好吧，你說吧！」佩雷納用專橫的語調說道：「我已經接受了我們之間的休戰，不過這種休戰只是暫時的，爲了騰出時間進行必要的談話。你現在害怕嗎？你後悔自己採取的這一步嗎？」

加斯東平和地笑了笑說道：

「我什麼也不怕，而且我也不後悔來到這，因爲我有一種很明確的預感，我們可以好好相處，而且我們也應該如此。」

「好好相處！」佩雷納驚跳起來抗議道。

「爲什麼不呢？」

「和平！你和我之間和平共處！」

「爲什麼不呢，我已經好幾次有過這個念頭了。剛剛在檢察官辦公室外的走道裡，這個想法更明確了。而當我在報紙特刊上讀到下面這個轉載記錄的時候，這個念頭完全佔據了我的腦海，報上是這麼寫的：

佩雷納發表聲明，弗維爾太太可能是無辜的……

索弗朗半站起身，比劃著清晰地低聲說道：

「先生，一切都在這句話裡了：弗維爾太太是無辜的。你寫下並公開鄭重聲明的這幾個字是不是表達了你的眞實想法？你現在是不是完全相信瑪麗安娜・弗維爾是無辜的了？」

佩雷納聳了聳肩。

「呃！我的上帝，弗維爾太太的無辜沒什麼好說的，現在的問題不是關於她，而是關於你，關於你們兩個，關於我。所以直奔主題吧，越快越好，跟我相比，這對你們更有好處。」

「對我們有好處？」

佩雷納叫道：

「你忘了文章的第三個小標題了……我不僅宣佈了瑪麗安娜・弗維爾的無辜，我還宣佈了……如下

內容：

眞正的罪犯即將落網。

索弗朗和佛蘿倫絲都匆忙站起了身。

「那你認爲……罪犯是？」索弗朗問道。

「顯然嘍！你和我一樣都認識他們。就是拄烏木拐杖的那個人，他至少無法否認他殺了阿斯尼斯警探。還有他犯罪的同謀。這兩個人都應該記得自己試圖針對我進行的謀殺，蘇歇大街上的那一槍，對我的汽車進行破壞害死了司機……還有昨天穀倉裡面，你知道的，就是懸掛著兩具骷髏的穀倉……你還記得吧，昨天那把鐮刀，那把無可逃避的鐮刀差點砍了我的腦袋。」

「那麼？」

「那麼，自然嘍！戰局輸了，得付出代價，而且既然你愚蠢地入了虎口，那就更該如此了。」

「我不明白，這一切代表什麼？」

「只是代表他們已經知道佛蘿倫絲・勒瓦瑟爾在這了，也知道你在這，公館被包圍了，警局副局長韋伯爾馬上就會過來。」

索弗朗似乎因爲這意料之外的威脅亂了方寸，佛蘿倫絲在他旁邊已是臉色慘白，因爲極端擔憂變了神色。她結結巴巴地說道：

「哦！這太可怕了！不，不，我不要！」

她衝向佩雷納說道：

「卑鄙！卑鄙！你出賣了我們！卑鄙！我就知道你什麼都能背叛！你就是個劊子手……啊！太卑鄙了！太卑劣了！」

她筋疲力盡地坐倒在椅子上，一手捂著臉，抽噎著。

佩雷納轉過頭去，奇怪的是，他沒有表現出任何憐憫。年輕女子的淚水的咒罵絲毫也沒有打動他，似乎他從來就沒有愛過佛蘿倫絲，佩雷納對這樣的解放感到很高興，這個女人的恐怖抹殺了他所有的愛。

可是當佩雷納在屋子裡走了幾步又回到這兩人面前的時候，發現他們正手挽著手，彷彿是困境中相互扶持的兩個朋友。他突然被一陣不由自主的仇恨控制住了，一把抓住了索弗朗的胳膊。

「我不允許你……你有什麼權利？……她是你的女人嗎？還是你的情婦？難道不是嗎？……」

佩雷納的聲音有些局促，他自己都覺得這陣突如其來的怒氣很是奇怪，而他的盲目憤怒正使得他內心的情感昭然若揭，他原以爲這份情感已完全被澆滅了，佩雷納臉紅了，因爲索弗朗正驚訝地看著他，他毫不懷疑敵人已經看透了自己的秘密。

接下來是長久的沉默。佩雷納在這沉默中對上了佛蘿倫絲的雙眼，那雙眼睛中充滿了敵意、反抗和輕蔑，她是不是也猜到了呢？

他不敢再說一句話，等待著索弗朗的解釋。

在等待的過程中，他沒有去想即將揭開的秘密，也沒有去想自己即將知道答案的種種可怕問題，更沒有去想正在醞釀之中的悲劇，他只是想到了自己即將瞭解佛蘿倫絲這個人，即將瞭解她的情感，瞭解她的過去，瞭解她對索弗朗的愛。這些才是他唯一感興趣的東西。佩雷納想著這些的時候是那樣的亢奮，整個人都隨著那顆心撲通撲通的跳！

「好吧。」索弗朗說道：「我被捉住了，聽天由命吧！不過我能跟你談談嗎？這是我現在唯一的願望。」

「你說吧。」佩雷納回答道：「這扇門是關著的，只有我想開的時候才會將它打開，你說吧。」

「我會簡短一些。」索弗朗說道：「而且我知道的也很少，我不要求你相信我說的話，只是請你聽我說，就當我說的可能是事實，百分之百的事實。」

然後他開始了敘述：

「我之前從來沒有見過希波列特．弗維爾和瑪麗安娜的面，我只是和他們保持著通信往來——你也記得我們是表親。直到幾年前在巴勒莫，我們偶然間碰了面。當時他們蘇歇大街的新公館正在施工中，所以去那過冬。我們在一起生活了五個月，彼此每天都見面。希波列特和瑪麗安娜處得並不是太好。有天晚上，在他們倆很激烈的爭吵之後，我碰見瑪麗安娜在哭。我被她的眼淚震住，把持不住自己，自從我們相遇的第一刻起，我就愛上了她……我會永遠愛著她，而且越來越愛。」

「你說謊！」佩雷納無法自持地嚷嚷道：「昨天在你們從阿朗松回來的火車上，我看見你們兩個……」

加斯東・索弗朗看了一眼佛蘿倫絲，她一言不發地托著臉，手肘支在膝蓋上。加斯東沒有回答佩雷納的叫嚷，而是繼續說道：

「瑪麗安娜她也愛著我，她對我承認了這一點，不過讓我發誓我和她之間只能保持著最純潔的友誼。我遵守了誓言。我們在一起度過了無比快樂的幾個禮拜。希波列特・弗維爾那時迷戀上了歌廳的一個歌女，所以常常不在。我對體弱的小艾德蒙很關心，對他進行體育鍛煉。此外我們身邊還有一個最好的朋友，最忠誠的顧問。她是那樣的充滿愛心，替我們包紮傷口，給我們鼓勵，為我們增添樂趣，而且用自己的力量和高貴豐富了我們的愛情：佛蘿倫絲也在那。」

佩雷納感覺到自己的心跳得更快了，並不是因為他相信索弗朗所說的話，而是他希望透過這些話探到眞相的核心，可能他在沒有察覺之間也受到了索弗朗的影響，這個人顯而易見的坦率和眞誠的語調讓他有些驚訝。

索弗朗繼續說道：

「十五年前，我定居在布宜諾斯艾利斯的哥哥拉魯爾・索弗朗收養了一個孤女，這個小女孩是他朋友家的孩子。他去世的時候將當時已經十四歲的女孩託付給一個老女傭，這個老女傭曾經撫養過我，後來跟著我哥去了南美。她把孩子帶到我手邊，自己則在到達法國後沒幾天就死於一次事故。

「我把女孩帶到義大利幾個朋友的家裡，她在那幹活，成了……她現在的樣子。她希望能夠自食其力，就去了一戶人家家裡做老師。後來我把她推薦給弗維爾表兄家裡。等我在巴勒莫遇到她的時候，她成了小艾德蒙的老師。她非常愛他，而且成為了瑪麗安娜・弗維爾忠誠而親密的朋友。

「唉！在那段快樂而短暫的時光中，她也成了我的朋友。事實上，我們的幸福，我們三個人的幸福，都突然間以一種最愚蠢的方式逝去了。我每晚都會在私人日記中記下自己愛情的點滴，其實那樣的日子裡並沒有事情發生，也沒有希望，沒有將來，可卻那般熱烈，那般閃亮！在日記中，瑪麗安娜像女神一般被稱頌。我跪著寫作，巨幅長篇的描繪她的美麗；我還編造了一些虛幻的場景，她對我說著應景的話，承諾我所有的歡娛，而那些歡娛，都是我們自願放棄的。這些場景，不過是我可憐的幻想。

「但後來希波列特・弗維爾發現了這本日記，這眞是造化弄人，我也不知道怎麼回事，反正他就是發現了。

「他怒氣沖天。先是想把瑪麗安娜趕走，可是妻子的態度讓他平復了下來。瑪麗安娜列出了自己清白的證據，而且堅決表明不接受離婚，並許諾永遠不再見我。

「我心灰意冷地離開了，佛蘿倫絲遭到辭退也走了。自從那一刻起，你聽見了，我再也沒和瑪麗安娜說過一句話。可是堅不可摧的愛情將我們連在了一起，不管是空間的距離還是時間的相隔都沒有消磨愛情的力量。」

加斯東停了一會，似乎是想從佩雷納的臉上看出自己的講述有何效果。佩雷納沒有掩飾自己的憂慮，他最爲驚訝的是索弗朗出奇的平靜，他的眼神是那樣的平和，將這個隱秘的故事娓娓道來，簡簡單單，不疾不徐。

「眞是個演戲的！」佩雷納暗自想道。

就在這麼想著的時候，他記起瑪麗安娜・弗維爾也給過自己同樣的感覺。那他是否應該回到自己起先的想法上去，認定瑪麗安娜是有罪的，而且和她的同謀以及佛蘿倫絲一樣都是演員呢？或者還是應該認爲這人還是有幾份光明磊落的呢？

「接下來呢？」他問道。

索弗朗繼續說道：

「接下來，我去了中部的一個城市。」

「那弗維爾太太呢？」

「她住在巴黎的新房子裡，和她的丈夫之間也不再糾纏於這段過去了。」

「你怎麼知道的？她給你寫信了？」

「沒有。瑪麗安娜是一個不會違背自己義務的女人，而且她的責任感是不可動搖的。她從來沒有給我寫過信，不過她經常來佛蘿倫絲這裡，佛蘿倫絲那時正給你這棟屋子的前主人擔任秘書。她們一次也沒有談到過我，是不是這樣佛蘿倫絲？瑪麗安娜不會容許這樣的事情發生的。但她所有的生命和整個靈魂裡都是對昔日愛情的回憶，是不是，佛蘿倫絲？最後，我厭倦了心神渙散遠離她的日子，於是又回到了巴黎，這就是我們的不幸了。

「差不多一年前，我在魯爾街租了一套公寓，深居簡出，以防希波列特・弗維爾知道我返回巴黎，我害怕打亂瑪麗安娜平靜的生活。只有佛蘿倫絲一個人知道我回來了，時不時地來看看我。我很少出門，只有在晚上的時候會去樹林裡荒僻的小路上走走。可是事情偏偏發生了。再堅定的決心也會有動搖的時候，有一個禮拜三的晚上，快到十一點鐘的時候，我走著走著就靠近了蘇歇大街，從瑪麗安娜的房前經過，我自己也沒有意識到這一點。可巧的是這個時候，瑪麗安娜就在窗邊。夜色很美，很暖。我確定她看見了我，也認出了我。我感到那般幸福，以至於離開的時候雙腿都在打晃。從此以後，每個禮拜三的晚上，我都會經過她公館的門前，而瑪麗安娜也差不多每次都在那，儘管她的交際娛樂活動以及她丈夫的身份地位使她不得不經常出門。每次她的出現總是帶給我全新的意外之喜。」

「快點！你講快一點！」佩雷納迫不及待地想要知道更多消息：「你快點講，馬上說點實質的內容……說啊！」

突然間，佩雷納害怕自己聽不到接下來的解釋。他猛然間覺得加斯東・索弗朗所講的內容一點點滲進了自己的腦子裡，而且自己覺得這些或許並不是謊話。儘管他想努力克服這些念頭，它們卻超出了自己的預防能力之外，有根有據地占了上風。事實是，在他被愛情和嫉妒折磨著的內心深處，有些東西讓他傾向於相信這個男人，儘管對他而言，到目前爲止，這個男人只是一個可憎的對手，而且他竟然膽敢當著佛蘿倫絲的面高調宣佈他對瑪麗安娜的愛。

「你快點。」佩雷納重複了一遍，「時間很寶貴。」

索弗朗搖了搖頭。

「我快不起來，我所說的每一句話，在我下定決心說出口之前，都經過了衡量。每一句話都是不可或缺的，一句也不能省。因爲你無法從零碎的事實中找到問題的解決方法，必須將所有這些事實串起來，連成一篇盡可能忠實的敘述。」

「爲什麼呢？我不明白……」

「因爲眞相就藏在這篇敘述中。」

「這眞相就是你的清白是不是？」

「是瑪麗安娜的清白。」

「但我並不懷疑這一點！」

「要是你無法證實，那又有什麼用呢？」

「呃！所以才要你給我證據！」

「我沒有證據。」

「嗯？」

「我是說，我對於自己請你相信的這些內容是拿不出證據的。」

「所以我不會相信。」佩雷納惱怒地叫道：「不，不，絕不！要是你無法提供令人信服的證據，你即將說的話我一句也不會相信。」

「你已經相信了到目前爲止我說的所有話。」索弗朗簡簡單單地回擊道。

佩雷納沒有提出抗議。他將目光轉向佛蘿倫絲・勒瓦瑟爾，覺得她看自己的眼神裡已經少了些厭惡，她似乎希望佩雷納不要去抵制侵入自己的感受。

他低聲說道：

「你繼續吧。」

這兩個人的態度眞的十分奇怪，一個精確的進行解釋，讓每個詞都發揮最大的價值；另一個聽著，

細細掂量對方的每個詞；兩個人都控制著自己內心情感的起伏；兩個人表面上都十分平靜，似乎是在尋找意識問題的哲學答案。外界發生的事情沒有任何意義，即將發生的事情也不重要。身處警方的包圍圈中，他們不管自己的無所作爲會產生什麼後果，最重要的是一個在說，另一個在聽。

「我們講到最重要的部分了。」索弗朗用嚴肅的聲音說道：「我的解釋對你而言是全新的，不過與事實完全相符，並會向你表明我們的善意。有一次我在林中散步的時候很倒楣地撞上了希波列特・弗維爾。出於謹慎起見，我換了住所，搬到了理查瓦倫斯大街的房子裡。佛蘿倫絲去那見過我好幾次。我後來還是很小心的取消了與她的會面，並且只通過留局自取的方式與她通信，所以這下我完全安安靜靜地待著了。我獨自一人工作，非常的安全，預料不會有任何事情發生。沒有任何危險、或者是危險的可能性會威脅到我們。可以說，事情的發生對我而言眞的是晴天霹靂。這話雖然誇張，卻很準確。當警察署長和警員們衝進我家中逮捕我的時候，我同時獲知了希波列特・弗維爾和艾德蒙的被害，還有我深愛的瑪麗安娜被捕了。」

「不可能。」佩雷納又一次挑釁著憤怒地叫道：「不可能！當時這些事都已經過去兩個禮拜了，我無法接受說你竟然不知情。」

「誰會告訴我呢？」

「報紙！更肯定的是通過勒瓦瑟爾小姐。」佩雷納指著年輕女子叫道。

索弗朗肯定地說道：

「通過報紙？我從來不讀報。怎麼！這無法接受？難道每天浪費半個小時的時間去流覽荒謬的政治報導和下流的雜聞是必不可缺的嗎？這麼做是很少見，不過少見並不能證明它不存在。」

「另一方面，就在犯罪發生的當天早上，我已經通知佛蘿倫絲我要出門三個禮拜，並且跟她道了別。不過我在最後一刻改變了注意，但佛蘿倫絲並不知道。她以為我已經走了，又不知道我到了哪，所以就沒法告訴我出了事，也沒法告訴我瑪麗安娜被捕了，當後來拄烏木拐杖的人被指控、警方搜捕我的時候，她也沒法通知我。」

「呵！正是呢。」佩雷納說道：「你總不能宣稱拄烏木拐杖的人，也就是那個跟蹤維羅警探到新橋咖啡館偷了他信的人……」

「我不是那個人。」索弗朗打斷他說道。

佩雷納聳了聳肩膀，加斯東更大聲地強調了一遍：

「我不是那個人。這裡頭的誤會沒法解釋，但是我從來沒有去過新橋咖啡館。我向你發誓。你應該接受我的說法是真實的，再者這也完全符合我深居簡出的生活方式，這種方式既是出於必需，也是因為個人喜好。我重複一遍，我什麼都不知道。這一擊完全是意料之外的。你要明白，也正是因為這個我才做出了出人意料的反應，這種狀態與我的本性是完全相悖的，我最野蠻、最原始的本能爆發了出來。先生，你想想，他們動了我最珍視的人：瑪麗安娜進了監獄！她被指控犯下了雙重謀殺罪！我瘋了。我先控制住了自己，然後在署長面前演了一齣戲，接著排除了所有的障礙，殺死了阿斯尼斯警探，擺脫掉馬茲魯隊長，從窗戶跳了下去，我這麼做只是出於一個想法：逃跑。一旦自由了，我就能救瑪麗安娜。有人擋了我的路？那他們就活該了。這些人有什麼權利去攻擊一個最純潔的女人？那天我只殺了一個人……我能殺十個！二十個！阿斯尼斯警探的命對我而言算什麼？所有那些卑鄙的人的性命對我而言又算得了什麼？他們阻檔在我和瑪麗安娜之間，瑪麗安娜進了監獄！」

加斯東・索弗朗面部的肌肉都扭曲了，他費了好大勁才將一點一點失去的冷靜重拾回來。他頭腦雖冷靜了下來，可是聲音抖得更厲害了。他整個人被狂熱吞噬了，無法掩飾自己渾身的顫動。

他繼續說道：

「我在理查瓦倫斯大街上甩掉了那些員警，卻在轉過去的街角處迷了路，佛蘿倫絲救了我，她知道兩個禮拜以來發生的一切。雙重謀殺案發生的第二天，她就透過報紙知道了，她正是在你旁邊讀到的報紙。你當時就在她面前評論這件事兒，並且與她進行討論。就是從你那，聽著你講的話，再加上各種事情接踵而來，她產生了這樣一個看法：你是瑪麗安娜的敵人，唯一的敵人。」

「但爲什麼呢？爲什麼呢？」

「因爲她瞧見你採取了行動。」索弗朗大聲宣佈道：「因爲倘若瑪麗安娜和我不再擋在你和摩靈頓的遺產之間，你比其他任何人更有利可圖，最後還有……」

「最後還有……」

加斯東・索弗朗猶豫了一下，然後清晰地說道：

「最後，因爲她毫無疑問地知道你的眞實姓名，而且她認爲亞森・羅蘋是無所不能的。」

屋裡沉靜了下來，此刻這種沉靜是那般的令人心碎！佛蘿倫絲在佩雷納目光的注視下無動於衷，佩雷納從她扳著的面孔上看不出任何應有的情感波動。

加斯東・索弗朗繼續說道：

「所以瑪麗安娜的朋友佛蘿倫絲被嚇壞了，她和亞森・羅蘋進行對抗。就是爲了揭穿羅蘋的眞面目，她寫了，或者更準確的說，讓人寫了那篇文章。文章的草稿原件你已經從線球裡找到了。那天早上她聽到的是羅蘋在和馬茲魯隊長打電話並且笑談我即將被捕的事情。她爲了將我從羅蘋的手中拯救出來，所以冒險放下了鐵牆，自己則坐車去了理查瓦倫斯大街的轉角處。她到得太晚，來不及通知我，員警已經衝進我的屋子，不過她剛好幫我擺脫了員警的追捕。

「她馬上對我說了對你的不信任和仇恨。在我們努力甩掉襲擊者的二十分鐘的時間裡，她匆匆忙忙描述了事情的大致情況，簡要說了你在其中起到的主導作用。我們馬上策劃了對你的反攻，讓警方懷疑你是同謀。就在我給警察署長送去消息的時候，佛蘿倫絲回公館將我不小心帶在身邊的一截手杖藏到你長沙發的墊子底下，這一擊不足以將你打敗，但是決鬥還是開始了，我奮不顧身地加入了戰鬥。

「先生，請理解我的行爲，我得提醒你，我是……一個做研究的人，離群索居，但也是一個衝動的情人。我本會在書房裡度此餘生，什麼也不求，只要夜間能時不時的見到瑪麗安娜在窗邊就滿足了。可是自從她被人迫害的那一刻起，我的身體內又冒出了另外一個人。那個人會採取行動，儘管笨拙、沒有經驗，卻意志堅定。他不知道怎麼去救瑪麗安娜，唯一的目標就是除掉瑪麗安娜的敵人，他有權將自己所愛之人遭遇的所有不幸都歸罪於他。

「我對你採取了一系列手段，我溜進了你的公館，藏在佛蘿倫絲的房間裡，我試著要——我對你發誓佛蘿倫絲並不知情——我試著要毒死你。佛蘿倫絲對我這種做法的責備和反抗本該會讓我改變主意，可是我再跟你說一遍，我當時瘋了，是的，完全瘋了，在我看來，你的死就是瑪麗安娜的救贖。一天早上，我跟蹤你到了蘇歇大街上，對你開了一槍；就在當天晚上，汽車將你和你的同謀馬茲魯隊長載向死亡。

「這次你又逃過了我的復仇。可是開車的無辜司機爲你付出了代價。佛蘿倫絲是那般的絕望，我不得不在她的祈求之下做出退讓，停止復仇。再者我也被自己的所作所爲嚇壞了，對兩名受害人的回憶一直糾纏著我，我改變了計畫，不再想著除掉瑪麗安娜的敵人，而是準備讓她逃獄。

「我有不少錢，於是賄賂了監獄的看守，那些看守並沒有發現我的計畫。我還和供應商和診所的醫護人員進行勾結。我弄到了一張法院書記的名片，每天都去法院，等在檢察官門外的走道上。我希望能在那遇到瑪麗安娜，給她一個眼神、一個手勢，去鼓勵他，或者還能偷偷塞給她幾句安慰的話。

「但她所受的折磨還在繼續。你通過希波列特・弗維爾的神秘信件給了她最可怕的一擊。這些信是什麼意思？又是從哪來的？難道你才是策劃者，你將它們投入了這場可怕的戰鬥？可以說佛蘿倫絲是日夜監視著你。我們尋找著線索，尋找能讓我們看得更清楚的一點光亮。

「就在昨天早上，佛蘿倫絲看見馬茲魯隊長。她聽不見他對你說了些什麼，但她捕捉到了朗日諾爾這個人名和他所住的村莊福米尼。朗日諾爾！她想起了希波列特・弗維爾從前的這個朋友。信不就是寫給他的嗎？你和馬茲魯隊長開車出發不也是去找他嗎？

「我們也想進行調查，所以半個小時之後坐上了去阿朗松的火車。我們從車站坐車到了福米尼的地界，盡可能審慎地做了調查。在獲知朗日諾爾先生的死訊之後，這一點你們也應該得知的，我們決定去看一下他的住所。我們成功地進去，可是佛蘿倫絲突然在園子裡看見你。她不惜一切代價想要避免你我之間碰面，於是拉著我穿過草坪去了灌木叢後面，可是你追蹤上了我們，正好旁邊有一個穀倉，她半推開門，我們就進去了。我們很快在陰暗中穿過了雜物堆，借助梯子爬上了閣樓間，權且將之充作藏身之處，就在同時你也進來了。

「接下來你都知道了，你發現了兩具骸骨，佛蘿倫絲不小心動了一下，你的注意力轉向了我們，面對你的進攻我隨手揮起手邊的武器進行反擊，最後我們通過一扇天窗從你的槍下逃脫了。可是晚上，佛蘿倫絲在火車上暈了過去。照顧她的時候我發現你有一槍傷了她的肩膀。傷勢很輕，她並不痛，只是神經更加緊張。你看見我們的時候，在芒斯車站是不是？她睡著了，頭枕著我的肩。」

索弗朗的聲音抖得越來越厲害，他的講述透著真實的生動。佩雷納一次也沒有打斷他。他靠著奇妙的注意力記下了索弗朗最細微的話語和手勢。伴隨著這些話語和手勢，佩雷納覺得在真實的佛蘿倫絲旁邊有時會樹起另外一個女子的形象，絲毫沒有他原本根據種種事端斷定的骯髒和卑劣。

但他依然沒有沉淪，佛蘿倫絲是清白的，這可能嗎？不，不，他的雙眼所見，他的理智評判都與這樣的論斷完全不符。他不能接受佛蘿倫絲突然間和之前自己眼中真實的她不一樣了：狡詐、陰險、殘忍、嗜血、可怕。不，不，這個人太善於說謊了。他講得讓人分不清真與假、明與暗。

他說謊！他說謊！可是這謊言是多麼的甜蜜啊！這個想像中的佛蘿倫絲是那般美麗，她被命運之神所控，做著自己憎惡的事情，可她還是純潔的，沒什麼好內疚的，充滿了溫情，眼神明亮，雙手白皙。任由自己沉浸在這虛幻的夢中是多麼美妙的一件事啊！

加斯東・索弗朗密切注意著自己這位從前的敵人的臉。佩雷納沒有試圖控制自己的情感，任由心中所想點亮了自己的面龐，索弗朗離他很近，低聲地說道：

「你相信我，是不是？」

「不……不……」佩雷納面對這個男人的影響又僵硬起來……

「你應該相信我，」索弗朗兇暴地叫了起來：「你應該相信我強大的愛，它是這一切的開端。瑪麗安娜是我的命根子。她要是死了，我也只有一死。啊！今天早晨，我在報上讀到這個不幸的人兒割開了自己的靜脈！這是因爲你的錯，因爲希波列特那些指控她的信！啊！我想的不是要宰了你，而是要讓你遭受最野蠻的酷刑。我可憐的瑪麗安娜，她忍受著怎樣的折磨啊！你一上午都沒有回來，佛蘿倫絲和我爲了打探到她的消息，先是在監獄周圍遊蕩，然後又去了警署和法院。我就是在檢察官辦公室外的走道裡碰見你的。那時你正在一群記者面前宣佈瑪麗安娜・弗維爾這個名字。你對他們說瑪麗安娜・弗維爾是無辜的！你向他們傳達了有利於瑪麗安娜的證詞！」

「啊！先生，我的仇恨一下子熄滅了。一秒鐘的時間，敵人變成了同盟，變成了我們跪求的主宰。你推翻自己之前的斷論，全心拯救瑪麗安娜，膽識讓人欽佩！我滿懷快樂和希望溜走了，見到佛蘿倫絲之後，我大叫道：『**瑪麗安娜得救了，他宣佈她是清白的，我想見他，我想和他談談。**』

「我們又回到這裡，佛蘿倫絲還沒有完全放下戒備，她請求我在有決定性的行動證實你對此事的新態度之前不要將計畫付諸實施。我答應了她的要求，但我還是下定了決心。在讀了報紙上你的陳述之後，我更加堅定了。我要不惜一切代價要將瑪麗安娜的命運交付到你的手中，一個鐘頭也浪費不得。我等著你回來，就來到這裡。」

說到這，索弗朗和談話開始時那個冷靜的先生已經判若兩人了。幾週來的戰鬥白白消耗了他許多力氣，他這一番努力之後已是筋疲力盡，顫抖著抓住了佩雷納，一隻膝蓋跪在他身邊的扶手椅上，結結巴巴地說道：

「你救救她，我求你了……你有這個本事……是的，你本領大著呢……我在和你戰鬥的過程中認識了你……保護你免遭我傷害的不僅是你的機靈，更是一種運氣。你和其他人不一樣。你瞧，就說你剛剛一開始沒開槍殺我這件事，我一直兇殘地對你緊追不捨，而你卻聽我說話，接受我們三個人都是清白的這樣難以想像的眞相，這就是聞所未聞的奇跡了！我清楚，將理智作爲唯一嚮導宣佈瑪麗安娜清白的人，才是唯一能夠拯救她的人，而且他會救她的。啊！你救救她吧，我求你了……你從現在起就救她吧，否則再過幾天，瑪麗安娜必死無疑。她不可能在監獄裡活下去。你瞧見了，她想要死……沒有什麼能阻止她。要自殺的人能阻止的了嗎？……要是她死了，那是多麼恐怖的事情啊！……啊！要是警方需要一個犯罪人，我可以承認他們想要的任何內容。我接受所有的指控，並且樂於接受一切懲罰，只要瑪麗安娜能夠獲得自由！你救救她……我，我不知道……我不知道該做什麼……你把她從監獄和死亡手裡救出來吧……你救救她……我求你了……你救救她！」

淚水滾落在他滿是擔憂的臉龐上。佛蘿倫絲也彎下腰哭了，佩雷納突然覺得自己心頭湧上了最可怕的擔憂。

儘管從談話一開始就有一種新的信念侵蝕著自己，他卻直到現在才突然意識到，他猛然發覺自己完全相信索弗朗的話，或許佛蘿倫絲並不是自己按情理想像出來的可怕女人，而是一個有著不會說謊的眼睛，懷著美麗靈魂並長著漂亮面容的女子。他突然明白這兩個人以及他們出於愛而爲之戰鬥的瑪麗安娜都被掙不開的鐵環箍住了。這鐵環是一隻未知的手畫下的，卻是由他佩雷納無情地上緊的。

「哦！」他說道：「現在還不算太晚！」

佩雷納在情感和雜念的衝擊下踉蹌了一下，所有一切在他腦中激烈地碰撞著：肯定、歡喜、恐懼、絕望、憤怒。他在噩夢的魔爪下掙扎，他甚至覺得員警的手已經放在了佛蘿倫絲肩頭。

「我們走吧！我們走吧！」他一驚之下叫道：「待在這太瘋狂了！」

「但既然公館已經被圍住了……」索弗朗反駁道。

「那又如何？難道你認爲我會乖乖看你們被捕……不！不！我們得並肩戰鬥，當然我還是有些疑惑……你們會爲我解惑的，我們一起救弗維爾太太。」

「那些圍著我們的員警呢？」

「別管他們。」

「副局長韋伯爾呢？」

「他不在，只要他不在，我就可以掌握一切。走吧，跟著我，不過得遠遠的。等我示意的時候，僅僅在那個時候……」

佩雷納拉開門閂，抓住了門把手，正在這時有人敲了門。

是公館的管家。

「呃……」佩雷納說道：「為什麼來打擾我？」
「警察局副局長韋伯爾先生剛剛到了，先生。」

chapter 10

潰敗

佩雷納當然有預計到這種可怕的可能性。

不過他似乎還是有些措手不及，反覆了好幾遍說道：

「啊！韋伯爾在這……韋伯爾在這……」

他的那股衝勁在這樣的障礙面前粉碎無疑，就像是即將獲得自由的逃軍突然間撞上了山麓的陡坡。

韋伯爾在這，也就是說敵人的頭來了，他會組織發起進攻，阻止他們逃脫，他們再也沒希望了。

有韋伯爾領著他手下的員警，再想硬衝出去就很困難了。

「你幫他開了門？」佩雷納問道。

「先生您沒有命令我不能給他開門。」

「他是一個人嗎？」

「不是的，先生。副局長帶了十個人，他們都留在院子裡了。」

「那他自己呢？」

「副局長想上樓來，他以爲可以在書房裡找到先生您。」

「那他現在是認爲我和馬茲魯先生以及勒瓦瑟爾小姐在一起了？」

「是的，先生。」

佩雷納思考了片刻，接著說道：

「告訴他你沒找到我，準備去勒瓦瑟爾小姐的屋子再找找看，或許他會和你一起去的，那樣就太好了。」

佩雷納將門重新關上。

剛剛歷經的風暴沒有在他臉上留下任何痕跡。既然一切都完了，而此刻又必須採取行動，他就又重新冷靜下來。佩雷納在關鍵時刻從來都不會喪失這種令人欽佩的冷靜。

他走到佛蘿倫絲身邊，女孩面色蒼白，無聲的啜泣著。

佩雷納對她說道：

「妳別怕，小姐。要是妳完全按照我說的去做，那就沒什麼好怕的。」

佛蘿倫絲沒有回答，佩雷納明白她還是心存疑慮。他心裡想著要讓她相信自己的時候，幾乎是帶上了一種快樂。

「你聽我說。」佩雷納對索弗朗說道：「萬一我失敗的話——這種情況畢竟還是可能存在的，有幾

個問題你得先跟我說清楚。」

「什麼?」索弗朗也依然保持著冷靜。

於是佩雷納將腦海中紛雜的念頭歸攏了一番，確保自己沒有任何遺漏，而且做到只撿關鍵的內容說。他沉穩地問道：

「犯罪發生的那天上午，那個拄著烏木拐杖、與你的特徵相符的人跟蹤維羅警探走進新橋咖啡館的時候，你在哪?」

「在自己家裡。」

「你確定自己沒有出門?」

「完全確定，而且我同樣確定自己沒有去過新橋咖啡館，我根本不知道有這樣一家咖啡館存在。」

「好，再說其他的。當你瞭解事情始末之後，你爲什麼沒有去警署或是去見檢察官?去講明實情要比你進行這樣不對等的戰鬥容易得多。」

「我其實當時已經要這麼做了。可是我馬上明白過來，針對我策劃的這場陰謀太巧妙了，我簡簡單單講出實情是不足以讓警方信服的。他們不會相信我的。我有什麼證據呢?什麼都沒有……而相反，指控我們的證據我們一條也應對不了……牙印不是確切地表明了瑪麗安娜有罪嗎?另外，我的沉默、我的逃跑、還有殺死了阿斯尼斯警探，這些不都是罪狀嗎?不，爲了救瑪麗安娜，我必須得保持自由。」

「但她可以講清楚的呀?」

「講述我們之間的愛情?不僅女性的節操不容許她這麼做，就算講了又有什麼用呢?相反這會讓指控變得更加有力。希波列特・弗維爾的信攪進來向警方揭示不明犯罪動機的時候不正是這麼回事嗎？我們相愛過。」

「這些信你又怎麼解釋呢？」

「我不做解釋，我們並不知道弗維爾的嫉妒，他掩飾得很好，還有他爲什麼不信任我們呢？誰給他灌輸了這樣的念頭，說我們要殺他？他的這些恐懼和噩夢是從哪來的呢？都是謎團，他寫說他手上有我們的通信，是些什麼信呢？」

「那牙印呢？毫無疑問是弗維爾太太留下的那些牙印呢？」

「我不知道，這些都顯得不可思議。」

「那你也不知道她出了劇院後在午夜十二點和淩晨兩點之間幹了些什麼？」

「不知道，顯然她是落入了一個陷阱。但怎麼回事？誰設的陷阱？她爲什麼不說出自己做了些什麼？這都是謎。」

「那天晚上，就是犯罪發生的那個晚上，有人在奧特伊車站看見你，你當時在做什麼？」

「我去了蘇歇大街，經過瑪麗安娜的窗下。你還記得那天是禮拜三吧，我之後的那個禮拜三又去了，一直不知道慘案的發生和瑪麗安娜的被捕。兩週之後的那個禮拜三我又去了，正是那個晚上你發現了我的住所，向馬茲魯隊長揭發了我。」

「另外一件事，你之前知道摩靈頓的遺產嗎？」

「不知道，而且佛蘿倫絲也不知道，我們有理由認爲瑪麗安娜和她的丈夫更不知道這件事。」

「你那天是第一次走進福米尼的穀倉嗎？」

「第一次，當看見掛在梁上的兩具骸骨時，我們的驚訝程度並不亞於你。」

佩雷納不說話了，他想了幾秒鐘，看自己是不是還有其他問題要問，然後他說道：

「我想知道的就是這些了，你是否確定已經說出了所有有關案情的訊息？」

「是的。」

「現在到了緊要關頭，可能我們再也見不了面了，不過就你的陳述而言你還是沒給我任何證據。」

「我給了你眞相，對於你這樣的人而言，眞相就已經足夠了。而我已經戰敗了，我放棄了戰鬥，或者更準確的說，我服從了你的命令，你救救瑪麗安娜吧。」

「我會救你們三個的。」佩雷納說道：「第四封神秘信件應該是明晚出現，我們還有時間進行商討來徹底地研究一下這個案子。明天晚上我會過去的。到時候有了新的線索，我會找到你們三人清白的證據的，最關鍵的是要在五月二十五日碰頭。」

「你只要想著瑪麗安娜就行了，我求你了，要是需要的話，你就犧牲我吧，甚至還有佛蘿倫絲。我以我們兩個人的名義跟你說，要是有可能會影響到成功的機率的話，你還是放棄我們吧。」

「你們三個我都會救的。」佩雷納重複了一遍說道。

他將門打開一條縫，聽了聽動靜，對他們說道：

「你們別動。我回來找你們之前，不管什麼人以什麼藉口過來，你們都別開門，我很快就會回來。」

佩雷納將門鎖了兩道，然後才下了樓。他沒有往日裡大戰臨近時的那種喜悅心情，因爲這次戰鬥的關鍵是佛蘿倫絲。對他而言，倘若失敗，後果要比死亡更嚴重。

他透過樓梯平臺的窗戶瞧見了看守院子的員警，數了數一共是六個；然後又看見副局長韋伯爾正透過書房的一扇窗戶監視著院子裡的動靜，與員警保持著聯繫。

「好傢伙。」佩雷納想道：「他留在崗位上沒動，這就難辦了，他很警惕，走著瞧吧。」

佩雷納穿過客廳來到書房，韋伯爾瞧見了他，兩名敵手碰面了。

決鬥開始之前是幾秒鐘的沉默。這場決鬥會很快、很緊，沒有半刻分神，一切都會在三分鐘之內成爲定局。

副局長韋伯爾的臉上露出喜悅的神情，卻又夾雜著擔憂，他第一次獲得命令許可與這個該死的佩雷納作戰。他對這個人的怨恨從來就沒能消滅。而且他現在是勝券在握，佩雷納在塗改畫像保護佛蘿倫絲・勒瓦瑟爾的時候就已經犯了錯，就衝著這一點，韋伯爾更得意了。不過另一方面，韋伯爾沒有忘記，佩雷納正是亞森・羅蘋，這讓他有些不自在。他顯然是在想：

「一不小心我就得完蛋了。」

韋伯爾玩笑著開始了交鋒。

「根據我的觀察，你並不像僕人所聲稱的那樣在勒瓦瑟爾小姐的房裡。」

「僕人是按我的意思說的，我在樓上自己的房間裡，不過下來之前，我想把事情做完。」

「現在做完了？」

「做完了。佛蘿倫絲·勒瓦瑟爾和加斯東·索弗朗都在我這，被捆住，塞上了嘴，你只要把他們帶走就行了。」

「加斯東·索弗朗！」韋伯爾叫道：「進來的那個人就是他？」

「是的，他就住在佛蘿倫絲·勒瓦瑟爾的屋子裡，他是她的情人。」

「啊！啊！」副局長韋伯爾用嘲笑的語氣說道：「她的情人！」

「是的，馬茲魯隊長將佛蘿倫絲·勒瓦瑟爾叫到房間裡，想對她進行單獨詢問，索弗朗預見到自己的情婦會被捕，所以竟然大膽地露面了，他想把佛蘿倫絲從我們手裡搶走。」

「你打贏他了？」

「是的。」

顯然副局長韋伯爾對這個故事一個字也不信，他從戴斯馬尼翁先生和馬茲魯那知道，佩雷納愛著佛蘿倫絲，他不會把自己愛的女人交出來，即使出於嫉妒也不會，韋伯爾更戒備了。

「這件事可不容易啊！」他說道：「帶我去你的房間吧，打鬥很激烈吧？」

「不是太激烈，我奪過了壞蛋的武器，不過馬茲魯被匕首傷到了。」

「不嚴重吧？」

「哦！不嚴重，他去附近的醫院看傷了。」

副局長韋伯爾很驚訝地停住了。

「什麼！馬茲魯沒在你的房間裡看著那兩個囚犯？」

「我沒跟你說他在呀！」

「是沒有，可是你的傭人……」

「傭人弄錯了，馬茲魯在你來幾分鐘前就走了。」

「這就奇怪了。」韋伯爾觀察著佩雷納說道：「我手下的人都以為他在這，他們沒瞧見他出去呀？」

「他們沒瞧見他出去？」佩雷納裝出擔心的樣子重複了一遍：「那他在哪呢？他跟我說他要去包紮一下的。」

副局長韋伯爾越來越懷疑了，顯然佩雷納是想擺脫自己，讓自己去找馬茲魯。

「我會讓個員警去找找的。」他說道：「醫院離這近嗎？」

「就在旁邊，布高涅路上。我們可以打個電話過去。」

「啊！可以打電話。」副局長喃喃道。

韋伯爾弄不明白了。他的神情透出他完全不知道即將降臨的是什麼，他朝著電話走過去，同時擋住佩雷納的路防止他逃走。

佩雷納一直退到電話機旁，彷彿不情不願似的，摘下話筒說道：

「喂……喂……請接薩克斯２４－０９號……」

他另一隻手扶在牆上，用自己之前從桌上偷拿的小鉗子夾斷了一根電話線。

「喂……是醫院嗎？喂……警察局的馬茲魯隊長在你那嗎？嗯？什麼？你說什麼？這太可怕了！你

確定？傷口被下了毒？」

副局長韋伯爾匆忙推開佩雷納，這樣一來正如自己所願，佩雷納被撞到牆邊上，鐵牆下方。韋伯爾一把抓起話筒，馬茲魯的傷口有毒，這太讓他震驚了。

「喂……喂……」他叫道，一邊監視著佩雷納，一邊用手勢命令他不許走。「喂……喂……什麼？我是警察局的副局長韋伯爾……喂……你倒是說話啊，該死！……」

他突然扔掉了話筒，瞧了瞧電話線，發現它被人割斷了。他轉過頭來，臉上的神情將自己內心的想法表露無疑：「是了，我被騙了。」

佩雷納站在他身後三步遠的地方，懶散地倚著門洞邊的牆，將左手伸到自己的後背和牆裙之間。他笑了笑，笑容是那樣的善良，顯出發自內心的淳樸。

「別動！」他用右手給韋伯爾打了個手勢。

韋伯爾沒有動，佩雷納的微笑比任何威脅更讓他感到可怕。

「別動。」佩雷納用一種奇怪的聲音重複道：「什麼也別怕……不會痛的。只是要把不乖的小男孩關到黑屋子裡。你準備好了沒？一、二、三！」

佩雷納略微閃身，按下了控制鐵牆的按鈕。沉重的鐵牆落了下來，副局長成了囚犯。

「落下來的可是兩億法郎啊。」佩雷納嘲弄地說道：「這一擊很漂亮，不過代價不小。再見了，摩靈頓的遺產！再見了！佩雷納！現在嘛，英勇的羅蘋，要是你不想遭到韋伯爾報復的話，就快跑吧，一步一步來。一、二，一、二……」

門。

他一邊說著，一邊將客廳朝向底樓門廳的兩扇門從裡面鎖上，然後他回到書房，關上朝客廳的那扇門。

這時候，副局長韋伯爾正使勁拍著鐵牆，大聲叫喊著，這樣的動靜透過開著的窗戶應該能讓外面的人聽見。

「你叫得還不夠大聲，副局長。」佩雷納嚷嚷道。

他拿起手槍擊出三發子彈，其中一顆打破了一扇窗玻璃。然後他迅速從一扇厚實的小門出了書房，小心的將門鎖上了，外面是一處環繞兩間屋子的過道，通向另一扇對著前廳的門。

他打開了這扇大門，藏在門背後。

員警被槍響的動靜吸引過來，湧進了門廳和樓梯上。他們穿過門廳之後發現客廳的門是關著的，眼前唯一通的路就是走道，走道盡頭迴響著副局長的叫喊聲。他們六個人都衝了過去。

當最後一個人走過去消失不見的時候，佩雷納輕輕關上了自己藏身的那扇門，然後鎖好。那六名員警就和副局長一樣成了囚犯。

「他們被這麼一堵。」佩雷納低聲說道：「起碼得五分鐘才能弄清楚狀況，去撞門，然後毀掉其中一扇。五分鐘之後，我們就跑遠了。」

佩雷納撞上了兩個跑過來的僕人，是司機和管家，他們都嚇壞了。他給他們扔下了兩張一千法郎的鈔票，對司機說道：

「把車的引擎發動，別讓車周圍有人擋我的路。要是我能逃走就再給你們每人兩千。是的，就是這麼回事，別遲鈍了，兩千法郎呢，你們得去拿啊。快去吧，先生們。」

他自己並不十分著急，穩穩地上了二樓，當爬上最後幾級臺階的時候，他忍不住快樂地叫道：

「勝利了！路空出來啦。」

小屋子的門就在面前。

佩雷納上前打開，重複說道：

「勝利了！不過一分鐘也不能浪費。你們跟我來。」

他走進屋子。

一句咒罵堵在了喉嚨口沒出來。

屋子空了。

「什麼！」他結結巴巴地說道：「……這是什麼意思？……他們走了……佛蘿倫絲……」

當然，儘管不太可能，他到目前爲止還是假定索弗朗手上有一把偷配的鑰匙的。可是他們兩人怎麼能在一群員警中間逃走呢？他看了看四周，馬上明白過來。在窗戶的凹處牆壁下部形成了一個很大的保險櫃一樣的空間，空間上部的牆被掀開了，抵著窗玻璃，構成了一個類似保險櫃的蓋子。透過打開的這個櫃子裡面可以瞧見通往天窗的幾級階梯，窄窄地通往……

佩雷納馬上想起了從前的故事，馬婁雷斯可伯爵的先祖就是藏在這棟家族的公館中躲過了搜查，活過了革命的動盪年代。一切都得以解釋了。這條牆壁內部的通道是通往遠方的某個出口的。佛蘿倫絲就是這樣來來去去，加斯東·索弗朗也正是由此處安全的進出。兩個人就通過這種渠道進入他的房間，撞破他的秘密。

「爲什麼什麼都沒告訴我呢？」他暗自想道：「或許還是有殘存的不信任……」

桌上一張紙條吸引了他的注意。加斯東・索弗朗焦躁地寫下了這幾行字：

爲了不牽連到你，我們還是自己嘗試逃脫了，要是我們被抓住那就算了，關鍵是你得是自由的，我們的希望都在你身上了。

這幾行字下面還有佛蘿倫絲寫的幾個詞：

請救救瑪麗安娜。

「啊！」這個結局打亂了佩雷納原先的計畫，他低聲嘆了一句，不知道接下來該怎麼辦。「他們爲什麼不聽我的話呢？我們這下分散了……」

樓下的員警正砸著走道上的門，在他們成功之前，自己或許還有時間坐上汽車？不過佩雷納還是選擇了佛蘿倫絲和索弗朗逃走的那條道，因爲這會讓他有希望找到他們。要是他們遇上危險，自己還能救他們。

於是佩雷納跨過窗沿，踏上了最頂級的臺階，走了下去。他走了二十多格，來到了一樓。借著手電筒的微光，他走進了一個弓形的隧道。和他想的一樣，隧道很低，是築在牆裡的，而且很窄，只能側著肩膀前進。

走過去三十公尺，隧道向右彎去，然後另一條長長的隧道盡頭是一個打開的活板，露出了另一條樓梯的階梯。佩雷納並不懷疑那兩人就是從這逃走的。樓梯下面有光亮。他來到一個開著的壁櫥面前，那櫥上平日裡該是拉著的簾子打開著。壁櫥旁邊就是一張床，幾乎佔據了這間凹室的所有空間。跨過凹室就來到了隔板隔開的另一間屋子裡。佩雷納極其驚訝地認出這正是佛蘿倫絲屋子的客廳。

這次他明白了。出口通向波旁宮廣場，並不秘密，但卻很安全。佛蘿倫絲將索弗朗帶進公館的時候就是走這個通道。佩雷納穿過前廳，下了幾級臺階，在配膳室前面一點迅速衝進了通往公館地窖的樓梯。陰暗中，他借助透光的窺孔辨識出了那扇作爲通道的低矮的門。他摸索著找到了鎖，滿心高興自己終於結束了長征，打開了門。

「該死！」佩雷納向後跳了一步，抓住門鎖嘟噥道，他成功地又關上了鎖。

兩名穿制服的員警正看守著出口，佩雷納一出現他們就想朝他撲過來。

這兩個人是打哪來的？他們是不是阻止了索弗朗和佛蘿倫絲的逃脫？但如果是這樣的話，佩雷納就應該能遇到這兩個人，因爲他們走的是完全一樣的路。

「不。」他想道：「他們一定是在出口被監視之前就逃脫了。眞是見鬼！現在輪到我跑卻不方便了，我是不是會像兔子一樣在窩裡被人捉住呢？」

佩雷納又爬上地窖的樓梯，想加快速度從附屬建築的通道裡溜進院子，乘坐汽車撞開一條生路。但可走到車庫附近正要進院子裡的時候，他瞧見了警察局的四名員警。這四個人正是剛剛被自己捉住的幾個人之中的，他們突然間跑了出來，比手畫腳地叫著。另外佩雷納還意識到大門和門房的屋子那邊出現了一陣騷亂，夾雜著各式各樣的人聲，彷彿是在爭論著什麼。

或許他可以利用這個混亂的機會溜走。佩雷納冒著被發現的危險探出了腦袋。

眼前的場景讓他驚住了，加斯東・索弗朗被員警圍住了，他被堵在了牆邊，手捆住了，員警對他又罵又推。

加斯東・索弗朗成了囚犯！逃跑的這兩個人和員警之間發生了怎樣的糾纏啊？佩雷納的心都揪起來了，他又探了探身。可是他沒有看見佛蘿倫絲，年輕女子可能成功逃脫了吧。

副局長韋伯爾出現在了臺階上，他的話證實了佩雷納的希望，韋伯爾氣瘋了，他的被關和失敗的侮辱讓他怒火沖天。

「啊！」他瞧見囚犯之後嚷嚷道：「總算抓了一個！加斯東・索弗朗！貴重獵物……夥計們，你們是在哪弄到他的？」

「在波旁宮廣場上。」一名警探答道：「我們瞧見他從地窖的門裡逃出來了。」

「那他的同謀勒瓦瑟爾呢？」

「沒抓到她，她是先出來的。」

「那佩雷納呢？你們沒讓他出公館的門吧？哼！我下了命令的。」

「他在五分鐘後也想從地窖的門出去！」

「誰告訴你的？」

「是守在門前的一個警員說的。」

「那麼結果呢？」

「他又返回了地窖中。」

韋伯爾高興得叫出聲來。

「我們抓住他啦！看他做的好事！跟警方作對……同謀！……終於！我們可以揭開他的眞面目了。小子們……兩個人看著索弗朗，四個人守住波旁宮廣場，拿上槍。兩個人上屋頂，其他的人跟著我！我們從勒瓦瑟爾的房間開始搜起，然後去他自己的房間。追吧，小子們！」

佩雷納沒有等著襲擊者湧上來，他知道他們的意圖，於是開始向佛蘿倫絲的房間後退，並沒有被他們瞧見。因爲韋伯爾還不知道直接穿過附屬建築的捷徑，他有足夠的時間去看活板裝置依舊完好，而且員警也不會發現凹室深處窗簾後面秘密壁爐的存在。

佩雷納一進通道就馬上爬上第一部樓梯，沿著牆壁內部長長的走道，然後上了通往小客廳的梯子。他明白了第二道活板也與牆絲嚴縫合，不會引起任何懷疑，於是在頭頂上方將它蓋好。

幾分鐘之後，他聽到了搜查的員警弄出的動靜。

五月二十四日下午五點鐘就是這麼個情況。針對佛蘿倫絲・勒瓦瑟爾的逮捕令已經發出，加斯東・索弗朗進了監獄，瑪麗安娜・弗維爾在獄中拒絕進食。佩雷納相信他們是無辜的，他是唯一能救他們的人，卻被堵在自己的公館中被二十名員警的圍捕。

摩靈頓的遺產他已經是無份的了，因爲作爲繼承人的他公開與警方作對。

「妙極了。」佩雷納自嘲道：「這就是我理解的生活，問題很簡單，但有不同的解釋方法。身無分文的窮鬼怎麼在二十四小時之內大門不邁就發跡呢？既無兵卒又無彈藥的將軍怎麼贏得已經失敗的戰鬥呢？而我亞森・羅蘋明天是否能成功參與蘇歇大街的碰頭會並且採取行動救出瑪麗安娜・弗維爾、佛蘿倫絲・勒瓦瑟爾、加斯東・索弗朗，另外還有我親愛的朋友佩雷納呢？」

沉悶的敲擊聲在某一處響起，員警應該是在屋頂上、牆壁間查找著。

佩雷納平躺在地上，將臉埋在交叉的雙臂之間，閉上眼睛喃喃地低語道：

「來想想該怎麼辦吧。」

chapter 11

救命！

後來亞森・羅蘋向我講述自己這次悲劇冒險的相關章節時，不無得意地對我說：

「那是我贏得最漂亮的一仗，我引以爲傲。我馬上就相信了索弗朗和瑪麗安娜的清白，認定那就是事實眞相。當時我就對自己的這種判斷感到驚訝，如今也還是這樣。我對你發誓，這種直覺是一流的，不論是從心理學的角度還是從警察的素質來說，都超越那些聞名的大偵探們的推理。

「因爲仔細審視這一切，並沒有任何新的證據可以重新判斷這樁案子。兩名犯人被指控的依然是之前那些嚴重的罪名，任何一名法官都會毫不猶豫地簽下他的判決，陪審團對所有問題都會做出有罪的回答。瑪麗安娜・弗維爾就不用說了，光只要想想那牙印就讓人對她的罪行深信不疑。而加斯東・索弗朗，也就是維克多・索弗朗的兒子、科斯莫・摩靈頓遺產的繼承人，那個拄著烏木拐杖殺死阿斯尼斯警探的傢伙，他的罪名不也和瑪麗安娜・弗維爾一樣嗎？他倆聯手殺死的弗維爾先生不也揭露了他的罪行嗎？

「那爲什麼我突然改變立場呢？爲什麼我相信了那個令人無法置信的眞相？爲什麼我接受了不可能的說詞？

「爲什麼呢？啊！可能是眞相聽起來有些特別吧。一邊是所有的證據、所有的事實、所有的眞相、所有的肯定，另一邊則是一段敘述，一段由三名罪犯中的一個所作的敘述，最初聽來從頭到尾都是荒唐的，充斥著謊言……但他講述時的聲音是那樣眞誠，內容清楚、簡潔、緊湊，至始至終沒有出現任何混亂和牽強；他的敘述沒有帶來任何有效的解決方案，卻靠著自身的正派讓所有客觀的人不得不去審視已有的判斷。

「我相信他的敘述。」

羅蘋給我的解釋並不充分。我問他道：

「那佛蘿倫絲·勒瓦瑟爾呢？」

「佛蘿倫絲·勒瓦瑟爾？」

「是啊，你並沒有對她做出解釋。你對她有什麼看法？一切都指向她，因爲她顯然參與了所有針對你的謀殺行動，不僅你這麼想，警方也是這麼想的。不是已經知道她有好幾次秘密去了加斯東·索弗朗位於理查瓦倫斯大街的家中嗎？在維羅警探的筆記本中不是有找到她的照片嗎？還有……還有，最後……你原本的指控……你原本的肯定……所有這一切眞的只是被索弗朗的講述所改變嗎？你覺得佛蘿倫絲是無辜的還是有罪的？」

羅蘋猶豫了一下，他原本是要直接坦率地回答我的問題的，卻又下不了決心，於是說道：

「我想要維持對他們的信任，爲了採取接下來的行動，我必須對他們有著完全、絕對的信任，不管還有怎樣的疑惑侵蝕著我，也不管某一部分的經歷還是黑暗一片。我相信了，既然相信了，那就按照自己的意願採取行動。」

對於佩雷納而言，在他被困的那個時候，所謂的行動也只不過是在腦中不停地重複思考加斯東・索弗朗所講的事情經過。他試圖重構所有的細節，回憶那些最簡短的句子和表面看來最無關緊要的詞。他一句一句仔細琢磨，一個詞一個詞地推敲，想找出其中包含的眞相。

因爲眞相就在這裡頭，索弗朗已經告訴他了，並且佩雷納對此毫不懷疑。整個陰暗的故事、所有構成摩靈頓遺產案和蘇歇大街慘案的要素、所有可以弄清針對瑪麗安娜・弗維爾策劃的陰謀的東西、所有能解釋索弗朗和佛蘿倫絲中招的內容，這些都在索弗朗的敘述中了。只要把它弄明白就行，眞相就會出現，就像我們往往得從抽象的符號中找出含義一樣。

佩雷納一次也沒有放棄這個想法，要是腦海裡閃出白費工夫的念頭，他馬上就會自言自語道：

「好吧，我有可能弄錯了，索弗朗的敘述中也許沒有任何可以指引我的線索，也許眞相在此之外。不過我還有其他辦法可以找到眞相嗎？要是不算上那些定期出現的神秘信件帶給我的微弱靈感的話，我所擁有的資訊只有加斯東・索弗朗給我的敘述。難道我不應該對此好好研究嗎？」

於是他再次開始體驗索弗朗的經歷，就像是循著另一個人的足跡重走一段路，他將索弗朗的經歷與自己之前的推論做了比較，兩者完全相反，但是否能從這對比的衝撞中找到線索呢？

「他說的是那麼回事。」佩雷納想道：「我以爲的是這麼回事，其中的區別意味著什麼呢？眞相是如此，事實的表象又是另外一面。爲什麼罪犯想讓一切都以這種情況展現呢？是爲了要避開所有的懷疑？但要是這樣的話，有必要讓疑點波及到它現在波及到的人嗎？」

問題一個一個湧上心頭，佩雷納有時就會胡亂給出答覆，報出某些人名或是一個詞一個詞地脫口而出，彷彿自己提到的正是罪犯的名字，彷彿那些詞裡頭有著看不見的眞相。

然後他又馬上去研究索弗朗的敘述，就像小學生做作業進行語法分析一般，每個表達方法都用一遍，每個部分都要被拆解開來，每個句子都要分析出其內涵。

時間一個鐘頭一個鐘頭的過去了……

突然間，佩雷納在黑暗中驚跳了一下，然後他掏出錶，借著手電筒的微光，看見指針指著十一點四十三分。

「我在晚上十一點四十三分時，觸碰到了最深沉的黑暗。」他大聲說道。

佩雷納試圖控制住自己的情緒，可是這種感受太強烈了，他精神遭受到嚴重的打擊，開始哭泣起來。他的確就在剛剛突然瞥見了眞相，就像是借著微光模糊看到的夜景。

人在黑暗中摸索著、掙扎著，沒有什麼會比突然的靈光閃現帶來更大的震撼。佩雷納的體力已經消耗殆盡，加上沒有食物飢餓難耐，受到的衝擊又太劇烈，他一刻都不願再作思考，沉沉地睡了過去，或者更準確地說是陷入了睡眠中，就像是洗澡時爲了恢復體力的人會浸入浴缸的水裡一樣。

儘管被窩並不舒適，凌晨醒過來的時候，佩雷納卻是精神飽滿。他想到自己剛剛想到的假設，不禁顫抖了一下，他的直覺首先是想對此提出懷疑，但馬上所有的證據便湧上心頭，把這假設變成了肯定。要是遏制這樣的念頭，那他一定是瘋了。就是這個，不是其他的。正如他所預感的，眞相就在索弗朗的敘述中，他對馬茲魯說過，神秘信件出現的方式讓他找到了發現眞相的路，這一點也沒有錯。

眞相太黑暗、太可怕了。

佩雷納一想到這裡就有了和維羅警探同樣的驚恐，當時警探已經中了毒藥，結結巴巴地說道：

「啊！太可怕了……太可怕了……這一切就像是魔鬼策劃的！」

魔鬼！的確，佩雷納在揭開的犯罪眞相前目瞪口呆，這樣的構思似乎不是人類的頭腦能夠想得出來的。

佩雷納又花了兩個小時的時間將情況研究了一遍，至於後續的行動，他並不十分擔心。因爲他已經掌握了這個可怕的秘密，只要逃出去後參加今晚蘇歇大街的那個碰頭會就可以，他會在所有人面前解釋犯罪的經過。

佩雷納爬上隧道，來到上面梯子頂部與小客廳齊平的地方，想試試能不能逃脫，這時他透過活層地板聽見屋子裡有人說話的聲音。

「哎呀！」他說道：「事情變複雜了，要躲過員警我就得出去，而現在兩個出口中的一個已經用不了了，只剩下另外一個了。」

他又下到佛蘿倫絲的屋子裡，試了試那個平衡機關。

壁櫥的板子滑開了。

佩雷納此時已經很餓了，想找點吃的填填肚子來支撐自己度過這場圍剿。他正要繞過簾子後面的凹室，忽然聽見了腳步聲，急忙停了下來，有人進了屋子。

「嗯，馬茲魯，你在這過了一夜，有什麼新情況嗎？」

佩雷納聽出這是警察署長的聲音，署長剛剛的問題透露出馬茲魯已經被人從雜物間裡面救了出來，接著說明了隊長人昨夜就在隔壁的屋子裡。幸運的是，天花板的機關沒有發出嘎吱聲，佩雷納正好聽見兩人的談話。

「沒什麼新情況，署長。」馬茲魯回答道。

「這就奇怪了，這該死的傢伙應該在啊！或者他已經從屋頂上跑了。」

「不可能，署長。」第三個人說道，佩雷納聽出那是副局長韋伯爾的聲音：「不可能，昨天我們都看見了，除非他生出翅膀……」

「韋伯爾，你的意思是？」

「署長，我的意思是他還藏在公館裡，這棟公館很古老了，很有可能裡面有某個安全的隱蔽處……」

「顯然是這樣……沒錯……」戴斯馬尼翁先生說道。佩雷納透過簾子的縫隙，看見他在凹室的門洞前走了一遍又一遍，「……你說得有道理，我們會在公館裡捉住他的，只是有這個必要嗎？」

「署長！」

「是的，你知道我在這個問題上的看法，你也知道總理的意思。把羅蘋挖出來是不合適的，這會砸

了我們自己的腳。畢竟，他已經成了一個正直的人，而且對我們有用，更何況他也沒做什麼壞事……」

「沒做什麼壞事，署長您這麼認爲？」韋伯爾綳緊聲音說道。

戴斯馬尼翁先生大笑起來。

「啊！是的，昨天那道鐵牆，昨天的那個電話！你得承認這太滑稽了。我講給總理聽的時候，他笑得直不起腰來……」

「我實在看不出來有什麼好笑的。」

「沒什麼，不過這個惡棍還眞從來沒被打個措手不及過。不管好不好笑，他這一手還是出奇的有勇氣。在你的眼皮底下弄壞電話線，然後把你堵在鐵牆後面……對了，馬茲魯，今天早上就得讓人來修一下電話線，你待在這和警署保持聯繫，你已經開始檢查這兩間屋子了吧？」

「按照你的命令，署長，副局長和我兩人已經找了一個小時了。」

「是的。」戴斯馬尼翁先生說道：「我覺得這個佛蘿倫絲．勒瓦瑟爾很讓人擔心。她一定是參與案子的同謀，但她和索弗朗是什麼關係呢？和佩雷納又是什麼關係？這很重要，你在她的文件裡沒有任何發現嗎？」

「沒有，署長。」馬茲魯說道：「只是一些發票和供應商的信。」

「那你呢，韋伯爾？」

「我，署長，我發現了一件很有意思的事情。」

韋伯爾說這句話的時候是用了勝利的語氣，在戴斯馬尼翁先生的詢問之下，他繼續說道：

「這是莎士比亞全集中的一本，署長，就是第八卷。您會注意到，和其他幾卷不同，這一卷是空的，書殼不過是一個硬紙板盒，用來藏秘密文件的。」

「的確如此，那些文件呢？」

「在這呢……一些紙……都是白紙，除了三張以外……一張上面寫著神秘信件應當出現的日期清單。」

「哦！哦！」戴斯馬尼翁先生說道：「對佛蘿倫絲・勒瓦瑟爾的指控是必然的了，另外我們也知道了佩雷納正是從這得知消息的。」

佩雷納驚訝地聽著，他之前完全忘記這個細節，而且加斯東・索弗朗的敘述裡也半點都沒有提及，但是這個問題很重要，而且也很奇怪，佛蘿倫絲是從哪弄到這張日期清單的？

「那另外兩張紙呢？」戴斯馬尼翁先生問道。

佩雷納集中注意力，他與佛蘿倫絲在這間屋子裡談話那天漏掉了另外兩張紙。

「這是其中一張。」韋伯爾回答說。

戴斯馬尼翁先生接過來念道：

不要忘記，爆炸跟信件是各自獨立的，它會發生在淩晨三點。

「啊！沒錯。」他聳了聳肩膀說道：「這正是佩雷納預告的爆炸，將伴隨著第五封信的出現發生，

就和這張日期清單上寫的一樣。嗯！我們還有時間，因爲現在才來了三封信，今天晚上的會是第四封。而且他要把蘇歇大街公館都給炸了，好傢伙！這事可不輕鬆，就這些了？」

「署長。」韋伯爾展示出第二張紙說道：「請您仔細看看這上頭鉛筆畫下的所有線條，大的方框裡面是幾個小方框，還有各種尺寸的矩形圖案。是不是像屋子的圖紙？」

「是的，的確如此……」

「這就是我們所在的公館的構造圖紙。」韋伯爾鄭重地斷言道：「這是院子、主體建築、門房的屋子，那邊是勒瓦瑟爾小姐的屋子。從這裡有一條紅色鉛筆畫下的虛線彎彎曲曲地通向主體建築，這條線的起點標有個小小的叉，指的就是我們現在所在的屋子……或者更準確的說是凹室。這裡畫了煙囪的位置……或者更準確地說是壁櫥……是床後面挖出來的一個壁櫥，被簾子遮住了。」

「這樣的話。」戴斯馬尼翁先生喃喃地說道：「這就是通往主體建築的通道草圖了？你瞧，線的另一端也有一個紅色鉛筆畫的小叉。」

「是的，署長，還有另外一個叉。這個叉標的是什麼地方呢？我們稍後會去確定。不過現在，根據簡單的假設，我會在二樓的小屋子裡安排人手，也就是昨天佩雷納、佛蘿倫絲・勒瓦瑟爾和加斯東・索弗朗秘密會面的那間屋子。因爲我們知道了佩雷納可能的藏身之處。」

屋內沉默了片刻，接著副局長用更嚴肅的聲音說道：

「署長，我昨天受到了這個人的污辱，我的屬下可以作證，公館的傭人們也不可能不知道，用不了多久，大眾也就都會知道。這個人使佛蘿倫絲・勒瓦瑟爾逃脫，他還想讓加斯東・索弗朗也逃走，這是一個極其危險的惡棍。署長，我確信您不會拒絕我在他的藏身之處制服他的，否則……否則的話，署長，我只能被迫請辭了。」

「很有道理。」署長笑著說道：「你肯定是受不了鐵牆那一下，那就去吧！佩雷納的確活該！他也會欣然接受的……馬茲魯，電話一修好，你就打到警署給我消息。還有今天晚上，蘇歇大街弗維爾公館見，你別忘了第四封信的事情。」

「不會有第四封信了，署長。」韋伯爾宣佈道。

「爲什麼？」

「因爲那時佩雷納已經被關進監獄。」

「啊！你這是指控佩雷納也是共犯……」

佩雷納沒有再往下聽，他輕輕地朝壁櫥退過去，抓住板子，悄無聲息地將它蓋上。

他的藏身之處就這樣被知道了！

「見鬼！」他咕噥道：「眞是厲害，我現在可陷入困境了。」

佩雷納一路跑到隧道的半中間，想趕去另一個出口，但他突然停住了。

「沒有用，那個出口也被守著……怎麼辦，我是不是會被抓住呢？等著瞧吧……等著瞧吧……」

下面凹室的位置已經傳來了敲擊聲，聲音是敲在板子上發出的，這種特別的音色很有可能已經引起韋伯爾的注意。韋伯爾可不像佩雷納需要那麼小心，他似乎沒花費時間去尋找機關就砸掉了板子，危險已然逼近。

「該死！」佩雷納嘟噥著抱怨道：「這太不幸了！怎麼辦呢？毫不顧忌地教訓他們一頓？……唉！要是我還有力氣就好了！……」

他因爲缺乏食物已經是筋疲力盡，連腿都開始搖晃了，腦子也沒有往日清楚。凹室裡加緊的敲擊聲迫使他不顧一切地向高處的出口走去。他爬到梯子上，用電筒的燈光掃著牆壁上的石頭和活板的牆面，他甚至想用肩膀頂開活板，但是上方又有腳步聲響起，那些人還在上面。

佩雷納雖然憤怒卻也無能爲力，只能等著副局長的到來。下面響起了喀嚓一聲，回音沿著地道傳播開來，接著就是鼎沸的人聲。

「是了。」他暗自想道：「手銬、拘留所、囚室……命運之神啊！多愚蠢啊！還有瑪麗安娜·弗維爾即將死去……還有佛蘿倫絲……佛蘿倫絲……」

在關掉了電筒之前，佩雷納最後一次將光線掃過自己的周圍。離梯子兩公尺遠，牆壁大約四分之三高度略微凹陷進去的一處地方缺了一塊巨石，這空隙是在屋子的內側，留下了一個足夠大的洞，人可以縮在裡面。

儘管這藏身之處並不怎麼樣，不過員警有可能忽略檢查這個地方，再者佩雷納也別無選擇。他關了手電筒，摸索著向洞邊傾過身去，成功地蜷縮在裡面。

韋伯爾、馬茲魯和他們的人過來了，佩雷納用力靠在洞的深處，盡可能躲避著手電筒的光線。令人驚訝的事情發生了，他靠著的那塊石頭開始緩緩翻轉，彷彿是繞著一根軸翻了過去。佩雷納仰面跌落在後面的一個洞穴裡。他急忙將腿也收進洞內，石頭又緩緩地合上了，不過牆壁上凸出的石子塌了下來，半蓋住他的腿。

「瞧！」他自嘲著說道：「神不也站到了代表美德和正義的我這一邊。」

他聽見馬茲魯的聲音說道：

「沒人！已經到走道盡頭了，除非他在我們過來的時候逃走了……你瞧，就是通過這梯子上方的那扇活板。」

韋伯爾回答道：

「按照我們爬上來的坡度估算，這活板的高度肯定已經是到了二樓了，但圖紙上第二個小叉叉標著的是佩雷納房間旁邊的那間小客廳。這也正是我的推測，所以我才在那裡留了三個我們的人，要是他想從那逃走，就一定會被捉住。

「我們只要敲兩下就行了。」馬茲魯說道：「我們的人會找到活板打開的，否則的話可以把它砸了。」

新的敲擊聲又響了起來，足足一刻鐘之後活板打開了，新的人聲和韋伯爾以及馬茲魯的聲音交織在了一起。

這期間佩雷納一直仔細查看著自己的處境，發現這個洞穴極其狹窄，他頂多只能坐在裡面。這實際上是一條秘密通道，或者更準確地說是一條長一公尺半的坑道，盡頭是一個更窄的小孔，堆著磚頭。壁板也是磚砌的，還缺了幾塊，磚上的碎石只要稍一碰擊就塌了下來，地上已經都散佈了掉下的碎石。

「天啊！」羅蘋想道：「我動作可不能太大！不然就得被活埋了，這可挺愜意的！」

此外他也害怕弄出聲響來，所以只能一動不動。事實上他離員警所在的兩間屋子非常近，也就是他的小客廳和書房，因爲他知道那間小客廳就在靠著書房電話間的那裡。

這個想法給了他新的靈感，他好好思考了一番，回憶起自己從前也想過馬婁雷斯可伯爵的先祖是怎麼藏在鐵牆後面活下來的。他明白過來，從前這秘密通道和電話房間是相通的。通道很窄，人是過不去的，不過應該可以用來作聯絡的管道。出於謹愼起見，爲了防備秘密通道被人發現，這連接道的上端就用了一塊石頭擋住。馬婁雷斯可伯爵應該是在重新做書房牆壁的時候堵住了下面的那個洞口。

所以佩雷納是被夾在牆壁裡頭，他一心只想著要逃脫員警的鉗制，幾個小時過去了。佩雷納又餓又渴，慢慢地沉睡過去，他做了很多噩夢，嚇得想馬上不惜一切代價醒過來，但他又睡得太沉，直到晚上八點才又清醒過來。

一醒來他就覺得很累，突然之間有一種很不好的感覺，這種感覺讓他恐懼起來。他念頭一轉，決定要離開這裡去自首，什麼都比忍受這樣的折磨要好，而且等待的時間越長就越危險。

可當他轉過身想爬到洞穴入口處的時候，他發現石頭推不動了。接著他又試了好幾次，還是沒有找到能夠移開它的機關。他更加努力了，一切卻只是徒勞，石頭紋絲不動。

每次他一使勁，碎石就從上方的壁板上落下來，使他可以活動的空間變得更小。

他費了好大的功夫才控制住自己的情緒，開玩笑的說道：

「太好了！我被困到要求救的地步了，我，亞森・羅蘋！是的，向那些員警先生們求救……否則每過去一分鐘，我被埋的可能性就會增加，我可得……」

他握緊了拳頭。

「天哪！我會自己脫身的。求救？啊！不，絕不！」

佩雷納想努力做出思考，可是他疲憊的大腦中只剩下了混亂而且毫不相干的念頭，佛蘿倫絲的身影糾纏著他，還有瑪麗安娜的。

「我應該要今晚去救她們。」他想道：「……我一定會救出她們的，因爲她們是無罪的，而且我知道兇手是誰。但我要用什麼方法才能離開這裡呢？」

他想到警察署長，想到蘇歇大街弗維爾工程師公館中的會議。會議已經開始了，員警看守著公館，這個念頭讓他想起了韋伯爾在莎士比亞第八卷中找到的那張紙，還有署長念出來的紙上那句話：「**不要忘記，爆炸跟信件是各自獨立的，它會發生在淩晨三點**。」

「是的。」佩雷納循著戴斯馬尼翁先生的推斷想道：「是的，爆炸是在十天之後，因爲現在才出現了三封信，而爆炸會跟第五封信出現在同一個晚上，所以還有十天的時間。」

他重複著說道：

「十天以後……和第五封信一起……是的，十天以後……」

他突然恐懼地抖了一下，一個可怕的想法閃過了他的腦海，這個想法從各方面看來都會成爲事實，爆炸即將發生在今夜！

他一明白過來自己想到的這個眞相就馬上恢復了往日的洞察力，他肯定了這個推論，目前的確只有三封信神秘現身了，但實際上應該出現的是四封，因爲當中有一封沒有在固定的日期出現，而是晚了十天。其中的原因佩雷納是知道的，而且……而且根本就不是眾人以爲的那回事。不要從混亂的日期和信件中去尋找眞相，它們構成的複雜糾葛使得沒人能從中得出肯定的結論。關鍵是這一句話：「**不要忘記，爆炸跟信件是各自獨立的，它會發生在淩晨三點**。」爆炸原本就定在五月二十五日到二十六日的夜間，也就是在今夜淩晨三點就會發生！

「救命啊！救命啊！」佩雷納叫道。

這次他不再猶豫了，此刻之前他還有勇氣待在牢籠中等待奇跡的出現，但他現在寧願面對所有危險、承受一切懲罰，而不是將警察署長、韋伯爾、馬茲魯和他們的同事這一干人交由命運擺弄。

「救命啊！救命啊！」

再過三四個小時，弗維爾工程師的公館就要爆炸了，佩雷納很確定這一點。那些神秘信件可以克服一切障礙精確地到達目的地，爆炸也會在指定的時間發生。那個策劃的惡魔想要的就是這個，淩晨三點，弗維爾公館就蕩然無存了。

「救命啊！救命啊！」

佩雷納一恢復一點力氣又拼命叫喊起來，想讓自己的聲音越過石塊和牆壁傳出去。似乎沒有人回應他的呼喊，他停了下來，側耳聽了良久。周圍沒有任何聲音，絕對的寂靜。佩雷納因爲擔憂出了一身冷汗，要是員警放棄駐守上面的樓層，集中在一樓過夜的話呢？

他像瘋子一樣抓起磚頭反覆敲打著入口處的石頭，希望聲音能夠傳到整個公館裡面，可是大量的碎石馬上向他砸了下來，再次讓他動彈不得。

「救命啊！救命啊！」

他覺得自己的叫喊並沒能越過四周堵著的壁板，而且他的聲音也越來越弱了，變成了嘶啞喘息的呻吟，消失在他受傷的喉嚨口。

佩雷納不再出聲，專心集中注意力聆聽，但寂靜像鉛層般包裹著他躺著的石棺。還是什麼都沒有，沒有任何聲音，沒有人來，沒有人會來救他。

佛蘿倫絲的身影和名字繼續糾纏著他，他也想到了曾經承諾要救的瑪麗安娜。可是瑪麗安娜會餓死的，而且自己和她與加斯東・索弗朗及其他許多人一樣，都會成爲這樁可怕案件的受害者。

這時出了一件讓他更加慌亂的事情，他爲了驅散可怖的黑暗一直亮著的手電筒突然熄掉了，這時已經是晚上十一點鐘。

佩雷納覺得暈眩，連呼吸也覺得有點困難了，有限的空氣已經變得很混濁。他不僅頭疼，而且腦海裡反覆晃著佛蘿倫絲美麗的臉龐和瑪麗安娜蒼白的面容，她們彷彿是鑲進他的大腦中一般。在他的幻覺中，瑪麗安娜已經奄奄一息，他還聽見了弗維爾公館的爆炸聲，看見警察署長和馬茲魯被炸得面目全非地死去。

他一陣昏沉，幾乎暈了過去，不過口中還結結巴巴地念著幾個模糊的音節：

「佛蘿倫絲……瑪麗安娜……瑪麗安娜……」

chapter 12 蘇歇大街的爆炸案

第四封神秘信件！根據報紙上的說法，這是「**魔鬼交到郵局且寄送的**」那些信件中的第四封！從這可以想見五月二十五日至二十六日夜晚臨近時，大眾有多異乎尋常的激動……

更有一些新的消息讓他們的好奇心達到頂點：索弗朗被捕、其同謀即佩雷納的秘書佛蘿倫絲·勒瓦瑟爾逃脫、佩雷納本人無法解釋地失蹤了，而且人們有理由將這個人跟亞森·羅蘋視爲同一人，所有這些事情一樁樁的被獲悉。

警方因爲已經幾乎控制所有的作案者，對己方的勝利確信無疑了，所以開始一點一點變得不那麼謹愼。通過他們向某些記者透露的細節，人們知道佩雷納已經改變立場；他們懷疑他是愛上了佛蘿倫絲·勒瓦瑟爾，疑心他反叛的眞正原因；想到這個不同尋常的人物即將發起的新戰役，他們就激動得渾身顫抖。

他會做什麼呢？要是他想讓自己所愛的女子逃脫追捕並且解救瑪麗安娜和索弗朗的話，他今夜就得採取行動，以某種方式參與進來。他得捉住這第四封信的隱身信使，或者是給出完美無缺的解釋，來證明這三個同謀是無辜的。總而言之，他必須到場，這是多麼有意思的事情啊！

另外關於瑪麗安娜的消息也不是很好，她堅持不懈地實施自己的各種自殺計畫，她的進食得靠強制進行，聖納澤爾醫院的醫生毫不掩飾他們的擔憂，佩雷納會準時到來嗎？

另外還有一件事情，第四封信出現後十天，弗維爾工程師的公館就會被炸掉，這個威脅還眞是讓人小覷不得。想想，敵人宣佈的事情沒有一件不是在指定的時間發生的，儘管離災難的發生還有十天（至少人們是這麼認爲的），這爆炸的消息還是讓整樁案子顯得更爲陰森可怖。

所以這天晚上，人們通過穆艾特和奧特伊兩條路湧進蘇歇大街，他們當中不僅有來自巴黎的，更有來自郊區和外省的。這場景是這般激動人心，人們都想目睹此番盛況。

不過他們只能遠遠看著，因爲員警在公館左右兩邊各一百公尺的地方設立了路障，並且將那些成功爬上對面山坡上的人也驅逐進壕溝中。天空中烏雲密佈，透過淡白的月亮微光可以時不時看見厚厚的雲層，遠處不時浮現閃電和雷聲。有人在唱歌，還有小孩子在模仿動物的叫聲，人群在長椅和人行道上三三兩兩地歇息著，一邊吃吃喝喝一邊聊著天。

時間就這樣過去了，似乎沒有任何人們期待的事情發生，他們有些沒精打采起來，想著是不是走人算了，因爲既然索弗朗已經被關進了監獄，很有可能第四封信不會像前面幾封一樣從黑暗中神秘地冒出來了。

但他們還是沒有走，因爲佩雷納會來的！

從十點鐘起，警察署長、警察署秘書長、警察局長、副局長韋伯爾、小隊長馬茲魯和兩名警員就聚在弗維爾工程師被謀殺的那個大廳裡。還有十五名員警守著其他的屋子，外加二十多人看管著屋頂、正牆和花園。

下午的時候他們已經又把公館搜了一遍，也沒有任何新的發現，但他們還是決定所有人都來下來守夜。要是第四封信被放到大廳的某個地方，他們會弄明白到底是誰送來的，對警方而言，奇跡是不存在的。

快到午夜的時候，署長戴斯馬尼翁先生讓人給手下的員警們送了一些咖啡，他自己也喝了兩杯，不停地從屋子這頭走到那頭，那頭走到這頭，有時還爬上通往閣樓間的樓梯，或者是去巡視前廳和衣帽間。他想讓監視在最有利的情況下進行，所以將所有門都開著，燈也都沒有關。

馬茲魯提出了反對意見：

「信的出現需要陰暗作掩護，署長，我們之前已經試過了，燈亮著的結果是信沒有出現。」

「再試一次。」戴斯馬尼翁先生回答說，他其實是害怕佩雷納會介入進來，所以要儘量採取措施避免這種情況發生。

可是夜越來越深，他們開始不耐煩起來，所有人都做好戰鬥的準備，希望能有機會耗掉身上激出的能量，他們狂亂地聽著、看著。快到淩晨一點時發生的事情表明了這些人的神經是多麼的緊張，一樓突然傳來開槍的聲音，接著是一陣喧鬧。打探之後才得知是兩名員警巡邏的時候迎面碰上了，沒認出彼此來，其中一個對空鳴槍警告了自己的同伴。

不過外面的人已經沒有那麼多了，戴斯馬尼翁先生打開花園的門時發現這一點，所以禁令也沒有之前那麼嚴格了，好奇的人可以走近前來，不過還是不允許他們越過人行道的邊緣。

馬茲魯對他說道：

「幸好爆炸不是在今夜，署長，否則的話這些勇敢的民眾可都得和我們一起送命了。」

「十天後也不會發生爆炸的，今夜也不會有信出現。」戴斯馬尼翁先生聳了聳肩說道。

他又補充說：

「況且，那天警察會嚴格執行命令不讓人靠近的。」

這時是淩晨兩點十分。

兩點二十五分的時候，署長點燃了一支雪茄，警察局局長笑著道：

「您下次可不能這麼做了，署長，這太危險了。」

「下次。」戴斯馬尼翁先生說道：「我不會浪費時間來站崗了，因爲我眞的開始認爲神秘信件的故事已經結束了。」

馬茲魯道：

「誰知道呢？……」

又過了幾分鐘……戴斯馬尼翁先生坐了下來，其他人也都落了座，沒有人再說話。

突然間所有人都同時跳了起來，臉上是同樣驚訝的表情。

鈴響了。

鈴聲……這怎麼可能？

馬上他們就明白鈴聲是哪來的了。

「電話。」戴斯馬尼翁先生喃喃地說道。

這件事讓他以及所有在場的人都驚訝不已，因爲他們從來都沒想到弗維爾工程師公館的電話竟然還能用。

當署長走近電話機旁的時候，第二聲電話鈴又響了起來。

他強自鎮定地說道：

「或許是警署打來的，有急事吧。」

第三聲鈴聲又響了……

他拿起聽筒：

「喂……您找誰？」

一個遙遠而微弱的聲音做出了回答，可署長只能聽到幾個不連貫的音節，他叫道：

「大聲點！……什麼？什麼呀？您是哪位？」

電話那頭的人含糊不清地吐出了幾個音節，似乎讓署長嚇呆了……

「喂！」他說道：「……我不明白……您再說一遍……喂……您是哪位？」

「佩雷納。」電話那頭更清晰地回答道。

「嗯？什麼？佩雷納……佩雷納。」

他正要掛掉話筒，低聲抱怨道：

「惡作劇……不過是個愛開玩笑的人尋開心罷了。」

但他還是不由自主粗暴地說道：

「什麼呀？你是佩雷納？」

「是的。」

「你想要幹什麼？」

「幾點了？」

「幾點了！」

署長做了個怒氣沖沖的動作，這個問題的荒唐是一方面，更重要的是因爲他聽出了眞的是佩雷納的聲音。

「然後呢？」他控制住自己後說道：「又有什麼新花樣？你在哪？」

「在我自己的公館裡，鐵牆上面，書房的天花板上。」

署長糊塗了，重複了一遍：

「天花板上？」

「是的，而且我得承認我已經筋疲力盡了。」

「會有人去救你的。」戴斯馬尼翁先生說道，他開始高興起來。

「晚點吧，署長。您先回答我，快……否則的話我不知道自己是不是還有力氣……現在幾點了？」

「啊！可是……」

「我求求您了……」

「再二十分三點。」

「再二十分三點！」

佩雷納被突然一驚，似乎又有了力氣。他虛弱的聲音開始有了起伏，時而專横、時而絕望、時而哀求、時而充滿堅定地命令道：

「您快走！署長……所有人都離開……離開公館……公館三點就會爆炸了……是的，我對您發誓……第四封信之後十天，說的就是現在，因爲信的交付晚了十天……就是今天凌晨三點鐘。您還記得今天早上副局長韋伯爾找到的那張紙上寫著什麼吧。『**爆炸跟信件是各自獨立的，它會發生在凌晨三點**。』就在今天凌晨三點，署長！啊！走吧，我求您了……公館裡一個人也不能留……您應該相信我……我知道這椿案子的所有眞相……沒有什麼能阻止爆炸的發生……您走吧……您走呀……啊！這太可怕了……我感覺到您並不相信……我沒力氣了……你們快走吧……」

佩雷納又說了幾個字，不過戴斯馬尼翁先生沒有聽清楚，電話斷了，儘管署長聽見那頭有叫喊聲，可聲音聽來卻很遙遠，彷彿電話已經不在說話人的嘴邊了。

他掛下聽筒。

「先生們。」他笑著說道：「現在差十七分就到三點了，十七分鐘後就要爆炸啦，我們的好朋友佩雷納是這麼肯定的。」

儘管大家都把這個威脅當成玩笑，可感覺還是有些尷尬，副局長韋伯爾問道：

「是佩雷納嗎，署長？」

「正是他，他藏在自己公館的某個洞裡邊，就在書房的上方。由於缺乏食物和睡眠，他似乎已經有些精神錯亂了。馬茲魯，去捉他吧……要是這不是他的新花招的話，你有逮捕令嗎？」

隊長馬茲魯走近了戴斯馬尼翁先生，他面色蒼白地說道：

「署長，他跟您說這裡會爆炸？」

「的確如此，他的依據是韋伯爾在莎士比亞書裡找到的那張紙條，爆炸應該是今晚發生。」

「淩晨三點？」

「淩晨三點，也就是一刻鐘之後。」

「那您還留在這，署長！」

「你開玩笑的吧，隊長，你認爲我們該按照這位先生的怪念頭去行動？」

馬茲魯踉蹌了一下，猶豫了，儘管他很尊重署長，他還是控制不住地叫道：

「署長，這不是什麼怪念頭，我和佩雷納一起工作過，我瞭解這個人，要是他宣佈了一件事，他一定是有自己的道理的。」

「歪道理。」

「不是的，署長。」馬茲魯越來越激動地懇求著：「……我向您發誓得聽他的……公館會爆炸的……我們只有幾分鐘了……走吧，我求您了，署長……」

「也就是說我們要逃跑。」

「這不是逃跑，署長，只是簡單的預防措施……我們不能冒險。您本人，署長……」

「夠了……」

「可是，署長，既然佩雷納說了……」

「夠了！」戴斯馬尼翁先生乾巴巴地重複道：「要是你害怕的話，就利用我給你的命令逃去佩雷納那吧。」

馬茲魯併攏腳跟，像從前的戰士一樣行了個軍禮。

「我就在這，署長。」

他轉過身，繼續去堅守崗位了。

屋內靜了下來，戴斯馬尼翁先生又開始背著手走來走去，然後他又對警察局長和警署秘書長說道：

「你們同意我的意見吧？我希望。」

「是的，署長。」

「不是嗎？首先這個推論沒有任何根據，再者這裡都被人看守著！炸彈不會就這樣從天而降，得有人扔過來啊。怎麼扔呢？從哪扔呢？」

「就從那些信件出現的渠道。」秘書長回答道。

「嗯？這麼說你相信？……」

秘書長沒有回答，戴斯馬尼翁先生也沒有把話說完，他和其他人一樣感到很不自在，隨著時間一分一秒地過去，這種不自在讓人很痛苦，幾乎到了無法忍受的程度。

淩晨三點！……這幾個詞反覆在他的腦海中盤旋，他看了兩次錶，還有十二分鐘……還有十分鐘，公館是不是眞的憑藉著某種地獄般無所不能的意念就會爆炸呢？

「這太愚蠢了！太愚蠢了！」他跺著腳叫道。

可他看了自己的同伴一眼，驚訝地發現他們的臉都抽搐了，他覺得自己的心也奇怪地收緊了。

他不害怕，當然不害怕，其他人也是，但是所有人，從署長到小小的警員，他們都感受到佩雷納的強大影響力，他們是看著這個人在黑暗中靈巧地往前走，完成許多不同尋常的事情的。不管是有意還是無意，不管他們願不願意，他們想到他的時候就像是想到了一個傑出的人物，這個人充滿了奇特的天賦，想到他就不可能不想到亞森・羅蘋，這個充滿傳奇的人，英勇、天才、並且有著超人的洞察力。是羅蘋讓他們快逃，他在被追蹤、被圍捕的情況下主動自首，來警告他們有危險，而且危險已然逼近，還有七分鐘，還有六分鐘，公館就要爆炸了。

馬茲魯跪了下來，畫著十字，低聲地背著禱文，他的動作帶給其他人的感觸太深了，秘書長和警察局長向警察署長做了個手勢。

署長扭過頭去，繼續在屋裡踱步，但他也越來越擔憂了，電話裡的話迴響在他的耳邊，佩雷納不容置疑的權威、急切的祈求、狂熱的肯定，這一切都讓他很震動，他見過佩雷納做的事，在這樣的情形下是無法忽視這種人物的警告的。

「我們走吧。」署長說道。

他說出這些話的時候極其平靜，聽見這些話的人只能將之視爲平常情況的合理總結，他們不急不忙地離開了，沒有半點混亂，他們不是作爲逃兵走的，只是出於謹慎自願的履行義務。

到了門口的時候，他們側身讓署長先過。

「不。」他說道：「你們先走吧，我跟著你們。」

署長最後一個離開了屋子，讓電燈依然亮著。

他在衣帽間裡讓警察局長吹了哨子，所有的警員集合以後，他讓他們以及門房都出去了，自己關上身後的門。

然後他將監視著大街的員警也都召集起來說道：

「所有人都離開這，讓人群盡可能的遠離……很快，是不是？一刻鐘之後我們就返回公館。」

「那您呢，署長。」馬茲魯低聲問道：「我可不希望您留在這。」

「當然不會。」他笑著說道：「我聽從我們的朋友佩雷納的建議，會盡可能走遠一點。」

「只剩兩分鐘了。」

「我們的朋友佩雷納說的是三點，而不是三點差兩分，所以……」

署長在警察局長、秘書長和馬茲魯的陪同下穿過大街，爬上了對面的山坡。

「或許應該蹲下身來。」馬茲魯堅持道。

「那我們就蹲下來吧。」署長很好脾氣地說道：「不過要是沒有爆炸的話，我只能對著自己的腦袋開一槍了，我被這麼戲弄一番之後也沒臉活了。」

「會爆炸的，署長。」馬茲魯肯定地說道。

「你對我們的朋友佩雷納很有信心啊。」

「您也同樣對他有信心，署長。」

他們都不說話了，緊張地等待著，一邊與湧上心頭的焦慮做對抗，他們伴隨著自己的心跳一秒一秒地數著時間。等待是無盡的。

什麼地方三點的鐘聲響起了。

「你們瞧見了。」戴斯馬尼翁先生變了聲音地嘲笑道：「你們瞧見了，什麼都沒有……感謝上帝！」

他咕噥道：

「太蠢了！太蠢了！怎麼能想出這樣的事來！……」

更遠處另一架鐘也響了，接著臨近的一棟公館頂上也敲起了鐘點。

第三聲鐘聲敲響之前，他們聽見了喀嚓一聲，馬上就爆炸了，炸得那樣的徹底而且迅速。他們只看見大量的火和煙形成了一束，巨石和牆壁的碎片從中噴發出來，像是一捧盛大的焰火，結束了，火山爆發了。

「快過去！」警察署長衝上前去叫道：「打電話！快，叫消防車。」

署長一把抓住馬茲魯的胳膊。

「我的汽車就在離這一百公尺處，你快去，讓司機帶你去佩雷納家裡，要是你找到他的話就馬上救他出來，帶他來這。」

「我是要逮捕他嗎？」

「逮捕？你瘋了吧！」

「可是，要是副局長韋伯爾……」

「韋伯爾不會來妨礙我們的，我來負責他，快去。」

馬茲魯去做這個任務的時候並不會比逮捕佩雷納更急切，因爲這是一個有義務感的人，不過他卻是特別的愉快。要與這個自己一直稱爲老大的人爲敵時常讓他感到很難過，甚至會讓他流淚，這次他卻是作爲幫手出現的，或許還是拯救者。

下午的時候，副局長韋伯爾按照戴斯馬尼翁先生的命令放棄繼續搜查公館，因爲佩雷納似乎一定已經逃脫了。韋伯爾只留下了三個人站崗，馬茲魯在底樓的一間屋子裡找到了他們，他們正輪流守夜呢，他詢問了一番，三個人肯定地說沒有聽見任何動靜。

馬茲魯一個人上樓，因爲他不想要自己和老大會面的時候有第三個人在場，他穿過客廳，走進書房。一陣擔憂襲來，因爲他打開燈之後第一眼什麼也沒看見。

「老大！」他叫了好幾次：「老大，您到底在哪啊？」

沒有任何回答。

「可是。」馬茲魯想道：「要是他打了電話的話，只會是在這啊。」

的確，他遠遠地瞧見話筒被摘下來了，他朝電話間走過去，碰到地板上一地的磚頭和石灰。他打開電話間的燈，瞧見自己上方的天花板上垂下來一隻手臂，手臂周圍的天花板被破了一個大洞，可是肩膀過不來，所以看不見被困住的人的腦袋。

馬茲魯爬上一張椅子，摸了摸垂下的手，手還是溫的，他放心了。

「是你嗎，馬茲魯？」一個遙遠的聲音對隊長說道。

「是的，是我，您沒受傷吧，啊？不嚴重吧？」

「不，只是太粗心了……而且有點虛弱……你聽著……」

「我在聽著……」

「打開我書桌左邊第二個抽屜，你會發現……」

「什麼，老大？」

「一塊剩下的巧克力。」

「可是……」

「還能吃，亞歷山大，我快餓死了。」

吃完巧克力，過了片刻，佩雷納更有精神地說道：

「好點了，我可以等著了，你去廚房給我弄點麵包和水來。」

「我馬上就回來，老大。」

「不要直接回來，你去佛蘿倫絲・勒瓦瑟爾的房間，從秘密通道爬到通往上方活板的梯子上過來。」

他告訴了馬茲魯轉開石頭進入隧道的方法，正是在這個隧道裡，他才有了如此悲劇的結局。

十分鐘後他的命令就得到了執行，馬茲魯清出了洞口，成功地拽住佩雷納的腿將他拖了出來。

「眞是的，老大。」他同情地嘆道：「這處境！您是怎麼做到的？是的，我從這看出來了，您趴著往前挖呀挖……鑿出了一公尺多！還餓著肚子，您可眞有勇氣！」

當佩雷納回到自己的房間吞下了兩三片麵包喝了水之後，他講述道：

「不尋常的勇氣啊，我的老夥計。天哪！當你暈頭轉向大腦已經不受自己控制的時候，說實話，心裡頭只想著算了。特別是沒有足夠的空氣，沒法呼吸。但我還是挖啊，正如你所看見的，我處於半醒半睡中，彷彿是在噩夢裡。瞧，我手指都爛了。只是我一想到該死的爆炸，我就無論如何都要通知你們，所以我挖出了一條隧道！這活可眞不容易！然後，砰，我就覺得下面空了。我把手指伸出去，然後是整條手臂，我是在哪呢？該死，電話機上方，我沿著牆摸到電話線的時候就馬上明白過來。我折騰了半個小時才搆到電話機，我手臂不夠長，用了一截繩子和一個環扣才成功的將話筒吊起來，讓它靠近我嘴邊，或者說至少是離我嘴邊只有三十公分遠，我叫喊著想讓自己的聲音被聽見！我大喊大叫！我受了好大的罪！最後，繩子斷了……然後……然後，我再也沒力氣了……再說你們也都收到通知，就看你們自己解決了。」

他朝著馬茲魯抬起頭，絲毫不懷疑自己問題的答案，說道：

「爆炸發生了，是不是？」

「是的，老大。」

「在三點整？」

「是的。」

「呵，當然了，戴斯馬尼翁先生讓人從公館中撤了出去？」

「是的。」

「在最後關頭？」

「在最後關頭。」

佩雷納笑著說道：

「我就知道他會掙扎，但最後關頭還是會退讓，你那一刻鐘不好過吧，我可憐的馬茲魯，你顯然一聽到消息就認爲我是有道理的吧？」

佩雷納邊說邊吃，似乎每一口都讓他恢復了一點往日的活力。

「飢餓眞是個奇怪的東西。」他說道：「它能讓你發瘋！不過我得習慣沒有東西吃。」

「不管怎樣，老大，您眞的不像是四十八個小時沒吃東西的樣子。」

「哈！因爲肚皮裡還有存貨呢，再半個小時之後就更看不出來了，我要來泡個澡，刮個鬍子。」

佩雷納梳洗完畢，在桌邊坐下，桌上是馬茲魯爲他準備的蛋和冷肉，他又站起身說道：

「現在就走吧！」

「不急的，老大，您睡一會吧，署長可以等等的。」

「你瘋了吧！那瑪麗安娜．弗維爾呢？」

「弗維爾太太？」

「當然嘍，你以爲我會讓她和索弗朗兩個人待在監獄裡？一秒鐘也不能浪費，我的老夥計。」

馬茲魯將佩雷納引到署長的汽車跟前，此刻的佩雷納已經換了個人似的，愉快而活潑，彷彿剛剛休息完起床一般。其實馬茲魯心裡還在嘀咕：「老大的腦子還是不太清楚，釋放瑪麗安娜和索弗朗？他以爲是在變魔術呢！不，不管怎麼樣，他想得太多了！」

「署長接到我的電話之後雖然猶豫，但在關鍵時刻還是順從我的意思。」佩雷納對馬茲魯說道：「這大大滿足了我的自尊心，我是不是就像將這些先生都握在手心裡，然後稍一示意他們就都連滾帶爬地逃走了呢！『注意，先生們，地獄來電，注意！三點鐘爆炸。』『不！』『是的！』『您怎麼知道的呢？』『因爲我就是知道。』『那證據呢？』『證據就是我已經這麼說了。』『哦！只要是您說的……』三點差五分的時候，大家都撤走了。啊！我得謙虛點！……」

他們來到蘇歇大街，因爲人太多，他們不得不下了車。公館周圍已經拉起了警戒線，馬茲魯越過警戒線，領著佩雷納走上對面的山坡。

「您在這等著我，老大，我去通知署長。」

蒼白的天空依然飄著黑雲，佩雷納看見了對面爆炸造成的破壞，表面看起來，破壞力沒有他之前預料的大，儘管有幾處天花板塌陷了，從開著的窗戶裡可以看見它們的殘跡，公館卻依然矗立著。似乎弗維爾工程師的書房也沒怎麼遭到破壞，還有奇怪的是，署長走之前亮著的燈也沒有熄掉。花園裡和馬路上堆著傢俱，周圍都是員警在看守著。

「跟我來吧，老大。」馬茲魯過來找到佩雷納說道，接著領著佩雷納去了工程師的書房。

這裡的地板有一部分被破壞了，左邊靠前廳一側的外牆也被穿透了。爲了支撐住天花板，兩名工人正忙著將從附近工地上運過來的樑柱支起來，不過總而言之，爆炸沒有獲得預謀者原先預計的效果。

戴斯馬尼翁先生和所有其他在這守夜的人都在，此外還有法院和警方的幾位重要人物，只有副局長韋伯爾剛剛離開了，他不想和自己的敵人碰面。

佩雷納的出現引起了一陣騷動，署長馬上迎上前來對他說道：

「太謝謝您了，先生。任何褒揚都不足以形容您的洞察力，您救了我們的性命，這些先生和我本人都會以最鄭重的方式宣佈這一點。而對我而言，您已經是第二次救了我了。」

「要謝我方法很簡單，署長。」佩雷納接過話頭說道：「請您允許我將手上的任務完成。」

「您的任務？」

「是的，署長。我今夜的行動只是個開頭，我要完成解救瑪麗安娜・弗維爾和加斯東・索弗朗的任務。」

戴斯馬尼翁先生笑了：

「哦！哦！」

「這要求過份嗎，署長？」

「要求嘛，總是可以提的，不過得是合理的，而且判定這些人清白與否並不取決於我。」

「是不取決於您，署長，不過要是我證實他們的清白，放出他們與否可就取決於您了。」

「的確如此，要是您能夠給出確切的證明的話。」

「確切證明……」

不管怎麼樣，佩雷納的確信還是給戴斯馬尼翁先生留下了很深的印象，甚至比之前幾次都要深刻，他暗示道：

「我們初步調查的結果或許可以幫到您，我們肯定炸彈是放置在前廳入口處的，很有可能就是在地板下面。」

「沒用的，署長，這些只是次要的細節，現在的關鍵是您要知道整個眞相，而不只是僅僅幾句話。」

署長又向佩雷納靠近了點，法官和員警們也都圍上前來，大家都焦急的等待著他下面的話。儘管他們覺得已經進行的逮捕行動非常重要，可是眞相依然遙遠而模糊，眞的能弄清楚嗎？

這一刻是那樣的嚴肅，所有人的心都收緊了，佩雷納之前宣佈的爆炸消息使人覺得他所有的預言都會成眞，那些被他救下的人都會承認所有他那些最不可能的斷論就是事實。

佩雷納說道：

「署長，您昨夜徒勞無功地等待第四封神秘信件的送達，現在有個奇蹟似的出乎意料的機會，讓我們一起見證第四封信的到來。然後，您就可以知道犯下所有這些罪行的是同一個人……將會知道他是誰。」

他又對馬茲魯說道：

「隊長，請您讓這間屋子盡可能暗下來，沒有百葉窗的話就把窗簾都拉上，門扇也都關起來，署長先生，這裡的燈亮著是偶然的吧？」

「是偶然的，可以關掉。」

「等一下……先生們，你們中有人帶手電筒了嗎？或者……不，不用了，用這個就行了。」

燭臺上有一支蠟燭，佩雷納取來將它點亮。

然後他關掉電燈。

屋內半黑下來，蠟燭的火光在風中搖曳，佩雷納用手掌護住它，向桌邊走去。

「我不認爲我們要等多久。」他說道：「按照我的估計，只要幾秒鐘事實就會顯露無疑了，會比我講得要生動得多。」

這幾秒鐘的等待令人難以忘懷，所有人都屏氣凝神，戴斯馬尼翁先生在後來的一次採訪中頗有技巧地自嘲了一番。他說自己一夜未眠已經是非常疲倦，加上當時的場景，以至於大腦過分激動，想像出奇怪的畫面，比如說有人手持武器闖進公館，或者是出現了幽靈鬼魂之類的東西。

不過戴斯馬尼翁先生說自己當時還是很好奇地觀察著佩雷納，他坐在桌子邊上，頭微微後仰，眼神顯得心不在焉。他正啃著麵包，一邊還嚼著巧克力，似乎是餓壞了，不過卻很平靜。

其他人都保持著高度緊張，是只有極其費力的時候才會有的那種緊繃感，他們的臉都有些扭曲了。越是接近，他們越是被爆炸的場景糾纏住，蠟燭的火苗將影子投在牆上。

時間要比佩雷納說的久，大約多了三四十秒，他們覺得這光景像是無窮無盡似的，後來佩雷納微微抬起手上的蠟燭，低聲說道：

「來了。」

所有人都在瞧著……一直瞧著……幾乎同時，一封信從天花板上落了下來。那信像是樹葉在無風時緩緩落下，盤旋著，它擦過佩雷納掉到地板上，桌子的兩條腿之間。

佩雷納撿起那張紙，遞給戴斯馬尼翁先生，說道：

「喏，署長，這就是昨夜宣佈要出現的第四封信。」

chapter 13 心懷仇恨的人

戴斯馬尼翁先生看著佩雷納，並沒有明白過來，他轉而又看了看天花板，佩雷納對他說道：

「這裡頭並沒有任何幻術，儘管沒有人從上面把信扔下來，儘管天花板上一個洞也沒有，依然很容易解釋。」

「哦！很容易！」戴斯馬尼翁先生說道。

「是的，署長。這一切看起來像是極其複雜甚至很有趣的戲法，可是我斷言，這非常容易……當然也很悲劇。馬茲魯隊長，請您拉開窗簾，讓屋內盡可能的亮一點。」

馬茲魯去執行他的命令，戴斯馬尼翁先生則瞧了一眼第四封信，並沒有什麼重要的內容，只不過是肯定前面幾封信中所說的。佩雷納趁著這空擋拉過一架工人留在角落裡的梯子，將它架在屋子中央，爬了上去。

他叉著腳騎在最上端一格橫檔上，這樣就可以搆到屋頂的電燈了。

這是一盞包金銅環頂燈，下面是水晶吊墜，裡面有三個燈泡，分別放置在收納電線的銅質三角架的三個角上。佩雷納將這些線抽出來切斷，然後開始拆卸燈上的螺絲。不過爲了加快速度，他讓下面的人遞過來一把錘子，砸開了吊燈扣釘周圍的石灰。

「請您來幫個忙。」他對馬茲魯說道。

馬茲魯也爬上梯子，兩人抓住枝形吊燈，將它沿著梯階滾了下來，放在桌上。這可不容易，因爲吊燈要比一般吊燈重很多。

事實上，簡單一看就能發現，吊燈上加裝了一個金屬盒子。盒子呈立方狀，對角有二十公分寬，是嵌在天花板裡頭的鐵扣釘中間。正是因爲這個盒子，佩雷納才不得不砸掉蓋在它周圍的石灰。

「這到底是怎麼回事！」戴斯馬尼翁先生嚷嚷道。

「您自己打開吧，署長，上頭有個蓋子。」佩雷納回答說。

戴斯馬尼翁先生揭開蓋子。盒子裡頭有齒輪、彈簧，一整套複雜精細的機關，很像一套鐘錶結構。

「您不介意吧，署長？」佩雷納問道。

他移開這套機關，發現下面還有另外一套，通過兩個齒輪的傳動系統與第一套相連，這第二套機關更像是傳送帶上的自動裝置。

盒子最底部的金屬上刻有一條半弧形的槽，一直到盒子下部觸及天花板的部分，槽的邊上還有一封準備好的信。

「五封信中的最後一封，毫無疑問，而且同樣還是在揭露他們的罪行。」佩雷納說道：「署長，您可以注意到，這個吊燈原本中央是裝有第四個燈泡的，這個燈泡顯然是在改裝的時候被拆掉了，爲的是讓信能夠從這通過。」

佩雷納繼續解釋道：

「所以這一系列的信就是放在這裡頭的，通過鐘錶結構運動控制的靈巧機關將這些信在指定時刻一封一封地送出來，推到隱藏在燈泡和吊墜的槽邊上，然後拋到空中。」

圍著佩雷納的人都不做聲了，或許這些聽眾們有些失望，的確，這一切都非常巧妙，可大家期待的是比這些機關更複雜的東西，儘管它們本身已經夠出人意料的了。

「你們耐心點，先生們，我已經許諾會拿出些你們想像不到的可怕東西，你們不會對此失望的。」

「好吧。」警察署長說道：「我接受這就是信的來源，可是除了還有一些不太清楚的地方之外，我還覺得有一個問題無法理解。罪犯怎麼能通過這種方法改裝了枝形吊燈呢？這所公館一直有員警看守著，這間屋子被日夜監視著，他們怎麼能完成了這樣一項工作卻沒被發現呢？」

「答案很簡單，署長，那就是這項工作是在公館被警方看守之前就已經完成了的。」

「也就是說在犯罪發生之前？」

「是在犯罪發生之前。」

「誰能證明是這樣的呢？」

「您自己也說了，署長，因爲不可能出現其他情況。」

「你倒是解釋清楚啊！」戴斯馬尼翁先生有些惱火地叫道：「要是你有重要情況要披露，你幹嘛還磨磨蹭蹭的？」

「署長，您最好還是沿著我找到眞相的路來一步步靠近。知道了信的秘密，眞相就比我們想像的要近了，要不是兇手犯下的罪行太可怕以至於排除自己的嫌疑的話，您都能說出他的名字了。」

戴斯馬尼翁先生仔細地瞧著佩雷納，他感受到佩雷納所說的每句話的重要性，眞的開始焦慮起來了。

「所以你認爲。」他說道：「這些指控弗維爾太太和加斯東・索弗朗的信的唯一目的就是要陷害他們兩個人？」

「是的，署長。」

「而且既然這些信是在犯罪發生之前就放在這的，那就表示陰謀也是在犯罪之前就設計好的？」

「是的，署長，是在犯罪之前。相信弗維爾太太和加斯東・索弗朗的清白，我們就可以得出結論，一切都是設計好的，要將矛頭指向他們。弗維爾太太在犯罪發生當晚出了門……是陰謀！她無法說出犯罪發生時自己在幹什麼……也是陰謀！她無法解釋自己爲什麼在穆艾特附近打轉，還有他的表弟索弗朗在公館周圍散步……還是陰謀！蘋果上弗維爾太太本人留下的牙印……仍然是陰謀，而且是最可怕的！我跟您說，這一切都是提前策劃好的，一切都準備好，分配好，貼上標籤編上順序了。每一件事情都在固定的時刻到位。沒有什麼是偶然的。這事情是最靈巧的設計者仔細策劃好的，環環緊扣，外界發生的事情根本就無法干擾到它，整個機制一直運轉到今天，精細、準確、絲毫不亂……您瞧，就像這個箱子裡的鐘錶結構一樣，它就是整樁案件的最完美象徵，同時也是最準確的解釋。因為從犯罪一開始起，指控兇手的信就已經到位了，而且會在預計的日期和時間被揭開。」

戴斯馬尼翁先生沉思良久，然後駁斥道：

「可是在他寫下的這些信中，弗維爾先生指控了自己的妻子。」

「當然了。」

「那麼我們就得承認，要麼弗維爾先生有理由指控她，要麼這些信就是假的？」

「這些信不是假的，所有的專家都鑑定出是弗維爾先生的筆跡。」

「那麼？」

「那麼……」

佩雷納沒有回答完，可戴斯馬尼翁先生卻更清晰地感受到自己周圍眞相跳躍的氣息。

其他人都不說話，他們和署長一樣焦慮。署長又低聲說道：

「我不明白……」

「您明白的，署長，您明白的。您明白這些信的發出也是針對弗維爾太太和加斯東・索弗朗所策劃的陰謀的一部分，因為它們寫出來就是要來陷害他們的。」

「什麼！什麼！你說什麼？」

「我說了什麼就是什麼，當他們是清白的時候，指控他們的人和事就都成了陰謀。」

又是良久的沉默，警察署長沒有掩飾自己的慌亂，他盯著佩雷納的眼睛，慢慢地說道：

「不管罪犯是誰，我不知道有比這種仇恨更可怕的事情了。」

「這件事比您能想像的還要難以置信，署長。」佩雷納一點點活躍起來說道：「因爲您還不知道索弗朗吐露的內容，所以您還無法衡量它到底到了什麼程度。我在聽索弗朗講述的時候就完全感覺到了，從那時起，我所有的思考都順著仇恨的主導來了。到底是誰能夠恨到這地步？瑪麗安娜和索弗朗是被怎樣的憎恨情感所犧牲的？用邪惡的智慧緊緊鎖住了兩名受害人的這個不可思議的人物到底是誰？

「另外還有一個想法引導著我的思維，這個想法要更早些，而且出現了好幾次，我在馬茲魯隊長面前也暗示過，那就是信件出現的數學性。我就在想，這些嚴肅的信件在固定時間出現一定是有極其重要的原因要求它們必須如此。什麼原因呢？要是有人爲介入的話，那它們更應該會呈現出不規則性，特別是從警方開始查案並且見證了信件的發送過程之後。可是，不論出現何種障礙，信還是會繼續送達，彷彿它們不得不來似的。這樣一來我就一點一點地有些明白了：信的到來是機械的，通過一種隱性的程式一次設置完成，然後就會嚴格按照物理法則愚蠢的運行。這裡頭就不再有人的智力和意願了，而是出於愚蠢的物理需要。

「一邊是不肯放過無辜者的仇恨，一邊是服務於『心懷仇恨的人』的意圖的機械力量，兩種想法的衝擊擦出了小小的火花。將這兩個想法放在一起，它們就在我的腦海裡結合起來了，讓我想起希波列特・弗維爾是個工程師！」

大家聽著佩雷納的講述的時候感到了一種壓抑和不自在。從案子裡一點點透出來的東西，不僅沒有減輕大家的焦慮，反而讓他們更惱火，到了痛苦得難以忍受的地步。

戴斯馬尼翁先生反駁道：

「即使信都是在指定的日期送達的，可是您要注意，每次的時間都不一樣啊。」

「時間的變化是取決於我們的監視是否在黑暗中進行的，而且正是這個細節向我提供了謎底。我們如今已經知道了，信只有在黑暗中才會出現，這是因爲當電燈亮著的時候，有某種裝置擋住了它們。而且這個裝置肯定是受屋子裡的開關控制的。其他解釋都不可能。這相當於某種自動售貨機，通過鐘錶結構的運行，只在提前設定的特定日期、特定時刻才會把指控信發出來，而且得是在吊燈不亮的時候。這個裝置就在你們面前。毫無疑問專家們會讚賞這一裝置的機巧並且證實我的論斷的。但是既然這個裝置是在這間屋子的天花板裡找出來的，既然裝置裡頭有弗維爾先生的親筆信，我是不是現在就可以說這個裝置是機械工程師弗維爾先生製造的？」

弗維爾先生的名字又一次被提了出來，而且每次這個名字都會帶上更確定的含義。先是弗維爾先生，然後是工程師弗維爾先生，接著是機械工程師弗維爾先生。佩雷納口中那個『心懷仇恨的人』的形象輪廓清晰地出現了，這使得這些往常已經習慣於各類奇特犯罪者的人震驚。現在，眞相不再只是遊蕩在他們周圍，他們已經可以掌握事實，但卻仍像在面對一個隱著身掐住自己喉嚨將自己打翻在地的對手。

署長整理了一下思緒，用低沉的聲音繼續說道：

「這麼說，是弗維爾先生爲了陷害自己的妻子和愛著自己妻子的那個男人所以寫下了這些信？」

「是的。」

「這樣的話……」

「這樣的話？」

「就是說另一方面他也被死亡威脅著，要是這個威脅成爲現實，他想讓自己的妻子和朋友受到指控？」

「是的。」

「爲了報復他們的愛情，爲了滿足自己的仇恨，他想讓一切都確鑿無疑的指認他倆作爲殺害自己的兇手？」

「是的。」

「所以……所以弗維爾先生在這案子當中也是……怎麼說呢？是殺害他的兇手的同謀。雖然他在死亡面前顫抖了……他掙扎了……但他安排好了，讓自己的死亡能夠替自己的仇恨作出貢獻。是不是這樣？是不是這樣？」

「差不多吧，署長，您經歷的步驟和我一樣，而且您也同樣在最後的眞相面前猶豫，這個眞相讓案子變得更加陰暗，簡直沒有半點人性。」

署長的拳頭砸向了桌子，他突然間發出了抗議。

「荒唐。」他叫道：「愚蠢的推論！弗維爾先生被死亡威脅著還狡猾地堅持不懈地陷害自己的妻子……算了吧！到我辦公室來的那個人你也見到了，他只想著一件事，就是不要死！唯一糾纏他的恐懼就是死亡。他不會在那個時候製造什麼機關設什麼陷阱吧……而且這些陷阱只有他自己被害身亡才會有效果。難道您眞的瞧見弗維爾先生擺弄他的吊燈了嗎？瞧見他將自己三個月前寫給朋友又攔截下來的信放在燈裡了嗎？瞧見他爲了讓自己的妻子看起來像兇手而安排了這一系列事情嗎？還是親耳聽到他說：『好了！要是我被謀殺了，我也不怨什麼，因爲瑪麗安娜會被捕的。』這不可能，您就承認吧，誰也不會做出這麼可怕的安排的。除非……除非他確定自己一定會被謀殺，而他接受了這個事實，這樣就可以說他是與兇手達成了一致，引頸待戮，最後……」

署長停了下來，彷彿被自己說的話嚇到了，其他人似乎也同樣的驚慌失措。他們都從這些話裡面得出了自己還不知道的結論，卻沒明白這一點。

佩雷納的眼神沒有離開署長，他等待署長說出接著的話。

戴斯馬尼翁先生喃喃地說道：

「你該不會是指他參與……」

「我不會指出任何事情。」佩雷納回答說：「署長，這只是您自然思考得出的結論，將您引導到現在的方向。」

「是的，是的，我知道，可是我是在向你說明這個推論的荒唐性，要想讓這個推論成爲現實，要想讓人相信瑪麗安娜・弗維爾的清白，我們就要假定弗維爾先生參與了針對自己的犯罪這樣奇怪的結論，這太可笑了！」

署長的確是笑了，不過笑得很局促、很假。

「您不能否認我們是推理到這一步了吧。」

「我不否認。」

「所以？」

「所以，署長，就如您所說的，弗維爾先生參與了針對自己的犯罪。」

佩雷納說這句話的時候再平靜不過了，可他看起來是那樣的肯定，讓人想不到要去反駁他。他迫使自己的對話者做出了推論和假設，他們現在進了一條死胡同，要想出去就不可能不撞壁。弗維爾先生的參與已經是毫無疑問的了，但到底是怎麼回事？他在謀殺案中扮演的是什麼角色？他最終爲這一角色付出了生命的代價，他是自願的還是被逼的？歸根結底，誰是他的同謀或者是劊子手呢？

所有這些問題都湧上了戴斯馬尼翁和其他在場者的心頭，他們一心只想著要找到答案，所以佩雷納肯定自己提供的解答會被接受的。他只要說出事情的發生經過就行了，不需要擔心有人會否認，他以陳述報告要點的方式簡單地說了一遍。

「犯罪發生前三個月，弗維爾先生給自己的一個朋友寫下了一系列的信。這個朋友也就是朗日諾爾先生。署長，馬茲魯隊長應該跟你說過，這個人已經死了好幾年，這點弗維爾先生不會不知道。這些信被送到郵局，但是又被截下來，至於用的是什麼方法，我們此刻知不知道都不重要。弗維爾先生擦去了信上的郵戳和地址，將它們放入特製的設備中，調節好機關，使得第一封信會在自己死後十五天的時候被發出，其他的則是間隔十天。這時候，他的計畫細節一定都已經完備了。他知道索弗朗愛著自己的妻子，監視著他的行動，他顯然注意到自己痛恨的對手每個禮拜三都會來到公館的窗下，而瑪麗安娜·弗維爾也會去窗邊。這個事實非常重要，獲知這一事實對我也顯得格外的寶貴，而且作爲一條證據它也會給您留下深刻的印象。我重複一遍，每個禮拜三的晚上，索弗朗都會在公館周圍遊蕩。您注意：其一，弗維爾先生籌謀的犯罪發生在禮拜三的晚上；其二，那天晚上，弗維爾太太是在他丈夫的要求下才出門的，去了劇院和埃辛格太太家的舞會。」

佩雷納停了幾秒鐘，繼續說道：

「因此，那個禮拜三的早上，一切都準備就緒，關鍵的機關上了發條正常運作，即將發生的罪行也會跟他準備好了的證據互相配合。還有，署長先生，您會收到他的一封信。他在信中向你揭露針對自己的陰謀，並且請求您在第二天早上給予幫助，也就是在他死後！最後，一切都即將按照這個『心懷仇恨的人』的意願進行，這時卻出了一件事，差一點破壞了他的計畫：維羅警探進場了，維羅警探受您的命令去打探科斯莫・摩靈頓遺產繼承人的信息。這兩個人之間發生了什麼事？很可能永遠不會有人知道。兩個人都死了，他們的秘密也留不下來了。但是我們至少可以證實：首先維羅警探來了這，從這帶回一塊巧克力，這是我們第一次看見那上面印著虎牙；接著維羅警探通過當時一系列我們不會知道的情形成功地發現弗維爾先生的計畫。這一點我們都知道，因爲這是維羅警探親口說的，而且他當時極端的恐慌！我們通過他知道犯罪會發生在當天晚上，而且他將自己的發現寫在一封信上。弗維爾工程師也知道這一點，他爲了擺脫這個妨礙自己的可怕敵人所以就給警探下了毒；因爲毒性發作得慢，他竟然大膽而智慧地僞裝成加斯東・索弗朗的樣子跟蹤維羅警探去了新橋咖啡館，在那裡偷走警探寫給你的解釋信，換上一張白紙，然後又詢問路人怎麼坐地鐵去納依。納依正是索弗朗住的地方！這個路人也會成爲針對索弗朗的人證。他這麼做就是遲早要引人懷疑索弗朗，這就是這個犯人，署長。」

佩雷納講得越來越有勁，因為對自己深信不疑所以充滿了活力，他合乎邏輯的嚴密控訴似乎說的就是事實本身。

他重複道：

「就是這個人，署長。就是這個惡棍，他當時所處的情況就是這樣。維羅警探可能吐露的實情讓他害怕，他在執行自己的可怕計畫之前先去了警署，確定受害人已經死了，無法再揭發自己。署長，您還記得當時的場景吧，那個人的激動和恐懼：『保護我，署長……我被死亡威脅著……明天，我就要……』明天，是的，他請求你第二天幫助他，因為他知道當天晚上一切就都結束了，第二天員警就會發現犯罪，發現他本人指控的兩名罪犯，發現他提前指控的瑪麗安娜·弗維爾。

「這就是為什麼當晚九點鐘，我和馬茲魯隊長的造訪讓他很尷尬。這些闖入者是誰？他們會不會破壞自己的計畫？他思考一番之後放心了，而且我們的堅持也讓他不得不作出退讓。畢竟，這又有什麼關係呢？他的手段太完美了，任何監視都不會將之破壞的，甚至都察覺不了。該發生的還是會發生，我們在場也不會知道，他召喚來的死神完成了這件事。

「喜劇，或者說是悲劇發生了，被他打發去劇院的弗維爾太太來跟他道別；接著僕人給他端來了食物，當中就有一盤蘋果；然後他發了一陣火，那是將死之人的焦慮，死神讓他感到害怕；再接著他演了一齣戲，領我們看了保險櫃和那本所謂記錄了陰謀的灰色帆布筆記本。」

「從那時起，一切就都已經結束了，等到馬茲魯和我撤到前廳關上門，弗維爾一個人就可以自由採取行動了，沒有什麼能夠成為他的障礙。晚上十一點鐘的時候，弗維爾太太——他可能白天的時候就模仿索弗朗的筆跡給她寫了一封信，請求這個不幸的女人能夠在拉訥拉格見自己一面。弗維爾太太離開了劇院，在去埃辛格太太家的晚會之前，她在公館附近轉了一個小時。而離那五百公尺的地方，索弗朗在另一側進行著自己一貫的禮拜三朝聖。犯罪就在這個時間進行了。他們二人，一個因為弗維爾先生的含沙射影，一個因為新橋咖啡館的事件，都引起警方的注意。而他們一來無法提供自己不在犯罪現場的證據，二來無法解釋自己出現在公館周圍。他們怎麼可能不被指控，不被人認為是罪犯呢？

「為了防止意外的發生，弗維爾先生還設置了一個無法否認、觸手可得的證據，印有瑪麗安娜・弗維爾牙印的蘋果！還有幾週之後，每隔十天抵達的神秘信件，它們也成為了決定性的證據。

「這樣一切就都完成了，連最微末的細節也被預計到了，這種完美的步驟簡直太可怕了。署長，您還記得從我戒指上掉下來又在保險櫃中被找到的那塊綠松石嗎？只有四個人可能看見過它並且將它撿起來，這四個人當中就有弗維爾先生，我們馬上就排除了他的嫌疑，可是恰恰就是他，為了讓我被懷疑，為了提前消除他自己猜測到的危險介入，他利用這個送上門的機會偷偷將綠松石放進了保險櫃裡！

「這樣事情就結束了，命運會來收尾，在『心懷仇恨的人』和他的獵物之間，只差了一個動作，這個動作也完成了——弗維爾先生死了。」

佩雷納不說話了，他說完這些之後是長久的沉默，他肯定自己剛剛給出的這段不同尋常的講述得到了聽眾的完全同意，而佩雷納讓他們相信的恰恰是最讓人難以置信的事實。

戴斯馬尼翁先生問了最後一個問題：

「你和馬茲魯隊長當時在前廳，外面也有員警，就算弗維爾先生已經知道今夜會有人來殺自己，而且就在這個固定時刻，可是誰能殺得了他呢？誰能殺得了他的兒子呢？這四面牆之間可是一個人都沒有。」

「有弗維爾先生。」

聽眾突然發出了抗議聲，簾幕一下子撕破，佩雷納展示的場景既讓人恐懼，也讓人懷疑，彷彿是反抗對之前這些解釋的信服。

警察署長總結了一下大家的感受叫道：

「夠了！這些假設夠了！儘管它們看起來很合邏輯，由此得出的結論卻很荒唐。」

「表面看似荒唐，署長，可是誰說弗維爾聞所未聞的行動不能用常理來解釋呢？顯然，一個人不會僅僅為了復仇的樂趣就滿心高興的去死。可是誰說弗維爾先生不是得了致命的疾病呢，他知道自己已經無藥可救了……您一定和我同樣有注意到，他非常的瘦弱且蒼白。」

「夠了，我再重複一遍。」署長叫道：「您只是靠假設在往前推斷，可是我跟您要的是證據，只要一個證據就行了，我們還在等著呢。」

「證據在這，署長。」

「嗯？您說什麼？」

「署長，我將吊燈從石灰中弄出來的時候在上面金屬盒子外面發現了一隻封著的信封。這盞吊燈是放在弗維爾先生的兒子所住的閣樓間下方的，顯然弗維爾先生可以揭起閣樓間的地板，觸及自己設下的機關上部。最後那個夜晚，他將這只封著的信封放在那，甚至還在上面寫下了犯罪的日期：『三月三十一日晚十一點』，還有他的簽名：『希波列特・弗維爾』。」

戴斯馬尼翁先生已經迫不及待地打開了這只信封，他只看了一眼就顫抖起來。

「啊！卑鄙的傢伙，卑鄙的傢伙。」他說道：「怎麼會有這樣的怪物？哦！太可恨了！」

他斷斷續續地念出了信上的內容，且因爲驚訝，使得他的聲音時不時的變得更加低沉：

> 目的達成，現在輪到我了。艾德蒙睡著了，毒藥跟安眠藥已經使他在睡覺時無意識的死去，現在輪到我了。已經服下毒藥的我正遭受著地獄般的折磨，手勉強才能寫下這最後幾行字，我很難受，但此時我的快樂卻是無邊無際的！
>
> 這種快樂是從四個月前開始的。那時，我和艾德蒙去倫敦旅行，在那之前，我一直過著悲慘的日子，那個女人討厭我，她愛著另一個人，而我不得不隱藏對她的仇恨。我身體不好，一直被病痛折磨著，我的兒子也生得羸弱。那天下午，我們去倫敦給一位知名的醫生檢查，結果我的疑惑得到了證實：我罹患了癌症。此外我還知道我的兒子艾德蒙和我一樣也走上死亡之路——他得了結核病，已經治不好了。
>
> 當天晚上，完美的復仇計畫便在我腦海中誕生。
>
> 多妙的復仇啊！這是針對一對相愛的男女最可怕的指控。監獄！法院！重刑犯的監獄！斷頭臺！他們不可能被拯救，也不可能可以抗辯，更沒有希望！我準備的證據太完美了，即使是無辜的人看了也會懷疑起自己的清白，並且啞口無言，被壓得沒有還手之力。多美妙的復仇啊！……多棒

的懲罰啊！一個無辜的人，卻要徒勞地與指控自己的證據作抗辯，而證據完全證明他是有罪的！

我在快樂中準備好了這一切，每一個主意、每一步創造都讓我哈哈大笑。上帝啊！我是多麼的高興啊！你以爲癌症會讓人痛苦？不，不。身體雖然在受苦，但我的靈魂卻因爲快樂而顫抖。此時，我感覺到的是不是毒藥在我體內灼燒侵蝕著？

我心裡是高興的。如果我自然死去會變成他們之間幸福的開始，而我設計好的自我謀殺則會是他們受折磨的開端，那活著等待自然的死去又有什麼意思呢？況且艾德蒙也會死，何不讓他省去這漫長痛苦的死亡病痛折磨，爲什麼不讓他的死加重瑪麗安娜和索弗朗的罪孽呢？

終於都結束了！我過得太痛苦了，現在不得不停下來。現在四周已經安靜下來……一切顯得是多麼的寧靜啊！公館內外的員警都見證著我的罪行。離這不遠的地方，瑪麗安娜被我的信騙去赴約了，但她的愛人不會去的。他在她的窗下遊蕩，而他心愛的人也不會出現的。啊！你們這些被我操縱著的小木偶們，你們舞吧！跳吧！上帝啊，他們是多麼的滑稽啊！這一男一女被繩子拴住了脖子，是的，被繩子拴住了脖子。先生，難道不是您在早上給維羅警探下了毒，又帶著您那漂亮的烏木拐杖去了新橋咖啡館嗎？是的，就是您。而今天晚上，那位漂亮的女士毒害了她的丈夫與繼子。證據？好吧，這顆蘋果，女士，這顆您聲稱沒有咬過的蘋果，但它上面卻可以發現您的牙印！多妙的喜劇啊！你們跳吧！舞吧！

還有信！寫給已故的朗日諾爾的信！這是我最出色的作品。啊！還有我在發明並且製作我的小機關的時候品嘗到的樂趣。弄得好不好呢？這難道不是一件精準而巧妙的作品嗎？在固定的那一天，砰！第一封信！接著，十天之後，砰！第二封信！算了吧，我可憐的朋友們，你們什麼都做不了，你們完了。舞吧！跳吧！

我此刻是笑著的，讓我覺得有趣的是，我想到人們看到的只是熊熊大火。瑪麗安娜和索弗朗毫無疑問會成爲罪人，可是除了這一點，其他完全是個謎團。人們什麼也不會知道，永遠也不會知道，幾個禮拜之後，當兩名罪犯已經罪證確鑿了之後，當這些信都到警方手中以後，五月二十五日，或者更準確的說是二十六日凌晨三點，一場爆炸會將我所有的傑作不留痕跡的銷毀。炸彈已經放好了，它會在指定的時間爆炸，跟吊燈完全沒有關係。我剛剛在旁邊埋下那本灰色帆布筆記本，那本就是我的日記，還有裝有毒藥的瓶子、用過的針、一根烏木拐杖、維羅警探的兩封信，總之是所有能救得了那兩個罪犯的東西。這樣一來怎麼可能有人知道眞相呢？不，人們什麼都不會知道的，永遠不會知道。

除非……除非有奇跡發生……除非爆炸之後牆沒有倒塌，天花板也沒有損壞……除非，有個天才般的傢伙憑著聰慧和直覺理清了我攪在一起的這團線，進入謎團的核心，然後透過長達數月的查找，發現了這封關鍵的信。

我就是爲這個人所寫的信，儘管我知道他不可能存在，不過不管怎麼樣，那又如何呢？瑪麗安娜和索弗朗已經陷入深淵，可能已經死了，總之是永遠被分開了，我留下這封寫著自己仇恨的證據不會有任何風險。

好，一切都結束了，我只要簽上名就行了。我的手抖得越來越厲害，汗大滴大滴的順著我的額頭往下流。我像地獄裡的人一樣難受，但我卻非常的高興！啊！我的朋友，你們不是等著我死嗎！啊！妳，瑪麗安娜，妳太冒失了！妳偷偷地窺視著我，從妳的眼睛裡可以看出妳看到我病了是多麼的高興！現在我死了，你們卻會在我的墓前被銬上手銬。瑪麗安娜，去做我的朋友索弗朗的妻子吧；索弗朗，我把我的女人給你，你們結合在一起吧。法官會給你們起草婚約，劊子手會給你們唱彌撒曲。啊！多麼的快樂啊！我痛苦著……心裡卻多麼的快樂啊！……仇恨讓死亡變得那樣可愛……我很高興死去……瑪麗安娜進了監獄……索弗朗在自己的囚室中哭泣……有人打開了他的獄門……哦！多麼的可怕啊！……幾個穿黑衣服的人……他們走近床邊……『加斯東‧索弗朗，你的上訴被駁回了。鼓起勇氣吧。』啊！冰冷的早晨……，斷頭臺！……輪到你了。瑪麗安娜，輪到妳了！妳會比妳的情人活得更久嗎？索弗朗已經死了。輪到妳了！瞧，這是繩子。妳是不是更喜歡毒藥？死吧，小無賴……在烈火中死去吧……就和我一樣，我恨妳……恨妳……恨妳……

戴斯馬尼翁先生沉默下來，所有的人都被嚇呆了。他好不容易才讀完最後幾行字，因爲到最後筆跡已經很難辨認了。

戴斯馬尼翁先生眼睛依然盯著信紙，低聲說道：

「希波列特‧弗維爾……簽名在這……這個卑鄙的人最後又有了些力氣，簽名簽得很清楚。他還怕人們會懷疑是他犯下的罪行。事實上，人們怎麼可能想得到？……」

他又瞧著佩雷納補充道：

「要發現這個眞相需要相當出色的洞察力和天賦，我們應該向你致敬，我現在就向你致敬，這個瘋子的所有行爲都被你準確預料到了，儘管很讓人無法理解。」

佩雷納彎了彎腰，沒有回應署長的讚譽，而是說道：

「您說得有道理，署長，這是一個瘋子，而且是最危險的那種。這個瘋子頭腦清晰，認定了一個念頭就誰也勸不動，他利用自己機械原理般細緻的思維固執的實施這個計畫。要是換其他人，就會乾脆地直接動手殺人，他卻採用這樣一個長期的殺戮計畫，就像做實驗的人要用時間來證明自己發明物的完美。而他完全成功了，因爲警方落入了陷阱，弗維爾太太有可能會因此死去。」

戴斯馬尼翁先生馬上做了決定。事實上，整個事件都已經過去了，後續的調查會弄清楚的，現在唯一重要的是要趕快拯救瑪麗安娜·弗維爾。

「是的。」署長說道：「我們一分鐘也不能浪費，應該馬上通知弗維爾太太。同時我會把檢察官請過來，不起訴是一定的了。」

戴斯馬尼翁先生很快的命令自己手下人繼續進行調查，證實佩雷納的推理，接著他又對佩雷納說道：

「跟我來吧，先生，弗維爾太太應該謝謝救了她的人。馬茲魯，你也一起來吧。」

佩雷納在這場會議中出色地展露了自己的天才，可以說，他是跟某些墓裡的力量在對抗，迫使死人吐露出自己的秘密。他揭開了在黑暗中謀劃，在墓穴裡實施的可怕復仇眞相，彷彿自己親生經歷一般。

戴斯馬尼翁先生的沉默和時不時的點頭洩露了他對這個人的欽佩，而佩雷納則品味著這種奇異的感受，半天之前還被警方追捕的人現在卻坐在汽車裡，警察署長的旁邊。沒有什麼能比這更好的證明佩雷納對此案的主導力和他所獲得的結論的重要性，他的合作帶來如此巨大的效應，前兩天的那些事情都被忘記了，副局長韋伯爾縱使怨恨佩雷納，卻也不能拿他怎麼樣。

戴斯馬尼翁先生開始簡要地檢視新的眞相了，儘管某些地方尚待討論，他還是總結道：

「是的，是這樣……毫無疑問……我們同意……是這樣沒錯，不可能還有其他情況。不過當中還是有些不太清楚的地方。首先是牙印，儘管她的丈夫已經供認了，但這個針對弗維爾太太的事實還是不容忽視。」

「我覺得解釋很簡單，署長，等我手中有證據後就會給您解釋的。」

「好吧，不過還有件事。昨天早上，韋伯爾怎麼會在勒瓦瑟爾小姐的房間裡找到那張關於爆炸的紙呢？」

「還有我怎麼也會在那找到記著五封信件發送日期的單子呢？」佩雷納笑著補充道。

「所以。」戴斯馬尼翁先生說道：「你同意我的意見囉？勒瓦瑟爾小姐的角色是很可疑的。」

「我認爲一切都會弄清楚的，署長。您現在只要問問弗維爾太太和加斯東・索弗朗就可以把這最後幾點不明之處搞清楚，您也會發現勒瓦瑟爾小姐根本就沒有任何可疑之處。」

「還有一件事我覺得很奇怪。」戴斯馬尼翁先生堅持說道：「希波列特・弗維爾在供述中壓根沒有提到摩靈頓的遺產。爲什麼呢？他不知道？我們是不是應該認爲這一系列犯罪和遺產之間並沒有關聯，一切只是巧合？」

「關於這個，我完全同意您的看法，署長。希波列特・弗維爾絕口未提遺產一事讓我有些困惑，我承認這一點，不過我覺得這並不特別重要，關鍵是弗維爾工程師犯了罪，而被關押的人是清白的。」

佩雷納覺得太高興了，在他看來，隨著弗維爾工程師寫下的供述被發現，這起陰森的事件也結束了。至於供述中找不到解釋的那些問題，弗維爾太太、佛蘿倫絲・勒瓦瑟爾和加斯東・索弗朗會解釋清楚的，對佩雷納而言，那些已經沒多大意思了。

聖納澤爾……這座破舊骯髒的監獄還沒有被拆掉，署長下了汽車，馬上有人爲他打開監獄的門。

「典獄長在嗎？」署長問門房道：「快，讓人去叫他，有急事。」

不過署長等不及了，匆匆忙忙沿著通往醫務室的走道跑過去，他在一樓的平臺上碰見典獄長。

「弗維爾太太呢？……」他開門見山地問道：「我想見她。」

署長猛然打住話頭，典獄長的神情非常的慌張。

「怎麼了？你怎麼了？」

「怎麼，署長。」典獄長結結巴巴地說道：「您不知道嗎？我已經打電話通知警署了……」

「你說吧！發生什麼事？」

「署長，弗維爾太太今天早上成功服了毒，已經死了。」

戴斯馬尼翁先生一把抓住典獄長的胳膊衝進醫務室，佩雷納和馬茲魯也緊跟在後，在醫務室的一間房間裡躺著年輕的女子。

她的臉上和肩部都有棕色的斑點，這些斑點和維羅警探、希波列特・弗維爾還有他兒子艾德蒙屍體上的斑點相似。

署長被驚呆了，喃喃地說道：

「可是毒藥……毒藥是哪來的？」

「我們在她的枕頭下面找到了這個小玻璃瓶和注射器，署長。」

「她的枕頭下面？玻璃瓶和注射器怎麼會在那？誰給她的？」

「這個我們還不知道，署長。」

戴斯馬尼翁先生看了佩雷納一眼，希波列特·弗維爾的自殺並沒有使得這一系列犯罪停下來。他的行動不僅僅陷害了瑪麗安娜，還讓這個不幸的年輕女子中毒而亡！這可能嗎？是不是應認爲死人的復仇還在自動地悄悄繼續進行？或者……或者是另一種神秘力量在陰暗中繼續大膽推進弗維爾工程師的魔鬼計畫？

第三天，又發生了戲劇性的變化，人們在牢裡發現已經瀕臨死亡的加斯東·索弗朗，他用床單上吊自殺，而最後對他的急救也沒有成功。

在他旁邊的桌子上，人們發現六、七張報紙的摘錄，是神秘人物遞進來的。

所有這些摘錄講述的都是瑪麗安娜·弗維爾的死亡。

chapter 14 兩億法郎的繼承人

這些悲劇發生後的第四個晚上，一個年老的馬車夫敲響佩雷納公館的門，這名車夫全身裹著一件寬袖長外套，他讓人遞了封信給佩雷納，隨後馬上就有人將他領到一樓書房，他一進書房，剛脫了外套就衝向佩雷納嚷嚷道：

「這次完了，老大。您別笑了，收拾包袱快跑吧。」

佩雷納斜躺在一張寬大的扶手椅中，安安穩穩地抽著煙，答道：

「你想要什麼，馬茲魯，雪茄還是香煙？」

馬茲魯發火了：

「老大，您沒讀報紙嗎？」

「讀了啊！」

「這樣的話，就應該和我一樣清楚現在的情況，所有人都清楚！三天來，自從那兩起自殺案之後，或者更準確的說，自從瑪麗安娜·弗維爾和她的表哥加斯東·索弗朗雙雙遇害之後，沒有一家報紙上不寫著這些話，或者是差不多的內容：『**既然弗維爾先生和他的兒子、妻子、以及表弟加斯東·索弗朗都已經死亡，再也沒有什麼能隔開佩雷納和科斯莫·摩靈頓的遺產了。**』您明不明白這意味著什麼，老大？人們固然談論蘇歇大街爆炸案和弗維爾工程師身後吐露的秘密，人們固然對可憎的弗維爾不滿，也不知道該怎麼稱讚您的聰明才智，可是，所有的談話和討論都突顯了一點事實：盧梭爾家族的三支子孫都已經不存在了，還剩下誰呢？佩雷納。在沒有血親繼承人的情況下，誰來繼承呢？佩雷納。」

「眞是走運！」

「這就是人們所想的，老大。他們認爲這一系列陰謀犯罪不可能是巧合，而相反剛好表明有一人在當中起著主導作用。這個人的行動起始於科斯莫·摩靈頓的被害，結束於把兩億法郎弄到手。要說到這個人的名字，他是個不同尋常的輝煌人物，名聲也不太好。他既可疑又神秘，無所不能、無所不在，他是科斯莫·摩靈頓的密友，從一開始就主導著這一系列事情的發生，他進行策劃、提出指控、又獲得清白，讓警方抓了人又協助被抓者逃脫，總之他將整個遺產案隨意擺弄，而假如他是根據自己的利益來行動的話，就可以弄到兩億法郎。這個人就是佩雷納，另一個名聲不太好的名字是亞森·羅蘋。面對這樣一樁大案，要是有誰不往他身上想，那人肯定是瘋了。」

「謝謝誇獎！」

「這就是人們所想的，老大，我跟您重複一遍。只要弗維爾太太和加斯東·索弗朗還活著，人們就不太會想到您身爲遺贈執行人和特定條件下的遺產繼承人的身份。但是他們兩個人都死了，是不是？人們就一定會注意到命運是多麼垂青佩雷納。您還記得那條司法公理吧：犯罪者即受益人。所有盧梭爾家繼承人都死亡對誰有利呢？對佩雷納。」

「聽起來眞像個強盜！」

「強盜，韋伯爾在警署和警察局的走道裡正是這麼嚷嚷的。您就是強盜，佛蘿倫絲·勒瓦瑟爾是您的同謀。誰能反駁這個說法啊。警察署長？他記得您兩次救過他的性命又怎麼樣？記得您爲警方所做的無可估量的貢獻又怎麼樣？他去找保護你的內閣總理瓦朗格雷又怎麼樣？大家都知道這個針對您的指控……作主的不只是署長一個人！也不只是內閣總理一個！還有警察局、檢察院、法官、各大報紙，特別是民意。民意必須得到滿足，他們正等待著警方交出一名罪犯。這名罪犯就是您，或者是佛蘿倫絲·勒瓦瑟爾，或者更準確的說，是您和佛蘿倫絲·勒瓦瑟爾。」

佩雷納連眉頭都沒有皺一下，馬茲魯又耐心等了一分鐘，但依然沒有得到回應，他絕望地說道：

「老大，您知不知道您在逼我做什麼啊？違背自己的職責。好吧，您聽著，明天早上，您會收到檢察官的傳召。審問之後，不論結果如何，您都會被直接送進拘留所。逮捕令已經簽下來，這就是您的敵人得到的成果。」

「該死！」

「這還不是全部，韋伯爾拼命的想要對您復仇，他要求從現在起就監視您的公館，使您無法像佛蘿倫絲·勒瓦瑟爾一樣逃脫，一個小時之後，他就會帶著人就定位，您對此怎麼說，老大？」

佩雷納依然是那副漫不經心的姿態，他對馬茲魯打了個手勢：

「隊長，你瞧瞧兩扇窗戶之間的長沙發下面有什麼。」

佩雷納是認眞的，馬茲魯本能地服從了，沙發底下是一個箱子。

「隊長，十分鐘後，我一命令讓僕人去休息，你就帶著箱子去瑞沃里路雙一四三號，我在那有用勒考克先生的名字訂下一間小公寓。」

「這是什麼意思，老大？」

「意思就是，三天來，我一直在等著你來，因爲我沒有其他可以信任的人託付這個箱子。」

「啊，這個！可是……」馬茲魯驚呆了，結結巴巴地說道。

「怎麼了？」

「您本來就打算逃跑？」

「當然囉！只是急什麼呢？我把你安插在警察局的時候就是爲了知道那些針對我的陰謀。既然有危險，那我就跑呀。」

馬茲魯越來越震驚地看著他，佩雷納拍了拍他的肩膀，嚴肅地對他說道：

「你看到了，隊長，我早就安排好了，你以後沒必要僞裝成馬車夫來違背自己的職責。一個人永遠不該違背自己的職責，隊長，問問你的良心吧，我確定良心會告訴你該做些什麼的。」

佩雷納說的是事實，他意識到瑪麗安娜和索弗朗的死亡改變了形勢，認爲躲起來是比較謹慎的做法。他之前之所以不這麼做，是因爲他希望能夠透過信件或電話收到佛蘿倫絲・勒瓦瑟爾的消息，但是年輕女子卻一直固執地保持沉默。佩雷納沒有理由去冒被捕的風險，因為事情的發展使得他被捕的機率變得很大。

事實上，佩雷納的預測是正確的。第二天，馬茲魯就愉快地來到他在瑞沃里路的小公寓。

「您剛好躲過這一劫，老大。韋伯爾今天一早就知道鳥兒飛了，一直怒火衝天。此外，我們得承認形勢越來越複雜了，警署的人完全弄不明白，他們甚至都不知道應不應該繼續追蹤佛蘿倫絲・勒瓦瑟爾。呃！是的，您應該在報紙上讀到了。檢察官認為既然弗維爾是自殺的，而且是他殺死了自己的兒子艾德蒙，那佛蘿倫絲・勒瓦瑟爾跟這件事就沒什麼關係了。他覺得案子這方面已經了結了。哼！檢察官這是開玩笑的吧！顯然佛蘿倫絲是有參與加斯東・索弗朗的遇害還有其他事件的，是不是？她屋內的莎士比亞書裡不是發現了弗維爾先生安排的信件和爆炸相關的文件嗎？還有……」

馬茲魯打住了話頭，他被佩雷納的目光嚇壞了，他明白了老大此刻比任何時候更加在乎這個年輕女子，不管佛蘿倫絲是否有罪，佩雷納對她的愛依舊不變。

「好吧。」馬茲魯說道：「我們別提她了，不過之後發生的事會證明我是對的，等著瞧吧。」

日子一天天過去，馬茲魯盡可能經常地來看佩雷納，或者給他打電話，告訴他聖納澤爾和桑代監獄兩邊的調查狀況。

正如人們所知道的那樣，這些調查只是徒勞無功。佩雷納關於天花板吊燈和神秘信件自動發送裝置的論斷完全是正確的。不過關於兩起自殺案的調查卻失敗了，他們頂多就是發現索弗朗在被捕之前試圖通過醫務室的供應商與瑪麗安娜傳遞消息。是否應該認為藥瓶和注射器也是通過同一管道送進去的呢？

這一點就沒法證實了。另一方面，他們也沒辦法搞清楚關於瑪麗安娜自殺消息的報紙是怎麼被弄進加斯東·索弗朗的單人牢房的。

還有最初的謎團也依然沒有弄清楚，就是蘋果上那個不可思議的牙印！弗維爾死後的供述證明了瑪麗安娜的無辜，但確實是瑪麗安娜的牙齒咬了那顆蘋果！被報導稱爲邪惡的虎牙的正是她的牙齒！那到底是怎麼回事？……

簡而言之，正如馬茲魯所說，所有的人都不知所措了。署長受遺囑所托，需要在立遺囑人死亡三個月到四個月之間召集摩靈頓的所有繼承人。因此他做出決定，在下個禮拜也就是六月九日舉行處理遺產的會議。他希望由此可以了結這樁令人惱火的案子，因爲警方在當中表現出來的只有疑惑和恐慌。屆時他會按照情形就遺產問題做出決定，然後就結束調查。慢慢的就不會有人再提摩靈頓繼承人離奇死亡一案了，虎牙的疑團也會一點點被人遺忘……

奇怪的是，這些天來，儘管佩雷納心裡像所有大戰在即的人一樣躁動——因爲這次至關重要的會議被視作一場大戰。他人卻很安靜地坐在面朝瑞沃里路的陽臺的扶手椅上，有時抽著煙，有時吹著泡泡，任由它們被風帶到杜樂麗宮的花園裡。

馬茲魯被弄迷糊了。

「老大，您太讓我驚訝了，您怎麼這麼安靜呀，好像一點都不在乎！」

「我是很安靜，而且也不在乎，亞歷山大。」

「什麼！您對這案子不再感興趣了？您放棄替索弗朗太太和弗維爾報仇了？您都已經被公開指控

了，竟然還在這吹泡泡？」

「沒有什麼比這更有意思的了，亞歷山大。」

「您聽我說，老大？有人認爲您知道謎底……」

「誰知道呢？亞歷山大。」

似乎什麼都打動不了佩雷納，又過去了幾個鐘頭，接著又是幾個鐘頭，他還是在陽臺上沒有動，不過改用麵包餵麻雀了，他似乎也眞的認爲案子已經結束了，一切都再好不過。

但到了開會那天，馬茲魯手裡拿了一封信，驚慌地衝進來：

「是給您的，老大。信寄到我那，不過裡面的信封寫的是您的名字……您覺得呢？」

「很簡單，亞歷山大，敵人知道我們關係好，而他不知道我的地址……」

「什麼敵人？」

「我今晚會告訴你的。」

佩雷納打開信封，將信上幾行紅墨水寫下的字念了出來：

現在還來得及，羅蘋。抽身而退吧，否則的話你也難逃一死。當你以爲自己達到目標的時候，當你向我抬起手的時候，當你叫囂著勝利的時候，你腳下就會裂開一道深淵。你的死亡地點已經選好了，陷阱準備好了，當心！羅蘋。

佩雷納笑了。

「好極了，事情有眉目了。」

「您這麼認爲，老大？」

「是的，是的……誰給你這封信？」

「啊！這個，老大，我們這次運氣可眞不錯！信被交給警署的一名員警，他住在泰爾納，剛好隔壁就是送信人的屋子。他認識那傢伙，您得承認這次運氣好吧。」

佩雷納跳起來，整個人容光煥發。

「你別吊我胃口了！快說說有什麼消息？」

「這人是泰爾納街一家醫院雇的傭人。」

「我們走，一分鐘也不能浪費。」

「好極了，您恢復精神了。」

「喔！當然了。因爲之前沒什麼能做的，我一直在等今天，這段時間充分地休息一下，因爲到時戰鬥一定會非常的激烈。現在既然敵人終於做出蠢事，我們得到線索，那麼就沒必要再等了。我要搶先行動了，打虎去吧，馬茲魯！」

佩雷納和馬茲魯到達泰爾納街醫院的時候是下午一點，一名傭人迎上前來。馬茲魯用肘撞了撞佩雷納。毫無疑問，這就是送信的人。事實上，面對隊長的詢問，這人輕易就承認自己早上去過警署。

「是誰叫你送的？」馬茲魯問道。

「是修女院長的命令。」

「修女院長?」

「是的，我們醫院還附設一家療養院，由修女們管理。」

「我們能不能跟院長談談?」

「當然可以，不過不是現在，她出門了。」

「她會回來嗎?」

「哦!等一下吧。」

傭人將兩人領進前廳，佩雷納和馬茲魯在那等了一個多小時，他們覺得非常奇怪。修女院長的介入意味著什麼?她在案子裡扮演什麼角色?

一直有人進來，他們都被領到先前等待治療的病人旁邊排隊等候，治療完又陸續走了出去。還有一些修女安靜地來來去去，穿著白色緊身長衫的護士在醫院內穿梭。

「我們不能在這乾等著，老大。」馬茲魯低聲說道。

「你急什麼?等著跟情人約會嗎?」

「我們是在浪費時間。」

「我可沒浪費時間，署長那的會議是五點。」

「啊!您說什麼呢，老大?您不是認眞的吧!您不會是想要去參加……」

「爲什麼不呢?」

「怎麼可能！可是您的逮捕令……」

「逮捕令？廢紙一張……」

「要是您逼警方採取行動的話，這廢紙可是會成眞的，您的到場會被認爲是在挑釁警方……」

「你想想有哪個兩億法郎的繼承人會不出席繼承遺產的會議，如果我不到場，就會被認定是心裡有鬼。因此我得參加這個會議，爲了不喪失我的權利，我會去參加的。」

「老大……」

馬茲魯才剛開口，突然他們聽到一聲像是強壓下去的喊叫，出聲的那名護士本來正穿過大廳，卻突然飛奔離開，揭起門簾就消失不見了。

佩雷納猶豫著站起身，有些困惑。過了四、五秒鐘，他向門簾那邊衝過去，沿著走廊奔到一扇大門前。那道包覆著皮革的大門才剛被關上，佩雷納試著將門推開，但發抖的手一直推不開門，讓他多浪費了幾秒鐘。

當他打開門後，佩雷納發現自己在一個備用樓梯的下方。要上去嗎？右手邊還有一扇同樣的樓梯通往地下室。佩雷納沿著樓梯走下去，來到廚房，他一把抓住廚娘，憤怒地問道：

「剛剛有個護士從這出去了？」

「傑爾特魯德小姐？新來的……」

「是的……是的……快……有人在找她……」

「誰啊？」

「該死！快告訴我她走哪條路？」

「這邊……這扇門……」

佩雷納衝過去，穿過一個小小的衣帽間，衝到外面泰爾納大街上。

「好吧，眞是一場賽跑。」馬茲魯追上他叫道。

佩雷納觀察著街道上的情況，旁邊聖費爾迪南小廣場上，一輛汽車正在開動。

「她在那。」佩雷納肯定地說道：「這次，我不會再放過她了。」

他叫了一輛計程車。

「司機，跟著那輛車，保持五十公尺的距離。」

馬茲魯問道：

「是佛蘿倫絲·勒瓦瑟爾嗎？」

「沒錯。」

「她可眞不好對付！」隊長嘟噥道。

突然間他又一陣惱怒地嚷道：

「但是，老大，您什麼都沒看出來嗎？不會盲目到這個地步吧！」

佩雷納沒有反駁他的話。

「老大，佛蘿倫絲·勒瓦瑟爾在這家診所的出現顯然表明，是她讓傭人把那封威脅您的信送到我那的，所以，沒什麼問題了！佛蘿倫絲·勒瓦瑟爾主導了整個案子！十天以來，您因爲愛她或許已經將她

視作是清白的了。可是今天，事實就擺在您眼前。是不是，老大，我沒弄錯吧？您看清楚沒有？」

佩雷納這次沒有抗議，他面龐緊繃、眼神堅毅，監視著停在奧斯曼大街轉角處的那輛汽車。

「停！」他對司機叫道。

年輕女子下了車。穿著護士服的佛蘿倫絲・勒瓦瑟爾很容易就被認了出來。她查看了一番周圍的情況，彷彿是要確定自己沒被跟蹤。然後她又上了一輛車，駛過奧斯曼大街和貝皮尼爾路一直開到聖納澤爾火車站。

佩雷納遠遠的看見她由車站前的羅馬大街走進車站大廳，一直走到最裡面的一個售票窗口。

「快，馬茲魯。」佩雷納說道：「把你的警察證件拿出來，去問售票員她剛剛買的是什麼票。快點，在下一個顧客之前插上去問。」

馬茲魯急急忙忙跑過去問了售票員，然後又折回來。

「二等座，去盧昂的。」

「你也去買一張。」

隊長服從了他的命令，兩人詢問之後得知有一列快車馬上就要發車了，當他們趕到月臺的時候，佛蘿倫絲正走進列車中部的一節車廂。

火車發車前的哨聲已經響起。

「上車。」佩雷納一邊盡可能地隱藏自己，一邊說道：「你到了盧昂之後給我發電報，我今晚會去跟你會合，眼睛睜大點，別讓她從你眼皮底下跑了。她可是個厲害角色，你也知道的。」

「您呢？老大，爲什麼您不去？最好您也一起……」

「不可能，火車在到達盧昂之前是不停的，這樣我晚上趕不回來，但警署的會議五點就開始了。」

「您堅持要去參加會議？」

「比任何時刻都來得堅持，去吧，上車吧。」

佩雷納將馬茲魯推進列車尾部的一節車廂裡，列車晃了一下，很快就消失在隧道裡。

佩雷納到候車室的長椅上坐下，在那待了整整兩個小時，他假裝是在讀報紙，可是眼神渙散，腦海裡還一直想著那個揮之不去的問題：佛蘿倫絲有罪嗎？

五點整的時候，戴斯馬尼翁先生辦公室的門打開了。到場的有司令阿斯特里涅克伯爵、勒佩爾圖斯律師和美國大使的秘書。也就在同時，前廳走進來一個人，向櫃檯遞上了自己的名片。

値班的櫃檯人員看了一眼，轉向旁邊聊天的一夥人看了看，然後問這個新到的人：

「先生您沒被邀請吧？」

「那又怎樣，告訴署長，佩雷納來了。」

一旁聊天的那夥人像是被電流擊中了一樣，當中一人走上前來，這人正是副局長韋伯爾。

兩人直直地對視了片刻，佩雷納友好地微笑著，韋伯爾卻面色蒼白，嘴唇有些顫抖，可以看得出他費了好大力氣才克制住自己。

他身邊除了兩名記者之外，還有四名警察局的警察。

「哎喲！這些先生可是爲了我才在這的。」佩雷納想道：「可是他們的驚訝證明他們沒認爲我眞敢

出現，他們會逮捕我嗎？」

韋伯爾依然沒有動，不過他的臉上最終表現出了一種滿足，彷彿在想：我逮住你了，你跑不掉的。

櫃檯人員回來了，他一言不發的爲佩雷納帶路。

佩雷納從韋伯爾身前走過，親切地打了個招呼，還向員警們做出一個友好的手勢，走了進去。

司令阿斯特里涅克伯爵馬上向他走了過來，他伸出的手表明那些流言蜚語並沒有妨礙他對外籍軍團士兵佩雷納的尊重，不過很明顯，署長的態度卻有所保留，他繼續翻看著手上的文件，低聲與大使秘書和公證人交談著。

佩雷納想道：

「羅蘋啊！會有一個人帶著手銬從這走出去的。倘若那個人不是眞正的罪犯，那就是你，我可憐的老夥計。你很清楚……」

他想起歷險剛始的情景，在弗維爾公館的書房中，在法官們面前，他不得不向警方交出罪犯，否則自己就會馬上被捕。所以，戰鬥由始至終，他必須在同隱身敵人作戰的同時，面對警方的襲擊。只有取得必需的勝利，他才能夠保護自己。他一直處於危險中，面臨著各式各樣的襲擊，陸陸續續的，他將瑪麗安娜和索弗朗逼進了深淵。他們是殘酷競爭法則下犧牲的無辜者。他是否最終能和眞正的敵人當面較量一番呢，或許是他自己也會在最後關頭死去呢？

佩雷納興奮地搓了搓手，戴斯馬尼翁先生不由得看了他一眼，他一臉的心花怒放，像是滿心快樂的人還等著更美的事到來。

警察署長沉默了一會，彷彿在想到底是什麼讓這傢伙如此開心，然後又看了一下手上的文件，最後終於說道：

「先生們，跟兩個月前一樣，我們集中在這是爲了決定科斯莫・摩靈頓遺囑一事。秘魯公館的專員卡塞雷斯先生不會來了。事實上，我剛剛收到了從義大利發過來的電報，他病得很厲害。此外，他也不一定非得到場。所以人都到齊了……除了本次會議原本將授權遺產的那些人，也就是那幾位科斯莫・摩靈頓的遺產繼承人。」

「還差一個人，署長。」

署長抬起頭，剛剛說話的正是佩雷納，署長猶豫了一下，決定還是問一問，於是說道：

「誰？這個人是誰？」

「殺害摩靈頓遺產繼承人的那個人。」

這次，佩雷納又一次不顧眾人對自己的抵制，迫使與會者考慮自己的存在和巨大影響。無論如何，他們都得同佩雷納進行討論。這個人說的內容是讓人無法想像，不過事情既然是從他嘴裡說出來的，那就是有可能的。

「署長。」他說道：「您是否允許我陳述一下目前的情況？這會是我們在蘇歇大街爆炸案之後進行的談話的續章和結論。」

戴斯馬尼翁先生的沉默讓佩雷納明白自己可以說一說。於是他馬上講道：

「我的話很簡短，署長。之所以簡短有兩個原因：首先，我們已經有了弗維爾工程師的供述，而且完全知道了他在此案中扮演的魔鬼角色；其次，眞相儘管貌似複雜，實則非常簡單。署長，眞相就藏在您走出蘇歇大街炸毀的公館時對我提出的反問中：『爲什麼希波列特・弗維爾的供述裡一次也沒有提到科斯莫・摩靈頓的遺產？』

「關鍵就在這點，署長。希波列特・弗維爾關於遺產一個字也沒提。要是他一個字都沒說，顯然是因爲他不知道遺產的存在。而加斯東・索弗朗對我講述他的悲劇故事時也沒有提到遺產，因爲遺產在加斯東的經歷裡沒有佔據任何位置。他在這些事情發生之前並不知道有遺產這回事，瑪麗安娜・弗維爾和佛蘿倫絲・勒瓦瑟爾也不知道。

「不可否認的事實是，復仇，只有復仇在引導著希波列特・弗維爾的行動。否則，既然科斯莫・摩靈頓的百萬遺產歸他所有，他爲什麼要這樣做呢？此外，要是想享受這百萬遺產的話，他就不會以自殺開始行動了。

「所以有一條是肯定的：遺產在希波列特・弗維爾的決定和行動中沒有任何作用。

「可是事情一件一件的非常有規律，彷彿這些人就是按照科斯莫・摩靈頓遺產繼承順序被害的，先是科斯莫・摩靈頓，接著是希波列特・弗維爾，接著是艾德蒙・弗維爾，然後是瑪麗安娜・弗維爾，再然後是加斯東・索弗朗！先是財產的持有者，然後是他指定的所有繼承人，我再重複一遍，死亡是按照遺囑所規定的財產繼承順序來的！

「這難道不奇怪嗎？讓人怎能不假設這一切當中是存在某種陰謀主導的？讓人怎麼不認爲說這場戰鬥是被遺產所主導的，在卑鄙的弗維爾的仇恨和嫉妒之上，還有一個天才的、精力充沛的傢伙爲了追求明確的目標，將慘案中所有成員編號，一一引向死亡，而案件中的種種都是這個人一手策劃的？

「署長，民眾的直覺和我的是一致的，以副局長韋伯爾爲首的部分員警和我的推理方法也是極其相似的，所有人都能想像到這個人的存在。應該有一個這樣的主謀，意志堅定、精力充沛，他們認爲這個人就是我。說到底，爲什麼不是呢？我不正是科斯莫・摩靈頓遺產的繼承人，將從這些犯罪中獲利嗎？

「我不會爲自己辯解。署長，或許一些奇怪力量的介入，或許因爲形勢所迫，你們不得不對我採取一些不正當的措施。但是我不會認爲你們眞的認定我是犯下這些重罪的那個人，這對你們是一種侮辱。因爲兩個月以來，你們可以對我的行爲做出評判。

「不過，民眾憑著直覺是有理由指控我的，除了弗維爾工程師之外，肯定有一個罪犯，這個罪犯會繼承科斯莫・摩靈頓的遺產。我指控的就是這個人，署長。

「發生在我們眼前的這樁陰森可怖的案件，並非如我們之前所認爲的只是一個死人的意願。我並非完全在跟一個死人對抗，整樁事件中，我不止一次的感覺到有活人的氣息在挑戰著我，我感覺到那些邪惡的虎牙試圖將我撕裂。死去的死人弗維爾工程師是做了很多，但並非全部。我所說的這個活人有些甚至是自己獨立做的，這個活人僅僅是死人命令的執行者還是合夥的同謀？我不知道。不過他肯定現在還在繼續完成整個計畫，這計畫甚至有可能是他主導的，無論如何一定是爲了他自己的利益，堅定的要將犯罪進行到底。因爲他知道科斯莫・摩靈頓的遺囑內容。

「我指控的就是這個人，署長。

「我指控他犯下那些希波列特・弗維爾不可能完成的罪行。

「我指控他撬開科斯莫・摩靈頓的公證人勒佩爾圖斯律師放有客戶遺囑的抽屜。

「我指控他溜進科斯莫・摩靈頓的公寓，將他要用的一支藥劑換成了有毒液體。

「我指控他前來檢視科斯莫・摩靈頓的死亡並且開出假證明。

「我指控他向希波列特・弗維爾提供了毒藥，這毒藥相繼害死了維羅警探、艾德蒙・弗維爾，還有希波列特・弗維爾他本人。

「我指控他向加斯東・索弗朗提供了武器，並且讓他同我作對，加斯東是在他的建議和指示之下三次試圖殺了我，最後卻造成我的司機死亡。

「我指控他利用加斯東・索弗朗爲了與瑪麗安娜・弗維爾傳遞消息在醫務室建立的關係傳進去毒藥瓶和注射器，使這個不幸的女人成功自殺。

「我指控他透過我不知道的方法，在充分預計到了自己行爲將會造成的不可避免的後果的情況下，將報導著瑪麗安娜死亡的報紙文章轉交給加斯東・索弗朗。

「所以，總而言之，我指控他殺害科斯莫・摩靈頓、艾德蒙・弗維爾、希波列特・弗維爾、瑪麗安娜・弗維爾、加斯東・索弗朗，以及所有阻擋在他和兩億法郎之間的人——這還沒算上維羅警探和我司機的被害。

「署長，最後再說幾句話向您表達我的想法，要是一個人爲了獲得兩億法郎而殺害另外五個人的話，那他一定得確定自己的殺戮可以讓自己最終獲得這筆財富。簡而言之，要是有人殺死了一個億萬富翁和他的四個繼承人，那就是因爲他自己是這億萬富翁的第五個繼承人。用不了多久，這個人就會出現在這了。」

署長本能地叫了出來。他忘記了佩雷納所有緊密有據的論斷，腦子裡只想著他所宣佈的這個人的出現。佩雷納回答道：

「署長，他的到來會給我的指控帶來最有力的結尾，科斯莫・摩靈頓的遺囑明確的寫著：**除非繼承人前來參加今天的會議，否則他的繼承權就會無效。**」

「要是他不來呢？」署長叫道，佩雷納的肯定讓他一點一點的相信起他。

「他會來的，署長。否則整樁案子就沒有意義了。倘若這案子僅限於弗維爾工程師的犯罪行為的話，那就可以將之視為一個瘋子的荒唐行徑。既然已經走到瑪麗安娜・弗維爾和加斯東・索弗朗死亡這一步了，這個人物的出現就是不可避免的結局。他會是聖德田盧梭爾家族的最後一支，也是按照規定排名在我之前的科斯莫・摩靈頓遺產的繼承人。他會前來要求獲得自己通過恐怖的手段才弄到的兩億法郎的。」

「要是他不來呢？」戴斯馬尼翁先生更強烈地追問道。

「那樣的話，署長，我就是罪犯，您只要逮捕我就行了。今天五點到六點之間，就在這間屋子裡，您的對面，您會看見那個殺害摩靈頓繼承人的人。從人性的角度來看這是必然的……因此不論情況如何，警方都會滿意的。他或者我，選擇很簡單。」

戴斯馬尼翁先生不說話了，他神情焦慮地咬著自己的鬍子，繞著桌子轉圈。其他與會的人也都圍在桌邊。顯然他腦海裡正醞釀著對此番推論的駁斥，最後，他彷彿自語般的喃喃說道：

「不……不……要怎麼解釋這個人一直等到現在才來申請繼承權呢？」

「或許是偶然，署長先生……某種阻礙……或者，誰知道呢？是惡魔的考慮。再說，署長，您還記得整件案子組合得是多麼的細緻巧妙吧。他可能直到最後還受著這套方法的影響，直到最後關頭才現身？」

戴斯馬尼翁先生有些憤怒地叫道：

「不，不，絕不，這不可能。要是存在著這樣一個魔鬼般的傢伙完成了這一系列謀殺，那他不會蠢到送上門來的。」

「署長，他來這的時候並不知道威脅自己的危險。因爲沒有人想到他的存在。再說，他又會冒什麼險呢？」

「冒什麼險？要是他眞的犯下了這一系列謀殺案……」

「他沒有犯下這一系列謀殺案，署長，他是讓人犯下的，這是不一樣的。您現在明白這個人厲害在什麼地方了：他自己是不動手的！自從眞相出現在我面前的那一天起，我就一點一點成功地發現了他的行動方法，揭開了他操縱的齒輪運作和他設下的詭計。他自己是不動手的！這就是他的手段。您會發現所有這些謀殺都是一樣的。表面看來，科斯莫・摩靈頓是死於意外注射；可實際上是他給他打了這一針。表面看來，維羅警探是被希波列特・弗維爾殺死的，可實際上是他策劃了這場犯罪，他向弗維爾表明了這麼做的必須性，可以說是一步步教唆他這麼做的。同樣的，表面看來，弗維爾殺死自己的兒子然後自殺了，瑪麗安娜和加斯東・索弗朗也是自殺的；可實際上是這個人想要他們死，逼迫他們自殺，並向他們提供了自殺的方法。這就是他的手段，署長，這個人就是這樣做的。」

然後佩雷納似乎有些擔憂地補充道：

「我得承認，儘管這一生對敵無數，但我從來沒有遇到過這麼可怕的人物。他的行動如魔鬼般精密完美，而且具備對人性洞如觀火的能力。」

他的話讓聽眾們激動起來，他們眞正認識到這個隱藏人物。這個人物在他們的想像中漸漸成形，大家開始等著他的到來。佩雷納兩次向門口看去，並且側耳細聽，這個動作比其他東西更能讓人聯想到那人的到來。

「不管他是自己行動，還是讓人動手，只要讓我們警方捉住他，他就會……」

「警方會有麻煩的，署長！這樣的人物應該是早把一切都算到了，甚至是自己的被捕，甚至是我成爲指控對象；人們只能對他進行道義上的指控，卻沒有半點證據。」

「那麼？」

「那麼，署長，我認爲我們應當接受他的解釋，不要對他有絲毫的不信任。關鍵是要知道他是誰。之後——不會過太久，您就可以揭開他的面具了。」

警察署長繼續繞著桌子轉圈，阿斯特里涅克司令仔細地瞧著佩雷納，他的鎭定讓司令很是佩服，公證人和大使秘書看上去非常的激動。事實上，沒有什麼比此刻影響他們的想法更讓人震驚的了，可怕的殺人犯會在他們面前出現嗎？

「安靜。」署長先生突然停下腳步說道。

有人走過前廳，門被敲響了。

「請進！」

接待員走了進來，手裡拿著一個托盤。盤子裡是一封信，還有一張印著來訪者姓名和目的的紙。戴斯馬尼翁先生衝了上去。

在拿起紙的那一霎那，他稍微猶豫了一下，署長的面色顯得很蒼白，不過他很快就下定決心開始看紙上的內容：

「哦！」他驚跳著叫了出來。

他的眼神轉向佩雷納，思考了一下，然後拿起信問接待員道：

「那人在這嗎？」

「在前廳，署長。」

「我一按鈴，你就把他帶過來。」

接待員出去了。

戴斯馬尼翁先生站在書桌前沒有動，佩雷納第二次與他目光相碰，不禁有些慌亂。發生什麼事？

署長斷然拆開手裡的信封，展開信紙開始閱讀。

大家偷瞧著他每一個動作，注意著他面部最細微的表情，佩雷納的預言會實現嗎？第五個繼承人來要求獲得繼承權了？

戴斯馬尼翁先生只看了前面幾行，就抬起頭低聲對佩雷納說道：

「你說得有道理，我們面前是一份要求繼承遺產的申請。」

「是誰的，署長？」佩雷納忍不住問道。

戴斯馬尼翁先生沒有回答。他掃完第一遍之後又開始慢慢讀第二遍，注意力高度集中，像是在掂量當中的遣詞造句。最後，他高聲念道：

署長先生：

我意外獲知盧梭爾家族一位不爲人知的繼承人的存在。我直到今天才獲得了有關她身份的必要材料，而且經歷了一系列意料之外的困難。直到最後一刻，我才能夠通過當事人將這些材料交給您。出於對不屬於自己的秘密的尊重，並且想要置身事外（我只是偶然被牽扯進來的），請署長您原諒我沒有在信的末尾簽上自己的名字。

佩雷納說得沒錯，事實證明他的預言是準確的，在指定期限內，有人冒了出來。繼承申請在有效期內被提出，最後關頭事情發生的方式讓人想起整樁案件近乎機械的準確性。

現在只剩下最後一個關鍵的問題：這個未知的遺產繼承人，也是犯下五、六次謀殺的人是誰？他在旁邊只有一牆之隔的屋子裡等著。他就要來了，大家馬上就會看見他，知道他是誰了。

署長突然按下了鈴，幾秒鐘的恐慌過去了，奇怪的是，戴斯馬尼翁先生的眼睛一直沒有離開佩雷

納，而佩雷納卻很冷靜，不過其實他骨子裡也是焦慮不安的。

門被推開了，接待員給自己身後的人讓出路。

來的人是佛蘿倫絲．勒瓦瑟爾。

chapter 15

韋伯爾的復仇

佩雷納嚇呆了，佛蘿倫絲竟然在這，他明明讓馬茲魯在火車上看著她，她絕對不可能在晚上八點前回到巴黎呀！

儘管腦海一片混亂，他還是馬上明白過來，佛蘿倫絲知道自己被跟蹤，將兩人引到聖納澤爾火車站。然後她從相反方向下了火車，而此刻馬茲魯還在火車上興沖沖監視她呢。

而他馬上就明白眼下情況的可怕，佛蘿倫絲前來申請獲得遺產，而他之前親口說了，對遺產提出申請就證明其有罪。

佩雷納無法抗拒自己內心的情感，衝到年輕女子身邊，抓住她的胳膊，幾乎是仇恨地對她嚷道：

「妳到這來做什麼？妳來做什麼？爲什麼不通知我？……」

戴斯馬尼翁先生插了進來，可是佩雷納依然不肯鬆手，叫道：

「呃！署長，您沒發現這一切都是個錯誤嗎？我們等的那個人，我跟您說的那個人，不是她。那個人藏起來了，就像他一貫的作風。佛蘿倫絲．勒瓦瑟爾不可能……」

「我對小姐沒有任何偏見。」署長用專橫的聲音說道：「不過出於職責我得問問她來訪的原因，我不會……」

署長將佛蘿倫絲從佩雷納的鉗制下解救出來，讓她坐下。他自己也坐到書桌前，顯然年輕女子的出現給他帶來了很大的震動，可以說她的出現解釋了佩雷納的論斷。一個擁有繼承權的新人物登場了，無論從哪種邏輯上說來，這都毫無疑問地意味著罪犯上了臺，帶來了自己的犯罪證據。佩雷納清楚地感受到了這一點，他的眼睛再也沒有離開過署長身上。

佛蘿倫絲輪番看著這兩個人，彷彿對她而言這一切都是最難解的謎。她美麗的黑眼睛裡是一貫的鎮定從容。她沒有穿護士服，而是穿了一條式樣簡單的灰色連衣裙，沒有任何裝飾，卻襯得她的身材非常的勻稱。她和往日一樣，嚴肅安靜。

戴斯馬尼翁先生對她說道：

「您解釋一下吧，小姐。」

佛蘿倫絲回答道：

「我沒什麼要解釋的，署長。我是受託來您這的，任務我完成了，但我並不清楚是怎麼回事。」

「您說什麼？……您不明白是怎麼回事？」

「是這樣的，署長。有一個我完全信任而且非常尊重的人請我將一些文件交給您，這些文件似乎與您今天召開的會議有關。」

「與科斯莫・摩靈頓遺產分配有關？」

「是的，署長。」

「您知道如果在這次會議期間沒提出遺產申請的話繼承權就會作廢嗎？」

「我一拿到文件就趕來了。」

「那個人爲什麼不把文件早一兩個小時交給您呢？」

「我那時人不在家，有急事出去了。」

佩雷納毫不懷疑是自己的介入迫使佛蘿倫絲逃跑，打亂了敵人的計畫。

署長繼續說道：

「那您不知道這些文件爲什麼被交給您囉？」

「是的，署長。」

「那您顯然也不知道它們是關於您的什麼事囉？」

「它們不是關於我的，署長。」

戴斯馬尼翁先生笑了，他盯著佛蘿倫絲的眼睛清晰地說道：

「根據同文件一起交來的信件所說，這些文件跟您直接相關。事實上，這些文件似乎肯定了您屬於盧梭爾家族，因此您有權繼承科斯莫・摩靈頓的遺產。」

「我！」

年輕女子本能地叫了出來，她的叫聲中充滿驚訝和抗議。

她馬上堅持說道：

「我？有權繼承遺產！不可能，署長先生，絕對不可能。我從來都不認識摩靈頓先生。這是怎麼一回事呀？一定是誤會。」

她說話的時候很激動，也很眞誠，要是換其他人肯定會被她的話所影響。但署長又怎麼會忘記佩雷納剛剛的推理以及對這位來要求繼承權的人的指控呢？

「把文件給我。」他說道。

勒瓦瑟爾從小袋子裡拿出一個沒封口的藍色信封，戴斯馬尼翁先生在裡面找到好幾張發黃的紙，這些紙有些地方已經皺掉，還有些地方被撕破了。

署長在一片沉寂中檢查了一遍，流覽上面的內容，完全研究了解文字的意義，並且借助放大鏡辨識出上頭的簽名和印章，然後他說道：

「這些文件上的簽名是眞的，印章也是官方的。」

「署長，您的意思是？」佛蘿倫絲用顫抖的聲音問道……

「小姐，我得說，您對此表現出來的無知非常不可信。」

署長轉向公證人說道：

「簡單的說，這些文件包括並且證實了以下內容。正如你們所知，作爲科斯莫·摩靈頓第四位繼承人的加斯東·索弗朗有一個哥哥叫做拉魯爾，他住在阿根廷共和國。他這個哥哥死前讓一名老奶媽將一個五歲的孩子送到了歐洲。這個孩子不是別人，正是他的女兒，他的私生女。這個女孩是他同布宜諾斯艾利斯的法國女教師勒瓦瑟爾所生，孩子也得到他的承認。這是出生證明，這是父親親筆所寫並簽名的承認書，這是三個朋友的證明，他們都是布宜諾斯艾利斯有名的商人。還有這是父母的死亡證明。所有這些文件都經過官方認證，蓋有法國大使館的章。除非有新的變化，我沒有理由對這些文件提出懷疑，佛蘿倫絲・勒瓦瑟爾就是拉魯爾・索弗朗的女兒，加斯東・索弗朗的侄女。」

「加斯東・索弗朗的侄女……他的侄女……」佛蘿倫絲喃喃地說道。

提到自己那個可以說是不認識的父親，她毫無所動。可是想到親愛的加斯東・索弗朗，她就哭了起來，她一直覺得索弗朗就像自己的親人一樣。

眞誠的眼淚？或者是恰如其分演好自己角色的演員的淚水？她是眞的剛知道這些事還是假裝自己剛知道這些事所表現出來的情感？

佩雷納一直注意著年輕女子，但他更關注戴斯馬尼翁先生，希望能夠獲知這個即將做出決定的人的隱秘想法。他突然很肯定地明白佛蘿倫絲的被捕已經是板上釘釘的事了，就像是要拿下最可怕的罪犯一樣，他走近年輕女子對她說道：

「佛蘿倫絲。」

佛蘿倫絲淚眼朦朧地看向他，沒有回答。

於是佩雷納慢慢地說道：

「佛蘿倫絲，爲了替妳自己辯護，我相信妳還不知道必須替自己辯護，妳得弄明白自己的處境。佛

蘿倫絲，根據事情發展的情況來推論，署長深信走進這間屋子且有權繼承遺產的人，就是殺害那些摩靈頓繼承者的人。妳進來了，佛蘿倫絲，而妳又是科斯莫・摩靈頓遺產的繼承人。」

佩雷納發現年輕女子從頭到腳都在顫抖著，臉色變得如同死人般蒼白，可是她沒有任何抗議的話語和舉動。

佩雷納繼續說道：

「指控很明顯了，妳沒什麼要解釋的嗎？」

佛蘿倫絲許久沒有說話，然後才開了口：

「我沒有什麼能夠解釋的，一切都讓人無法理解，您想要我回答什麼？這些事太令人費解了！……」

她對面的佩雷納因爲擔憂也顫抖不已，他結結巴巴地說道：

「就這樣？……妳承認了？……」

過了片刻，佛蘿倫絲低聲說道：

「請您說明一下，您的意思是說如果我不能解釋清楚，就代表我承認了指控？……」

「是的。」

「那之後會？」

「就得被逮捕……入獄……」

「入獄！」

佛蘿倫絲顯出很痛苦的樣子，她美麗的臉龐因爲害怕變了樣。對她而言，監獄應該就代表著瑪麗安娜和索弗朗所受的折磨。監獄就意味著絕望、恥辱和死亡，所有這些瑪麗安娜和索弗朗都沒能逃過的可怕經歷，現在輪到她自己了……

她被一陣無盡的沮喪擊垮了，呻吟著說道：

「我好累！……我眞眞切切感受到自己的無能爲力！……黑暗壓得我喘不過氣來……啊！要是我能弄個清楚明白就好了！……」

又是良久的沉默，戴斯馬尼翁先生俯下身去，集中注意研究著這個年輕女子。最後，佛蘿倫絲還是沒有說話，署長伸手搖了三下鈴。

佩雷納沒有動，眼睛發狂地盯著佛蘿倫絲，他的內心深處正進行著激烈的抗爭，一方面是愛情的直覺和寬容的天性使他願意相信這個年輕女子，另一方面他的理性卻迫使他保持懷疑的態度。她是無辜的？抑或是有罪的？佩雷納不知道，一切都對她不利，但自己爲什麼依然愛著她呢？

韋伯爾走了進來，後面跟著他手下的員警，戴斯馬尼翁先生指著佛蘿倫絲跟他交談了一番，隨後韋伯爾向那女子走去。

「佛蘿倫絲。」佩雷納叫道。

佛蘿倫絲看他一眼，又看了看韋伯爾和他手下的員警，突然間了解到即將發生的事情。她向後退去，身子晃了一下，有氣無力的在佩雷納的臂彎裡掙扎著叫道：

「啊！救救我！您救救我！我求您了。」

她的動作中盡是絕望，叫聲中滿是憂愁，讓人可以一下感受到她絕望的驚惶，佩雷納一下子就明白過來。他激動起來，他的懷疑、他的保留、他的猶豫、他受的折磨一下子都煙消雲散了。他難以抑制胸中的波濤洶湧，大聲嚷道：

「不，不，不是這樣的！署長先生，有些事情還不能確定……」

佩雷納向佛蘿倫絲彎下腰去，緊緊地抱住她，沒有人能將他同這個女子分開。他倆的眼神相會了，他的臉緊緊貼著年輕女子的面龐，他能感受到她微弱而驚惶的顫動。佩雷納自己也顫抖起來，他用只有佛蘿倫絲一人能聽得到的聲音充滿激情地說道：

「我愛妳……我愛妳……啊！佛蘿倫絲……要是妳知道我發生了什麼事……知道我多麼的痛苦，而我此刻又是多麼的快樂……啊！佛蘿倫絲，佛蘿倫絲，我愛妳……」

署長對韋伯爾打了個手勢請他們先離開，戴斯馬尼翁先生想看看佩雷納和佛蘿倫絲·勒瓦瑟爾這兩個神秘人物的意外相碰。

佩雷納鬆開自己的胳膊，讓年輕女子坐到扶手椅上，然後他將手搭在她的肩膀上，面對面地說道：

「要是妳還不明白的話，佛蘿倫絲，我開始明白很多事情，我差不多已經在黑暗中看到讓妳驚惶的東西了。佛蘿倫絲，妳聽我說……不是妳幹的，是不是？……妳身後還有一個人，在妳之上。是他在指導著妳……是不是？而且妳甚至都不知道他要帶妳走到哪裡？」

「沒有人指導我……什麼意思？……您說清楚一點。」

「有的，妳不是一個人，妳做了很多事是因爲有人讓你去做，而且妳認爲這些事情是正義的，妳不知道他們的後果……妳回答啊……妳是不是完全自由的？妳是不是受到了某人的控制？」

年輕女子似乎重新冷靜下來，她的臉上一點點恢復了往日的平靜，不過佩雷納的問題似乎給了她很大的震動。

「不是的。」她說道：「沒有任何人控制我……不，我很確定。」

佩雷納卻更強烈地堅持道：

「不，妳並不確定，別這麼說。有人支配著妳，而妳還不知道。妳想想……妳現在是科斯莫・摩靈頓的遺產繼承人……妳對這筆財富無所謂，我知道的，我也很肯定。但是如果妳不想要這筆財富，那麼誰會成爲它的主人呢？妳回答我……妳要是有了錢，是不是有人可以或者認爲自己可以從中受益呢？一切關鍵都在這了。妳是不是和另外一個人命運相連？妳是他的女朋友？或者是未婚妻？」

佛蘿倫絲發出強烈的抗議。

「哦！不可能的！您說的那個人是不會……」

「啊！」佩雷納感到一陣強烈的嫉妒，叫道：「妳承認了……也就是說我說的這個人是存在的！啊！我向妳發誓，這個卑鄙的傢伙……」

佩雷納的面孔因爲仇恨而扭曲了，他不再試圖控制自己，轉向戴斯馬尼翁先生說道：

「署長，我們抓到他了，我知道我們下面該怎麼走，那畜生今夜就會遭到圍捕……最遲明天……署長，和這些文件一起的那封信，也就是佛蘿倫絲小姐交給你那封沒有署名的信，是泰爾納街一家醫院裡的修女院院長寫的。只要馬上調查這家醫院，對院長進行詢問，讓她跟佛蘿倫絲小姐對質，我們就可以找到罪犯。不過一分鐘也不能浪費……否則就太晚了，那畜生會跑掉。」

佩雷納依然難以抑制的怒氣沖沖，他堅定的信念讓人無法反抗。

戴斯馬尼翁先生提議道：

「佛蘿倫絲小姐可以告訴我們……」

「她不會說的，或者至少只有當這個人的面具被揭開之後她才會說。啊！署長，我求您跟之前幾次一樣相信我。過去我是不是都兌現了自己所有的諾言？您相信我，署長，別再懷疑了。您還記得所有那些指向瑪麗安娜·弗維爾和加斯東·索弗朗的嚴厲指控吧，他們是無辜的，可最終還是死了。難道警方也想讓佛蘿倫絲·勒瓦瑟爾和那兩個人一樣死去嗎？再者，我並不是要求給她自由，只是希望可以爲她辯護……也就是暫緩一兩個小時而已。讓副局長韋伯爾看著她好了，您手下的員警都跟我們一起去，包括這裡的員警、還有那邊的，都一起去，要抓這樣可怕的殺人犯，這些人手也不算多。」

戴斯馬尼翁先生沒有回答，過一會後他將韋伯爾拉到一邊談了幾分鐘。事實上，戴斯馬尼翁先生似乎並不太支持佩雷納的請求，不過韋伯爾卻是這麼說的：

「別怕，署長，我們不會有任何風險。」

戴斯馬尼翁先生做出了退讓。

過了一會，佩雷納、佛蘿倫絲和韋伯爾以及另外兩名警探上了一輛汽車，另外一輛載滿員警的車子則緊跟其後。

療養院完全被員警包圍了，韋伯爾採取了警方慣用的包圍措施。

署長是另外過來的，由一名傭人領進前廳，進到一間侯客室裡。修女院院長收到通知之後立刻前來見他了，當著佩雷納、韋伯爾和佛蘿倫絲的面，署長開門見山地問道：

「院長，這封信被人送到了警署，上面提到有關遺產的某些文件。根據我所獲得的資訊，這封沒有署名、而且掩飾了筆跡的信可能是您寫的，是嗎？」

院長沒有半點尷尬，堅定有力地回答道：

「是這樣的，署長。我很榮幸給您寫了這封信，不過出於一些很容易理解的原因，我寧願選擇匿名的方式。再者這些文件有交到您手上才是關鍵。不過您既然找到我了，我也做好回答問題的準備。」

戴斯馬尼翁先生盯著佛蘿倫絲繼續說道：

「院長，首先我要問您是否認識這位小姐？」

「認識，署長。幾年前，佛蘿倫絲在我們這做過六個月的護士。我對她的表現非常滿意，所以一週之前，我收留了她。我從報紙上知道她的處境，所以讓她改名換姓。療養院的員工都是新來的，所以這裡對她而言是很安全的避難所。」

「但既然您讀過報紙，難道您不知道針對她的那些指控嗎？」

「對所有認識佛蘿倫絲的人而言，那些指控並不重要，署長。在我遇到過的人當中，她有著最高尚的心靈和最高貴的靈魂。」

署長繼續說道：

「我們來說說這些文件吧，院長，它們是從哪來的？」

「署長，我在自己的房間裡找到一張紙條，上面提出要將有關佛蘿倫絲小姐的一些文件交給我……」

「那人怎麼會知道她在這所療養院的呢？」戴斯馬尼翁打斷問道。

「這我就不知道了，只是有人告訴我，那些文件會在某一天——也就是今天早晨，以留局自取的方式出現在凡爾賽郵局，收件人寫的是我的名字。那人讓我不要對任何人說，在今天下午三點鐘的時候將文件交給佛蘿倫絲．勒瓦瑟爾，委託她帶至警署，此外還讓我給馬茲魯警官帶了一封信。」

「給馬茲魯！這就奇怪了。」

「那封信好像也是關於同一件事的，所以我就將信發出去了。今天早上我又去了凡爾賽郵局，那人沒騙我：文件在郵局。但等我回來的時候佛蘿倫絲已經不在了，一直等到下午四點左右她回來之後，我才將信交給她。」

「那些文件是從哪裡寄來的？」

「從巴黎，信封上有尼耶爾街的郵戳，正是離這最近的郵局。」

「您不覺得在自己的房間裡找到這些東西很奇怪嗎？」

「當然奇怪，署長，不過跟這件案子比起來也不算太奇怪了。」

「但是……但是……」戴斯馬尼翁先生看了看佛蘿倫絲蒼白的臉，繼續說道：「但是，既然給您的指令是從這所精神病院發出的，而且又恰好是關於住在這院裡的人的，您就沒想到是這個人……」

「沒想到是佛蘿倫絲背著我進了我的房間做了這事？」院長叫道：「啊！署長，佛蘿倫絲不會這麼做的。」

年輕女子閉口不語，但從她緊繃的臉龐可以看出她顯然很恐懼。

佩雷納走近她說道：

「眞相快大白了，是不是，佛蘿倫絲？這讓妳很痛苦。到底是誰把這封信放進署長的房間？妳知道的，是不是？而且妳也知道是誰計畫了這樣一個陰謀？」

佛蘿倫絲沒有回答，署長對副局長說道：

「韋伯爾，你去檢查勒瓦瑟爾小姐住的房間。」

修女院長提出了抗議。

「我們必須弄清楚勒瓦瑟爾小姐爲什麼如此固執的保持沉默。」署長說道。

佛蘿倫絲要親自給他們帶路，不過正當韋伯爾要出去的時候，佩雷納叫道：

「當心點，副局長。」

「爲什麼要當心？」

「我不知道。」佩雷納說道，事實上，他說不上來爲什麼佛蘿倫絲的行爲讓他感到很焦慮。「我不知道……不過我還是提醒您一聲。」

韋伯爾聳了聳肩膀，在院長的陪同下過去了，他經過前廳的時候又帶上了兩個人。佛蘿倫絲走在最前面。她爬上樓，沿著長長的走道往前走，兩邊都是房間。轉了個彎之後，她來到了一段相當窄的走廊中，走廊盡頭是一扇門，佛蘿倫絲就住在那。

門開了，不過不是往裡，而是往外開的。佛蘿倫絲一邊往後退，一邊拉開門，韋伯爾也不得不往後退去。於是她利用這個機會一躍進房間，門立刻被關上。她的動作相當快，副局長想抓住門，結果卻撈了個空。

韋伯爾很憤怒。

「混帳！她會把證據處理掉的。」

他對院長說道：

「這個房間有其他的出口嗎？」

「沒有，先生。」

副局長試圖把門弄開，不過門上了鎖，門閂也插上了。於是他給手下一個大個子讓開了路，這人只一拳就打壞了門板。

韋伯爾又走上前來，將胳膊從洞裡伸進去拉開門閂，然後把鎖也弄開進了房間。佛蘿倫絲已經不在屋裡了。對面一扇小窗戶開著，她顯然是從那逃走的。

「該死！」韋伯爾叫道：「她跑了！」

他回到樓梯跟前，用打雷般的聲音吼道：

「讓人監視所有的出口！抓住她！」

戴斯馬尼翁先生跑過來，他讓副局長解釋了一番，隨後到佛蘿倫絲的房間。開著的窗戶朝向療養院內部的一個小天井，這個天井是用於樓裡的幾間屋子通風的，有管道一直通到地面。佛蘿倫絲應該是抓著這些管道逃走的，不過這種逃脫方式顯出她是多麼的冷靜而且不馴啊！

員警爲了堵住逃犯的路朝四面八方散開了，很快他們就得知，當自己在底樓和地下室尋找其蹤跡的時候，佛蘿倫絲又從天井回到自己樓下院長的房間，穿上修女的衣服，靠著這身喬裝打扮在追捕她的成群員警中神不知鬼不覺的溜走了！

員警們都衝出門去，但此時已經是入夜了，在這樣一個人口密集的街區，搜索又有什麼用呢？

警察署長沒有掩飾自己的不滿，佛蘿倫絲的逃跑打亂了佩雷納的計畫，他也非常的失望，免不了要對韋伯爾的愚笨添油加醋渲染一番。

「我都跟你說了，副局長，你要當心點！從勒瓦瑟爾小姐的態度中就能猜得出來。顯然她認識罪犯，她想去找他，讓他作出解釋，誰知道呢？或許是救他，但要是那罪犯能夠說服她的話，他們之間又會發生什麼事呢？那強盜一旦發現自己已經暴露，什麼事都做得出來。」

戴斯馬尼翁先生又再次詢問院長，很快得知佛蘿倫絲來醫院避難之前曾在塞納河中的聖路易島上一所配有傢俱的小公館裡住過四十八個小時。

這條線索儘管並沒有太大的價值，卻依然不容忽視，警察署長對佛蘿倫絲依然有所懷疑，認爲抓住這個年輕女子是很重要的。他命令韋伯爾和手下的人馬上去追蹤這條線索，佩雷納也和副局長一起。

很快下面發生的事說明警察署長是有道理的，佛蘿倫絲在聖路易島上這所配有傢俱的公館裡避難過一陣子，她在那兒假名定了一個房，不過她剛到就有一個小男孩到公館前臺要求見她，並且後來帶著她離開。

員警在樓上的房間找到一個報紙包著的包裹，裡面是一件修女穿的袍子，所以是她沒錯。

當晚韋伯爾成功地發現那個小男孩，他是住在這個街區的一個門房的兒子。他能把佛蘿倫絲帶到哪去呢？面對員警的詢問，他回答說世上沒有什麼東西會讓他出賣這個信任自己並且抱著自己痛哭的女士。男孩的母親再三求他，他的父親打了他耳光，但他堅持不肯說。

不管怎樣，由小男孩帶路可以知道，佛蘿倫絲並沒有離開聖路易島或者是它附近的區域。

員警一個晚上都在苦苦搜尋，韋伯爾將他的指揮部設在一個小酒館裡，員警時不時的前來請示，此外他還一直和警署保持著聯繫。

十點半的時候，署長派來的一隊員警也抵達了，聽候韋伯爾調配，從盧昂趕過來的馬茲魯也加入其中，他對佛蘿倫絲很是惱火。搜尋還在繼續，佩雷納一點點地掌握了主導權，韋伯爾幾乎可以說是按照他的授意在搜索某間屋子或是詢問某個人。

十一點的時候，搜捕依然沒有任何結果，佩雷納變得非常的緊張憂慮。

午夜過後，尖銳的哨聲將所有人員都集中到了島的東端，安茹街沿岸的盡頭。兩名員警在那等著他們，周圍還圍了些行人。他們剛剛得知在島對岸的亨利四世街上，有輛租來的汽車曾停在一棟房子前面，車上有爭論的聲音，後來這輛車子就在文森森林那邊消失不見了。

他們一直跑到亨利四世街道上，那棟房子馬上被指出來。房子的一樓有一扇門直接對著人行道，根據消息，計程車在這扇門前停了幾分鐘。兩個人從一樓走了出來，其中那個女子被另外一個人拽著，汽車門關上的時候，可以聽到裡面一個男人叫道：

「司機，去聖日耳曼大街，沿著塞納河岸開……到凡爾賽路。」

替這棟房子看門的女人的消息更清楚，據她說一樓的房客自己在當天晚上有見到，是來付租金的，支票上寫的名字是查理斯，而且這個人隔很久才會來一次，所以她很好奇。她的屋子剛好與他們的公寓相鄰，所以她就偷聽了隔壁說的話。那一男一女發生了爭執，那男的在當中還提高音量叫了一聲：

「妳跟我來，佛蘿倫絲，我要妳跟我來。明天一早我就給妳拿出我清白的證據。要是妳還是拒絕成為我的妻子，我就坐船離開，我能做的都做了。」

過了一會兒，他開始笑起來，又大聲地說道：

「怕什麼呢，佛蘿倫絲？難道是怕我殺了妳？不，不，妳冷靜點……」

後來她就什麼都沒聽見了，不過這些已經足以證明一切擔憂是有道理的。

佩雷納抓住副局長的胳膊說道：

「快追吧！我知道，這個人什麼事都做得出來，他就是隻老虎！他會殺了她的！」

警察局的兩輛汽車就停在五百公尺外的地方，佩雷納拉起副局長衝過去，可是馬茲魯試圖提出抗議：

「最好還是檢查一下這棟房子，搜集線索……」

「呃！」佩雷納一邊加快腳下的速度，一邊嚷嚷道：「房子，線索，這些都會找到的……而那個人，他會跑遠的……他帶著佛蘿倫絲……而且他會殺了她的……這是個圈套……我確定……」

佩雷納在夜幕中叫嚷著，用力拖著這兩個人，讓他們無法抗拒，他們離汽車更近了點。

「走！」佩雷納一見到車子就命令道：「我親自來開。」

他想爬上駕駛座，不過韋伯爾卻把他推到裡面，反駁道：

「沒必要……這個司機知道怎麼開車，我們會更快。」

佩雷納、韋伯爾和兩名員警都坐進車裡，馬茲魯坐到司機旁邊。

「凡爾賽路！」佩雷納嚷嚷道。

車子晃了一下，佩雷納還在繼續說：

「我們會抓住他的！……你知道就這一次機會。他應該開得很快，不過也不會太急，因爲他不知道自己被追蹤了……啊！強盜，快……再快些，司機！不過見鬼，幹嘛這麼多人擠在車上？副局長，我們兩個就夠了……呃！馬茲魯，你下去坐那輛車……副局長，這很荒唐……」

佩雷納突然打住話頭，他被夾在副局長韋伯爾和一名員警之間，只能站起身向車門那邊嘀咕道：

「司機，這笨蛋往哪開呢？不是這條路……哎，哎，這什麼意思啊？」

回答他的是一陣笑聲，韋伯爾樂不可支地跺著腳，佩雷納將口邊的咒罵壓了下去，做好跳車的準備，六隻手卻按住他讓他動彈不得。副局長掐住他的喉嚨，員警扯住他的胳膊，車內太窄，佩雷納沒法掙扎，他感到太陽穴上手槍冷冽的氣息。

「別掙扎了！」韋伯爾斥責道：「否則我就斃了你，這傢伙。啊！啊！你沒料到吧……哼！這是我韋伯爾的復仇！……」

佩雷納還在掙扎，韋伯爾威脅著補充道：

「我數到三，你再動就完了……一……二……」

「到底怎麼了？怎麼回事？」佩雷納叫道。

「署長的命令，剛剛收到的。」

「什麼命令？」

「要是那個叫做佛蘿倫絲的女人再從我們手上逃掉的話，就把你帶到拘留所。」

「你有逮捕令嗎？」

「我有逮捕令。」

「然後呢！」

「然後就很簡單了……監獄……法庭……」

「可是，該死！那隻老虎正飛馳著呢……不，不，怎麼這麼笨！……這些傢伙都是笨蛋！啊！天哪！」

佩雷納氣得快發狂了，當發現車子已經開進拘留所院子的時候，他身體緊繃，一把奪下副局長的武器，又一拳打暈了旁邊的員警。

可是十來個人朝車門邊湧過來了，任何抵抗都只是徒勞，佩雷納明白了這一點，更加的憤怒。

「一堆笨蛋！」他罵道，那些人圍了上來，對他進行搜身。

「一群廢物！成事不足敗事有餘！哪有這樣胡亂辦案的！強盜就在觸手可及的地方，他們卻把好人關進監獄……那強盜會逃走的……他會進行大屠殺……佛蘿倫絲……佛蘿倫絲。」

微弱的燈光中，在拉著他的成群的員警中間，佩雷納是那樣的無力。

有人拉了他一把，他又鼓足力氣站直身子，像是垂死卻不屈服的猛獸甩開咬住自己的群犬一般將那些抓住自己的人撞開，擺脫了韋伯爾。他幾乎很冷靜，似乎控制住了自己身體裡沸騰的怒火，充滿權威向馬茲魯大喊道：

「馬茲魯，快去找署長！……讓他給瓦朗格雷打電話……是的，就是瓦朗格雷先生，內閣總理……我要見他……讓人通知他。讓人告訴他是我……我，就是那個幫了德國皇帝的人……我的名字？他知道的。要是他想不起來的話，就提醒他一聲吧，我的名字就是……」

他停了幾秒鐘，然後更冷靜地宣佈道：

「亞森・羅蘋！打電話告訴他這個名字，還有一句話：『亞森・羅蘋想就一些很嚴肅的問題同內閣總理談談。』馬上給他打電話告訴他。要是總理事後知道我的要求沒被傳達到的話，他會很不高興的。去吧，馬茲魯，然後再去追蹤那個強盜。」

拘留所的所長打開了入獄登記簿。

「記上我的名字吧，所長。您就寫：亞森・羅蘋。」

所長笑了笑回答道：

「要是讓我寫另外一個名字，那倒難辦了。您的逮捕令上寫的就是：亞森・羅蘋，又名佩雷納。」

聽到這些話，佩雷納輕微地顫抖了一下，作爲亞森・羅蘋被捕，他的情形要危險得多。

「啊！」他說道：「你們是下定決心……」

「是的。」韋伯爾洋洋得意地說道：「我們決定給羅蘋迎頭一擊。勇氣可嘉吧，嗯？呵！好戲還在後頭呢。」

佩雷納沒有輕舉妄動，他轉向馬茲魯重複道：

「別忘了我的指示，馬茲魯。」

可警方對他也留了一手，馬茲魯沒有回答他的話。

佩雷納仔細看了看馬茲魯，又一次打了個寒顫，他發現馬茲魯也被人圍著，死死地困住了，這個不幸的隊長一動不動，無聲地哭泣著。

韋伯爾更開心了。

「你可得原諒他，羅蘋。馬茲魯隊長是你的同謀，就算不進監獄，也得在拘留所待著。」

「啊！」佩雷納身體僵硬地叫道：「馬茲魯被囚禁了？」

「署長的命令，逮捕令符合程序。」

「什麼罪名？」

「亞森・羅蘋的同謀。」

「他，我的同謀。算了吧！他是世上最正直的人！」

「顯然他是世上最正直的人，但這並不妨礙其他人把給你的信寄給他，而且他把信帶給了你。這就證明他知道你的藏身之處，還有其他很多要給你的驚喜，會有人向你解釋的，你有得享受了。」

佩雷納喃喃地說道：

「我可憐的馬茲魯！」

然後他又大聲嚷道：

「別哭，我的老夥計，只是一個晚上嘛。是的，我把你扯了進來，但我們再過幾個小時就能勝利了。你別哭，我給你留了個更好更光鮮的職位，而且錢也多。你的事包在我身上了，要是你覺得我沒把什麼都算到，我自己也是這麼看的。但你是知道我的！明天我就會自由，政府放了你之後會讓你當上校，領著元帥的薪水。別哭了，馬茲魯。」

然後他用不容被質疑的語調對韋伯爾發佈命令：

「先生，我請你完成我之前交托給馬茲魯的任務：先告訴署長我有極其重要的事情要通知內閣總理，然後今晚你就去凡爾賽查找老虎的蹤跡。我知道你的本事，先生，而且我完全信任你的努力和勤奮，我們明天正午見。」

然後，他向發佈完命令的領導一般，讓人帶著自己到囚室。此刻是淩晨十二點五十分，敵人已經在路上開了五十分鐘，他帶著佛蘿倫絲，就像帶著一隻別人奪不去的獵物。

囚室的門被關上了。

佩雷納想道：

「就算署長願意給瓦朗格雷打電話，那也得等到早上了。所以在我獲得自由之前，他們給了強盜八個小時的先機。八個小時……該死！」

他又思考一番，然後聳聳肩膀，臉上是那種除了等待沒有更好選擇的神情，然後他一頭栽進鋪蓋喃喃地說道：

「睡吧，羅蘋。」

chapter 16

芝麻開門！

儘管佩雷納平日是個天塌下來也照睡不誤的人，但這個晚上他卻只睡了三個小時。他被焦慮和不安折磨著，儘管已經定好精密的行動計畫，他依然不由自主地去想那些所有可能阻止計畫實施的障礙。顯然韋伯爾是會告訴戴斯馬尼翁先生的，但戴斯馬尼翁先生會給瓦朗格雷打電話嗎？

「他會的。」佩雷納跺了跺腳肯定地說道：「這也不會給他帶來什麼麻煩，何況他要是不這麼做的話反倒要冒很大的風險。而且我被捕一事應該有徵求瓦朗格雷的意見，他一定會被告知發生的一切……所以……所以……」

於是他開始思考瓦朗格雷收到通知之後會作出怎樣的決定，是否可以認爲瓦朗格雷作爲政府首腦、內閣總理，會不辭勞苦來幫助亞森．羅蘋先生的計畫？

「他會來的！」佩雷納固執地叫道：「瓦朗格雷才瞧不上那些繁文縟節和流言蜚語呢。他會來的！

哪怕就只是出於好奇……出於想知道我能跟他說些什麼的心理。再說，他了解我，我可不是那種爲了點小事就弄得雞犬不寧的人，跟我見面總能撈到點好處的，他會來的！」

不過馬上又出現另外一個問題，瓦朗格雷就算來也並不意味著他會同意佩雷納提出的交易。而且就算佩雷納成功地說服了他，還是有很多危險因素！還是有很多疑點！有很多可能讓人失望的結果！韋伯爾會迅速勇猛地追蹤逃犯的汽車嗎？他會重新找到線索嗎？就算找到了，他會不會再次把線索弄丟？

再者，就算假設他追蹤到了，會不會太晚了呢？雖然警察對那頭野獸進行追捕包圍，但那頭野獸會不會宰了自己手上的獵物呢？這樣一個可怕的兇手，要是他覺得自己失敗了，他還會在乎替自己多添一條罪名嗎？

這對佩雷納而言才是最最可怕的，他固執的充滿信心，認爲自己會克服這一系列困難，但最後出現的卻可能是這樣可怕的情景：佛蘿倫絲被殺了，佛蘿倫絲死了！

「哦！這是怎樣的折磨呀！」佩雷納低語道：「只有我才能成功，但他們卻把我剔除掉了。」

戴斯馬尼翁先生突然改變主意，同意逮捕佩雷納，而之前警方是不願意惹上亞森・羅蘋這個大麻煩的，戴斯馬尼翁先生卻同意使這個人再次出現在大眾面前，佩雷納自然也曾想過原因爲何。不過這個已經引不起他的興趣了，佛蘿倫絲才是唯一重要的，時間一分一秒的過去，每過去一分鐘，佛蘿倫絲離危險就又近了一步。

他想起幾年前也曾出現過相似的時刻，他等待著自己囚室的門被打開，等待著德國皇帝的出現。而此刻問題卻更加的嚴肅！那時情況頂多關係著他的自由，此時卻是佛蘿倫絲的性命被握在命運之神的手中。

「佛蘿倫絲！佛蘿倫絲！」他絕望地重複道。

佩雷納再也不懷疑她的清白，他同樣也不懷疑有另外一個人愛著她且擄走了她。那個人把她當作獲得自己所覬覦的財富的籌碼，更把她當作愛情的戰利品，要是守不住就會將她毀掉。

「佛蘿倫絲！佛蘿倫絲！」

佩雷納忽然非常的沮喪，他覺得自己的失敗是不可挽回的了。追在佛蘿倫絲後面？趕上那個殺人犯？都不可能了。他以亞森・羅蘋的身份被關在監獄裡，問題在於他要被關多久，是幾個月還是幾年？

這時他才清楚地認識到自己對佛蘿倫絲的愛。他發現，過去所有不再的愛情、對奢華的喜好、對權勢的需求、冒險的快樂、他的雄心、他的仇恨，這些加在一起的總和也比不上佛蘿倫絲在自己生命中佔據的位置。兩個月來他所作的就是爲了征服她，尋找眞相、懲罰罪犯，這些只不過是把佛蘿倫絲從危險中拯救出來的手段。要是佛蘿倫絲死去，要是他太晚才將她從敵人手中奪回，要是這樣的話，那就待在監獄裡好了。一個男人，甚至都沒能讓自己唯一眞正愛過的女人愛上自己。亞森・羅蘋這樣失敗的一生，在獄中度過餘生不正是他最合適的結局嗎？

這種沮喪的情緒不過是一閃而逝，因爲它顯然與佩雷納的性格完全不符，所以霎時就消散得無影無蹤了，取而代之的是絕對的信心，不帶半點焦慮或是猶疑。太陽已經升起來，牢房裡的陽光也越來越充足。佩雷納想到，瓦朗格雷一般都是在上午八點抵達位於博沃廣場的辦公室。

他這時完全冷靜下來，接著事情以完全不同的角度呈現在他面前，可以說是轉了一百八十度。事情似乎很容易，眞相也並不複雜，他清楚地知道他們不可能不照自己的要求去做。副局長韋伯爾一定已經向警察署長忠實地報告了情況，署長也一定一大早就將情況彙報給瓦朗格雷，而瓦朗格雷一定樂於同亞森・羅蘋見上一面，亞森・羅蘋透過這次見面也一定會獲得瓦朗格雷的同意。這些不是假設，而是肯定；不是要解決的問題，而是已經解決的問題。就好像從A地出發，要是已經經過B地和C地，那不管你願不願意都一定會到達D地。

佩雷納笑了起來。

「喏，我的老亞森呀，你想想，你都能把霍亨索倫王室從勃蘭登堡弄出來了。瓦朗格雷住得又不是太遠，不用擔心吧！要是有必要的話就去拜訪一下不就好了。就是這樣，我同意邁出第一步。我會去拜訪一下注在博沃廣場的這位先生。總理先生，我向您致上崇高的敬意。」

佩雷納歡快地往門口走去，假裝相信門已經開了，他只要走過去進行演講就行了。

他把這個孩子般的遊戲玩了三遍，每次致意的時候都花了很長時間，把腰彎得很低，低聲說道：

「芝麻開門。」

第四次的時候，門開了。

一名看守走進來，佩雷納用客套的聲音對他說道：

「我沒讓總理先生等太久吧？」

走廊裡站了四名員警。

「這些先生是來護衛的嗎？」佩雷納問道：「走吧，你去通報一聲，西班牙要員、國王的表哥亞森．羅蘋來到。先生們，我跟著你們走，守門的，這是二十個錢幣，多謝你的照顧，我的朋友。」

佩雷納在走廊裡停下來。

「上帝啊，連雙手套也沒有，我連鬍子也沒刮。」

那幾名圍在他周邊的偵探有些粗暴地推了他一把，佩雷納抓住其中兩人的手臂，那兩人呻吟了一聲。

「聽我的話對你們有幫助的。」他說道：「你們沒收到命令要毒打我吧，是不是？也沒說要給我戴上手銬吧？這樣的話，你們就得客氣點，年輕人。」

所長已經站在了前廳，佩雷納對他說道：

「夜裡過得很好，我親愛的所長。您『旅遊俱樂部』的房間很值得推薦，這拘留所旅館可以打個不錯的分數。您想在登記簿上寫上我入獄的記錄嗎？不要？您或許還希望我會回來？唉，我親愛的所長，別指望了，我還有很多重要的事情……」

院子裡停著一輛汽車，佩雷納和四名員警都坐了上去。

「博沃廣場。」佩雷納對司機說道。

「威勒斯路。」其中一名員警糾正道。

「哦！哦！」佩雷納說道：「竟然是到總理閣下的私人住所，總理閣下希望我秘密拜訪，這是個好現象，對了，親愛的朋友們，現在幾點了？」

沒有人回答他的問題，而且之前員警把車裡的簾子都拉上了，佩雷納也沒法看街上的鐘。內閣總理瓦朗格雷住在特洛卡帶羅附近的一樓，佩雷納直到那才看見了一座鐘。

「七點半。」他叫道：「太好了，沒浪費太多時間，情況會弄清楚的。」

瓦朗格雷的書房正對著通往花園的臺階，花園裡掛滿了鳥籠，書房裡擺滿了各式書畫。伴隨著一聲鈴響，幾名員警被引著他們進門的年老女傭帶出去了。

只剩下佩雷納一個人，他依然很平靜，不過卻有些不安，他的身體本能的想要馬上行動。他的眼睛又忍不住回到了鐘上，他覺得那根巨大的指標似乎是有生命的。

終於有人進來了，後面還跟了一個人，佩雷納認出是瓦朗格雷和警察署長。

「好了。」他想道：「我掌握住他了。」

老總理瘦削的臉上隱約透出善意，佩雷納正是借助這一點作出判斷的。瓦朗格雷沒有半絲驕傲的神色，他和這位自己正要接見的神秘人物之間沒有預設任何障礙，只有愉悅、好奇和友善。是的，瓦朗格雷從不掩飾自己的友善，亞森・羅蘋假死後，每當他談起這個冒險家及其與自己的奇怪關係時，甚至會有些誇耀這樣的友善。

「你沒變。」他打量了佩雷納半天然後說道：「就是皮膚黑了點，兩鬢有些斑白，僅此而已。」

接著他用有些突兀的語調開門見山地問道：

「說吧，你要什麼？」

「首先是一個答案，總理先生，昨晚押著我去拘留所的副局長韋伯爾有沒有找到帶走佛蘿倫絲・勒瓦瑟爾那輛汽車的線索？」

「找到了，那輛汽車停在凡爾賽。車上的人租了另外一部車，他們應該是去了南特，除了這個答案，你還要什麼？」

「行動自由，總理先生。」

「馬上嗎？」瓦朗格雷笑著起來，說道。

「最晚四、五十分鐘之後。」

「八點半好不好？」

「最後時限，總理先生。」

「行動自由後你要做什麼？」

「追上殺害科斯莫・摩靈頓、維羅警探和盧梭爾家族成員的人。」

「你一個人能追上他？」

「能。」

「可是員警已經準備好了，電報也發出去了，殺人犯逃不出法國的，我們一定能抓住他。」

「你們找不了他的。」

「我們能。」

「那樣的話，他就會殺了佛蘿倫絲・勒瓦瑟爾，她就會成爲強盜的第七個受害者，您想看到這個結果？」

瓦朗格雷停了一下繼續說道：

「所以在你看來，與現在呈現出來的事實相反，與署長有根據的懷疑相反，佛蘿倫絲・勒瓦瑟爾反而是無辜的嗎？」

「哦！她完全是無辜的，總理先生。」

「而且你認爲她有被殺的危險？」

「她是有被殺的危險。」

「你愛著佛蘿倫絲・勒瓦瑟爾？」

「我愛她。」

瓦朗格雷高興得顫抖了一下，羅蘋竟然愛上一個女人！羅蘋是爲愛在行動，而且他還承認了自己的愛！這是多麼有趣的場景啊！

他說道：

「我每天都注意摩靈頓一案的進展，知道當中的每一個細節，你完成了一些奇跡，顯然要是沒有你的話，這樁案子永遠不會走出最初的黑暗狀態。不過，我必須指出幾個錯誤，你犯下這樣的錯讓我很驚訝，不過當知道了愛情才是你的行動準則和目標之後，這樣的錯就容易解釋了。另外一方面，儘管你作出了推論，但佛蘿倫絲・勒瓦瑟爾的行爲，她作爲遺產繼承人的身份，以及她從病院裡突然地逃脫，這些都讓我們對她在當中扮演的角色有所懷疑。」

佩雷納指了指掛鐘。

「總理先生，時間不多了。」

瓦朗格雷大笑起來：

「多奇特的人啊！佩雷納，我後悔自己不是什麼無所不能的君主，不然的話，你就會是我的秘密警察部隊的老大。」

「前任德國皇帝已經提過要讓我擔任這一職位了。」

「哦！」

「不過我拒絕了。」

瓦朗格雷笑得更開心了，不過掛鐘已經指向了七點三刻，佩雷納焦慮起來，瓦朗格雷坐了下來，馬上進入了正題，用嚴肅的聲音說道：

「佩雷納，你再次現身的第一天起，也就是蘇歇大街出事的那天，我和署長就確認了你的身份，佩雷納就是羅蘋。你知道我們爲什麼不願意讓你死而復生，也知道我們爲什麼可以說是給了你某種保護，我毫不懷疑你明白其中的原因。署長完全同意我的看法，你所進行的事業是正義的，而且你的合作對我們而言非常寶貴，我們儘量讓你避免有任何後顧之憂。所以，既然佩雷納是在進行正義的戰鬥，我們就讓亞森・羅蘋留在陰影裡。不幸的是……」

瓦朗格雷又停了一下，宣佈說道：

「不幸的是，署長昨天晚上收到了一封非常詳細的揭發信，裡面有根有據，指控你就是亞森・羅蘋。」

「不可能！」佩雷納叫道：「世上沒有人能夠證明這一點，亞森・羅蘋已經死了。」

「算是吧。」瓦朗格雷同意道：「不過並不能證明佩雷納還活著。」

「佩雷納活著，而且他的經歷完全是合法的，署長先生。」

「或許吧，但是有人提出了異議。」

「誰？只有一個人有這個權利，不過他要是指控我的話，他自己也完了，我不認爲他會這麼蠢。」

「他沒那麼蠢，不過他倒眞是個騙子。」

「是秘魯大使館專員卡塞雷斯先生吧？」

「是的。」

「他不是還在國外旅行嗎！」

「可以說他是在國外逃亡，他盜取大使館的錢。不過他在逃亡國外之前簽署了一份聲明。這份聲明昨天晚上到了我們手上，卡塞雷斯先生在當中證實自己替你僞造了佩雷納這個身份。這些是你和他的通信，這些是所有證實指控眞實的證件。只要看看這些東西就可以確定：一、你並非佩雷納；二、你就是亞森・羅蘋。」

佩雷納非常的憤怒。

「這個該死的卡塞雷斯只是一個工具。」他咬牙切齒地說道：「他後面另外有人指使，那人給他錢讓他這樣做。那人就是那個犯人，我知道他的手段，他又一次在關鍵時刻想除掉我。」

「我相信的確有這樣的人。」總理說道：「可是根據與文件一併寄來的信上所說，所有這些檔案都只是影本，要是你今天上午依然沒有被逮捕的話，正本今晚就會被交給巴黎的一家大報社，所以我們不得不把這揭發信當一回事。」

「可是，總理先生。」佩雷納叫道：「既然卡塞雷斯已經在國外，而收買這些文件的強盜也逃跑了，並沒來得及將他的威脅付諸實施，所以就不用害怕文件會被交給報社了。」

「我們怎能確定呢？敵人應該有採取預防措施，他可能會有同謀。」

「他沒有。」

「怎麼能確定呢？」

佩雷納看了瓦朗格雷一眼，對他說道：

「您到底想怎麼樣，總理先生？」

「我這麼想的，儘管卡塞雷斯先生的威脅讓我們感到壓力，不過署長想要弄清楚佛蘿倫絲・勒瓦瑟爾在當中扮演的角色，所以昨天晚上並沒有打斷你的行動。但你的行動沒有任何結果，他就想到利用佩雷納爲我們服務的機會逮捕亞森・羅蘋。萬一要是我們放了他，那些文件或許就會被公開。你也明白，那樣的話，我們在公眾面前可就顯得非常的荒唐可笑了。而你偏偏要求在這個時候恢復亞森・羅蘋的自由，這是胡來、非法的，是不能接受的。所以我不得不拒絕你，我拒絕。」

瓦朗格雷住口不說了，過了幾秒鐘，他又補充道：

「除非……」

「除非？……」佩雷納問道。

「除非，作爲交換，你能夠向我提供一些不同尋常的東西，讓我願意冒險恢復亞森・羅蘋的自由，這就是我想要的。」

「總理先生，要是我把眞正的罪犯交給您，也就是這一連串謀殺案的……」

「我不需要你做這個……」

「總理先生，要是我以我的名譽向您起誓，我一旦把事情做完就馬上回來成爲你的囚犯？」

瓦朗格雷聳了聳肩膀說道：

「然後呢？」

屋內沉靜了下來，兩名對手之間的交鋒變得緊張起來。顯然像瓦朗格雷這樣一個人是不會相信空頭支票的，他要的是實際的好處。

佩雷納繼續說道：

「總理先生，或許您會允許我列舉一下我爲自己國家所做的貢獻？……」

「你就說一下吧。」

佩雷納在屋子裡走了幾步，回到瓦朗格雷面前對他說道：

「總理先生，一九一五年五月某日傍晚，有三個人出現在塞納河岸邊帕斯港口一個沙堆旁。幾個月以來，員警一直在尋找幾個裝有三億金幣的包裹，這些金幣是敵人在法國搜集的，即將被運出國外。三個人中一個叫做瓦朗格雷，一個叫做戴斯馬尼翁。第三個人，也就是邀請他們赴約的那個人，讓瓦朗格雷部長將手杖插入沙堆之中，金子就在那裡面。幾天之後，決定與法國結盟的義大利就收到四億金幣的預付款。①」

瓦朗格雷似乎非常震驚。

「這個故事沒人知道，誰跟你講的？」

「第三個人。」

「那第三個人叫什麼名字？」

「佩雷納。」

「你！你！」瓦朗格雷叫道：「是你發現藏金幣的地方？當時那個人就是你？」

「是我，總理，那時您問我怎樣才能報答我，今天我就要求獲得報答。」

瓦朗格雷馬上給出了回答，不過他先帶著些諷刺的笑了笑。

「今天？也就是說在那件事四年之後？太晚了，先生。一切都已經解決了，戰爭已經結束了，我們別再挖那些老掉牙的故事了。」

佩雷納似乎有些爲難，不過他還是繼續說道：

「一九一七年，撒雷克島上發生了一件可怕的事情②。您是知道的，總理先生，不過你一定不知道是佩雷納的介入，還有他那些計畫……」

瓦朗格雷拍案而起，提高嗓門威嚴地喝斥道：

「算了吧，亞森．羅蘋，我直接了當的說吧。要是你眞的想贏這一局的話，那就得付出代價！你說的都是過去的事了。亞森．羅蘋就是這樣收買瓦朗格雷的嗎？見鬼！你想想，在這一連串案子之後，特別是經過昨晚發生的事情，你和佛蘿倫絲，對公眾而言，你們已經是罪犯了。我說什麼來著？你們是目前僅有的眞正罪犯。佛蘿倫絲已經逃走了，你來向我要行動自由！算了吧，該死！你得付出些眞正的代價，別再猶豫了。」

佩雷納又開始在屋內走來走去，他內心在進行著最後的抗爭，他最後遲疑了一下，最終他停下腳步，下定決心，應該付出代價——他會的。

「我不討價還價，總理先生。」佩雷納一本正經肯定地說道：「我向您提出的條件肯定比你想像的更加不同尋常。不過跟要換的東西相比不算什麼，因爲佛蘿倫絲・勒瓦瑟爾的性命正受著威脅，我本想做一樁不太虧本的買賣的，不過您的話打消了我的希望。所以我把牌全攤桌子上，正如您想要的那樣，我也下定了決心。」

老總理一陣狂喜，不同尋常的東西！這到底能是什麼呢？什麼東西才能用上這樣的修飾語呢？

「你說吧，先生。」

佩雷納在瓦朗格雷對面坐了下來，像是平等交易的兩人一樣。

「很簡短，總理先生，只要一句話就能總結我向我國政府首腦提出的交易。」

「只要一句話？」

「只要一句話。」佩雷納肯定地說道。

他直視瓦朗格雷的眼睛，一個音節一個音節慢慢地說道：

「我只要換二十四小時的自由，我承諾明天早上就會和佛蘿倫絲一起回到這裡向您交上我清白的證據，要是她不來就把我關起來，我交給您的是……」

他停了一會兒，嚴肅地說道：

「我交給您的是一個王國，總理先生。」

這句話吹得太大了，太滑稽了，蠢到讓聽眾只會聳聳肩膀，這種話只有笨蛋或是瘋子才說得出來。可是瓦朗格雷卻依然很鎮定，他知道這樣的情形下佩雷納是不會開玩笑的。瓦朗格雷太瞭解這一點，重大的政治問題保密性是非常重要的，他本能的看了署長一眼，彷彿戴斯馬尼翁先生的在場讓他有些尷尬。

「我堅持署長必須聽完我的話。」佩雷納說道：「他會比其他任何人都能更好的估計其價值，而且他還能證明當中某些部分的準確性。此外，我很肯定戴斯馬尼翁先生是不會洩露秘密對我不利的。」

瓦朗格雷忍不住笑了。

「或許他也欠你的情吧？」

「正是如此，總理先生。」

「我想知道我欠了什麼……」戴斯馬尼翁先生說道。

「要是您堅持的話……戴斯馬尼翁先生，四年前，我們在塞納河岸邊帕斯港口秘密會面的那個晚上，你當時只是一個下級官員，我向您承諾會讓你被提名為警察署長。我信守了諾言。我能控制的三位部長都提出您的名字：我是否要將他們的姓名一一道來呢？……」

「沒必要了！」瓦朗格雷嚷嚷道。他笑得更歡了：「沒必要了！我相信你的無所不能。至於你，戴斯馬尼翁，別擺出這樣一副嘴臉，受了這樣一個人的恩惠也沒什麼丟臉的。你說吧，羅蘋。」

瓦朗格雷太好奇了，他並不考慮佩雷納的提議會有什麼實質的效果，甚至他打心底是不相信的。他想知道的只是這個人到底有多大的膽量，他一本正經誇下的海口背後有怎樣的奇跡。

「您不介意吧？」佩雷納說道。

他站起身向壁爐邊走去，摘下了掛在牆上的一張非洲西北部的地圖。他將地圖攤在桌子上，四隻角用重物壓住，繼續說道：

「總理先生，有件事很讓警察署長先生迷惑，我知道他費了不少時間調查過去三年裡我的行蹤——或者更準確地說是亞森・羅蘋的時間表，特別是在外籍軍團的時候。」

「是我命令他調查的。」瓦朗格雷打斷說道。

「調查的結果呢？」

「沒有任何結果。」

「所以您並不知道我在戰爭期間的行蹤？」

「我不知道。」

「我來告訴您吧，總理先生。法國應當知道她最忠誠的兒女為她做了什麼……否則……否則或許某一天會有人指責我避開了戰場，這會是非常的不公正的。總理先生，您或許還記得我在那一系列可怕的災難後曾嘗試自殺失敗，隨後進入外籍軍團。我想要死，我心裡想：或許摩洛哥的一顆子彈會給我帶來我想要的寧靜。不過命運之神沒有容許這樣的事情發生。似乎我的命數未盡，所以該發生的還是發生了。不知不覺中，死神一點點溜走了，我又重拾了對生命的熱愛。幾次輝煌的軍功讓我對自己又充滿了信心，恢復了我好動的個性。我又有了新夢想，蹦出了新念頭。我越來越需要更大的空間、更多的獨立、更廣闊的天地，更個性更新奇的體驗。儘管我對外籍軍團這個收容了我的英雄而友好的集體心懷溫情，但它不足以讓我施展手腳。一九一四年十一月，當我獲知歐洲陷入戰火的時候，我已經朝著更宏大的目標走去，儘管我並不十分清楚這個目標，但它對我卻有一種神秘的吸引力。那時我在西班牙的皇宮有一些相當強勢的朋友。在西班牙和法國談判之後，我被召到了馬德里，然後又接受秘密任務去了巴黎。這就是我的目的，我想實地看一看怎樣才能最好的爲法國的利益服務。

「我做了三、四件重要的事情，比如當中就有三億黃金案，見證了義大利加入戰爭。不過我要承認，我還是覺得這些都不是主要的。我還有更重要的事要去嘗試，現在我知道是什麼了。我發現了會讓法國處於劣勢的弱點，我尋找的目標在我眼前一點點揭開，任務完成之後我就回到了摩洛哥。一個月後我被派到南部，進了柏柏爾人的伏擊圈，儘管我當時很容易就能脫身，我還是自願被捉住了。

「這就是整個故事，總理先生。成了俘虜，我倒是自由了，我想要的生活在我面前緩緩展開。

「不過冒險差點就失敗，那四十多個柏柏爾人是一個很大的遊牧部落中散出來的一支，這個遊牧部落在阿特拉斯中部山脈一帶燒殺劫掠。他們先去了駐紮的帳篷會合，那裡留守著十幾個人看著他們頭領的女人們。他們打包好就出發了，我手被捆在背後，跟在那些騎馬的人後面走了八天，那八天的日子眞是難熬。他們在一處狹窄的高原上停了下來，高原邊上是石壁斷崖。我注意到石頭中間有很多人骨，還有法國的軍刀和武器的殘骸。

「他們將一根柱子埋進土裡，把我捆在上面。看著那些劫掠了我的人的態度，又聽見他們說了幾句話，我明白自己肯定要被處死了。他們會割掉我的耳朵、鼻子和舌頭，然後或許是腦袋。

「不過他們還是先開始做飯。他們去附近的井邊打水，然後吃完飯後也不再管我，只是笑著向我描述一下他們對我的仁慈。

「就這樣又過去一個晚上，對我的折磨被推遲到了第二天早晨，他們可能更喜歡那個時候再對付我。

「事實上，拂曉時分他們就將我圍了起來，一邊發出叫聲和嘯聲，當中夾雜著女人的尖叫。當我的影子遮住了他們前一天畫在沙子上的線時，這些人就不作聲了。他們中負責對我進行外科手術的那個人走上前來，命令我將舌頭伸出來。我照辦了。於是他用斗篷的一角拽住我的舌頭，另一隻手從刀鞘中拔出了匕首。

「我永遠不會忘記他目光中的兇殘和天真的快樂，那是一個以割掉小鳥的翅膀和爪子爲樂的壞孩子的目光。我也絕不會忘記，當那人發現自己的匕首竟然只剩下了把手和刀刃，變得奇形怪狀沒有殺傷力，長度只能勉強插進刀鞘的時候，他目瞪口呆的表情。

「他憤怒地叫罵著，衝向自己的一個同伴，奪過他的匕首。同樣的目瞪口呆。第二把匕首一樣也幾乎被齊根折斷了。場面一片混亂，每個人都揮舞著自己的刀。他們憤怒地叫著，四十五個人，四十五把刀都斷了。

「他們的首領向我撲上來，似乎要把這難以理解的現象歸罪於我。這是一個乾瘦的老頭兒，有些駝背，是個獨眼龍，長得十分醜陋。他拿起一把槍瞄準我，樣子看起來又凶又惡，我大笑起來。

「他扣下扳機，沒有擊中。他又扣了第二次，還是沒有擊中。馬上所有人都開始比手劃腳，推擠著、嚷嚷著，在捆著我的柱子周圍跳來跳去，用他們各式各樣的武器向我瞄準：步槍、手槍、卡賓槍、古老的西班牙喇叭口火槍。他們的狗也鬧騰起來。不過那些個步槍、手槍、卡賓槍、西班牙喇叭口火槍都不管用了。

「多不可思議的奇跡呀！看看他們的嘴臉！我向您發誓我從來沒笑那麼開心過，最後笑得讓他們非常困惑。有人跑回帳篷裡換火藥了，有人急急忙忙地重新給槍支裝彈藥。他們還是失敗了！我依然毫髮無損。我笑啊！大笑！

「不過沒過多久，他們就想到二十種其他消滅我的方法。他們可以用手掐死我，還可以用槍托打死我，更可以用石頭砸死我。而且他們有四十多個人呢！

「那個年老的頭領抓起一塊巨石走近前來，他因爲仇恨臉上露出可怖的神色。他站直身子，在另外兩個人的幫助下將巨石舉到了我的頭頂，讓它從我面前的柱子上砸落下來……這個不幸的老頭看到了令人震驚的一幕，我只用了一秒鐘的時間就解開繩索，往後一躍，在離他三步遠的地方穩穩站住，手上還握著被捕那天就被沒收了的兩把手槍！

「一切不過是幾秒鐘的事情。那頭領開始像我之前一樣大笑起來，笑聲中充滿了諷刺。他認爲我用來威脅他的這兩把手槍，會跟之前讓我逃過一劫的武器一樣起不了絲毫作用。他撿起一塊很大的石頭，抬手準備向我的臉上砸來。他那兩個同夥也如法炮製，其他所有人也都隨著撿起石頭……

「『放下武器，不然我就開槍了！』我叫道。那頭領將石頭扔了過來。我低下頭，同時三聲槍響，頭領和他的兩名同夥被擊斃了。

「『你們誰先來？』我看著剩下的人群問道。摩洛哥人還有四十二個，我剩下十一發子彈。他們沒有動，我將一把手槍挪到手臂下面，從口袋裡掏出兩小盒子彈，也就是另外五十發。

「然後我又從腰帶裡拔出三把鋒利細長的尖刀，那夥人中有一半比手勢表示投降，站到我的身後，另一半人也馬上投降了，戰鬥只持續四分鐘就結束了。」

譯註：

①此段故事請見亞森・羅蘋冒險系列之九《黃金三角》

②此段故事請見亞森・羅蘋冒險系列之七《棺材島》

chapter 17

皇帝亞森一世

佩雷納不說話了，他的唇間掛上了愉悅的微笑，提到這四分鐘的戰鬥似乎讓他非常開心。

瓦朗格雷和警察署長並沒有因爲他的勇氣和鎮定感到驚訝，他們聽佩雷納講述完畢，有些困惑的靜靜打量著這個人，一個人有可能把英雄行爲發揮到這樣的極致嗎？

佩雷納向壁爐的另一邊走去，指著牆上掛著的法國公路圖說道：

「總理先生，您說那個強盜的汽車離開凡爾賽向南特方向開去了？」

「是的，所有追捕措施都已經就緒，不管是半途上還是在南特，或者是在他有可能搭船的聖納澤爾。」

佩雷納努力模擬著穿越法國境內的線路，時不時的停下來標明路段。這一幕留給人的印象太深刻了。這樣一個人，儘管自己所在乎的東西受到了可怕的危險，卻依然那樣的安靜，而且他的安靜似乎讓他成為了時間的主宰，控制住一系列事件。殺人犯彷彿是沿著一條斷不了的線逃跑，這線的一頭就被佩雷納抓在上，他只要輕輕一個動作就可以攔住那人。佩雷納俯視指點的不僅僅是一張地圖，而是一條大道，一輛汽車正在他的眼皮底下按照他的意願奔馳著。

他向書桌那邊轉過頭去繼續說道：

「戰鬥結束了，而且不會再發生戰鬥，因為站在這四十二個人面前的不僅僅是一個勝利者，勝利者有可能會遭到報復，不管是力奪還是智取，而我卻是一個靠著超自然的力量制服他們的人。除此之外他們別無它法可以解釋自己剛剛見證的不可思議的事情。我是一個巫師，類似伊斯蘭教裡的隱士，是先知的化身。」

瓦朗格雷笑著說道：

「他們的想法也不是沒道理的，因為在我看來，那也的確是個奇妙的魔術。」

「總理先生，您讀過巴爾札克一篇奇怪的小說吧，名字叫做《沙漠裡的愛情》①？」

「讀過。」

「那就好，謎底就在這裡頭。」

「嗯？我不明白。但你不是在母豹的魔爪之下吧？這裡頭可沒有要制服的母豹。」

「沒有，不過有女人啊。」

「什麼！你說什麼？」

「我的天啊！」佩雷納開心地說道：「我可不想嚇到您，總理先生。不過我重複一下，挾持了我八天的這個部族裡面是有女人的……這些女人就有些像巴爾扎克筆下的母豹，她們並不是不可馴服的……也並不是不可引誘……並不是不可能使她們成爲自己的同夥。」

「是的……是的……」總理非常驚訝地低聲說道：「不過這得需要時間……」

「我有八天的時間。」

「還得有完全的行動自由。」

「不，不，總理先生……一開始只要用眼睛就夠了。眼睛可以激起同情、興趣、依戀、好奇和除了眼神交流之外的其他欲望。之後，只要一個機會……」

「機會出現了？」

「是的……一天夜裡，我是被捆著的，或者至少說他們以爲我是被捆著的……我知道首領寵愛的那個女人一個人在自己的帳篷裡，帳篷就在我旁邊，我進去一個小時後出來了。」

「母豹被馴服了？」

「是的，就像巴爾扎克筆下的母豹一樣，她完全順服於我。」

「但那首領有五個女人……」

「我知道，總理先生，這也正是困難的地方，我害怕會引起敵對。不過一切都進展得很順利，那個被寵愛的女人並不嫉妒……相反……我跟你說，她是絕對順服的。總之，我有了五個隱形的同盟，她們可以下定決心爲我做任何事情，而且不會有任何人懷疑她們。在最後一次紮營之前，我的計畫已經開始實施了。夜裡的時候，我的五個密使將所有的武器收攏在了一塊兒。她們將匕首釘進地上弄斷，將手槍裡的子彈都取出來，將火藥弄濕，戲幕就此拉開了。」

瓦朗格雷彎了彎腰說道：

「我得好好恭維恭維你！你可真是個有謀略的人，另外手段也很漂亮，我想你那五個女人應該都是美人吧？」

佩雷納露出開玩笑的表情，他帶著滿足的神情閉上雙眼，只說了一個詞：

「下流。」

這個修飾語讓氣氛一下子活躍起來。不過佩雷納彷彿急於結束這個話題，馬上又說道：

「不管怎麼樣，這些風騷的女人救了我，而且她們後來一直都在幫我。那四十二個柏柏爾人沒了武器，嚇得渾身發抖，他們心裡空蕩蕩的，覺得這一切都是陷阱，覺得死神每一分鐘都在窺視著自己。他們聚在我周圍，把我當成他們真正的保護神。當我們和他們所屬的大型部族會合的時候，我儼然已經成了他們的首領。我和他們一起共同面對危險，提出建議挫敗了敵人的伏擊，領著他們劫掠搶奪。不到三個月的時間，我成了整個部族的首領。我講他們的語言，信奉他們的宗教，穿他們的服裝，融入了他們的習俗，娶了五個妻子。從那時起我的夢想有了實現的可能，我讓一個對我最忠誠的人帶六十封信去法國，把這些信交給六十個人，這些人的姓名和地址他都記在腦子裡……這六十個收信人是亞森．羅蘋從前的同伴，羅蘋在從卡布里島的崖上跳下去前將他們都遣散了。所有人在金盆洗手的時候都擁有十萬法郎的現金，或者是一小筆商業基金，或者是一家小農場。我替他們中一些人開了一家煙草店，替另一些人找了看管公共廣場的職位，還有的人在某個政府部門掛著閒職。總之他們都是些老實的中產階級，公務員、農場主、市議員、雜貨商、名流顯貴、教堂聖器室的管理人。我給所有這些人都寫了同樣一封信，向他們發出了同樣的邀請，如果他們接受的話，我給出了同樣的指令。

「總理先生，我原以爲這六十個人當中頂多十到十五個人會來跟我會合；但他們六十個人都來了，總理先生！六十個人，一個都不少。六十個人都來赴約了。他們買回了我從前的戰艦，在指定的那一天，指定的時刻，這艘戰艦在大西洋岸邊諾恩海角和朱比海角之間的瓦迪德拉河口下海。兩隻小艇穿梭於戰艦和岸邊，運送我的朋友和他們帶來的戰備物資，彈藥、紮營用品、機槍、汽艇、食物、罐頭、貨物、小件玻璃器皿，甚至還有金櫃！因爲我那六十個忠實的追隨者堅持要兌現自己之前拿到的好處，要把過去從老大那領走的六百萬法郎都投入到這項新的冒險中去。」

「我還有必要再多說嗎，總理先生？我還有必要跟您講述亞森・羅蘋這樣一個頭領，有了這六十個人的支持，有了一萬狂熱的摩洛哥人組成的裝備精良、紀律嚴明的軍隊，他能嘗試做些什麼嗎？他確實做出了嘗試，而且是前所未聞的。我不認爲這世間有史詩可以媲美我們那十五個月中經歷的一切，先是在阿特拉斯的山頂上，然後是在撒哈拉的地獄平原。我們譜寫的英雄史詩，當中有我們經歷的困苦和折磨，我們獲得的超凡快樂，還有我們忍饑挨餓，還有我們經歷的一敗塗地和輝煌勝利。

「我那六十個忠誠的追隨者快樂地奉獻著。啊！那些英勇的人！您認識他們的，總理先生。署長您則同他們戰鬥過。啊！那些傢伙！我想起那段往事眼眶就濕了。他們當中有夏洛萊和他的幾個兒子，朗巴勒公主王冠案讓他們出了名；還有馬可，他在克塞巴赫一案中贏得盛名；還有奧古斯特。他是你那些接待員的頭頭，總理先生；還有格羅那和勒巴陸，水晶瓶塞一案讓他們載譽而歸；還有被我稱爲兩個阿賈克斯的伯茲維爾兄弟；還有菲力浦・當特拉克，他比波旁王族的成員還要高貴；還有大個子皮耶，獨眼龍佝，棕頭髮的特里斯丹和黃頭髮的約瑟夫。」

「還有亞森・羅蘋。」瓦朗格雷打斷他說道，他被這令人難以置信的列舉給觸動了。

「還有亞森・羅蘋。」佩雷納用確信的聲音說道。

他搖了搖頭，微笑了笑，用很低的聲音繼續說道：

「我不會跟您說他的，總理先生。我不會跟您提到他半句，因爲您不會相信我的講述的。他在外籍軍團的那段經歷與他後來的作爲比起來不過是兒戲罷了。羅蘋在軍團裡不過是個士兵，而他在摩洛哥南部則是將軍，亞森・羅蘋只有在那才大顯了身手，而且我在說這個的時候並不帶有任何的驕傲，這一切我之前也沒有料想到，要論功勳，傳說中的阿基里斯也不過如此；要說偉績，漢尼拔和凱撒大帝也就這樣了。您只要知道，亞森・羅蘋只用了十五個月的時間就征服了相當於法蘭西領土兩倍的一個王國。他戰勝了摩洛哥的柏柏爾人，戰勝了桀驁不馴的圖阿雷格人，戰勝了阿爾及利亞最南部的阿拉伯人，戰勝了塞內加爾的黑人，戰勝了住在大西洋岸邊的摩爾人，戰勝了太陽的光輝，戰勝了地獄，他征服了半個撒哈拉以及可以被稱作昔日的茅利塔尼亞的那塊土地。沙漠和沼澤的王國？一部分的確如此，不過這依然是一個王國，有綠洲、有清泉、有河流、有森林、有不可計數的財富，這個王國擁有千萬百姓和二十萬的士兵。

「我要送給法蘭西的就是這樣一個王國，總理先生。」

瓦朗格雷沒有掩飾自己的驚訝，他太激動了，甚至被自己獲知的東西亂了心神。他向這個不同凡響

的對話者湊了過去，雙手緊緊揪住非洲地圖，低聲說道：

「你解釋清楚……再說仔細點……」

佩雷納又開始描述了：

「總理先生，我就不提醒您近年來發生的大事了，這些您要比我更清楚。您知道由於摩洛哥的暴動，法國在戰時面臨了多大的危險。您知道那邊在鼓吹聖戰，只要一個火苗，大火就會蔓延到法國和英國保護的屬國，整個非洲海岸，整個阿爾及利亞，整個穆斯林世界。協約國的領導人對這樣的危險是憂心忡忡，而敵人則堅持不懈的玩弄詭計想讓這樣的事情發生。而我，亞森・羅蘋，我消除了這樣的危險。當其他人在法國、在摩洛哥北部戰鬥的時候，我去了南部，我將那些反叛的部族吸引過來，制服了他們，讓他們再無招架之力。我招募了他們，將他們推向了其他地區新的征戰之中。簡而言之，他們本想與法國為敵，我卻讓他們為法國而戰。

「就這樣，我將腦海中一點點構建起來的美妙而遙遠的夢想變成了今天的事實。法國拯救了世界，而我拯救了法國。

「法國憑著自己的英雄主義贖回了從前失掉的省份；而我卻一下子將摩洛哥和塞內加爾連接起來。最大的非洲法國現在已經建立了。多虧有我，這個非洲法國成了堅實而緊密的一塊，它的面積有好幾百萬平方公里，從突尼西亞到剛果，除了無關緊要的幾個內陸國家，綿延數千公里的海岸線連在了一起。這就是我的傑作，總理先生；其他的那些冒險，管它是黃金三角還是三十具棺材的島，那些都不值一提！這就是我的戰爭傑作。我這五年有沒有浪費時間呢，總理先生？」

「這根本就是神話，是幻想。」瓦朗格雷抗議道。

「是事實。」

「算了吧！要做到這樣起碼得花上二十年。」

「您只要五分鐘。」佩雷納叫道，他的熱情讓人無法抗拒。「我不是讓您去征服一個帝國，而是將一個已經被征服的、和平安定、管理有序、運作自如而且生機勃勃的帝國交到您手上。這些不是將來的事，就是現在，亞森・羅蘋所在的現在。我跟您重複一遍，總理先生，我也做過個美夢。我勞碌半生、跌下過崖底、登上過山峰，我曾經比克羅伊斯②還要富有，這世上所有的財富都屬於我，我也曾經一貧如洗，因爲我厭倦一切、散盡家財。我厭倦不幸，更厭倦幸福，我再也找不到任何樂趣，任何激情，任何心動，我就想在這個時代做出一件讓人無法置信的事情：統治！而且更讓人難以置信的是，這件事竟然做成了。死去的亞森・羅蘋竟然成爲了如同《一千零一夜》中的國王，這個羅蘋是統治者、管理者，他可以制定法規，他可以擺出教皇的架子。你們在摩洛哥的北部已經筋疲力盡，我原本是想再過幾年就扯掉遮住這些反叛部族的簾幕的。我已經在這道簾幕後面用和平的方式悄無聲息地建起了自己的王國……等到勢均力敵的面對面，我會向法蘭西大叫：『是我，亞森・羅蘋！從前的詐騙犯和俠盜，他在這呢！阿德拉的蘇丹③，伊圭迪的蘇丹，埃爾德及夫的蘇丹，圖阿雷格的蘇丹，阿烏阿布達的蘇丹，布拉克納斯和弗雷爾宗的蘇丹，那就是我，蘇丹中的蘇丹，默罕默德的子孫，眞主阿拉的兒子，我，我，我，亞森・羅蘋！』我會通過捐贈協議將這個王國送給法蘭西。我會在和平協議上，在地方軍事長官、帕夏④和伊斯蘭隱士等各位要人的簽名下，簽下我的合法簽名。我完全有權擁有這條簽名，它是我通過

劍鋒和無所不能的意志征服來的：**茅利塔尼亞皇帝亞森一世！**」

佩雷納用飽滿的語調說出所有這些話，沒有任何誇大其詞，而是那種做了很多並且也知道自己所作所爲價值的人恰如其分的激動和驕傲。人們只能通過聳聳肩膀來回應他，就像回應一個瘋子一樣，或者是用沉默，思索而認同的沉默。

總理和署長兩個人都不說話，不過他們的目光表露出他們內心的想法：這樣傑出的人物是爲了不尋常而生的，打造了一段超乎想像的人生軌跡，面對這樣一個人，他們被深深地撼動了。

佩雷納繼續說道：

「結局很完美吧，是不是，總理先生？我的成果最終獲得如此完美的結局。要眞是這樣的話，我會很高興的，登上王座手握權杖的亞森．羅蘋還是很有魅力的。茅利塔尼亞皇帝亞森一世，法蘭西的恩人。多麼精彩的壓軸啊！神靈或許是出於嫉妒，將我貶到落後世界，讓我很荒唐的成爲了一個被放逐的國王。那就如他們所願吧！接著茅利塔尼亞皇帝將會死去，他已經度過美麗的時光，皇帝亞森一世死了，法蘭西萬歲！總理先生，我再次向你提出我的贈與。佛蘿倫絲．勒瓦瑟爾還處在危險之中。我是唯一能從擄走她的怪人手中將她拯救出來的人。我只要二十四個小時，我用茅利塔尼亞王國向您換這二十四個小時。您接受嗎，總理先生？」

「當然接受。」瓦朗格雷笑著說道：「我接受，是不是，我親愛的戴斯馬尼翁？這或許不太正派，不過，唔！倘若法國是一首交響曲，茅利塔尼亞王國就是其中最美的一段，我們來嘗試冒險吧。」

佩雷納的臉上露出愉悅的神色，彷彿他剛剛取得了最輝煌的勝利，而不是犧牲了一頂王冠，將自己實現的最絢麗的夢打進了深淵。

他問道：

「您想要什麼保證，總理先生？」

「什麼都不用。」

「我可以讓您看一下條約和文件，證明……。」

「沒這個必要了，這些都明天再說吧。今天你先走吧，你自由了。」

最關鍵、最難以置信的話就這樣說了出來，佩雷納向門口走了幾步。

「還有一件事。」總理先生，他停下腳步說道：「我從前的同伴中有個人，我替他謀了個和他的興趣和特長都相符的職位。我想著某天這個人的職務或許會對我有用，所以就沒讓他去非洲。這個人就是馬茲魯，警察局的小隊長。」

「卡塞雷斯先生揭發他是亞森・羅蘋的同謀，而且有憑有據的，所以馬茲魯隊長進了監獄。」

「馬茲魯隊長是行業的榮譽模範，總理先生。他幫我是因爲我當時的身份是警方的助手，這個身份署長也接受了，從某種角度說來也是支持的。他對我試圖進行的所有非法活動實施了抵制。要是收到命令的話，他會第一個把我抓起來的，所以我請求釋放他。」

「哦！哦！」

「總理先生，您的同意就是警方的法令，我請求您答應我。馬茲魯隊長會離開法國的，政府會讓他以殖民地警探的頭銜前往摩洛哥南部執行秘密任務。」

「成交。」瓦朗格雷說道，他笑得更開心了。

接著他又補充道：

「我親愛的署長，我們已經偏離了法律的程序，不過為達目的不擇手段，我們的目的就是要了結摩靈頓這樁該死的案子。」

「今天晚上一切都會有個了結的。」佩雷納說道。

「希望如此，我們的人正在追蹤。」

「他們是在追蹤線索，不過每到一個城市、一個村莊，每遇到一個農民，他們就得核實這條線索，打探一番消息，看看那輛汽車有沒有走岔路，這樣就浪費了不少時間，而我卻可以直奔強盜而去。」

「你要怎麼做到呢？」

「這是我的秘密，總理先生。只是我請求您授予署長全權來清除所有會妨礙我執行計畫的障礙，撤銷不利於我執行計畫的命令。」

「好吧，除了這個你是否還需要……」

「需要這張法國地圖。」

「拿走吧。」

「需要兩支手槍。」

「署長會叫他手下的員警把兩支手槍交給你，就這些嗎？需要錢嗎？」

「不用了，總理先生，在緊急情況下，我總會帶著急用的五萬法郎。」

警察署長先生打斷他的話說道：

「那麼我得讓人陪你去一趟拘留所，我想你的錢包應該是在被查抄走的那些東西裡頭吧。」

佩雷納笑了笑說道：

「署長，能從我身上抄走的東西都不是什麼要緊物品，我的錢包的確是在拘留所，不過錢……」

佩雷納抬起左腿，雙手握腳，略微轉了一下鞋跟，一聲輕微的響動之後，藏在雙層鞋底之間的一個抽屜狀的部件從鞋子的前端冒了出來，裡面是兩疊鈔票，還有幾個小尺寸的物品：一個螺旋鑽、一個鐘錶彈簧，還有幾片藥丸。

「這都是我脫身和生存要用的東西。」佩雷納說道：「……還有自我了斷的東西。總理先生，再見了。」

戴斯馬尼翁先生去了衣帽間，命令那幾個警員讓俘虜自由離去。

佩雷納問道：

「署長，副局長韋伯爾有沒有就那強盜的汽車給過您什麼資訊？」

「他從凡爾賽打來過電話，是彗星公司的一輛橘紅色汽車，司機坐在左側，帶著灰色帆布的鴨舌帽，帽沿是黑色皮質的。」

「謝謝您，署長。」

他們走出了屋子。

＊　＊　＊

令人難以置信的事情就這樣發生了：佩雷納獲得自由。僅僅透過一小時的對話，他就獲得行動的自由，可以投身最後的戰鬥。

警署的汽車還在外面等著，佩雷納和戴斯馬尼翁先生上了車。

「去伊斯雷穆力諾。」佩雷納叫道：「快！」

汽車掠過帕斯，越過塞納河。只用了十分鐘的時間，他們就到了伊斯雷穆力諾的飛機場。

由於風很大，之前沒有任何飛機起飛。

佩雷納衝向飛機庫，每間飛機庫的門上方都寫著名字。

「達瓦那。」佩雷納喃喃道：「是了！」

門剛好是開著的，一個胖乎乎的長臉矮個子的傢伙在裡頭抽著煙，幾名機械師正圍繞著一架單翼飛機忙碌著，這個矮個子正是著名的航空家達瓦那。

佩雷納早從報紙上報導的內容瞭解了這個人，他將達瓦那拉到一邊，一下子就語出驚人。

「先生。」他一邊展開那張法國地圖一邊說道：「有人開著汽車擄走了我所愛的女人，朝著南特方向開去，我想追上他。綁架發生在午夜，現在是早上九點。那傢伙用的是普通的計程車，而且沒理由會拼命開，假定他包括停車在內車速平均爲每小時三十公里……十二個小時之後，也就是說中午十二點的時候，他應該是走了三百六十公里，也就是說在安茹和南特之間……在這個地方……」

「彭德里夫。」一直安靜地聽他說話的達瓦那贊同地說道。

「好。我們假定一架飛機早上九點從伊斯雷穆力諾起飛，每小時速度爲一百二十公里，中間不停……三個小時之後，也就是中午十二點的時候，這架飛機會到達彭德里夫，此時汽車正好經過，是不是？」

「我完全同意您的看法。」

「要是我們意見一致的話，那就好辦了，您的飛機可以載一個人吧？」

「可以。」

「那我們就出發吧。」

「不可能，我沒有獲得起飛的允許。」

「您獲得了允許，警察署長就在這，他和內閣總理已經達成一致意見讓您出發，所以我們就走吧，您有什麼條件嗎？」

「這得看您是誰了？」

「亞森・羅蘋！」

「哎呀！」達瓦那有些驚訝地叫道。

「亞森・羅蘋。您應該通過報紙知道目前發生的大部分事情。呃，佛蘿倫絲・勒瓦瑟爾昨夜被綁走了，我想要救她，您要多少錢？」

「一分錢也不要。」

「這不好吧。」

「或許吧，不過這樣的冒險讓我覺得很有意思，而且也算替我打廣告。」

「好吧，但是明天之前您必須保持沉默，我爲此付您兩萬法郎。」

十分鐘之後，佩雷納已經穿上了特製的服裝，帶上了航空員的帽子和眼睛。飛機爲了避開氣流爬升到了八百公尺的高度，直向法國西部飛去。

凡爾賽，曼特濃，夏特爾……

佩雷納從來沒有坐過飛機。當他在外籍軍團和撒哈拉沙漠中南征北戰的時候，法國已經有了航空技術。不過，儘管他非常喜歡體驗新的東西——還有什麼能比飛行更讓人激動呢！但他卻沒有第一次離地飛行的人所應該表現出來的興奮。因爲他腦子現在所想的，神經充斥的，整個人爲之激動的，是瞧見被追蹤的那輛汽車的場景。儘管那輛汽車此刻還看不見，可是總歸能看見的。

他們下方的土地都變成了縮小版，機翼和引擎不時會猛地一顚，茫茫天空，無盡的地平線，佩雷納的眼睛卻只尋找著一樣東西，耳朵也只聽著那看不見的汽車的轟鳴。獵手的兇猛有力逼迫獵物不得不奔跑！迷失的小動物是逃不過他的。

諾晉特勒盧特魯……拉菲塔……芒斯……

機上的兩個人也沒說幾句話，佩雷納看著自己前面達瓦那寬闊的脊背和粗壯的脖子；再稍稍低下頭他就可以看見自己身下無際的空間。公路形成了一條白色的帶子，在城市和村莊之間延展開來，有時像是被拉緊了一般筆直，有時卻又由於河流的彎曲或是教堂阻斷而蜿蜒纏繞。除了這條路帶，佩雷納對其他任何景象都不敢興趣。

就在這條帶子上，某個離他越來越近的地方，那裡有佛蘿倫絲和擄走了她的人！

佩雷納對此毫不懷疑！那輛橘紅色的小汽車會耐心的往前開。一公里一公里，平原、山谷、原野、森林，開過了安茹，開過了彭德里夫，帶子的盡頭是南特、聖納澤爾，上了船，那強盜就贏了……

想到這個，佩雷納笑了，彷彿假想一下他人的勝利也是可以的，而事實會是老鷹贏了自己的獵物，天上飛的贏過地上走的！他一刻也沒有去想敵人會從另外一條路逃脫，這種肯定就像既定的事實一般。他的這個想法如此根深蒂固，似乎覺得對手只能是以每小時三十公里的速度將車往南特開去。而他自己以每小時一百二十公里的速度行進，所以他們一定會在指定的那個點相遇的，即彭德里夫，就在正午十二點。

房屋開始多了起來，出現許多的城堡、塔樓和拱頂，他們到了安茹。

佩雷納問了達瓦那時間，此刻是十一點五十分。安茹已經從他們的視野裡消失了，呈現在他們眼前的又是五彩斑斕的原野，穿越當中的是一條公路。

路上出現了一輛橙色的汽車。橙色的汽車！強盜的汽車！帶走了佛蘿倫絲・勒瓦瑟爾的汽車！

佩雷納滿心歡喜，他一點都不驚訝，他知道會碰上的！

達瓦那轉過頭來叫道：

「我們到了，是不是？」

「是的，衝上去。」

飛機俯衝下來往汽車的方向靠近，很快就追上了它。

達瓦那減慢速度，停留在兩百公尺的高度，偏後的位置。

他們從這個角度可以看見所有的細節。司機坐在駕駛艙左側，戴著一頂灰色帆布的帽子，黑色皮質的帽沿。這輛車正是彗星公司的，就是被追捕的那一輛，佛蘿倫絲和綁架她的人就在裡面。

「終於。」佩雷納想道：「我捉住他們了！」

他們保持這樣的距離又飛了很久。

達瓦那等著唐・路易發出信號，唐・路易卻不急，他品味著自己的能量帶來的快感，這裡頭有驕傲，有仇恨，也有殘酷。他就是一隻滑翔的鷹，在攫住獵物的鮮肉之前拍打著爪子。它逃脫了囚禁自己的籠子，掙脫了捆住自己的束縛，從遠方趕來這裡，俯視著自己的獵物！

佩雷納從座位上站起來，向達瓦那發出了指令。

「特別注意！」他說道：「不要離得太近，否則一顆子彈飛過來我們就完了。」

又過了一分鐘，突然他們發現，一公里外，公路分成三條岔道，形成一個大型交叉路口，三條路相交處還有兩塊三角形草地。

「要不要降落？」達瓦那轉過頭問道，附近很空曠。

「降落。」佩雷納叫道。

飛機彷彿被一股不可抵制的力量推著，一下子鬆弛下來。在這股力量的作用下，飛機像是發射向瞄準目標的炮彈。它越過汽車上方一百公尺的高度，突然控制住機身，選擇了目標著落點，輕輕的，靜靜的，像是黑夜裡飛行的鳥兒一般，避過樹木和柱子，停在了交叉路口的草地上。

佩雷納跳下飛機朝汽車跑過去，那輛汽車也飛馳而至。佩雷納站定在路中央，端著兩把手槍瞄準著，嚷嚷道：

「停車！不然我就開槍了。」

司機嚇壞了，馬上踩下煞車，汽車停了下來，佩雷納幾步就跳到車門前。

「天啊！」他叫道。然後突然莫名奇妙的開了一槍，擊碎車窗的玻璃。

他發現車裡一個人也沒有。

譯註：

①《沙漠裡的愛情》，法國小說家巴爾札克的短篇小說，敘述一名年輕的法國士兵在沙漠裡遇到一頭母豹所發生的故事。

②克羅伊斯：古代里底亞王國國王，被公認為當時最富有的人。

③蘇丹：回教國家對國王的稱號。

④帕夏：古時土耳其對某些顯赫人物的榮譽稱號。

chapter 18

陷阱準備好了，當心！羅蘋

佩雷納是帶著強烈的激情投入戰鬥，向勝利衝過去的，這種激情停不下來。失望、暴怒、羞辱、焦慮，種種紛雜的情感彙集成爲一種強烈的需求，他要行動，要弄明情況，要繼續追捕。至於其他的，那都是些無關緊要的小事情，自然會弄明白的。

遠處農場裡勞作的農民被飛機的聲音吸引住，正向這邊跑過來。司機已經被嚇得動彈不得了，用驚慌的眼神看著他們。

佩雷納一把揪住他，用手槍抵住他的太陽穴。

「把你知道的都講出來……否則你小命不保。」

這個可憐的人還在結結巴巴地哀求著，佩雷納繼續說道：

「你求救是沒用的……也別指望會有人來救你……等那些人來已經太晚了。所以只有一個辦法能救你：老實交待。昨天夜裡在凡爾賽，是不是有一個從巴黎開車來的先生留下自己的汽車，然後租下你的車？」

「是的。」

「和這位先生一起的是一名女士？」

「是的。」

「他雇了你把他載到南特？」

「是的。」

「他在路上改變了主意，下了車？」

「是的。」

「在哪下的？」

「在到達芒斯之前，是在往右邊叉過去的一條小路上，那條小路兩百步開外有一個類似車庫的地方，他們兩人都在那下了車。」

「那你就繼續往前開了？」

「他付錢讓我繼續開。」

「付了多少？」

「兩千法郎，我要去南特接另外一名乘客，然後把他帶回巴黎，費用是三千法郎。」

「你相信有這麼一個乘客存在嗎？」

「不相信，我覺得他是想讓那些追蹤的人一直跟著我到南特，而他自己走另外一條路。但這又怎麼樣呢，反正他付了我錢。」

「你離開他們的時候就沒好奇地看看發生了什麼事？」

「沒有。」

「你當心點，我食指一動你腦袋就開花了，快說。」

「好吧，我看了。我步行回到一個長滿樹木的山坡後頭。那人打開車庫的門，正在發動一輛轎車。那位女士不想上車，他們之間發生激烈的爭論。那男的對她又是威脅又是哀求，但我聽不見他們說話。那女的看起來很疲倦的樣子，那男的用玻璃杯去車庫旁邊一潭泉水上接水，讓她喝了下去，後來那女的也乖乖上了車。」

「一杯水。」唐．路易叫道：「你確定他沒往杯子裡放什麼東西？」

司機似乎被這個問題驚住了，回答道：

「事實上，我覺得……他從口袋裡掏了什麼東西放進去。」

「那女士沒有發現？」

「沒有，她沒看見。」

佩雷納克制住自己的憤怒，畢竟強盜不可能在那麼個地方就這樣毒死佛蘿倫絲，他沒有理由這麼著急。不，應當假定他只是用了某種迷藥讓佛蘿倫絲暈過去，這樣她就沒法知道自己走的是哪條路，被帶去哪。

「那麼。」唐・路易說：「她的確上車了嗎？」

「是的，接著那男的關上車門，坐進駕駛室，我就走了。」

「在確定他們去哪個方向之前就走了？」

「是的。」

「他們在你車上的時候，你有沒有覺得他們認爲自己被跟蹤了？」

「當然，那男的一直探出頭看。」

「那女的有沒有叫喊？」

「沒有。」

「你還能認出那個男的嗎？」

「不，當然認不出來。我們在凡爾賽的時候是夜裡。今天早上我又離得太遠了。還有很奇怪的是，第一次見他的時候我覺得他個子挺高的，可是今天早上卻又覺得他挺矮的，像是縮小了一般。我完全不明白這是怎麼回事。」

佩雷納想了想，覺得自己需要問的問題都已經問完了。再者一輛馬拉的推車也向路口開過來，後面還跟了另外兩輛。那些成群的農人也靠上前來，該結束了。

佩雷納對司機說道：

「我一看就知道你一回頭就會多嘴說些不利於我的話，你最好別這樣做，這麼做可是不太聰明。瞧，這一千塊錢給你，但是只要你多嘴的話，我不會放過你的。聽我的不會吃虧的……」

達瓦那的飛機已經開始妨礙交通，佩雷納轉向他說道：

「飛機還能飛嗎？」

「任憑您的吩咐，我們去哪？」

佩雷納對四周湧過來的人群無動於衷，他展開那張法國地圖將它平鋪開來。在錯綜複雜的道路面前，他想像著那強盜可能會把佛蘿倫絲帶到若干隱蔽的地方，苦惱了那麼幾秒鐘，不過很快就又堅強起來。他不願意再猶豫，甚至不願意再思考。他想知道，想一下子就知道，甚至不憑藉任何痕跡，不需要做出徒勞的思考，只憑著一種出色的直覺，這種直覺在關鍵時刻會給他指示。

他的自尊心要求他馬上給出達瓦那回答，而且對於追捕之人的失蹤，他不能表現出任何的尷尬。

佩雷納眼睛盯住地圖，一根手指指著巴黎，另一根指著芒斯，他甚至還沒有正經地去想強盜爲什麼選擇了巴黎—芒斯—安茹這個方向，他就明白了……一個城市的名字浮現出來，眞相就像閃電的火焰一般迸發了。阿朗松！記憶的靈光閃現，他進入了迷團的最深處。

達瓦那又問了一次：「我們去哪？」

「我們開回去。」

「沒有明確的目的地嗎？」

「阿朗松。」

「好的。」達瓦那說道：「幫我推一下飛機，到那裡起飛會容易點。」

佩雷納和其他幾個圍觀的人幫忙出了點力，準備工作很快就完成了，達瓦那接著檢查引擎，一切都運作正常。

正在這時，一輛敞篷車從安茹方向開來，車子響著警報聲，像是發怒的野獸在咆哮，然後突然停了下來。

三個人下車衝向那輛橙色汽車的司機，佩雷納認出他們是副局長韋伯爾和他手下的人。前一天夜裡正是他們把佩雷納帶到拘留所的，之後又奉警察署長的命令去追蹤那個主謀了。

他們簡短的詢問了司機一番，不過司機的話似乎讓他們很沮喪，他們又連比帶畫的問他一堆新問題，然後看了看錶，又去查看公路地圖。

佩雷納走上前，他帶著頭盔，臉又被眼鏡遮住，所以旁人是認不出來的，他變了聲調說道：

「獵物跑掉了吧，副局長韋伯爾先生。」

韋伯爾驚惶地看著他。

佩雷納嘲笑地說道：

「是的，跑了。聖路易島上那個狡猾的傢伙還真是有本事，對吧？這是第三輛車了。你昨天夜裡才在凡爾賽找到了這輛橙色汽車的特徵，結果他在芒斯又換了一輛車……目的地未知。」

副局長瞪大眼睛，這些事只在淩晨兩點的時候有用電話彙報給警署，這傢伙怎麼都知道？他一字一頓地說道：

「先生，請問您是哪位？」

「怎麼！你竟然沒認出我來？碰個面真不容易……費了好大的功夫才來到這裡，然後他們竟然問你

是誰。算了吧，韋伯爾，你是故意假裝不認識的吧，難不成還要讓你在太陽底下好好打量打量我？算了吧。」

佩雷納邊說著邊揭開自己的面罩。

「亞森．羅蘋！」韋伯爾結結巴巴地說道。

「不管是步行、騎馬還是坐飛機，我隨時都爲你效勞，我先走了，再見。」

十二個小時前，韋伯爾親自把亞森．羅蘋押到拘留所；此時他卻在距巴黎四百公里以外的地方看見他，而且竟然還恢復了自由，韋伯爾實在是太驚愕了。佩雷納向達瓦那的飛機走過去的時候想著：

「眞是痛快的一擊啊！四句話都剛好打在他們的痛處，我擊倒了他們。不急，他至少要三十秒後才會想到要哀叫呢！」

達瓦那已經準備好了，佩雷納爬上飛機，農民們推動輪子，飛機起飛了。

「往北北東方向。」佩雷納命令道：「我給您一萬法郎，時速加速到一百五十公里。」

「我們現在是逆風。」達瓦那說道。

「那就爲這風再加五千法郎。」佩雷納嚷嚷道。

他是如此迫切地想要趕去阿朗松，不會容許任何障礙擋道。現在他明白了整個案子。想到最初的起源，他很奇怪自己竟然從來沒有把穀倉裡吊死的那兩個人和科斯莫．摩靈頓遺產引發的一系列犯罪聯繫到一塊。還有弗維爾工程師從前的朋友朗日諾爾老爹被害案，這是很有可能成立的一個案子，他怎麼會沒從中得出這樁案子的所有資訊呢？解開這樁陰森可怖的陰謀的鑰匙就在那，誰能夠替弗維爾工程師截下他寫給所謂的朋友朗日諾爾的指控信呢？除了村子裡的人，或者至少是在村子裡住過的人，還有誰呢？

這樣一切就都得到解釋了。這個強盜在犯罪之初殺死了朗日諾爾老爹，接著又殺死了德德蘇斯拉馬爾夫婦。手法是和後來用的一樣：不是直接謀殺，而是匿名行兇。和美國人摩靈頓、工程師弗維爾、瑪麗安娜、加斯東·索弗朗一樣，朗日諾爾老爹是被神不知鬼不覺地除掉的，而德德蘇斯拉馬爾夫婦也是被逼自殺後才被弄到穀倉裡去的。

這隻老虎從福米尼村到了巴黎，然後又找到工程師弗維爾和科斯莫·摩靈頓，策畫了這樁悲劇的遺產案。

現在他又回到這個地方！

一定回去了，毫無疑問。首先他給佛蘿倫絲服麻醉劑就是一條明顯的證據。他得讓佛蘿倫絲睡過去，這樣她就不會認出阿朗松和福米尼的環境了，還有她同加斯東·索弗朗去探過的那個老城堡。另一方面，確定芒斯——安茹——南特這個方向是爲了把警方引上錯誤的道路，而從這條道開車去阿朗松只需要繞個一兩個小時，從芒斯繞過去就行了。最後還有芒斯附近的那個車庫，有一台一直準備好加滿油的轎車，這一切不正證明那個主謀採取了謹慎的措施，想回到自己的老巢嗎？他在芒斯停下來，然後開著轎車去朗日諾爾先生廢棄的封地。所以他會在當天十點到達自己的老窩，而且是和昏睡的佛蘿倫絲·勒瓦瑟爾一起到的。

那個糾纏人心的可怕問題又出現了：他想對佛蘿倫絲怎麼樣呢？

「快點！再快點！」佩雷納叫道。

自從知道了強盜的藏身之處，他可怕的意圖就清晰地呈現在了佩雷納面前。那個強盜感覺到自己遭到圍捕，輸掉了賭局，而佛蘿倫絲又看清楚事實，對他只剩下仇恨和恐懼。除了一貫的謀殺，他還能想出其他計畫嗎？

「再快點！」佩雷納叫道：「我們根本就沒再動啊！再快點！」

佛蘿倫絲被殺！或許還不到這一步呢。不，不應該會到這一步，謀殺是需要時間準備的。之前會說很多廢話，會提出交易、威脅、哀求，會有一套卑鄙的鋪陳。不過一切都是在準備著，佛蘿倫絲接著就會死的！

佛蘿倫絲會死於這個愛著她的強盜之手，因爲他愛她。佩雷納對這種魔鬼的愛有一種直覺，這樣的愛除了以折磨和鮮血告終，還能怎麼樣呢？

薩布雷……西萊勒紀堯姆……大地在他們下方退去，城市和房屋像影子般劃過。

阿朗松到了。

當他們降落在阿朗松和福米尼之間的一塊草場上的時候，時間不過才經過了一個半小時。佩雷納打探消息，有好幾輛汽車行經福米尼，其中有一輛小轎車，開車的是位男士，他抄了一條捷徑，這條捷徑正是通向朗日諾爾老爹的老城堡後面的樹林的。

佩雷納已經非常肯定了，在同達瓦那道別之後，他幫忙讓飛機起飛離開。他不再需要達瓦那，也不需要任何人，最終的對決開始了。

佩雷納循著塵土中留下的車輪印跡向前跑去。讓他感到非常吃驚的是，這條路並非靠近穀倉的後牆，他幾個禮拜前正是從那邊的牆上跳下來的。佩雷納穿過樹林，來到一處開闊的地界。那條路在這又繞回封地，通往兩扇破舊的大門，那兩扇門後用木板和鐵棍牢牢的卡著，地上的痕跡顯示轎車有開過這裡。

「我也得過去。」佩雷納想道：「而且是不惜任何代價馬上過去，不能把時間浪費在尋找洞口或是適合攀爬的樹上頭。」

可是這裡的牆有四公尺高。

佩雷納還是成功通過了，怎麼通過的呢？是透過怎樣奇跡般的努力呢？他自己也說不上來。總之他抓住牆壁上微不可見的凹凸不平之處，將達瓦那借給他的刀插入石頭凹進去的地方，然後就這麼翻過去了。

到了另一側之後，他發現輪胎形成的痕跡朝左邊延伸過去，通往園子裡一個他沒去過的地方，那個地方道路更加不平坦，沿路都是小山丘和建築物的廢墟，上面還蓋了一層常春藤。

儘管園子其他部分也都是廢棄的，但這個區域卻特別荒涼，在蕁麻和黑莓中間，纈草、毒魚草、毒芹、洋地黃、當歸等各色野花爭相怒放，還有一段段月桂樹和黃楊築成的籬笆牆，肆意生長著。

突然，在一條昔日植著千金榆的小徑拐角處，佩雷納發現一輛被丟棄的轎車，或者更確切的說是那輛車被藏在圍牆裡頭。車門是開著的，裡面一片狼藉，地毯掛在腳踏板上，車窗玻璃碎了一扇，墊子也被移動過了，一切都表明佛蘿倫絲和強盜顯然在這裡發生了打鬥。那主謀可能是利用年輕女子昏睡過去的時候綁住她，到這裡之後他想把佛蘿倫絲從車裡弄出來，佛蘿倫絲卻拿著車裡的東西進行反抗。

佩雷納很快就證實自己推論的合理性，他沿著長滿草的狹窄小徑往前走，這條小徑通往小山崗的山坡，他發現底下的雜草留有像是人在上面被拖拉過的痕跡。

「啊！卑鄙的傢伙！」佩雷納想道：「卑鄙的傢伙，他不是扛著佛蘿倫絲，而是直接拖著她走的。」

要是依著自己本能的衝動，佩雷納恨不得馬上就衝過去救出佛蘿倫絲，不過他深知自己該做什麼，不該做什麼，他不會如此冒失的。那隻老虎非常警覺，只要稍有動靜就會割斷獵物的喉嚨。爲了避免這樣可怕的事情發生，佩雷納必須出其不意、攻其無備，一下子制服他，讓他再無還手之力。

於是他克制住自己，輕手輕腳小心翼翼地往山坡上爬。

這條小徑兩邊都是石頭堆和坍塌的建築，還有山毛櫸和橡樹從灌木叢中高高地冒出來。顯然這裡就是封建時代那個老城堡的位置，這塊領地就是以這個城堡命名的。犯人把自己的藏身之處選在靠近山頂的地方，到處都是之前他走過的痕跡。佩雷納甚至還發現草叢裡有個亮晶晶的東西，那是一枚很小的戒指，式樣非常簡單，就是一個金環和兩顆小珠子。佩雷納以前就發現佛蘿倫絲手上常常帶著這樣一枚戒指，更引起他注意的是，有一根草在戒指的環上來回纏了三次，彷彿是有意裹上去的一根帶子。

「訊息很清楚。」佩雷納想道：「很有可能強盜在這裡停下來休息，佛蘿倫絲雖然被捆著，但是手指還是自由的，她留下了自己經過這裡的證據。」

所以那個年輕女子是活著的，她還在等待著救援，佩雷納激動地想到或許她的呼救訊息正是朝自己發出的。

大概五十步外，他發現犯人又停了下來——這個細節表明一件很奇怪的事情：強盜已經很累了。在那裡出現第二個標記，是一朵索奇花，佛蘿倫絲採下它，並且撕去所有的花瓣。隨後還有印在地上的五個手指印，還有用石頭畫下的十字。有了這些沿路的標記，佩雷納就可以一站一站地跟蹤上去。

最後一站臨近了，山坡愈發的陡峭，坍塌下來的石頭構成的路障也出現得更加頻繁，右側是一座小教堂上殘留下來的兩個哥德式拱廊，凸現在藍天之下；左側一堵牆上尚留著壁爐臺。

又走了二十步，佩雷納停了下來，他似乎聽到了什麼聲音。

佩雷納側耳聽去。沒錯，那聲音又響了起來，是笑聲，不過那笑聲是如此的可怕！刺耳的笑聲像是魔鬼發出的，而且聲音很尖銳！倒更像是個女人的笑聲，瘋女人的笑聲……

接著又安靜下來，然後是另一種聲音，有人在用東西敲擊著地面，再然後就又安靜下來了……

佩雷納估計自己離發出聲音的地方還有一百多公尺。

小徑的盡頭是蓋在土裡的三級臺階，臺階上方是一個寬闊的平臺，堆滿斷壁殘垣，正中間是一排植成了弧形的月桂樹，草被壓折了的痕跡就是往這個方向的。

佩雷納覺得非常的奇怪，因爲這排月桂樹是進不去的。他走上前去，發現月桂樹形成的簾幕上從前是有一個缺口的，後來樹枝交叉把這個缺口擋住了。

分開樹的枝椏很容易，那犯人就是這樣過去的，而且從各種跡象看來，他就在裡頭不遠的地方，忙著做些見不得人的事。

一陣冷笑聲撕裂了空氣，笑聲如此之近，佩雷納心裡一慌，顫抖了一下。他覺得那強盜似乎是在提前嘲笑自己的介入，他想起了那封信上用紅墨水寫下的字：

現在還來得及，羅蘋，抽身而退吧，否則的話你也難逃一死。當你以爲自己達到目標的時候，當你向我抬起手的時候，當你叫囂著勝利的時候，你腳下就會裂開一道深淵。你的死亡地點已經選好了，陷阱準備好了，當心！羅蘋。

整封信從他腦海裡晃過，信裡充滿可怕的威脅，他能感覺到自己的恐懼。不過恐懼是無法控制住像羅蘋這樣的人物的，他兩手握住枝椏，身體輕輕地從當中穿過。

佩雷納停下了腳步，他面前只剩下最後一層枝葉了。他將眼睛前面的葉子撥開。他看見了。

佩雷納首先看見的是佛蘿倫絲，她被捆住了，此刻正一個人躺在離他三十公尺外的地方。她的頭還在動，佩雷納馬上知道她還活著，滿心興奮起來。他來得很及時，佛蘿倫絲還沒有死，佛蘿倫絲不會死的，這一點是肯定的，佛蘿倫絲不會死的。

他開始仔細觀察周圍的環境，他的左右兩側是月桂樹形成的簾幕，彎成弧形環抱著一處類似角鬥場的空間，裡頭種著修剪成圓錐狀的紫杉，地上橫七豎八的倒著柱頭、廊柱、還有拱頂的殘體。從前城堡主塔上整理出一個線條整齊的花園，這些東西顯然是放在這兒起裝飾作用的。中間是一個小小的圓形廣場，有兩條路可以通過去，其中一條上頭的痕跡和之前草地上被踩踏的痕跡一樣，另一條則呈現直角狀，將灌木叢的兩端連接了起來。

對面，坍塌的石塊和天然的岩石在黏土的黏合和捲曲的樹根連接之下形成盡頭一個小小的山洞。山洞並不深，日光從洞壁的縫隙中灑下來，佩雷納一眼就看見裡頭地面上鋪著三四塊石板。

佛蘿倫絲・勒瓦瑟爾被捆著，就躺在這個山洞下面。她彷彿是一場神秘儀式中要被祭獻的犧牲品。這場儀式地點就在山洞的聖壇上，也就是這座古老的花園的前廳，周圍環繞著高大的月桂樹，堆砌著年代久遠的遺跡。

儘管隔了一段距離，唐・路易依然可以看清裡頭的細節，包括佛蘿倫絲蒼白的面色。她整個人因為焦慮而蜷曲起來，但卻依舊保持著莊重，似乎是在等待著什麼，甚至是一種期待。佛蘿倫絲似乎並沒有放棄生命的希望，她直到最後一刻都相信或許會有奇跡發生，不過儘管她的嘴並沒有被堵上，她卻沒有呼救。呼救是毫無用處的，要是喊出聲的話，那犯人很快就能堵上她的嘴，與其如此還不如在自己經過的道路上留下標記有用呢，她是不是這樣想的呢？奇怪的是，佩雷納覺得那年輕女子的眼睛似乎一直固執地盯著自己的藏身之地看，或許她猜到自己在這，或許她想到自己會介入的。

劊子手祭司出現在離聖壇不遠的地方，佩雷納猛然抓住手槍，半抬起手臂，準備好射擊。

那人是從兩塊岩石之間的縫隙中走出來的，縫隙被一叢黑莓遮住了，出口應該很低，因為那人是彎著腰縮著頭鑽出來的，他那兩條長長的胳膊碰到了地面。

他走近山洞，冷笑著說道：

「妳還在這，救妳的人還沒來啊？這可有點晚了，這位救世主……他得快一點才行！」

佩雷納聽見他說的話，這個人的音色很尖銳，而且很奇怪，聲音不像是人發出來的，讓人聽來很不舒服。他緊緊握住了手槍，只要那人稍有可疑的動作，他就會開槍。

「他得快一點！」那人又笑著重複了一遍：「否則五分鐘後一切可就都解決了。妳也知道了，我做事是很精確的，是不是，我親愛的佛蘿倫絲？」

他從地上撿起了什麼東西，是一根拐杖模樣的棍子。他將那棍子支在自己的左臂下方，拄著它彎腰往前走，像是沒力氣再站著的樣子。突然他又站直了身子，毫無緣由地將那拐杖當成手杖使了。他繞著山洞周邊轉了一圈，仔細檢查了一遍，佩雷納並不明白他這個舉動有什麼特別含義。

因爲拐杖變成了手杖，他整個人也顯得高起來了。佩雷納一下就明白那個見過他的汽車司機爲什麼說不上來他是高是矮了。

他彎曲的雙腿顯得很軟，而且一直顫抖著，彷彿支撐不了太久，果然他跌倒了。這是一個殘疾人士，行動有問題，人也生得極其瘦弱。唐・路易發現他面色慘白，臉上都是骨頭，太陽穴凹陷，皮膚呈現出羊皮紙的顏色，臉上沒有半絲血色，像是得了癆病。

他檢查完之後又來到佛蘿倫絲跟前對她說道：

「小東西，儘管妳很乖，儘管妳沒叫，不過我們還是小心些的好，以防意外發生，是不是？還是把妳的嘴塞上吧。」

他向年輕女子彎下腰去，用一條很大的圍巾裹住了她的下半部臉。然後他將身子彎得更低些，輕輕的幾乎耳語般的對佛蘿倫絲說著些什麼，又不時爆發出大笑聲打斷自己的私語。那聲音聽起來太可怕了。

唐・路易感覺到危險的臨近，他害怕這個卑鄙的、隨時會爆發的殺人犯對佛蘿倫絲採取什麼動作，或者是向她注射毒藥。他用手槍瞄準，確信自己身手足夠的敏捷之後，他就等待著。

那邊到底發生了什麼？那人說了什麼話？那傢伙向佛蘿倫絲・勒瓦瑟爾提出了什麼卑鄙的交易？佛蘿倫絲要付出怎樣的代價才能重獲自由？

那個殘廢突然間後退了一步，狂怒地叫道：

「妳是不是不知道妳已經完蛋了啊？既然我已經沒什麼可害怕的，既然妳愚蠢的跟我來了，聽從我的擺佈，那妳還期望什麼呢？算了吧，難道妳是想要軟化我？因爲我瘋狂地愛著妳，所以妳就以爲可以……啊！啊！妳大錯特錯了，我的小東西！我才不在乎妳呢……妳死了，對我而言就什麼都不是了。所以，怎麼？……或許妳覺得我是個殘廢，沒那力氣殺了妳？殺了妳，才不是呢，佛蘿倫絲！我會殺人嗎，我？從來不會！我沒勇氣去殺人，我會害怕，會發抖的……不，不，我不會碰妳的，佛蘿倫絲，不過……看，看看會發生什麼……妳會明白的……啊！我都把事情安排好了……別怕，佛蘿倫絲。這只是給妳的一次警告而已……」

他往遠處走去，借助手臂的力量吊在樹枝上，爬上山洞右邊幾塊石頭上。他在那跪了下來，旁邊是一把十字鎬。他舉起十字鎬，敲了三次最下面的石頭。石頭塌了。

佩雷納驚叫著從藏身之處跳了出來，他一下子明白過來，構成山洞的這些碎石和花崗岩的位置很微妙，平衡一下子就可以被打亂，佛蘿倫絲就會被埋在下面。他要做的不是殺了這個強盜，而是馬上把佛

蘿倫絲救出來。

佩雷納只用了兩三秒鐘就跑完了一半的路，可是他突然靈光一閃，發現被壓倒的草的痕跡並沒有穿過中間那個小小的圓形廣場，那強盜繞過了這塊地。爲什麼？懷疑的本能問出了這些問題，但理智卻來不及解決。佩雷納繼續跑，但他的腳還沒來得及踏上地面，災難就發生了。

他彷彿猛地一下就落進虛空裡，衝了下去，他腳下的地面裂開來，草皮分開了，他跌了下去。

佩雷納掉進去的這個洞其實是一個井口，頂多只有一公尺半寬，井沿和地面齊平。而因爲他跑得很快，衝力將他甩到井壁的另一側，他的前臂扒在井的外側，手還拽住了某種植物的根。

本來他或許是可以靠著手腕的力量上來的，可是那人馬上就做出了回應，他來到離佩雷納十步遠的地方站定，用手槍指住了他。

「別動。」他叫道：「否則我就斃了你。」

如此一來佩雷納無能爲力了，不然他就會遭遇敵人的槍擊。

他們的眼神交會了幾秒鐘，那個殘廢的眼中充滿病態的炙熱。

他一邊匍匐前行，一邊注意著佩雷納最細微的動作，他來到井邊蹲了下來，綳緊的手臂依然端著槍瞄準，地獄般的笑聲又一次爆發了：

「羅蘋！羅蘋！羅蘋！太好了！羅蘋被逮住了！啊，你可眞夠蠢的。我都提前告訴你了，用鮮血蘸成的墨水提醒你了。你還記得吧……『**你的死亡地點已經選好了，陷阱準備好了，當心！羅蘋。**』你還是來了。你不是在監獄裡嗎？你又躲過了那一劫？小淘氣，算了……幸好我預料到了，採取了預防措施。嗯？這計畫還不錯吧？我還在想：『雖然所有員警都忙著追蹤我，不過只有一個人能眞的追上我，唯一的一個人，就是羅蘋。所以，我們來給他指個路吧，牽著他的鼻子引著他走這條被受害人的身體壓過的小徑吧……』還有些座標，被靈巧地佈在沿路……這裡扔枚纏草的戒指，再遠處是朵撕碎的花，再遠處是五個手指印，然後是十字標記……不會弄錯的，嗯？你以爲我那麼笨，會讓佛蘿倫絲玩起小拇指的遊戲。從你作出這樣的判斷起，你就被引到這口井的洞口來了，我上個月時就在上面蓋了草皮，預計會有意外的收穫……你還記得吧……**陷阱準備好了**……這是我設的陷阱，羅蘋，是最出色的。啊！我的樂趣就是除掉那些樂於助人的好心人。我們像好夥伴一般合作，你都知道了，嗯？我自己是不動手的。都是他們在行動，上吊啦、注射毒藥啦……除非他們選擇掉入井口，就像你亞森・羅蘋一樣！啊！我可憐的老傢伙，你陷入了怎樣的困境啊？不，你這幅模樣！佛蘿倫絲，看看你心上人的這副嘴臉！」

強盜停住不說了，整個人一陣狂喜，緊繃的胳膊也開始揮舞起來，滿臉野蠻人的表情，下面的兩條腿也像脫了線的木偶般晃蕩起來。他對面的對手漸漸氣力不支了。佩雷納的努力顯得愈發的絕望和徒勞。他的手指起先是拽住草根的，現在卻緊緊攀住了井壁的石塊，他的肩膀也一點點往下陷。

「好了。」那強盜結結巴巴地快活地說道：「上帝啊！這是多麼好笑啊！特別是當你從來都不笑的時候……不，我是一個陰暗的人，我，是個哭喪的人！不是嗎，我的佛蘿倫絲，妳從來沒見我笑過吧？……這次本來也是不想笑的，可是這實在太好笑了……羅蘋摔進洞裡，佛蘿倫絲被捆在山洞中，一個在深淵上方手舞足蹈，另一個在山底下垂死喘息。多妙的景象呀！哎，羅蘋，別喪氣呀……幹嘛這麼裝腔作勢的？……你害怕死亡？像你這麼一個人！現代的唐吉訶德！來吧，下去吧……井裡面都沒水了，你或許可以在爛泥裡打滾……不，你會滑入一個未知的世界……石頭扔下去都聽不見聲音，我剛剛有扔了些燒著的紙下去，它們馬上就完全沉入黑暗中了。嘖嘖！……讓我背後都發寒了……來吧，有點勇氣。只是一下子的事情，你見識的可多了！很好！差不多了，你認命吧。呃！羅蘋，羅蘋！怎麼！你竟然不跟我道個別？也不笑一個……不感謝我一聲？再見，羅蘋，再見……」

他不說話了，等待著自己費盡心機準備的那個結局到來，當中每一步都完全按照他的意志在進行。這也沒用多長時間，羅蘋的肩部陷下去了，然後是下巴，然後是垂死之人苦笑的嘴角，然後是因驚恐而迷醉的眼睛，然後是額頭、頭髮，整個腦袋都下去了，最後都不見了。

那個殘廢狂熱地看著這一幕，一動不動的沉浸在內心的狂喜之中。他的臉上是野蠻的快感，他也不出聲去打破這寂靜，去終結自己的仇恨。

深淵的邊緣只剩下了一雙手，一雙堅強、固執、瘋狂、英勇的手，卻又那般的可憐而無力。只有那雙手還活著，在與死亡的爭鬥中一點點地後撤。那雙手退去，退去，還是鬆了。

手滑了下去。有那麼一個瞬間，他的手指像爪子一般揪住井壁不放，似乎有著超越自然的力量，想讓已經埋入陰影的身體重見天日。後來，手指也沒了力氣。再後來就突然間什麼都看不見，什麼都聽不見了……

那個殘廢放鬆的跳了起來，快樂地叫道：

「噗通！太好了！羅蘋進了地獄深處了……冒險結束了……噗！噗通！」

他又跳著死亡的舞步回到佛蘿倫絲身邊，直起身，又猛然蹲下來，擺弄著自己的腿就像是在玩著稻草人身上的破布。他唱著歌，吹著口哨，咒罵著，還叫囂著很難聽的話。

然後他又往井口那邊折回去，卻又好像因爲害怕不敢靠近的樣子，遠遠的朝那邊啐了三次。

這還不夠發洩他的仇恨。地上有些雕塑的碎塊，他抓起一個人頭像碎片，將它從草地上滾了過去，砸進了井裡面。不遠處還有些鐵塊，是過去的圓炮彈，已經生了鏽，他也將它們滾到井邊推了下去。五個、十個、十五個圓炮彈一連串地滾了下去，撞在井壁上發出陰森的聲響，夾雜著回音，像是遠去的雷電轟鳴。

「喏，接住，羅蘋！啊！你可把我煩死了，該死的混蛋！你爲了這帶來不幸的遺產妨礙了我不少事！……喏，還有這個……然後還有這個……要是你餓的話，這夠你塡肚子的了……你還要嗎？喏，快吃吧，你這老傢伙。」

他身子晃了一下，有些眩暈，不得不蹲了下來。他已是筋疲力盡了，不過抽搐了一下之後，他還是拼足力氣跪到深淵邊上，朝著黑暗俯下身去，喘息著結結巴巴地說道：

「呃！唉，我說，死人，你別忙著去敲地獄的門……再過二十分鐘那小東西就會來找你的……你知道我是個做事很精確的人……極其細緻……她四點鐘的時候就會來的……啊！我忘記了……遺產，你知道的……摩靈頓的兩億法郎，我就盡收囊中了。是的……你也認爲我非常的小心吧？……佛蘿倫絲一會兒會向你解釋我採取的方式的……計畫得非常完美……你等著看吧……等著看吧……」

他已經說不出話來了。最後吐出的幾個音節更像是在打嗝，汗水從他的頭髮和額頭流了下來，他呻吟著倒了下去，像是個被痛苦折磨著的垂死之人。

他就這樣待了幾分鐘，手抱著頭，哆嗦著。他似乎難受到骨子裡，每一塊被疾病扭曲了的肌肉，每一根不平衡的神經都很痛苦。接著，似乎有一個念頭讓他無意識的伸手朝自己身上探去，伴隨著痛苦而嘶啞的呻吟，他成功地從口袋裡掏出一個藥瓶送到嘴邊，貪婪地灌了兩三口。

他馬上又恢復了活力，像是從中汲取了熱量和能量。他的眼神平靜下來，嘴角掛上了可怕的微笑，他轉向佛蘿倫絲說道：

「別高興了，小東西，我這次還死不了，還有時間來收拾你。然後就不會再有煩惱了，不會再有這些讓我筋疲力盡的陰謀和戰鬥。平和寧靜！愜意的生活！……哎呀，有了這兩億法郎我就可以好好享受了，是不是這樣，我的小姑娘？……來吧，來吧，我好多了。」

chapter 19

佛蘿倫絲的秘密

慘劇第二幕上演的時刻到了，在折磨完佩雷納之後，該輪到佛蘿倫絲了。那個魔鬼般的殘廢劊子手完成了這個順序，對他而言，佩雷納和佛蘿倫絲只不過是屠宰場上的野獸，激不起他絲毫的憐憫之心。

他依然很虛弱，拖著腳步走到年輕女子身邊，從棕色的金屬盒子裡取出一支煙點燃，極其殘忍的對她說道：

「佛蘿倫絲，這支煙燃盡的時候就輪到妳了。妳可得用眼睛好好看著。妳生命中最後的時光正在化爲灰燼，好好看著，妳想想吧，佛蘿倫絲，妳得明白。一直以來這塊封地的歷任主人，特別是朗日諾爾老先生，都認爲懸在妳頭頂上的石塊和岩石堆總有一天會坍塌下來……而我好幾年來一直極有耐心堅持不懈地將石堆弄得更碎，通過雨水侵蝕等各種手段對它進行加工，覺得總有一天它能派上用場。坦白說，我自己都不明白它怎麼還能維持著平衡的狀態。不過我確定，剛剛用十字鎬敲的那一下子不過是個警告罷了，只要我在適當的地方再敲一下，將卡在這兩塊之間的小磚頭弄掉，整個山洞的架子就會像紙牌搭的房子一般坍塌掉。就一塊小磚頭，佛蘿倫絲，妳聽見了，就是那一塊偶然卡在兩塊石頭之間的微不足道的小磚頭，一直將整個結構支撐到了現在。那小磚頭一弄出來，兩塊石頭就會滾落，砰那麼一下子，災難就發生了。」

他喘了口氣繼續說道：

「然後呢？然後如下事情就會發生，佛蘿倫絲。石塊坍塌下來要麼將妳壓得屍骨無存，這樣就沒有人能找得到妳；要麼讓妳面目全非，只露出屍體的一部分，那樣的話我就會將周圍所有有我的痕跡消滅掉。如此一來即使警方眞的查到這裡又能得到什麼結果呢？佛蘿倫絲．勒瓦瑟爾被警方追捕，藏身於山洞之中；山洞坍塌，她葬身於此，就這麼簡單。

「而我……而我呢，我的傑作完成了，我心愛的女人死了，我收拾好行李，仔細抹去自己在這留下的痕跡，將壓倒的草扶正，將汽車開走。我先裝死一段時間，然後就去申請獲得那兩億法郎的遺產。」

他微微冷笑了一下，抽了兩三口煙，平靜地補充道：

「我會去申請獲得那兩億法郎，我會將它們弄到手的，這才是最絕妙的一步。我可以申請是因爲我擁有這樣的權利，至於爲什麼妳一死我就擁有這樣無懈可擊的合法權利嘛，剛剛羅蘋先生闖進來之前我已經向妳解釋過了。我可以獲得這筆錢，因爲警方提不出我犯罪的證據，沒有針對我的指控，懷疑有是有，不過只是道義上的推測罷了，還有些猜測的線索，只是沒有確鑿的證據。沒有人認識我，有人看見我是個高個子，另一個人看見的卻是個矮個子。甚至沒人知道我的名字，我所有的犯罪都是匿名的。

我所有的犯罪準確說來都是受害人自殺，或者是可以用自殺來解釋。我跟妳說吧，警方是無能為力的。羅蘋死了，佛蘿倫絲・勒瓦瑟爾也死了，世界上沒有人能夠作證指控我。就算警察抓住我，他們最終也得將我釋放，我會像那些最臭名昭彰的作惡者一樣，被人痛斥、被人憎恨、被人所不齒、被人唾罵。不過我會拿到兩億法郎，有那兩億法郎，我的小東西，我會得到很多人的友誼的！我重複一遍，妳和羅蘋都消失了，一切就結束了。什麼都不會留下的，除了我放在錢包裡還沒捨得丟掉的這幾張紙和幾件小東西。我幾分鐘後就會將它們燒掉，將灰燼倒入深井裡，否則這些證據會要了我的腦袋。所以妳看到了，佛蘿倫絲，我採取了所有的預防措施，妳別指望我大發慈悲，因為妳的死亡對我而言就意味著兩億法郎到手；妳也別指望會有人來救妳，因為他們根本不知道我把妳帶去哪，而知情的亞森・羅蘋已經不在了。在這樣的條件下，我給妳選擇吧，佛蘿倫絲。戲的結尾由妳來決定：要麼妳死，這是肯定不可避免的，要麼……要麼妳接受我的愛。回答我接受還是不接受，妳的點頭或是搖頭就會決定妳的命運，要是不接受的話，妳就去死吧。妳接受的話，我就放開妳，我們一起走，等過些時候妳證實了清白——這件事交給我處理！妳就嫁給我。同不同意，佛蘿倫絲？」

他問佛蘿倫絲的時候的確是非常的焦慮，一邊還遏制著自己的怒氣。他的聲音因此顫抖著，他雙膝跪在石板上，又是哀求又是威脅，又想如願，卻又寧可遭到拒絕，因為他的本性裡有一種犯罪的衝動。

「同不同意，佛蘿倫絲？只要妳稍微點下頭，我就會絕對的相信妳，因為妳從來都不說謊的，妳的承諾一定是認眞的。同不同意，佛蘿倫絲？啊！佛蘿倫絲，妳倒是回答啊……妳還在猶豫，這眞是瘋了！……我生氣，妳的小命就沒了……妳回答呀！……喏，妳瞧，煙滅了……我把煙扔了，佛蘿倫絲……點個頭……行？還是不行？」

他朝著佛蘿倫絲俯下身去，搖著她的肩膀，似乎是想強迫她作出表示，但他突然間一陣暴怒，站起身叫道：

「她哭了！她哭了！她竟然敢哭！可恨的東西，妳以爲我不知道妳爲什麼哭？我知道妳的秘密，我的小東西，我知道妳流淚不是因爲妳怕死。妳？妳可是什麼都不怕的！不，是因爲其他的原因……要不要我把妳的秘密說出來？不，我不能……我不能……我說不出口。哦！該死的女人！啊！妳是自己找死，佛蘿倫絲，妳哭了，是妳自己找死！……是妳自己找死……」

他一邊說，一邊急著做好準備工作，那個裝有證件的栗色皮錢包，給佛蘿倫絲看完之後就放在了地上，他撿起來揣進懷裡。然後他顫抖著脫掉衣服扔在旁邊的一株灌木上，抓起十字鎬爬上了石頭底部。他憤怒地跺著腳，大聲嚷嚷道：

「是妳要死的，佛蘿倫絲，現在做什麼妳也活不成啦……妳就算點頭我也看不見了……太晚了！……妳自己願意的……那妳就活該了……啊！妳哭了！……妳竟然敢哭！眞是瘋了！」

他差不多已經爬到了山洞的右側頂部。仇恨在他心中燃燒，他是那樣的可怖、醜惡又兇殘，兩眼血紅，將十字鎬的尖端插進了卡著磚頭的兩塊石頭之間。然後他自己站到了一旁安全的地方，撬動了磚頭，接著又是一下子。第三下的時候，磚頭滾出來了。

一切發生得如此的迅速，碎石的金字塔猛地一下坍塌在山洞裡。那廢物自己雖然已經採取了預防措施，還是被這劇烈的山崩震到了草地上。不過他摔得並不厲害，馬上就爬起來結結巴巴地喊道：

「佛蘿倫絲!佛蘿倫絲!」

儘管這場災難是他自己精心準備之後殘忍發動的，可似乎災難的結果還是讓他感到震驚。他驚惶的尋找著年輕女子的身影，探下身去在覆蓋著厚厚的灰塵的亂石堆間爬行。他往碎石的縫隙間瞧進去，卻什麼也看不到。

佛蘿倫絲被埋在了碎石堆下，正如他所預計的那樣，看不見了，死了。

「死了!」他眼睛發直，神情麻木的說道：「……死了!佛蘿倫絲死了!」

他又一次筋疲力盡地倒下來，兩腿彎曲，身體蜷縮，動彈不得。他接連的兩番努力引發了重大的災難，親眼目睹了這一切，他殘留的力氣似乎已經被耗盡了。亞森・羅蘋死了，他的恨已不再了；佛蘿倫絲死了，他的愛也不再了，他形容枯槁，彷彿已經沒活下去的理由。

他的唇間兩次吐出了佛蘿倫絲的名字，他想念起自己的朋友了嗎?當這一系列可怕的犯罪走到盡頭的時候，他是否想起了自己踏著屍體走過的每一步?這個殘忍的傢伙是否突然良心發現?又或者是身體近乎快感的遲鈍讓這頭吞食夠多血肉的野獸麻木了?

他又重複了一次佛蘿倫絲的名字，淚水順著他的臉頰滾落下來。他就這樣一動不動毫無生氣的待了許久，然後他又灌下了幾口藥水，機械式的繼續開始幹活，再沒了之前晃著腿蹦來跳去忙活著犯罪的靈巧。

他回到羅蘋之前看見他冒出來的灌木叢那，他的工具和武器都藏在樹叢後面的兩棵樹之間：鏟子、耙子、步槍、繩圈和鐵絲。他分幾次將這些東西運到井邊扔下去，然後檢查自己爬過的每一處地方，確

保沒有留下任何痕跡。他又檢查自己走過的草坪，除了通往井邊的那條路，他要留到最後再查看。草都被扶了起來，地也都弄平整了。

他腦子裡想著其他的事情，似乎很擔憂的樣子，只是出於作惡者的習慣使然在收拾現場。

這時發生的一樁小事似乎讓他驚醒過來。一隻受傷的燕子跌落在他身邊，他一把抓起燕子用手掌壓死了它，像捲破抹布似的將牠蹂躪一番。他看著這只可憐的小動物身上滲出的鮮血染紅了自己的雙手，眼中閃爍著快樂而野蠻的光芒。

可是當他把燕子已經不成形的屍體扔進矮樹叢的時候，他發現這叢樹的刺上掛了一根金色的頭髮。他又想到了佛蘿倫絲，憂傷如潮水般回湧上來。

他跪倒在坍塌的山洞前面，然後折斷了兩根樹枝，在一塊石頭下面將它們擺成了交叉的十字。做這些的時候他是彎著腰的，一面小鏡子從他背心的口袋裡滾落出來，撞碎在石頭上。

這個不祥的信號馬上震動了他，他懷疑地打量著自己周圍，因爲擔憂而渾身顫抖，彷彿感到自己正被隱形的力量威脅著，他喃喃地說道：

「眞可怕……走吧，走吧……」

此時他的錶指向四點半。

他拿起之前放在灌木叢上的外套，套上袖子，在外面右側的口袋裡翻找著什麼，那個裡頭裝著證件的栗色皮錢包正是放在這個口袋裡的。

「嗯？」他非常詫異地說道：「……我記得……」

他又翻了外面左側的口袋，然後翻了旁邊的，上面的，接著又瘋狂的將所有口袋都翻了一遍。錢包沒了，他確信自己放在外套口袋裡的那些東西都沒了，香煙盒、火柴盒、還有記事本，這太讓人驚訝了。他糊塗了，臉都變了形，他念念叨叨說著誰也聽不懂的詞，同時，最可怕的念頭佔據了他的腦海。他馬上覺得這就是事實：這裡還有人在。

這裡還有人在！這人此刻正藏在廢墟附近，或許就在廢墟裡頭！而且這個人看見他了！這個人見證亞森·羅蘋和佛蘿倫絲·勒瓦瑟爾的死亡！這個人從他的話中得知那些證件的存在，利用自己不注意的時候翻了外套，掏走口袋裡的東西！

他的臉上滿是被震動的神色，他是習慣在黑暗中行動的人，突然間明白有一雙眼睛看見了自己的所作所爲，而且這雙眼睛此刻正在窺視著自己的動作，瞧見了從來都是隱身的自己。就像夜飛的鳥兒碰見了強光，這目光讓他非常的不安，可是它到底來自什麼地方呢？這目光的主人到底是偶然間闖進來藏身於此的，還是熱衷於要消滅自己的敵人呢？是亞森·羅蘋的同謀，是佛蘿倫絲的朋友，還是某個員警？這個對手是已經滿足於到手的東西了，還是正在準備向自己發起攻擊？

這個殘廢的人不敢動，他此刻正暴露在一塊平地上，沒有任何可以用來保護自己的東西，在他弄明白對手的方位之前，那人就能向自己發動攻擊。

不過最終，危險的逼近又讓他有了些力氣，他依然一動也不動，先仔細偵查著周圍的情況，似乎任何細節都逃不過他的眼睛。不管是在亂石堆間還是灌木叢後，或者是被月桂樹的巨幕遮住了的，哪怕最模糊的身影也能被他發現。

但他沒有看到任何人，於是撐著拐杖往前走去。那拐杖底端可能是裝了橡皮套，在他行走的過程中，腳和拐杖都沒有發出任何聲音。他緊綳的右手握著一把手槍，食指就按在扳機上。只要一動念，甚至連這個也不用，只要下意識的直覺，子彈就會將敵人消滅。

他往左側走去，那邊月桂樹頂和最早塌下來的岩石之間有一條磚頭形成的小道，應該是埋掉的牆脊。敵人可以通過這條路不留痕跡的走過來，一直走到放外套的灌木那，他沿著這條路走過去。

他撥開擋住自己的月桂樹枝。爲了避開密密交織的灌木，他沿著土丘的底部走過去，接著再往前幾步繞過了一塊巨大的岩石。突然間他往後退去，差點失去平衡跌倒，拐杖掉了，手槍也滑脫了。

他剛剛瞧見自己所能想像出最恐怖的景象：對面十步遠的地方站著一個人，雙手插在口袋裡，雙腿交叉，一側肩膀微微倚著岩石壁。這不是一個人，也不可能是一個人，因爲他知道，這個人已經死了，不可能死而復生。這是一個幽靈，這個墓中鑽出來的幽靈讓他感到極端的恐懼。

他顫抖著，身體一陣發熱，隨後又變得很虛弱。他瞪大眼睛仔細瞧著這匪夷所思的場景。他以爲自己看見鬼了，越看越覺得害怕，整個人因爲極端的恐懼都蜷縮了起來。他無力逃脫，無力自衛，跪倒在地。他的眼睛沒法從這個死人身上挪開。僅僅一個小時之前，他明明將這個人埋葬在井底，石頭和花崗岩就是他的裹屍布。

亞森・羅蘋的鬼魂！

倘若他是個人，那麼你瞄準、射擊，就能殺死他。但鬼魂！一個雖然死去卻有著超自然力量的生物！……和這種地獄陰謀鬥又有什麼用呢？撿起掉落的武器瞄準亞森・羅蘋無法觸及的鬼魂又有什麼用呢？

他又看見一件不可思議的事情：那鬼魂把手從口袋裡掏了出來，其中一隻手拿著的煙盒正是自己之前找不著的那個棕色金屬盒！拿走自己外套裡東西的正是這個人！他打開煙盒取出一支香煙，又從另一隻盒子裡取出火柴劃著！

奇跡！火柴竟然眞的劃出了火苗！聞所未聞的奇跡！繚繞的煙霧升騰起來，是眞正的煙霧，他聞出自己熟悉的特別味道。

他把頭埋進手臂裡不想再看，不管是鬼魂還是幻覺，不管是另一個世界裡冒出來的還是自己因爲內疚而產生的想像，他都不願意再忍受這樣的視覺折磨。但他察覺腳步聲正朝著自己走過來，而且越來越清晰！他感覺到自己周圍有一種奇怪的存在！一隻胳膊伸了過來！一隻手緊緊揪住了他！不會錯的，他聽見了亞森・羅蘋的聲音說道：

「好吧，您瞧瞧，親愛的先生，這是怎麼回事呢？我明白我突然回來是很奇怪，甚至不太合適，不過您也不應該太過震驚。更不尋常的事情也不是沒見過，約書亞不是還讓太陽停止轉動了嗎？……還有更轟動的大災難，比如一七五五年發生在里斯本的地震。聰明人應該對大事件作出合適的估量，不是按照它們對自身命運的影響作出評判，而是要看它們給整個世界帶來了怎樣的變化。不過您就承認吧，您的不幸遭遇只是侷限於個人，絲毫不影響到整個地球的平衡。這是羅馬的哲學家皇帝馬克・奧勒留說的，來自他所著的《沉思錄》第八十四頁……」

這個怪人鼓起勇氣重新抬起頭來，眞相已經很清楚了，在不容質疑的事實面前他沒法再逃避：亞森．羅蘋沒死！他使亞森．羅蘋墜入地底，肯定自己將他壓死，就像用鐵錘敲死昆蟲一般，但亞森．羅蘋沒死！

這個讓人驚訝的謎團怎麼解釋呢，這個怪人甚至都沒有想到這個問題。唯一重要的是：亞森．羅蘋沒死。亞森．羅蘋的眼睛還能看東西，嘴巴還能說話，和活人的眼睛和嘴巴沒有什麼分別。亞森．羅蘋沒死，他還在呼吸，在微笑，在說話。他還活著！

他面前是一個活生生的人，他憎恨這個人的存在，本能的探身出去拿手槍，握緊射擊。子彈是射出去了，不過太晚了！佩雷納一腳就讓武器射偏了方向，再一腳就將它從他手中踢了開去。這個怪人恨得牙癢癢，立刻在口袋裡尋找起什麼東西來。

「您是想要這個嗎，先生？」佩雷納拿著一支注滿了黃色液體的注射器問道：「不好意思我拿走了，因爲我害怕您不小心戳到自己，它在這呢，不是嗎？致命的一針，我不會中招的。」

那個怪人沒了武器，猶豫了片刻。他很奇怪對手沒有對自己發起更猛烈的攻擊，他眨著小眼睛在自己周邊晃蕩，尋找著攻擊的武器。可是突然間冒出來的一個主意讓他一點點地恢復了信心。這著實是個意外，他又高興起來，爆發出尖銳的笑聲。

「佛蘿倫絲！」他叫道：「我們別忘了佛蘿倫絲，我在這上頭可制住你了。我那一槍是沒打中你，你又偷走我的毒藥，不過我還有另一個傷到你的方法，而且是傷到你的心！你沒有佛蘿倫絲是不是活不下去？佛蘿倫絲死了，你也完了，不是嗎？佛蘿倫絲死了，你是不是也得上吊？不是嗎？不是嗎？」

佩雷納回答道：

「的確，要是佛蘿倫絲死了，我也不能獨活。」

「她死了。」那惡魔更高興了，跪著跳起來，嚷嚷道：「死了！死了！而且還不僅只是死了！要是死了，那死者生前的軀體還能保存一段時間。但佛蘿倫絲更妙！她連屍體都沒了，羅蘋，是剩下了一堆爛肉和骨頭！所有的石頭都從她上方砸了下來！你從這也看到了吧，哼！那是怎樣的景象呀！算了，輪到你發瘋了，你想不想要段繩子？哈！哈！哈！笑死人啦。羅蘋，你們就在地獄門口碰頭吧。快，心愛的人還在等著你呢。你猶豫了？法國舊式的紳士禮貌呢！我們能讓女人自己等著嗎？快去陪她吧，羅蘋！佛蘿倫絲死了！」

他說出這些話的時候是真正的滿心快樂，彷彿「死」這個詞在他看來是那般的美妙。

佩雷納眉頭都沒有皺一下，他只是搖著頭簡單的說了一句：

「太可惜了！」

那個怪人似乎被嚇呆了，他快樂的扭動、作爲勝利者的表演都戛然而止，他結結巴巴地說道：

「嗯？什麼？你說什麼？」

「我說。」唐・路易依然保持著冷靜而彬彬有禮的姿態，也不用「你」去稱呼對方，他宣佈道：

「我是說，親愛的先生，您做了件壞事。我沒有遇到過比勒瓦瑟爾小姐更高貴、更值得尊重的人了。她無與倫比的美麗、優雅的姿態、勻稱的身材以及她的年輕都值得受到另一種對待。事實上，要是這樣一件鐘靈毓秀的傑作不在了，那眞的會令人覺得很可惜。」

那怪人依然傻在那，佩雷納的沉著冷靜讓他很沮喪，他用毫無感情的聲音清楚的說道：

「我再跟你說一遍，她不在了，你沒看見那個山洞嗎？佛蘿倫絲不在了！」

「我不願意相信。」佩雷納平靜地說道：「要是她眞的不在了，很多東西都會不一樣的。天空中會出現烏雲，鳥兒也不會再歌唱了，大自然會爲她戴孝。但現在鳥兒依然在歡唱，天空依然蔚藍，萬物都在各自的位置上，正直的人還活著，罪犯跪地求饒，佛蘿倫絲怎麼會不在呢？」

這些話說完之後是長久的沉默，相距只有三步之遙的兩個敵人對視著，佩雷納還是那樣的安靜，那個怪人卻陷入瘋狂的焦慮。那個怪人明白過來了，儘管眞相並不明朗，但在他看來已經很肯定——佛蘿倫絲·勒瓦瑟爾也活著！這是不可能的啊！但佩雷納的復活也是不可能的，但他確實活著，他的臉上甚至沒有半點擦傷，衣服既沒撕破也沒弄髒。

那怪人感覺到自己輸了，制住他的這個人有著無窮無盡的力量。他是屬於那種從死神手中逃出來，並且勝利地將自己所守護的人也從死神手中奪回來的人。

那怪人拖著膝蓋，在窄窄的磚石小徑上緩緩向後退去。

他後退的過程中經過壓在之前山洞位置上的亂石堆，他甚至都沒有往那個方向瞄一眼，因爲他似乎完全相信佛蘿倫絲已經毫髮無損地從這墓穴裡出來了。

那怪人還在往後退去，佩雷納也不再盯著他。他忙著解開自己之前撿起來的一個繩圈，似乎無心關注那怪人。

那怪人繼續往後退，突然間，他觀察了敵人一眼，身子轉了個圈站了起來，朝那口井的方向跑過去。

他離那口井只有二十步遠，他跑過了一半的路程，接著是四分之三，再接著前面就是井口了。他張開手臂，以想一頭栽下去的姿勢衝了過去。

但他失敗了，他滾倒在地，被粗暴地拉了回去，雙手緊緊地貼住身體動彈不得。

佩雷納其實一直都看著他，當那怪人正要栽進井裡的時候，他將準備好的繩子像套索一般扔了出去，緊緊捆住他的身體。那怪人掙扎了幾秒鐘，繞著他的繩結陷進了他的肉裡，他不再動彈了，一切都結束了。

佩雷納牽著繩子的另一頭來到他身邊，用剩下的繩子將他捆好。這項工作做得很仔細。佩雷納重捆了好幾次，用上了那怪人自己拿到井邊的繩圈，還拿了塊手帕塞住了他的嘴。他一邊專心地幹著活，一邊假裝很禮貌地解釋道：

「您瞧見了，先生，人往往會因爲過於自信而失敗。他們想像不到對手擁有自己不具備的資源。親愛的先生，您誘使我跌進陷阱的時候，怎麼會以爲像亞森・羅蘋這樣一個人，掛在井邊上，前臂還吊在外面，腳蹬在裡側的井壁上，怎麼會隨隨便便的就掉下去呢？您瞧，當時您離那有十五到二十公尺遠，我沒那力氣一躍上來，也不敢對抗您手槍的子彈，要做的就是拯救佛蘿倫絲・勒瓦瑟爾並且自救！不過，我可憐的先生，您得相信，如果我眞要硬碰硬跟您對幹的話，只要稍微努力點也可以辦到。而我沒嘗試做出那種努力是因爲我有更好的招數，要是您還是很好奇的話，我來告訴您爲什麼。您很好奇吧？您記著，先生，我頂在井壁上的膝蓋和腳一下子就撞破了一層薄薄的石灰，我後來才明白，這層石灰後面是一個洞，是從前有人在井裡鑿出來的。幸運吧，不是嗎？形勢馬上就起了實質性的變化，我的計畫誕生了。我假裝自己就要掉下去，扮出一副被嚇壞的樣子，瞪著眼睛苦笑著，同時卻把那洞口弄得更大些，石灰板掉在井裡沒有發出任何聲音。等時候一到，也就是我虛弱的面孔從您眼前消失的那一秒鐘，我一扭腰就跳進了自己的藏身之處，這樣一來我就得救了。

「我得救了，這個藏身之處是在您待的那一側的，而且因為很暗，不會有任何光線照到井裡面。我平靜地聽著您的演講和威脅，看著您扔進井裡的那些東西都掉了下去。等我推斷您重新往佛蘿倫絲那邊走過去的時候，我就準備走出藏身的地方從您背後發起攻擊了，正在這時……」

佩雷納把那怪人翻了個身，就像人們捆紮包裹的時候做的那樣，他繼續說道：

「您有沒有去過諾曼第塞納河邊上封建時代的老城堡唐卡維爾？沒有？好吧，你知道在那除了城堡主塔的廢墟之外，還有一口古老的井。那口井和與之同一年代的許多井一樣有一個特點，它有兩個口，一個在頂部朝天開，另一個在下面一點，就鑿在井壁上，通向城堡主塔的某一個廳。如今唐卡維爾的這第二個洞口被柵欄封住了，而這裡的這口井是用了一層石子和石灰砌了起來。正是想到了唐卡維爾的那口井，我留了下來。反正也不急，因為您之前很好心的告訴我，佛蘿倫絲要到四點鐘的時候才會去另一個世界跟我碰頭。

「我檢查自己的藏身之處後，我就有一種直覺，這裡是一處建築的地下部分，那建築如今已被毀掉了，在它的廢墟上面整出了一個花園。我很肯定，就沿著地面上通往山洞的方向摸索著往前走。我的預感沒錯，我撞上了一處樓梯下部的臺階，有光從上面漏下來。我爬上去，清楚地聽到您的聲音。」

佩雷納有些暴力地翻來翻去折騰著那怪人，然後繼續說道：

「親愛的先生，我再跟您說一遍，要是我一開始就從地下跑上來直接向您發起進攻的話，結局也是跟現在完全一樣的，不過我承認這當中是有些幸運因素。一直以來我們對抗過程中運氣常常都不是站在我這邊，不過這次我就沒什麼好抱怨的，當時我覺得自己運氣特別好，我毫不懷疑既然上天眷顧我給了這條地下通道，那這條通道就一定能把我帶出去。事實上，我只要輕輕地將堵在洞口的幾塊磚頭搬開就進到了坍塌的城堡主塔中間，您的聲音指引著我在石頭間穿行，來到了山洞最深處，也就是佛蘿倫絲的位置。很有意思吧，是不是，親愛的先生？您也明白，聽著您的那些演講是多好笑的事情：『回答我接受還是不接受，妳的點頭或是搖頭就會決定你的命運，要是妳接受了的話，我就放了妳，要是不接受的話，妳就去死吧。妳倒是回答呀，佛蘿倫絲，只要點頭或搖頭就行……是接受？還是不接受？』結尾尤其絕妙，當您爬上山洞頂部大聲嚷嚷著：『是妳要死的，佛蘿倫絲！妳自己選擇死的，那妳就活該了！』您想想這多可笑吧！那時山洞裡都已經沒人了！一個人都沒了！我很輕易的就將佛蘿倫絲拉了出來，接到安全地帶。您那一堆石頭滾下去，可能就壓死了在石板上做夢的一兩隻蜘蛛和幾隻蒼蠅。花招結束了，戲也演完了。第一幕：亞森・羅蘋獲救；第二幕：佛蘿倫絲・勒瓦瑟爾獲救；第三幕也是最後一幕：怪物先生完蛋，如何？」

佩雷納站直身子，滿意地看著自己的作品。

「你看起來像根香腸。」他叫道。佩雷納又恢復愛嘲笑人的本性和對敵人無禮的習慣。「……一根眞正的香腸！不是太粗那種，算是窮人家吃的那種里昂灌腸！呵！我想你不會太在意外表吧？再說你這副樣子跟平常比起來也不算糟糕，不管怎樣你還是合適做做我教你的這套室內體操的。你看著……我覺

得這主意眞的挺特別的，你別不耐煩啊！」

佩雷納拾起一把那個怪人的步槍，他在槍的中段繫上一根繩子，約有十二公尺到十五公尺長，另一端則繫在捆著那怪人的繩子上，扣在其背部。

然後他攔腰抱起自己的俘虜，將他懸吊在井的上方。

「要是你覺得暈的話，就閉上眼睛，你什麼都別怕，我很小心的，你準備好了沒？」

他讓那怪人從井口滑下去，然後抓住剛剛繫上的繩子。包裹靠著自身的重力一寸一寸的慢慢下去，佩雷納很小心的讓它不要撞到井壁上。當下到十幾公尺深的時候，它停了下來，因爲步槍橫卡在井口。於是那個怪人就這樣被掛在黑暗而狹窄的洞裡。

佩雷納點燃了好幾截紙條扔了下去，那紙條打著轉，在井壁上投下了陰森的微光。

然後他抵擋不住再去喝斥一聲的誘惑，像那怪人之前一樣彎下腰嘲笑道：

「選這地方是爲了怕你感冒，你還需要什麼？我會照顧你的。我答應佛蘿倫絲不殺你，也答應儘量將你活著交給法國政府。不過，直到明天上午之前，我不知道拿你怎麼辦，只能這樣將你放在陰涼的地方了。這辦法不錯吧，是不是？你一定會喜歡的，因爲這完全是學你的手法。沒錯，你想想，步槍的兩端各只有兩三公分卡在井口上，所以只要你稍微一動，哪怕是呼吸的時候重了點，槍管或是槍托就會頂不住，你就會馬上掉下去送命了。而我呢，我可不負責任！要是你死了，那就是自殺。你只要不動就行了，我的好先生。

「我這個小裝置的優點在於，它可以讓你品嘗一下斷頭之前的幾個夜晚的滋味。你從此可以面對自己的良知，面對自己的靈魂，不會有人來打擾你內心無聲的對話的。我善良吧，嗯！親愛的朋友？走吧，我就把你留在這了。你要記住啊，別動、別呼吸，也別眨眼睛，連心臟也別跳，特別是不要笑！要是你笑的話，那你就完了。思考吧，這是你所能做最好的事情了，思考並且等待著。再見了，先生。」

佩雷納很滿意自己的這一番話，嘀咕著走開了：

「這下就好了，我不會和尤金・蘇①一樣聲稱要挖出那些窮兇極惡的罪犯的眼珠。不過還是得好好體罰他們一下，讓他們擔心擔心，這就公平了，而且手段又乾淨、又道德。」

佩雷納沿著磚頭的小路走過去，繞過那一堆廢墟，經過圍牆邊的一條小徑，朝著一叢冷杉樹走過去，他之前就將佛蘿倫絲留在那裡。佛蘿倫絲在等著他，之前遭受的可怕折磨讓她受了傷，不過她勇敢的控制自己，彷彿也不擔心佩雷納和那怪人戰鬥的結局。

「結束了。」佩雷納簡單地說道：「明天我就會把他交給警方。」

佛蘿倫絲顫抖了一下，不過她沒有說話。佩雷納一言不發地看著她。

之前發生那麼多的慘事隔開了他們，又讓他們將彼此視作死敵。經歷那一切之後，他們這是第一次單獨待在一起。佩雷納很感慨，最終只說了幾句無關痛癢的話，這些話和他腦中所想的內容毫無關係：

「沿著這堵牆走，朝左轉，我們就能找到汽車……妳還有力氣能走過去吧？……上了車我們就去阿朗松……那裡最大的廣場附近有一個很安靜的小旅館……妳可以在那等著，直到外面的局勢變得對妳有利……不會很久的，因爲罪犯已經被抓住了。」

「我們走吧。」佛蘿倫絲說道。

佩雷納不敢提出要攙扶她，再者佛蘿倫絲也走得很穩，她勻稱的腰肢隨著步伐晃動。佩雷納又恢復了對她的欽佩讚賞和狂熱的愛，但他感覺到這個女子從來沒有離自己這樣遙遠過，儘管他剛剛奇跡地救了她的性命。她對他沒有一句感謝的話，甚至都沒有溫和的看他一眼來補償一下他的辛苦努力。她還是像最初的時候一樣神秘，佩雷納從來不明白她心靈深處在想什麼，儘管經歷了這暴風驟雨，她的內心深處卻依然晦暗不明。她在想些什麼？她想要什麼？她會朝哪走？算了，佩雷納不想再探究這些問題的答案了。從此，當他們想起彼此的時候，心裡只會有是怒氣和怨恨。

「好吧。」他想道：「既然她坐上車，嗯，我們不會就這樣分開的。我們之間該說的話都得說出來，不管她願不願意，我都要撕開她裹著的面紗。」

很快他們就到了阿朗松的旅館，佩雷納隨便用了個名字讓佛蘿倫絲登記，然後就留下她一個人，一個鐘頭後，他前來敲響佛蘿倫絲的房門。

這次他還是沒有勇氣馬上發問，儘管他之前已經下了決心，再者還有其他一些事情他想先弄明白。

「佛蘿倫絲。」他說道：「在把那個人交出去之前，我想知道他是妳的什麼人。」

「一個朋友，一個不幸的朋友，我很同情他。」佛蘿倫絲肯定地說道：「但現在，我不太明白自己怎麼會同情這樣一個怪物。幾年前我剛認識他的時候，因爲他的弱小、身體上遭受的苦難，他即將死亡的徵兆，因爲這些，我對他有了感情。他幫過我幾次忙，儘管他有些地方鬼鬼祟祟讓我覺得不安，他還是在不知不覺中一點一點地支配了我，我相信著他。摩靈頓一案爆出來之後，是他引導著我，後來又引導了加斯東．索弗朗採取行動，我現在明白了。他強迫我去說謊、去演戲，說服我說他會去救瑪麗安娜的。是他挑起了我們對您的不信任，也是他讓我們習慣對他的一切都緘默不語，所以加斯東・索弗朗在和您談話的時候甚至都沒提到他。我怎麼會這麼盲目呢？我不知道，但事實就是這樣，我一直糊塗著。我從來就沒有懷疑過這個毫無攻擊性的病人，他一半的時間都是在療養院和醫院裡度過的，他接受了各種可能的手術，他有時候會跟我傾訴他的愛意，但我沒給他任何的期待……」

佛蘿倫絲沒有說完，她的目光剛剛和佩雷納的眼神相遇了，她有一種強烈的感覺：佩雷納根本就沒在聽她說話。佩雷納只是看著她，僅此而已。她剛剛說的話像是對著空氣說的。對佩雷納而言，只要還沒弄清楚他唯一關注的那一點，只要尚不明白佛蘿倫絲對他的隱秘想法是憎恨還是輕視，那些案件相關的解釋根本毫無意義。除了這個以外，所有的話語都是空虛而令人生厭的。

他走進年輕女子身邊低聲說道：

「佛蘿倫絲，佛蘿倫絲，妳知道我對妳的感情的，不是嗎？」

佛蘿倫絲紅了臉，默不作聲，彷彿這個問題是她沒有預料到，但是她的眼睛卻沒有低垂下去，她直率地回答道：

「是的，我知道。」

「不過或許。」佩雷納更有力的說道：「妳並不知道我對妳的感情有多深？或許妳並不知道妳就是我生命中唯一的意義？」

「這個我也知道。」佛蘿倫絲回答說。

「那麼既然妳知道。」佩雷納說道：「那我就得出結論說，這才是你對我產生敵意的原因。從一開始起，我只是妳的朋友，只想保護妳。可是從一開始我就感覺到妳討厭我，既是出於本能，也是理智的結果。我從妳的眼中看到的只有冰冷、局促和輕視，甚至是憎惡。遇到危險的時候，事關妳的生命和自由的時候，妳寧願冒險也不願意接受我的幫助。我是妳的敵人，妳想起我就覺得驚恐。這難道不是仇恨嗎？這種態度難道不是只有用仇恨才能解釋嗎？」

佛蘿倫絲沒有馬上回答，她似乎話已到了唇邊，卻沒有說出來，她因爲勞累和憂傷而消瘦的臉龐比往日裡看來更加柔和。

「不。」她說道：「不是只有仇恨才能解釋這樣的態度。」

佩雷納驚呆了，他不太明白這句話的含義，可是佛蘿倫絲說話的語調亂了他的心神。佛蘿倫絲的眼睛裡不再是往日的輕視，而是充滿優雅和微笑，這是她第一次在他面前笑。

「妳說啊！妳說啊！我求妳了。」佩雷納結結巴巴地說道。

「我是想說。」她繼續道：「還有另外一種情感可以解釋冰冷、懷疑、害怕和敵意。一個人出於害怕而逃避的人不一定是她討厭的，逃避往往是因爲害怕自己，自己感到羞恥，所以作出反抗，想要抵抗、想要忘記，卻又做不到……」

她不作聲了，佩雷納心慌意亂地向她伸出手，請求她繼續往下說；但她只是搖了搖頭，她的意思是自己沒有必要再多說了，佩雷納已經完全進入她的靈魂深處，發現她藏著的愛情秘密。

佩雷納身子晃了一下，他幸福得如癡如醉，幾乎因爲這意料之外的幸福感到疼痛。老城堡裡的可怖時刻過去之後，在這樣一間普通的旅館房間裡盛放出此般離奇的幸福之花讓他無法接受。他想讓這一切在森林裡、深山中、月光下、夕陽中，世間最美最詩意的情景下發生的。他一下子就達到幸福的巔峰，他眼前晃過與佛蘿倫絲有關的一幕幕場景，從他們的初次相逢到那怪人俯身瞧著她淚水漣漣的雙眼叫嚷著：「她哭了！她竟然敢哭！眞是瘋了！我知道妳的秘密，佛蘿倫絲！妳哭了！佛蘿倫絲，佛蘿倫絲，是妳自己找死！」

愛情的秘密，激情的衝動，讓她從面對佩雷納的第一天起就戰戰兢兢。這個男人讓她沮喪、讓她害怕，她以爲他出賣了瑪麗安娜和索弗朗。她離自己心愛的人忽遠忽近，她欽佩他的英雄氣概和光明正大，卻又覺得這是一種犯罪。愧疚折磨著她，最終逼得她絕望而無力，聽任一直覬覦著她的魔鬼擺佈。

佩雷納不知道該做什麼，不知道說什麼來表達自己的狂喜。他的嘴唇打著哆嗦，眼眶也濕潤了，他本能地想抓住這個年輕女子，像個孩子似的全心全意抱著她、摟著她、吻著她，但他對她的敬意讓他做不出這樣的舉動。他滿懷激動的跪在年輕女子的腳下，喃喃地訴說著愛語。

譯註：

①尤金・蘇：法國作家，他寫了四冊《巴黎神秘事件》，是早期犯罪小說的起源之一。

chapter 20 羽扇豆庭園

第二天早上不到九點的時候，內閣總理瓦朗格雷先生在自己家中和警察署長聊著天。他問道：

「這麼說你認爲他眞的會來嘍，署長？」

「我對此毫不懷疑，總理先生。他會按照其冒險經歷一貫的規則前來的，他會特意選擇在九點鐘聲最後一次敲響的時候到來。」

「你這樣認爲？……」

「總理先生，幾個月來我一直和這個人打交道。在這樣的情形之下，事關佛蘿倫絲・勒瓦瑟爾的生死，要是他沒擊敗自己追蹤的那個強盜，要是他沒把那強盜五花大綁的押回來，那就代表佛蘿倫絲・勒瓦瑟爾已經死了，而他亞森・羅蘋也死了。」

「可是羅蘋是死不了的。」瓦朗格雷笑著說道：「你說得有道理，我完全同意你的觀點。要是九點鐘敲響的時候我們的好朋友還沒來的話，我一定會是最驚訝的那個人，你跟我說你昨天已經接到安茹打來的電話？」

「是的，總理先生。我們的人瞧見佩雷納，他搭飛機趕在他們的前頭，後來他們又從芒斯給我打了第二通電話，他們正在那邊一個廢棄的車庫裡做調查。」

「羅蘋在他們之前已經調查過了，這點很確定，我們過一會就能知道結果了。你瞧，已經九點了。」

就在同時，他們聽到汽車引擎的轟鳴聲，車子在門前停下來，門鈴響了。由於之前已經收到命令，門房讓來客直接進來，門一打開，佩雷納出現在他們面前。

雖然對瓦朗格雷和警察署長而言，這是預料中的事，反而要是出現另外一回事他們才眞的會吃驚。儘管如此，他們還是有些詫異，就是那種人們在人力不可及的事情面前表現出來的一般態度。

「怎麼樣了？」內閣總理馬上叫道。

「結束了，總理先生。」

「你抓住強盜了？」

「是的。」

「哎喲！」瓦朗格雷喃喃地說道：「你眞是個厲害角色。」

他又繼續問道：

「那個強盜呢？顯然他應該是個大塊頭吧，一個作惡多端難以馴服的野蠻傢伙？」

「是個殘疾人士，總理先生，身心都有問題……當然他還是必須得負起責任，不過醫生會發現這個人其實快死了，有脊髓方面的疾病，還有結核病等等。」

「佛蘿倫絲．勒瓦瑟爾愛上的就是這麼一個人？」

「噢！總理先生。」佩雷納嚷嚷道：「佛蘿倫絲從來沒愛過這個卑鄙的傢伙。她只是同情他，就是那種人們對將死之人的憐憫之心，後來正是因爲她的這種同情才會讓這傢伙指望著佛蘿倫絲將來會嫁給他。總理先生，這只是女人的同情心，很容易解釋，因爲佛蘿倫絲此前半點也沒有想到這個傢伙在案子中扮演的角色。她以爲他是個老實而忠誠的人，欣賞他的聰慧和敏銳，她會去徵詢他的意見，讓他引導自己去救瑪麗安娜．弗維爾。」

「你確定嗎？」

「是的，總理先生。我對此很確定，還有其他事也一樣，因爲我手上都有證據。」

他不再拐彎抹角而是直截了當地說道：

「總理先生，這個人已經被抓住，警方很容易就能知道他的經歷。且先不管與摩靈頓遺產案無關的三樁謀殺案，這個惡魔的經歷可以總結如下。

「他名叫尙．維諾克，是阿朗松人，由朗日諾爾先生照顧長大。他認識德德蘇斯拉馬爾夫婦後，搶走他們的錢，並在他們還沒來得及提起控訴前將他們帶到福米尼村的穀倉裡對他們下藥。這對夫婦由於藥物的作用變得絕望而遲鈍，意識不清之下上吊自盡了。

「這個穀倉位於一處叫做老城堡的封地，封地是屬於尙．維諾克的監護人朗日諾爾先生的。當時朗日諾爾先生正生著病。病好以後他在擦拭步槍的時候被子彈擊中了下腹部，那支槍在他不知情的情況下被裝上了子彈。是誰幹的呢？尙・維諾克，他在前天夜裡偷光了自己監護人的保險櫃。

「尙・維諾克後來去了巴黎，享受自己弄來的這筆小小財富。偶然的機會下他從自己一個狐朋狗友那買到幾份文件，這些文件可以證明佛蘿倫絲・勒瓦瑟爾的出生，以及她對盧梭爾家族以及維克多・索弗朗的遺產享有繼承權。文件是從那個把佛蘿倫絲從美洲帶回來的老奶媽那偷來的。經過仔細查找，尙・維諾克首先發現了一張佛蘿倫絲的照片，然後又找到她本人。他幫助她，假裝對她很忠誠，全心全意的爲她奉獻，當時他還不知道自己能從偷來的文件以及他倆的關係中獲得什麼好處。但突然之間，一切都發生變化，勒佩爾圖斯先生的一個辦事員不小心讓他得知公證人的抽屜裡有一份讓人好奇的遺囑。他給了這個辦事員一千法郎，得知了遺囑的內容（這個辦事員從此之後就失蹤了）。這份遺囑正是科斯莫・摩靈頓立下的那份。科斯莫・摩靈頓將自己的巨額財富留給了盧梭爾姐妹和維克多的繼承人。

「尙・維諾克打上了遺產的主意。兩億法郎！爲了把這筆錢弄到手，爲了獲得財富、權利和奢華的生活，爲了讓世界上最一流的醫生爲自己治病，讓自己重獲健康和力量，他要先消滅掉所有阻擋在佛蘿倫絲和這筆遺產之間的人，然後在所有障礙清除之後和佛蘿倫絲結婚就可以了。

「尙・維諾克開始行動，他在朗日諾爾的文件中找到了老爹舊時的朋友希波列特・弗維爾，瞭解了盧梭爾家族的詳細情況和弗維爾夫婦失和的細節。總之，只有五個人妨礙他的事；首先自然是科斯莫・摩靈頓，然後按繼承權的順序分別是弗維爾工程師、工程師的兒子艾德蒙、妻子瑪麗安娜及其表弟加斯東・索弗朗。

「對付科斯莫・摩靈頓很容易，他扮成醫生溜進科斯莫的家中，將毒藥倒進他要注射的藥瓶中。

「不過對付希波列特・弗維爾就複雜一些了，尙・維諾克靠著朗日諾爾老爹和他拉上了關係，很快就對他的想法產生了不小的影響力。一方面他知道工程師恨著自己的妻子，另一方面他也知道他得了不治之症。於是在弗維爾工程師去倫敦看完了醫生之後，尙・維諾克就潛移默化地給他灌輸了那個令人難以置信的自殺計畫，你們事後也知道這個不擇手段的計畫是怎麼被執行的。尙・維諾克就這樣躲在幕後除掉了弗維爾父子，又將謀殺的罪名推給瑪麗安娜和索弗朗，擺脫了這兩個人，弗維爾至死也不知道這個人都對自己做了些什麼。

「計畫很順利成功，眼前只剩下一個小小困難：維羅警探的介入。因此警探也死了。

「而將來唯一有可能的危險就是我佩雷納的介入，維諾克預料到我的行動，因爲科斯莫・摩靈頓將我指定爲遺囑執行人。維諾克爲了避免危險的發生，先是讓我住進波旁宮廣場的公館，讓佛蘿倫絲・勒瓦瑟爾成爲我的秘書，隨後四次通過加斯東・索弗朗之手試圖謀害我。

「這樣他就將所有的關鍵都握在自己手中，他成爲我住處的主人，先是對佛蘿倫絲後來又對加斯東・索弗朗施加影響力，借助自己堅定的意志力和靈活多變的性格一步步接近目標。後來由於通過我的努力證實了瑪麗安娜・弗維爾和加斯東・索弗朗的清白，他便不再猶豫，下手將這兩個人害死了。

「這樣一來對他而言一切都很順利了，我和佛蘿倫絲遭到警察的追捕，卻沒有人去懷疑他，最後決定遺產繼承的期限到了。

「也就是前天，尙・維諾克當時處在行動的核心。他作爲病人住進泰爾納街的醫院，通過自己對佛蘿倫絲・勒瓦瑟爾的影響力，借助從凡爾賽寫給修道院院長的信，主導整個行動。佛蘿倫絲在院長的命令之下來到了警署的會場，帶來事關自身的文件，她並不知道自己的行動意味著什麼。在此期間，尙・維諾克離開療養院，躲到聖路易島附近。佛蘿倫絲所做的事可能會對她不利，但也沒有更好的辦法，而且不管怎麼樣他覺得反正自己不會被牽扯進去。

「剩下的您都知道了，總理先生。」佩雷納補充道：「佛蘿倫絲突然間知道自己在案中不自覺起到的作用，特別是她明白了尙・維諾克扮演的可怕角色。在我的請求下，署長先生將她帶到醫院，她從那逃脫了。她只有一個念頭：要見到尙・維諾克，讓他解釋清楚，要從他那得到一個合理的說法。當晚，尙・維諾克藉口讓佛蘿倫絲看自己清白的證據，用汽車將她帶走。就是這樣，總理先生。」

瓦朗格雷聽著佩雷納講述的陰暗故事，越來越有興趣。這個作惡的天才所幹的事實在是難以想像。不過瓦朗格雷聽著這個故事似乎並沒有太多的不舒服，因爲它恰恰展現了眼前這位爲正義戰鬥之人天才般的能力。

「你找到他們了？」瓦朗格雷問道。

「昨天下午三點找到的，署長。剛好趕上，甚至可以說是到得太晚了，因爲尙・維諾克把我弄進井裡，將佛蘿倫絲壓在石頭下面。」

「哦！哦，這麼說你死了一次？」

「又死了一次，總理先生。」

「可是這個尙・維諾克爲什麼要殺佛蘿倫絲・勒瓦瑟爾呢？佛蘿倫絲要是死了，他結婚的計畫也不

能實施啊。」

「結婚得要兩個人，總理先生，可是佛蘿倫絲拒絕了。」

「所以？」

「尙．維諾克曾經寫過一封信，表示他將會把屬於自己的一切留給佛蘿倫絲．勒瓦瑟爾。佛蘿倫絲對他充滿同情，被他深深的感動，於是也寫了同樣的一封信，她並不知道自己這一行爲的重要性所在。這封信就構成了一份無懈可擊的有利於尙．維諾克的遺囑。佛蘿倫絲前天出現在會場，帶來證明其與盧梭爾家族親屬關係的文件，這一事實就能使她成爲科斯莫．摩靈頓遺產的永久合法繼承人。她死了，她的權利也就轉移給了她自己的永久合法繼承人。尙．維諾克就會毫無疑問地繼承這筆財產。警方又拿不出不利於他的證據，所以不得不在逮捕之後將其釋放，他可以背著十四樁謀殺案（我算了一下），拿著兩億法郎，平平靜靜地生活。對他那樣的魔鬼來說，這筆錢足以抵消十四條人命的陰影了。」

「可是，你有證據嗎？」瓦朗格雷馬上問道。

「證據就在這。」佩雷納指著自己從那殘廢的外套口袋裡取出的栗色皮質錢包說道：「這個強盜和許多十惡不赦的罪犯一樣荒唐，他將這些信件和文件都保留下來。這是他和弗維爾先生的通信，這是告訴我波旁宮廣場的那棟公寓待售的宣傳冊原件。這是記錄尙．維諾克爲了截住弗維爾寫給朗日諾爾老爹的信件前往阿朗松的紙條，而這張紙條則證明維羅警探無意間撞見弗維爾及其同謀的談話，偷走佛蘿倫絲的照片，維諾克讓弗維爾去追擊他，這第三張紙條和在莎士比亞第八卷中找到的兩張紙條的內容一樣，那些書就是屬於維諾克本人的，表明他知道弗維爾的所有謀劃。第四張紙條則非常的奇怪，它體現的心理方面的意義很值得注意，其內容展示了維諾克對佛蘿倫絲的影響力是如何形成的。另外這是他和秘魯專員卡塞雷斯的通信，還有他寄給報社的指控我和馬茲魯隊長的揭發信。還有這些……不過署長，還有必要再多說嗎？您手上已經掌握了最完整的文件。警方會發現我前天在署長面前做出的指控是完全正確的。」

瓦朗格雷叫道：

「他！他！他在哪？這個卑鄙的傢伙。」

「在樓下的車上。」

「你通知我手下的員警了沒？」戴斯馬尼翁先生焦急地問道。

「通知了，署長先生。再者那傢伙被結結實實捆住了。沒什麼好擔心的，他不會逃脫的。」

「好吧。」瓦朗格雷說道：「你已經把一切都預料到，我覺得案子已經結束了。不過還有一個問題不清楚，這可能是最讓大眾感興趣的一個問題了。蘋果上的牙印，就是我們所說的虎牙，正是弗維爾太太的，可她確實是無辜的，署長先生認爲你應該已經破解了這個問題。」

「是的，總理先生，尙・維諾克留下的資料證明我是有道理的。這個問題其實很簡單，是弗維爾太太的牙齒咬了那顆蘋果，不過不是弗維爾太太咬的。」

「哦！哦！」

「總理先生，這差不多就是弗維爾先生在留給大家的那份供述中隱射的話。」

「弗維爾先生是個瘋子。」

「是的，不過是個頭腦清晰的瘋子，他的思考邏輯相當的清楚。幾年前，弗維爾太太在巴勒莫摔倒了，她的嘴撞到桌子的大理石上，上下幾顆牙因而鬆動。爲了治療，也就是通過製作金質夾板來對牙齒進行加固，牙醫按慣例取了口腔模型。那夾板弗維爾太太還戴了好幾個月呢。弗維爾先生因爲偶然的原因留下了這個模型。在他死去的那個夜晚，他正是用這個模型在蘋果上刻下了自己妻子的牙印。維羅警探也曾成功偷用這個模型在巧克力上印下牙印，想保留證據。」

佩雷納解釋完之後是一陣沉默，其實眞相是如此的簡單，總理感到有些驚訝。整幕戲，整個指控，引發瑪麗安娜的絕望、死亡、還有加斯東・索弗朗的死亡的一切，一切都源於這樣一個微不足道的細節。數以百萬計的人著迷於那神秘的虎牙，可他們誰也沒有想到這一點。虎牙！人們固執地採用了一個表面看來無懈可擊的推理：既然蘋果上的牙印和弗維爾太太的牙印完全吻合，而世上不可能有兩個人的牙印完全相符，所以弗維爾太太是有罪的。這個推理似乎非常的合理，從人們知道弗維爾太太的清白日起，這個問題就被擱置了，沒有人想到牙齒的印跡除了咬上一口還可以通過其他方法獲得。

「這就像哥倫布的雞蛋①。」瓦朗格雷笑著說道：「你得想得到這上頭才行。」

「您說得有道理，總理先生。這些事，人們往往想不到。另外一個例子：您是否還記得，在亞森・羅蘋化名勒諾曼先生和保羅・塞爾甯親王的時候，沒有人注意到保羅・塞爾甯（Paul Sermine）這個名字其實只是變換亞森・羅蘋（Arsène Lupin）的字母拼寫順序。構成兩個名字的字母完全一樣，一個不多，一個不少。還有我現在的名字路易・佩雷納（Luis Perenna），也是由同樣的字母組成的，儘管這已經是第二次了，卻沒人想到要把它們連繫在一起。這也是哥倫布的雞蛋的一種！你得想得到那上頭！」

瓦朗格雷對他的坦白感到有些吃驚，這傢伙彷彿要一直讓人困惑到最後一分鐘，用最最意料不到的戲劇性變化繞得人頭昏眼花。最後這個故事生動的刻畫了這樣一個既高貴又放肆、既狡猾又天眞、既愛嘲諷人又魅力十足的角色，他是某種意義上的英雄，通過常人難以想像的冒險經歷征服了幾個王國，卻又抓住公眾輕率的心理將構成自己名字的字母打亂，以此爲樂！

會談接近到尾聲，瓦朗格雷對佩雷納說道：

「先生，你在這樁案子中幾次創造奇跡，最後信守諾言並且交出那個強盜，我也會遵守我的諾言，你自由了。」

「謝謝您，總理先生，不過馬茲魯隊長呢？」

「他今天上午就會被釋放，署長作好安排了，公眾並不知道你們倆被捕的事情。你就是佩雷納，你沒有理由不是他。」

「那佛蘿倫絲・勒瓦瑟爾呢，總理先生？」

「她得自己去檢察官那，她會被免予起訴的，等她自由不再受任何指控和懷疑的時候，就會被認定爲科斯莫・摩靈頓的遺產繼承人，領到那兩億法郎。」

「她不會留下那兩億法郎的，總理先生。」

「爲什麼？」

「佛蘿倫絲・勒瓦瑟爾不想要那筆錢，那麼多可怕的犯罪都是因那筆錢而起的，她覺得太恐怖了。」

「那她要怎麼做？」

「科斯莫．摩靈頓的那兩億法郎會全部被用於摩洛哥南部和剛果北部的道路和學校建設。」

「用在你送給我們的茅利塔尼亞王國？」瓦朗格雷笑著說道：「哎呀，這太高尚了，我滿心同意這個做法。一個王國，再加上它的財政預算……事實上，佩雷納償清了……亞森．羅蘋對這個國家的債務。」

*　　　*　　　*

一週後，佩雷納登上了那艘載著自己來到法國的快艇，同行的還有馬茲魯，佛蘿倫絲也和他們一塊。出發之前，他們獲知了尙．維諾克的死訊，儘管警方小心地採取了防範措施，他還是成功地服毒了。

茅利塔尼亞的統治者佩雷納抵達目的地後找到了自己從前的戰友，將馬茲魯委派給他們以及當地的顯貴。他一面協調自己退位後法國接手的事務，一面幾次在摩洛哥境內跟法軍首領洛蒂將軍秘密碰頭，一起商定採取何種措施逐步使得征服摩洛哥的過程能夠更順利。將來的事都安排好了，等時機一到，那些已經被平定的地區叛亂的表象就會被揭開，露出一個開發得熱火朝天的帝國。這個帝國秩序井然，機構構成合理，擁有便利的路網、還有學校和法院。

佩雷納在工作完成後就退位回到法國。

他和佛蘿倫絲．勒瓦瑟爾的婚禮轟動一時，這點我們就不再贅言了。論戰又一次開始了，好幾家報紙要求逮捕亞森・羅蘋。但又能怎麼樣呢？儘管大家都肯定他的眞實身份，儘管亞森・羅蘋和佩雷納是由同樣的字母構成，而這一巧合也被人注意到，然而按法理說來，亞森・羅蘋已經死了，佩雷納還活著，既不能讓前者死而復生也不能將後者置之死地。

如今他住在聖馬克魯村子裡，村子周圍是幽靜的山谷，谷底就是瓦茲河的河岸。每個人都知道他那棟簡單質樸的小屋。屋子被漆成玫瑰色，裝飾著翠綠的百葉窗，四周是花園，裡頭鮮花怒放。週日的時候，人們會高高興興的來到這裡，希望透過接骨木的籬笆能看上一眼亞森・羅蘋，或是在村子的廣場上碰到他。

他生活在那裡，依然那樣年輕，舉止和青年人無異。佛蘿倫絲也在那，身材還是那般勻稱，金色的頭髮閃耀著光澤，滿臉的幸福，昔日痛苦的回憶沒有給她的面龐留下半點陰影。

有時也會有訪客來敲敲他們的柵欄，都是些不幸的人前來求助。他們是些被壓迫的人、受害者，承受不住壓力的弱者，或是因為激情而喪失了理智的狂熱者。佩雷納對他們充滿憐憫之情。他幫助他們看清案情，給他們提供建議，用自己的經驗和精力去幫助他們，甚至為他們花費不少時間。

常常也會有警署派來的人，或是某個警員，來向他報告一樁棘手的案子。佩雷納對他們也會傾力相助。除了這些事以外，他還會很有興致的讀讀道德、哲學方面的舊書，另外就是打理自己的花園。他很喜愛那些花，也以它們為傲。人們沒有忘記他在花卉展覽會上獲得的成功：一株紅黃雙色的三重石竹，名字就叫做「亞森石竹」。

不過他的精力大多還是放在夏季開花的大株花木上。七、八月份的時候，三分之二的花園以及菜園子裡所有的花壇都開滿了鮮花。那些旗杆般矗立著的觀賞植物驕傲地挺著縱橫交錯的各色花穗，有天藍、紫紅、粉紫、玫瑰、月白……色彩紛呈，唐・路易的這塊領地眞正成爲了名副其實的「羽扇豆庭園」②。

各個品種的羽扇豆在這都能找到，克魯伊山克、雜色羽扇豆、香羽扇豆，還有最新的羅蘋羽扇豆。它們被密密的種在一起，彷彿軍隊裡的士兵，一個緊挨著一個，每株都想要高人一頭，將自己開得最滿、開得最盛的花穗迎向太陽。在通往這片五彩繽紛的園地的小徑入口處有一條橫幅，上面寫著截自荷西・馬利亞・艾雷迪亞③某首十四行詩中的一句格言：

庭園裡羽扇豆種得十分茂盛。

這也算是承認自己的身份了吧？爲什麼不呢？在最近的一次訪談中，他不是這麼說嗎：

「我很瞭解他，他不是一個壞人。我不會將他比作希臘的七位智者，也不會建議讓他成爲未來幾代人的楷模。不過我們應當帶著寬容來評判他，他行了太多的善，作惡得卻很少。那些受他所害的人們是罪有應得，即使他不提前動手，命運之神遲早也會懲罰他們的。在專挑富裕的惡人下手的羅蘋和劫掠勞苦民眾的大金融家之間，難道不是前者佔理嗎？而且從另一面來說，他做了多少好事啊！他是多麼的慷慨，多麼的無私啊！偷盜？我承認，詐騙？我也不否認，這些都有，不過還有其他的。他透過自己的靈巧機智讓觀眾樂不可支，卻同時還做下了其他的事激蕩著他們的內心。人們對他的那些小計謀會心一笑，可卻更爲崇拜他的優點：勇氣可嘉、大膽無畏、冒險進取、冷靜自持、洞如觀火、秉性善良、精力充沛。在我們所處的時代，法蘭西民族的品格彰顯無疑。這是一個英雄的時代，汽車和飛機大行其道，大戰即將來臨，他的個人特質在這個時代閃耀著光芒。」

記者提醒他：

「您所說的都是他的過去，您認爲他的冒險經歷已經結束了？」

「並非如此，亞森・羅蘋的生活其實就是冒險，只要他活著，他就會一直去冒險。他曾經這麼說過：『我想讓人們在我的墓碑上刻上：**冒險家亞森・羅蘋長眠於此**。』這句俏皮話確實是實情。他是一個大冒險家，他因爲冒險常常會去翻鄰居的口袋，但他也會走上戰場，和那些值得較量的對手去搏鬥，並由此獲得並非人人都能享有的尊貴榮譽。他是在戰場上贏得自己的名聲的，應該看看他在戰場上的表現，看他是怎樣拼命、怎樣蔑視死神，挑戰命運的。所以即使有時候他會把警長痛打一頓或是偷走檢察官辦案時要看的錶，人們也應該原諒他……讓我們對這位向我們展示個人力量能有如此偉大的大師寬容一點吧。」

佩雷納搖著頭最後說道：

「再說，您也看到了，他還有另外一個值得重視的特質，在越黑暗痛苦的時刻，我們越應當要向他看齊——他總是時刻帶著微笑！」

譯註：

①指哥倫布將蛋敲破一個洞而成功立在桌上的故事。

②羽扇豆（Lupin）原文恰好跟羅蘋（Lupin）一樣，因此說是名副其實的羽扇豆（羅蘋）庭園。

③荷西・馬利亞・艾雷迪/亞（José-Maria de Heredia，1842-1905）：法國著名詩人。

國家圖書館出版品預行編目資料

虎牙／莫里斯・盧布朗著；宦征宇譯.
—— 初版. ——臺中市　：好讀, 2011.04
面：　公分，——（典藏經典；36）

譯自：Les Dents du Tigre

ISBN 978-986-178-184-6（平裝）

876.57　　100003564

好讀出版

典藏經典36

虎牙

原　　著／莫里斯・盧布朗
翻　　譯／宦征宇
總 編 輯／鄧茵茵
文字編輯／莊銘桓
美術編輯／許志忠
行銷企畫／劉恩綺
發行所／好讀出版有限公司
台中市407西屯區工業30路1號
台中市407西屯區大有街13號（編輯部）
TEL:04-23157795 FAX:04-23144188 http://howdo.morningstar.com.tw
（如對本書編輯或內容有意見，請來電或上網告訴我們）
法律顧問　陳思成律師

讀者服務專線／TEL：02-23672044／04-23595819#230
讀者傳眞專線／FAX：02-23635741／04-23595493
讀者專用信箱／E-mail：service@morningstar.com.tw
網路書店／http：//www.morningstar.com.tw
郵政劃撥／15060393（知己圖書股份有限公司）
印刷／上好印刷股份有限公司
如有破損或裝訂錯誤，請寄回知己圖書更換

初版／西元2011年04月15日
初版五刷／西元2021年08月01日
定價：300元

Published by How-Do Publishing Co., Ltd.
2021 Printed in Taiwan

ISBN 978-986-178-184-6